国家社科基金
后期资助项目

宇文所安的唐诗
英译及唐诗史书写研究

A Study on Stephen Owen's Chinese-English
Translation of Tang Poetry and
Writing of the History of Tang Poetry

高超 著

中国社会科学出版社

图书在版编目（CIP）数据

宇文所安的唐诗英译及唐诗史书写研究／高超著．—北京：中国社会科学出版社，2022.1
ISBN 978-7-5203-8208-3

Ⅰ.①宇… Ⅱ.①高… Ⅲ.①唐诗—英语—翻译—研究②唐诗—诗歌史—研究 Ⅳ.①I207.22②H315.9③I207.209

中国版本图书馆 CIP 数据核字（2021）第 059110 号

出 版 人	赵剑英	
责任编辑	任　明	
责任校对	周　昊	
责任印制	李寡寡	

出　　版	中国社会科学出版社	
社　　址	北京鼓楼西大街甲 158 号	
邮　　编	100720	
网　　址	http：//www.csspw.cn	
发 行 部	010-84083685	
门 市 部	010-84029450	
经　　销	新华书店及其他书店	
印　　刷	北京君升印刷有限公司	
装　　订	廊坊市广阳区广增装订厂	
版　　次	2022 年 1 月第 1 版	
印　　次	2022 年 1 月第 1 次印刷	

开　　本	710×1000　1/16	
印　　张	18	
插　　页	2	
字　　数	316 千字	
定　　价	128.00 元	

凡购买中国社会科学出版社图书，如有质量问题请与本社营销中心联系调换
电话：010-84083683
版权所有　侵权必究

国家社科基金后期资助项目

出 版 说 明

后期资助项目是国家社科基金设立的一类重要项目，旨在鼓励广大社科研究者潜心治学，支持基础研究多出优秀成果。它是经过严格评审，从接近完成的科研成果中遴选立项的。为扩大后期资助项目的影响，更好地推动学术发展，促进成果转化，全国哲学社会科学工作办公室按照"统一设计、统一标识、统一版式、形成系列"的总体要求，组织出版国家社科基金后期资助项目成果。

全国哲学社会科学工作办公室

目 录

绪 论 …………………………………………………………（1）
　　第一节　研究对象与研究现状 …………………………………（1）
　　第二节　研究内容、方法与选题意义 …………………………（11）

第一章　背景：欧美唐诗翻译概况 ……………………………（15）
　　第一节　法国的唐诗译介与研究 ………………………………（15）
　　第二节　英国的唐诗译介与研究 ………………………………（21）
　　第三节　美国的唐诗译介与研究 ………………………………（28）

第二章　观念：宇文所安唐诗翻译思想探秘 …………………（42）
　　第一节　宇文所安翻译唐诗的历程 ……………………………（42）
　　第二节　宇文所安英译唐诗的思想与方法 ……………………（46）
　　第三节　对宇文所安英译唐诗功效的考察 ……………………（60）

第三章　译文：宇文所安对唐诗的翻译与阐释 ………………（69）
　　第一节　宇文所安英译杜诗的风格传译 ………………………（69）
　　第二节　宇文所安对唐诗的过度诠释 …………………………（83）
　　第三节　宇文所安对中国文化的误读 …………………………（86）

第四章　比较：宇文所安与韦利、许渊冲等译家的唐诗翻译 ………（91）
　　第一节　宇文所安与韦利唐诗英译之比较 ……………………（91）
　　第二节　宇文所安与许渊冲唐诗英译之比较 …………………（96）
　　第三节　从比较的视野看宇文所安的杜甫诗歌英译 …………（104）

第五章　变异：宇文所安对唐代诗人形象的重构 ……………（117）
　　第一节　理论探索：文学研究文本中的"异国"形象 …………（117）

第二节　形象学视域中的唐代诗人形象 …………………… (118)
　　第三节　双重自我：自传诗中的李白与杜甫 ……………… (130)

第六章　结构：宇文所安如何书写唐诗史 …………………… (146)
　　第一节　《初唐诗》的"承前启后" ………………………… (147)
　　第二节　《盛唐诗》的"万千气象" ………………………… (148)
　　第三节　中唐诗史的"终结" ………………………………… (150)
　　第四节　《晚唐诗》的"继往开来" ………………………… (154)
　　第五节　另类唐诗史的书写 …………………………………… (155)

第七章　方法：宇文所安如何研究唐诗史 …………………… (160)
　　第一节　历史描述法 …………………………………………… (160)
　　第二节　比较的方法 …………………………………………… (163)
　　第三节　文本细读法 …………………………………………… (170)
　　第四节　译释并举与文史互征 ………………………………… (178)

第八章　文化：宇文所安英译唐诗里的"文化唐朝" ……… (189)
　　第一节　唐朝的"文学文化" ………………………………… (190)
　　第二节　初唐诗中宫廷文化的变迁 …………………………… (192)
　　第三节　盛唐诗中京城文化的变迁 …………………………… (201)
　　第四节　唐诗中丰富多彩的诗酒文化 ………………………… (212)

第九章　断片：宇文所安关于唐诗学的美学思想 …………… (222)
　　第一节　抒情文本的碎片化与非虚构性 ……………………… (223)
　　第二节　宇文所安唐诗英译与阐释中的接受美学观照 ……… (232)
　　第三节　宇文所安的英译唐诗及唐诗史书写的价值 ………… (233)

参考文献 ……………………………………………………………… (236)

附录　宇文所安英译唐诗目录 ……………………………………… (252)

绪　　论

第一节　研究对象与研究现状

一　研究对象

宇文所安（Stephen Owen）1972年获得耶鲁大学东亚语言和文学博士学位，并开始执教耶鲁大学。1982年应聘为哈佛大学东亚语言与文明系中国文学教授。现为哈佛大学"詹姆斯·布赖恩特·柯南德（James Bryant Conant）特级教授"，东亚语言文明系与比较文学系合聘教授，是当代美国汉学界研究中国古典文学的著名学者。[1]

迄今为止，宇文所安已出版十余部汉学专著[2]，其中唐诗翻译与研究的成果主要体现在《孟郊与韩愈的诗》（1975）[3]、《初唐诗》（1977）[4]、《盛唐诗》（1980）[5]、《中国"中世纪"的终结：中唐文学文

---

[1] 张宏生：《对传统加以再创造，同时又不让它失真——访哈佛大学东亚语言与文明系斯蒂芬·欧文教授》，《文学遗产》1998年第1期，第111页。另见钱锡生、季进《探寻中国文学的"迷楼"——宇文所安教授访谈录》一文，《文艺研究》2010年第9期，第63页。

[2] 宇文所安主要著作见附录一"宇文所安的主要著作"。

[3] *The Poetry of Meng Chiao and Han Yü*. New Haven：Yale，1975. 中文译本为田欣欣所译，译名称《韩愈和孟郊的诗歌》，天津教育出版社2004年版。

[4] *The Poetry of the Early T'ang*. New Haven：Yale，1977. ［美］宇文所安：《初唐诗》，贾晋华译，广西人民出版社1987年初版；生活·读书·新知三联书店2004年修订版。

[5] *The Great Age of Chinese Poetry：the High T'ang*. New Haven：Yale，1980. ［美］宇文所安：《盛唐诗》，贾晋华译，黑龙江人民出版社1993年初版；生活·读书·新知三联书店2004年修订版。

化论集》（1996）①、《晚唐：九世纪中叶的中国诗歌（827—860）》（2006）②、《诺顿中国文学选集：从初始至 1911 年》（1996）③、《剑桥中国文学史》（上部）（2010）④ 和《杜甫诗》（2016）⑤。

宇文所安对中国唐代诗歌的研究，属于传统意义上的汉学研究范畴。所谓传统意义上的汉学研究，即一般指称国外对中国语言、文学、历史、哲学、艺术与宗教等学科的研究。"宇文所安的唐诗研究"，实际上指的是对宇文所安的唐诗研究的再研究。

从上述我们不难看出宇文氏唐诗研究的丰硕成果，同时，我们也不难发现"对宇文所安的唐诗研究的再研究"的研究对象无非就是宇文氏丰硕的唐诗研究成果，具体而言，笔者将以上述八部专著为主要研究对象，分析宇文所安对唐代诗歌史研究的路径与方法，对其提出的新问题以及形成的相关诗学思想进行讨论并做出总结与评价。

要做好对宇文所安唐诗研究的再研究，还必须先了解国内外当前唐诗研究的主要成果和研究动态，将其作为此项研究课题的必要参照。

二 研究现状

（一）国外研究

从目前笔者能搜集到的有限的英文资料来看，对宇文所安唐诗研究的讨论多集中于宇文所安《孟郊和韩愈的诗》《初唐诗》《盛唐诗》《传统中国诗歌与诗学》以及《中国"中世纪"的终结：中唐文学文化论集》等几部专著的评论文章。对于国外学者所罗列的错误和所持的异议，国内学者陈小亮女士在其博士学位论文中做出了较为细致的梳理工作，在此，

---

① The End of the Chinese "Middle Ages": Essays in Mid-Tang Literary Culture. Stanford：Stanford University Press，1996. 宇文所安：《中国"中世纪"的终结——中唐文学文化论集》（简称《中唐文学文化论集》），陈引驰、陈磊译，生活·读书·新知三联书店 2006 年版。

② The Late Tang: Chinese Poetry of the Mid-Ninth Century（827-860）. Cambridge：Harvard Asia Center，2006.《晚唐：九世纪中叶的中国诗歌：827—860》，贾晋华、钱彦译，生活·读书·新知三联书店 2011 年版。

③ An Anthology of Chinese Literature: Earliest to 1911. New York：W. W. Norton &Company，1996.

④ The Cambridge History of Chinese Literature Volume I: To 1375, Cambridge University Press，2010. 中译本《剑桥中国文学史》（上卷 1375 年之前），刘倩等译，生活·读书·新知三联书店 2013 年版。

⑤ Stephen Owen，The Poetry of Du Fu，Walter de Gruyter Inc.，Boston/Berlin，2016.

笔者略作归纳，概其要者如下①：

1. 诗歌的翻译和解读方面存在的错误。比如，刘若愚先生分别指出《孟郊和韩愈的诗》和《盛唐诗》中的十多处和四十多处错误，同时指出宇文所安以西方阐释方法解读唐诗存在过度阐释的地方，如对韩愈《石鼓歌》的解读②。

2. 学术规范问题。宇文所安早期作品《孟郊和韩愈的诗》和《初唐诗》存在着类似的问题：未提供参考文献、诗歌来源与版本以及注释③，而后期的《传统中国诗歌与诗学：世界的征兆》《追忆：中国古典文学中的往事》《迷楼：诗与欲望的迷宫》和《中国"中世纪"的终结：中唐文学文化论集》在这方面的问题更为突出：对于作者成书前西方学者已有的相关成果没有做出必要的说明；对于所引用的一些西方文学理论家、批评家的理论和观念没有提供参考文献等④。

3. 对于作者采用的研究方法提出的异议。比如，Michael S. Duke 对宇文所安用西方阐释技巧解读唐诗持反对意见，认为"这种分析的结果不会丰富我们对诗的理解与热爱，而是令人麻木，厌倦和无聊"⑤；A. M. Birrell 在评论《盛唐诗》时指出其建构唐诗史的方法论存在着矛盾之处："文学传记与广阔的主题学讨论这两种方法在书中并未很好统一，诗人与诗人群按章节的时间顺序展开讨论，并穿插以文学主题的苦

---

① 陈小亮：《论宇文所安唐代诗歌史与诗学研究》，博士学位论文，浙江大学，2009 年。所引英语原作之译文为陈女士所译，在此谨表谢忱。

② James J. Y. Liu, Reviewed work (s): *The Poetry of Meng Chiao and Han Yü* by Stephen Owen, Harvard Journal of Asiatic Studies, Vol. 36 (1976), pp. 295-297. 另见 James J. Y. Liu, Reviewed work (s): *The Great Age of Chinese Poetry: the High T'ang* by Stephen Owen, Chinese Literature: Essays, Articles, Reviews (CLEAR), Vol. 4, No. 1 (Jan., 1982), pp. 97-104。

③ 对此，宇文所安在《初唐诗》的"附录三"中做出了解释性的说明，并表示了歉意。《初唐诗》，贾晋华译，生活·读书·新知三联书店 2004 年版，第 330 页。

④ James J. Y. Liu, Reviewed work (s): *Traditional Chinese Poetry and Poetics: an Omen of the World.* by Stephen Owen, The Journal of Asian Studies, Vol. 45, No. 3 (May, 1986), p. 579.

⑤ Michael S. Duke, Reviewed work (s): *The Poetry of Meng Chiao and Han Yü* by Stephen Owen, Chinese Literature: Essays, Articles, Reviews (CLEAR), Vol. 1, No. 2 (Jan., 1979), p. 284.

心经营。"①

4. 作者提出的某些观点和得出的某些结论存有主观性武断及与历史事实不符的逻辑性错误。比如，宇文所安曾多次指出，写一部中唐史是不可能的或不恰当的。② 此说受到倪豪士（William H. Nienhauser）的反对，他认为，尽管中唐在地方的文人令诗歌呈现多样化，既导致了"意外收获"，也使欧文描画这一时期更困难，但是写一部中唐诗史与写一部《初唐诗》《盛唐诗》一样并非不可能。③

上述对于国外学者提出的误读误释等问题，国内学者也有所关注。比如，莫砺锋先生曾发表过关于《初唐诗》和《盛唐诗》两部专著的长篇书评，莫先生肯定书中的新见，同时着重指出宇文所安对一些唐诗的"字句的理解""诗意的理解"方面存在的误读、误释以及"对诗意求解过深而流于穿凿附会"之处。④ 刘健明先生非常迅速地对不久前在美国出版、尚未有中译本的《中国"中世纪"的终结：中唐文学文化论集》做出介绍和评论，在肯定作者睿见的同时，指出书中"逐字式的研读方法"所带来的问题："往往因此推论太多，真的变成'小题大做'。"⑤

（二）国内研究

从整体上看，国内关于宇文所安对中国古典文学的译介与研究之再研究，迄今成果已很丰硕。目前，宇文所安总共十余部英文著作，已有12部译成中文出版。⑥ 已有研究专著多部，其中与本课题大的方向一致的是《论宇文所安的唐代诗歌史研究》⑦；有三篇博士学位论文：《论宇文所安

---

① A. M. Birrell, Reviewed work (s): *The Great Age of Chinese Poetry: the High T'ang* by Stephen Owen, Bulletin of the School of Oriental and African Studies, University of London, Vol. 44, No. 3 (1981), p. 614.

② [美] 宇文所安：《初唐诗》，贾晋华译，生活·读书·新知三联书店2004年版，第1页。另见张宏生《对传统加以再创造，同时又不让它失真——访哈佛大学东亚语言与文明系斯蒂芬·欧文教授》，《文学遗产》1998年第1期，第114页。

③ William H. Nienhauser, Jr., Reviewed work (s): *The End of the Chinese "Middle Ages": Essays in Mid-Tang Literary Culture*. By Stephen Owen, Harvard Journal of Asiatic Studies, Vol. 58, No. 1 (Jun., 1998), pp. 289–291.

④ 莫砺锋：《〈初唐诗〉与〈盛唐诗〉》，《唐研究》（第二卷），北京大学出版社1996年版，第488—505页。

⑤ 刘健明：《评〈中国"中世纪"的终结：中唐文学文化论集〉》，《唐研究》（第三卷），北京大学出版社1997年版，第512页。

⑥ 书后附录二"宇文所安的主要著作"之三"宇文所安论著的中文译本"，第260页。

⑦ 陈小亮：《论宇文所安的唐代诗歌史研究》，中国社会科学出版社2010年版。

的唐代诗歌史与诗学研究》①、《宇文所安唐诗史方法论研究》② 和《宇文所安唐诗研究及其诗学思想的建构》③;硕士学位论文有 50 余篇;单篇研究论文及评论文章已近两百篇。以下,笔者仅对与本选题研究相关的主要成果加以梳理,择其要者加以概述。

1. 宇文所安唐诗译介方面的研究

从有文字可考的资料来看,国内最早关注宇文所安唐诗研究的是钱锺书先生,那是 1979 年钱先生访美归来发表了《美国学者对于中国文学的研究简况》④ 一文,对当时美国汉学界研究中国古典文学的情况做出了介绍,其中有关宇文所安的文字不长,但在同样不长的"简况"中也颇有一定的分量。兹录于下,以备查考。"像哈佛大学 James Hightower 研究骈文和词(他极佩服俞平伯先生的《读词偶记》、耶鲁大学 Stephen Owen 研究韩愈和孟郊诗(他对毛主席给陈毅同志信里肯定了韩愈的诗,甚感兴趣),已属少数。欧文有名的韩孟诗研究是用俄国文评里'形式主义'(formalism)来分析风格。这种努力不论成功或失败,都值得注意。"⑤ 这番话所介绍的宇文所安的唐诗研究,可能是钱先生在与众多的美国学者晤面时,与宇文所安短暂的交谈中所了解到的信息,因为一来他没有对研究细节提出评议,二来没有提到宇文所安已于 1977 年出版的《初唐诗》,但是从中可以看出,钱先生对宇文所安的研究留下了极其深刻的印象,这一点还可以通过文中所记录的一个细节看出来:钱先生鼓励汉学家用中文发表论文,宇文所安做出回应说:"这是对我们汉学家一个严峻的考验,我们未必经受得起,但是我们不该畏避。"⑥

20 世纪 80 年代,在《唐代文学研究年鉴(1983 年)》第 1 辑⑦中,

---

① 陈小亮:《论宇文所安的唐代诗歌史与诗学研究》,博士学位论文,浙江大学,2009 年。
② 葛红:《宇文所安唐诗史方法论研究》,博士学位论文,西北大学,2010 年。
③ 高超:《宇文所安唐诗研究及其诗学思想的建构》,博士学位论文,天津师范大学,2012 年。
④ 钱锺书:《美国学者对于中国文学的研究简况》,转引自《美国观感》,中国社会科学出版社 1979 年版,第 50—55 页。
⑤ 钱锺书:《美国学者对于中国文学的研究简况》,转引自《美国观感》,中国社会科学出版社 1979 年版,第 51 页。
⑥ 钱锺书:《美国学者对于中国文学的研究简况》,转引自《访美观感》,中国社会科学出版社 1979 年版,第 53 页。
⑦ 中国唐代文学学会主办、陕西师范大学中文系编辑:《唐代文学研究年鉴(1983)》第 1 辑,陕西人民出版社 1984 年版。

美籍华裔学者李珍华和国内学者王丽娜两位女士著文介绍了宇文所安唐诗研究的成果。李珍华《美国学者与唐诗研究》一文，把宇文所安作为美国唐诗研究的新秀隆重推出，并简略介绍了他的《孟郊与韩愈的诗》《初唐诗》和《盛唐诗》：肯定《孟郊与韩愈的诗》"把'复古'运动和诗歌发展的关系说得很精辟"；褒奖《初唐诗》"把整个初唐诗作一系统性处理"的开创之功；承认《盛唐诗》把盛唐诗人分成"京城诗人和非京城诗人"之视角新颖，但直言"必须耐心而细致地研究每一个盛唐诗人的生平、诗歌，历史和社会背景，文学流派和理论、文学概念和术语，然后才可能集中地探讨盛唐诗风"。①

王丽娜《美国对李白诗的翻译与研究点滴》② 一文，除了从整体上介绍自19世纪末以来美国对李白诗的译介情况之外，作者用一半以上的篇幅对宇文所安《盛唐诗》中专论李白的第八章"李白：天才的新概念"部分内容进行了译述。这是国内首次翻译宇文所安的唐诗研究著述。紧随其后，贾晋华翻译的《初唐诗》③ 1987年在广西人民出版社出版，这是国内第一部宇文所安唐诗研究专著中译本；贾晋华还在《唐诗百科大辞典》的"海外研究·学者简况"中以"斯蒂芬·欧文"为条目较为细致地介绍了宇文所安的治学情况，其中对《初唐诗》《盛唐诗》《中国传统诗歌与评论》和《追忆》四部专著的研究内容、结构与方法做出了概略性的介绍。④ 20世纪90年代，有宇文所安两部专著中译本出版：《追忆》（1990）⑤、《盛唐诗》（1993）⑥。进入21世纪，宇文所安有六部专著的中译本陆续出版，它们分别是：《他山的石头记：宇文所安自选集》⑦《中

---

① [美] 李珍华：《美国学者与唐诗研究》，《唐代文学研究年鉴（1983）》第1辑，陕西人民出版社1984年版，第396—402页。
② 王丽娜：《美国对李白诗歌的翻译与研究》，《唐代文学研究年鉴（1983）》第1辑，陕西人民出版社1984年版，第389—395页。
③ [美] 宇文所安：《初唐诗》，贾晋华译，广西人民出版社1987年初版；生活·读书·新知三联书店2004年修订版。
④ 王洪、田军主编：《唐诗百科大辞典》，光明日报出版社1990年版，第931—933页。
⑤ [美] 宇文所安：《追忆：中国古典文学中的往事》（简称《追忆》），郑学勤译，上海古籍出版社1990年初版；生活·读书·新知三联书店2004年修订版。
⑥ [美] 宇文所安：《盛唐诗》，贾晋华译，黑龙江人民出版社1993年初版；生活·读书·新知三联书店第2004年修订版。
⑦ [美] 宇文所安：《他山的石头记：宇文所安自选集》（简称《他山的石头记》），田晓菲译，江苏人民出版社2003年初版，2006年再版。

国文论:英译与评论》①《迷楼》②《韩愈和孟郊的诗歌》③《中国"中世纪"的终结——中唐文学文化论集》④ 和《晚唐诗歌:827—860》⑤。

伴随着宇文所安专著中译本的陆续出版,国内学界对其翻译研究也进入一个很热闹的时期。王静《〈将进酒〉的翻译对比研究》(《河北理工学院学报》,2005)比较了当代诗人、学者孙大雨教授与宇文所安对《将进酒》的英译,主要从词句理解、修辞方法、意象和意境的创造、行美和音美、文体对比五个方面进行对比研究。朱易安、马伟⑥《论宇文所安的唐诗译介》对《中国文学选集:从初始至1911年》⑦ 中的唐诗译介进行了"细读",从意象和文化负载词两个方面来考察宇文所安如何采用独特的翻译手法和翻译策略,最大限度地传达唐诗所体现的中国传统文学的语言文化特质。魏家海《宇文所安英译汉诗的诗性认知能力》(《大连大学学报》,2010)和《宇文所安的文学翻译思想》(《北京理工大学学报》,2010)两篇论文都从整体上分析探讨了宇文所安译介中国古诗的美学思想;他与赵海莹合著《宇文所安英译唐诗空白的翻译策略——以孟郊诗歌的翻译为例》一文(《天津外国语大学学报》,2011)则是一篇个案研究的实例,它从接受美学中的空白核心概念出发,以宇文所安对孟郊诗歌的翻译为例,从表象空白、深层空白、综合空白三个层面探究宇文所安的翻译策略以及其中所体现的观照读者审美需求的翻译思想。张锦《宇文所安英译李贺诗的翻译伦理》(《广西民族师范学院学报》,2011)通过分析李贺诗的译介,探讨了宇文所安译介唐诗所建构的翻译伦理模式。钱进的《许渊冲与宇文所安唐诗英译文

---

① [美] 宇文所安:《中国文论:英译与评论》(简称《中国文论》),王柏华、陶庆梅译,上海社会科学院出版社2003年版。
② [美] 宇文所安:《迷楼:诗与欲望的迷宫》(简称《迷楼》),程章灿译,生活·读书·新知三联书店2003年版。
③ [美] 宇文所安:《韩愈和孟郊的诗歌》,孟欣欣译,天津教育出版社2004年版。
④ [美] 宇文所安:《中国"中世纪"的终结——中唐文学文化论集》(简称《中唐文学文化论集》),陈引驰、陈磊译,生活·读书·新知三联书店2006年版。
⑤ [美] 宇文所安:《晚唐:九世纪中叶的中国诗歌:827—860》(简称《晚唐诗》,贾晋华、钱彦译,生活·读书·新知三联书店2011年版。
⑥ 参见马伟《宇文所安的唐诗译介》,硕士学位论文,上海师范大学,2007年。
⑦ Stephen Owen, *An Anthology of Chinese Literature*: *Earliest Times to 1911*. New York: W. W. Norton, 1996. 这部1200余页的巨制选取先秦至清代的以诗歌为主的各类作品600余首(篇)。各个时代所选篇目以主题(Theme)进行编排,其中唐代共选诗206首,约占全书规模的三分之一,体现了宇文所安以唐诗研究为主的治学方向。

研究》（中南大学 2010 年硕士学位论文）没有简单地对两位译家的英译唐诗做优劣、高下的判定，而是具体比较分析他们对唐诗译介的翻译策略和其中反映的翻译思想。

2. 宇文所安建构唐诗史的主要内容介绍和研究方法探讨

伴随着宇文所安专著中译本的陆续出版，宇文氏的唐诗研究逐渐引起国内学者的注意，一些专门的书评也随之"出炉"。国内最早评介《初唐诗》的书评，是 1985 年贾晋华对《初唐诗》（英文版）的文评《〈初唐诗〉评介》[1]，文中介绍宇文所安运用结构主义的方法，系统地分析了初唐各种诗歌要素（如词汇、声律、句法和意象等）的流变，并由此勾勒出初唐诗到盛唐诗发展的主线。较早评介《初唐诗》与《盛唐诗》的书评，还有傅璇琮先生在 1987 年为《初唐诗》中译本出版所做的序。傅先生重复了美籍华裔学者李珍华在《美国学者与唐诗研究》[2] 一文中对宇文氏的褒奖：肯定宇文所安先于国内学者对初唐诗歌所做的整体研究和对初唐诗演进规律的探求，以及对盛唐诗人富有创新的分类（如把张说、张九龄、王维作为"京城诗人"，把孟浩然、李白等作为"非京城诗人"，把王昌龄、高适、岑参作为处于两者之间的诗人），同时高瞻远瞩地做出预言："我相信，在美国、日本、欧洲以及其他一些地区，研究中国古典文学的有价值的著作，一定还有不少，它们以不同的视角来审视中国的独特的文学现象，定会有不少新的发现，即使有的著作有所失误，也能促使我们从不同的文化背景来研究这些误差的原因，加深我们的认识。"[3] 傅先生的预见相对于多年前钱锺书先生所说的"这种努力不论成功或失败，都值得注意"，是一种延续，它为后来的研究者指明了方向，比如，刘健明的《评〈中国"中世纪"的终结：中唐文学文化论集〉》（《唐研究》，1997）、杨方《〈迷楼〉对中国欲望诗歌的阐释与误读》（《兰州学刊》，2009）和杨经华《文化过滤与经典变异——论宇文所安对杜诗的解读与误读》（《中国文学研究》，2011）便是在跨文化的语境下分析宇文所安误读、误释原因的极佳范例。

朱易安和贾晋华两位教授继傅璇琮先生之后，细致地介绍了《初唐

---

[1] 贾晋华：《〈初唐诗〉评介》，《文学遗产》1985 年第 3 期。
[2] [美] 李珍华：《美国学者与唐诗研究》，《唐代文学研究年鉴（1983）》第 1 辑，陕西人民出版社 1984 年版，第 396—402 页。
[3] 傅璇琮：《初唐诗·序》，见宇文所安《初唐诗》，生活·读书·新知三联书店 2004 年版，第 1—5 页。

诗》与《盛唐诗》的主体结构、主要内容与研究方法，对于其可资借鉴的文学史研究方法和体例以及存在的不足之处做出了客观的分析与评价。① 上述莫砺锋先生曾撰文指出《初唐诗》和《盛唐诗》出现的误读和过度阐释等多处"硬伤"，但他认为瑕不掩瑜，它们有三个主要优点：一是言论新颖，在研究视角、理论框架乃至具体结论等方面使人耳目一新；二是研究中特别注意文学的历时性质——把唐诗历程细分为以十年或二三十年为单位的许多阶段，这样的论述当然要细密得多；三是具有强烈的文学史意识。因此，"二书堪称是近二十年来美国汉学家同类著作中的佼佼者"。②

不少学者还对宇文所安建构唐诗史的研究视角、体制与方法进行了深入分析，反思其在文学史重构背景下所赋予的启示和借鉴意义，比如，蒋寅《在宇文所安之后，如何写唐诗史？》（《读书》，2005）、蒋才姣《对盛唐诗歌的重新解读——读宇文所安的〈盛唐诗〉》（《南华大学学报》，2007）、张志国《诗歌史叙述：凸现与隐蔽——宇文所安的唐诗史写作及反思》（《江汉大学学报》，2008）、徐承《结构运动和隐藏的字谜——评宇文所安的律诗研究及其对结构主义的取用》（《中国石油大学学报》，2008）、徐志啸的《文学史及宫廷诗、京城诗——宇文所安唐诗研究论析》（《中国文化研究》，2009）、王敏《宇文所安的中国文学史观及文学史研究法》（《深圳大学学报》，2009）、杨智《文学史写作的四个"不等号"——浅谈宇文所安的〈瓠落的文学史〉中的文学史观》（《当代小说》，2009）、葛红《文化视野里的斯蒂芬·欧文的〈晚唐诗〉》（《宁夏师范学院学报》，2010）、邓伟《从"史中之史"到文学"话语体系"——宇文所安文学史观撼论》（《江汉论坛》，2011）和李佳、曲景毅《试论宇文所安〈剑桥中国文学史〉的理念与呈现》（《文化与诗学》，2011）等。

---

① 朱易安：《评〈初唐诗〉》（斯蒂芬·欧文著，贾晋华译），霍松林、傅璇琮主编《1989—1990年唐代文学研究年鉴》，广西师范大学出版社1991年版，第331—336页。另见贾晋华《〈盛唐诗〉评介》，《1989—1990年唐代文学研究年鉴》，广西师范大学出版社1991年版，第415—424页。

② 莫砺锋：《〈初唐诗〉与〈盛唐诗〉》，《唐研究》（第二卷），北京大学出版社1996年版，第488—505页。

3. 对《中国文论：英译与评论》① 的研讨热潮

乐黛云先生在为中译本《中国文论》（2003）所做的序言中高度赞誉这部对中国文论的翻译与评论著作："此书本身就是一个中西文论双向阐发、互见、互识，相互照亮的极好范例。"② 由此，国内学界引发了一轮研讨《中国文论》的热潮。胡晓明教授称誉其为"继理雅各（James Legge）、华滋生（Burton Watson）、康达维（David Knechtges）之后，中国经典又一次规模盛大的西方旅行"。③ 其他主要论文及评论文章有：陈引驰与赵颖之合著《与"观念史"对峙："思想文本的本来面目"——宇文所安〈中国文论〉评》（《社会科学》，2003 年）、葛红兵《中国文论的跨文化解读——评宇文所安〈中国文论：英译与评论〉》（《文汇读书周报》，2003 年 5 月）、程亚林《屡将歌罢扇，回佛影中尘》（《读书》，2003 年）、陈引驰与李姝合著《鸟瞰他山之石——英语学界中国文论研究》（《中国比较文学》，2005 年）、李清良《一个西方学者的中西阐释学比较》（《北京大学学报》，2006 年）、任真《宇文所安对〈诗大序〉解读的两个问题》（《文艺理论与批评》，2006 年）等。

4. 整体上对宇文所安诗学思想和研究方法的探讨

诗学思想研究成果有：张卫东《宇文所安：从中国文论到汉语诗学》、曹蕾《诗歌：煽起欲望又压制欲望的语言游戏——从〈插曲：牧女之歌〉看斯蒂芬·欧文的诗歌观》、史东东《论宇文所安中国诗学研究中的"非虚构传统"》、卢永和《"诗言志"与"诗是某种制作"——析中西诗学理论原点之异》、陈橙《他者视域中的文学传统——以宇文所安〈中国文学选集〉为中心的考察》和黎亮《美国学者宇文所安的中国文论思想》。

探讨其唐诗研究方法的成果有：程铁妞的《试论斯蒂芬·欧文之中国古典文学研究》、王晓路、史冬冬的《西方汉学语境中的中国文学阐释与话语模式——以宇文所安的解读模式为例》、蒋艳萍的《宇文所安跨文化文学解读模式研究式》与《文学批评的诗意表达——谈宇文所安的论

---

① Stephen Owen, *Readings in Chinese Literature Thought*, published by the Council on the East Asia Studies Havard University distributed by Havard University Press Cambridge, Massachusetts and London, 1992.

② 乐黛云：《中国文论：英译与评论·序言》，见宇文所安《中国文论：英译与评论》，上海社会科学院出版社 2003 年版，第 5 页。

③ 胡晓明：《远行回家的中国经典——宇文所安〈中国文论：英译与评论〉读后》，《文汇报》2003 年 3 月 14 日第 15 版。

文言说方式》、胡燕春的《新批评派与美国汉学界的中国文学研究》、高超《译释并举，文史互征——论宇文所安对中国文论翻译与阐释的方法及其意义》与《宇文所安文本细读方法初探》、邱晓与李浩的《论"新批评"文学理论对宇文所安唐诗研究的影响》以及付晓妮的《论宇文所安对中国文学的解读与思考》。

5. "重起炉灶"：采用新的视角与方法对宇文所安唐诗研究的再解读

有些学者还采用新的视角与方法对宇文所安唐诗研究文本进行再解读，这方面的研究成果有：李清良《一位西方学者的中西阐释学比较》、王晓路、史冬冬《西方汉学语境中的中国文学阐释与话语模式——以宇文所安的解读模式为例》、殷晓燕《论汉学家在中国文学研究中的"互文性"运用——以宇文所安对唐代怀古诗的研究为例》及《形象学视域中的"唐代诗人形象"——以宇文所安的〈初唐诗〉、〈盛唐诗〉为中心》等。

6. 宇文所安访谈录

对宇文所安的访谈录体现了对宇文所安唐诗研究感兴趣的两个方向：一是来自学术层面，一是来自媒体大众层面。两个层面的兴趣，不约而同地表明宇文所安在国内的影响力的日趋扩大，它正越出学术层面走向普罗大众，这既体现了宇文所安阐释唐诗的独特学术魅力，又是以唐诗为代表的中国优秀传统文化自身魅力的充分展现。

除上述论文与评论之外，集中对宇文所安单部专著或某一研究视域进行研究的硕士学位论文还有：潘雪月《象＝Image？哲学阐释学看宇文所安对〈文心雕龙·原道〉中"象"的翻译》（四川外语学院，2008年）、陈培文《论美国汉学界的韩愈研究》（华东师范大学，2011年）、周文《宇文所安对中国文论术语的处理》（西南交通大学，2011年）、刘璐《宇文所安的唐诗史书写与方式研究》（湖南大学，2012年）、刘梅芳《诗话重构　初唐新语》（三峡大学，2012年）、尹青青《异域之眼》和蔡彦《宇文所安唐诗研究探析》（山东师范大学，2013年）。

第二节　研究内容、方法与选题意义

一　研究内容与方法

本书主要围绕宇文所安对唐诗译介、阐释的特点、方法及其在唐代诗歌史的建构过程中所体现出的诗学思想来"谋篇布局"的。全书除绪论外，共分为九章。第一章"背景：欧美唐诗翻译概况"概述宇文所安唐诗译介与研究的前提条件和文化背景，即追本溯源地探究法、英两国汉学界的唐诗译介与研究历史以及它们对美国唐诗译介与研究的影响。第二章"观念：宇文所安的唐诗翻译思想探秘"从宇文所安翻译唐诗的历程论述，对其翻译唐诗的思想、方法以及译诗的功效做出评析。第三章"译文：宇文所安对唐诗的翻译与诠释"，将杜甫诗歌的风格与宇文所安的英译杜诗相比较，深入探讨宇文所安英译杜诗的风格传译的成功与否，并从译介学的视角出发对宇文所安唐诗翻译中出现的创造性叛逆、过度诠释、误译与误释及文化意象的失落与歪曲等现象进行深入、细致的分析与归纳，并总结其对唐诗翻译的启示意义。第四章"比较：宇文所安与韦利、许渊冲等译家的唐诗英译"，从宇文所安唐诗翻译的具体实践入手，对其唐诗英译的特点及得失情况做出对比分析与评价。第五章"变异：宇文所安眼中的唐代诗人形象"，运用当代比较文学形象学的异国形象理论，分析宇文所安唐诗研究文本中的"唐代诗人"形象。第六章"结构：宇文所安如何书写唐诗史？"，对宇文所安整个唐诗史的主体架构、内容进行分析研究，着重探讨其对建构唐诗史的启示意义。第七章"方法：宇文所安如何研究唐诗史"，对宇文所安唐诗研究所运用的方法进行分析、归纳，彰显出宇文所安在方法运用方面的丰富性。第八章"文化：宇文所安英译唐诗里的'文化唐朝'"，本章揭示宇文所安更多地从思想、文化的角度出发，展现唐诗的发展与诗人自身人生经历及社会环境变化的关系，以及唐诗背后所蕴含的思想与文化特点。第九章"'断片'：宇文所安关于唐诗学的美学思想"，主要有四个方面内容：一是概括和归纳宇文所安在唐诗史的书写和中国古代文论研究中的抒情文本的流动性和不确定的特点；二是对宇文所安的抒情文本的碎片化与非虚构性或自传性美学思想结合案例加以深入分析及缜密归纳与总结；三是分析宇文所安如何从接受美学理论出发，在唐诗的诠释与英译过程中注重读者接受的美学实践；四是从整体上概括宇文所安的英译唐诗及唐诗研究的价值与意义。

二　选题意义与学术价值

宇文所安研究中国古典文学、文化，一是学术兴趣使然，这是不容怀疑的事实，另外一个目的是为了吸收中国传统文化中的精华，为我所用，有点像鲁迅先生所言的"拿来主义"文化策略。宇文所安曾说："其实在美国研究中国文化，主要是为了美国的文化建设，而不完全是为了对中国文化发言。"① 治汉学研究的著名学者钟玲教授指出："总体来说，对于美国人而言，20世纪的中国，是他们歧视、好奇、同情、援助、仇视，或唾弃的对象，但从来不是他们向往、仰慕的对象。对20世纪一些美国诗人而言，他们持一种奇怪的二分法，好像现实里的中国与中国文化是不相干的，他们可以对美国社会上的华人或对中国抱歧视的或忽视的态度，但对中国古代文学却抱极度推崇的心理。前者多少反映了白种人的种族优越感及帝国主义思想，后者则应该是文化自我救赎的一种方式，或是诗人颠覆帝国主义思想的一种手段。"② 看来，钟玲教授所言的吸取外来文化、促进本土文化更新的"文化自我救赎"心理，在21世纪的美国仍然不同程度地存在着。

宇文所安在美国译介、研究中国古典文学作品，使越来越多的美国人对中国文学、文化产生兴趣。这种跨文化的汉学研究与文化传播，既丰富、提升了美国自身的多元文化内涵与水平，又弘扬了中国优秀的传统文化，提升了中国在世界上的软实力。近年来有识之士提出，要推进古代文学研究的国际化，"在世界文化日益强调多元交融、人类进入后工业时代面临种种困境的今天，中国古代文学理应与整个中国古代文化一道，得到进一步的推介，成为整个人类充分共享的文化遗产，为人类追求心灵的丰富、构建和谐美好的生活提供精神资源"③。推进古代文学研究的国际化，重视海外汉学研究必是题中应有之义，因为海外汉学研究本身就是古代文学研究的国际化进程中的一个重要环节。

对于宇文所安中国古典文学研究的再研究，还带有明显的中西文学、文化交流的特点，在文学研究的互动中，有助于中国本土的古典文学研究者形成开放的、宏阔的学术视野，学习、借鉴优秀的研究理论与方法，与汉学家一道在中西文学、文化双向阐释的大背景下，互识、互证、互补，共同促进学术的繁荣。宇文所安唐诗翻译研究及其诗学思想探讨的意义，重点在于获取方法论的启迪，从而为中国本土唐诗研究提供一个可资参考的"借镜"。同时，对宇文所安唐诗研究中所提出的新问题或得出的富有

---

① 宇文所安曾说："其实在美国研究中国文化，主要是为了美国的文化建设，而不完全是为了对中国文化发言。"参见张宏生《对传统加以再创造，同时又不让它失真——访哈佛大学东亚语言与文明系斯蒂芬·欧文教授》，《文学遗产》1998年第1期。

② 钟玲：《美国诗与中国梦——美国现代诗里的中国文化模式》，见乐黛云、王向远《比较文学研究》，福建人民出版社2006年版，第338页。

③ 廖可斌：《古代文学研究的国际化》，《文学遗产》2011年第6期。

新见的结论进行分析、归纳，为以后的研究提供一个新的方向，才真正不失其"他山之石"的理论价值与现实意义。

　　此外，还有一个现实的考虑，对海外汉学成果的研究，除了上述所言有利于促进我们本土学者对新方法、新的理论运用方面的借鉴之外，还有助于我们保持对文学、文化间误读的警醒，对自身研究古代文学文化传统显著优势葆有清醒的认识与自信力，在"互识"的前提下，构建平等对话的学术平台，以宽阔的胸襟，吸纳真知灼见，提高自身的学术水平，为继承、弘扬我国优秀的传统文化和建设、发展本国的现代文化出一份力。

第一章　背景：欧美唐诗翻译概况

欲探究宇文所安唐诗的译介、阐释与研究的内容、方法、价值与意义，需要大致确定宇文所安唐诗研究在美国对唐诗译介、研究与接受的历史过程中的位置及美国研究唐诗的整体情况，而欲了解美国对唐诗的接受史又须追根溯源地了解唐诗最先传入西方的法英诸国的唐诗译介与研究状况，因为美国对唐诗的译介、阐释与研究是在欧洲大陆和英国对唐诗译介和接受的基础上展开的。本书主要以法、英两国汉学界的唐诗译介与研究为对象，探究它们对美国本土唐诗译介与研究的影响，进而了解美国对唐诗译介与研究的整体情况，为探明宇文所安的唐诗译介与研究做好铺垫和准备工作，换言之，最终目的就是要在欧美唐诗研究历史进程的坐标中，找到宇文所安唐诗研究的精确位置。

第一节　法国的唐诗译介与研究

一　早期法国的唐诗译介

法国人最早向西方介绍了产生唐诗的那个伟大历史时代。1776年至1814年，由来华法国耶稣会传教士勃兰梯（Gabriel Bretier）、勃兰扣尼（Oudart Feudrix de-Brequigny）等人主编的《中国历史、学术、艺术、风俗及习惯研究》（*Mémoires Concernant l'Histoire, les Sciences, les Art, les Moeurs, les Usages, des Chinois：Par les Missionairesde Pékin*）（简称为《北京耶稣会士杂记》，或《中国杂记》等）16卷本陆续出版，其中1791年出版的第15卷有"大唐史纲"、第16卷为"大唐代史纲续"——按日本学者石田干之助考证，这部分的作者是法国传教士宋君荣（Antoine Gaubi）。① 当然，这部有关中国历史、文学艺术及风俗习惯的著述，所涉猎的可能只是有关唐诗的时代背景以及相关语言文字的感性认知。不过，我国学者王丽娜在20世纪90年代初曾撰文指出，"该书第四、五卷中即有关于唐诗和李白、杜甫的介绍文章，并有王涯的五言绝句《送春词》的译文"，② 遗憾的是她未能注明出处，我们不知其所踪哪部典籍。继而，马祖毅、任荣珍两位学者在其所著《汉籍外译史》中也照搬下来。③ 在1776年至1814年的巴黎，历时约40年陆续出版的这部16卷中国杂纂至今尚未被译介成中文，不过，在石田干之助先生所著《欧人之汉学研究》中却有较为详尽的内容介绍，在此我把书中对第四卷与第五卷的内容介绍照单列出："第四卷（一七七九年）（pp. IV510）绪论——中国人的孝道底旧说和新说——在中国的银底重要考——痘疮——名为洗冤（录）的汉籍——道士的工夫——康熙帝对于物理学和博物学的观察——两三种化合物和中国人间通行的药方——麝香——蘑菇蕈（Mo-kou-sin）及Lin-tchi——白犀"；"第五卷（一七八〇年）（pp. ii, 518）绪论——关于中国和初期欧洲底概念——中国名人列传续编——杂考"。据此，很难判定第四、五卷有没有介绍唐诗和李白、杜甫地位的文章以及王涯的五绝《送春词》的译文。但是，治中法文学关系的中国学者钱林森先生，在讨论唐诗在法国的传播时，也只提到该书第七卷中有一位18世纪的西伯神父述及唐诗的语言"形同图画"④，倘若在1779、1780年先后出版的第四、五卷中果真有介绍唐诗的文字以及王涯《送春词》的译文，那么钱先生此处的疏漏可能会引发一个本应追根溯源的问题，即第一首唐诗究竟是法译的还是英译的？

如果论及专门对唐诗的选译专著的出现，那么走在世界前列的还是法国人。1862年，法国著名汉学家圣-德理文侯爵（D' Hervey Saint-Denys, 1823—1892）的法文译本《唐代诗歌》（*Poésies De L' Epoque des Thang*）问世⑤，这是一本迄今所知最早的唐诗西译专著，被西方诗评家认为是一本"包括很多散体翻译，并对中国诗歌格式有深入研究的唐诗

---

① ［日］石田干之助：《欧人之汉学研究》，朱滋翠译，北平中华大学1932年版，第214、224页。
② 王丽娜：《唐诗在世界各国的出版及影响》，《中国出版》1991年第3期。
③ 马祖毅、任荣珍：《汉籍外译史》，湖北教育出版社2003年版，第199页。
④ 钱林森：《中国文学在法国》，花城出版社1990年版，第69页。
⑤ Le Marquis d's Hervey-Saint-Denys, *Poésies de L'époque des Thang*, Amyot, Paris, 1862, 见许光华《法国汉学史》，学苑出版社2009年版，第114页。

专门译著"①。德理文选译的唐诗，源自《唐诗合解》《唐诗合选详解》《李太白文集》《杜甫全集详注》四部唐代诗集，共收入35家唐代诗人的97首诗作。以李白、杜甫诗为最多——李白24首、杜甫23首，其他著名或名气稍逊一筹的诗人次之。德理文侯爵的译诗比较忠实原文，而且注释详尽②，"曾被第三帝国时期的文学沙龙奉为脍炙人口的佳作，他的译文一直流传至今"③。中国古代诗歌自此在法国乃至整个欧洲得以风行，德理文侯爵功不可没。20世纪法国著名汉学家戴密微认为，在德理文之前，中国诗歌对欧洲公众来说实际上是一片空白，因为耶稣会士虽然也做了一些工作，而严格说起来，实际他们是"完全忽略了"这方面的内容，只是到了德理文侯爵，法国的学者才真正地对中国的诗歌进行认真的研究，因此，德理文是"欧洲最早对中国诗歌感兴趣的人之一"。④ 1867年，英国汉学家亚历山大·淮烈（Alexander Wylie，1815—1887）的《中国文学札记》（Notes On Chinese Literature）一书，将这部当时西方仅有的唐诗法文译本列在附录的书目中，并初步述及唐代文学的总体情况，认为"李太白和杜甫的时代被视为中国吟咏诗人的黄金时代"。⑤ 圣-德尼侯爵的这部法译本《唐代诗歌》，作为研究唐诗的专门译著，要比英国汉学家弗莱彻（William John Bainbrigge Fletcher，1870—1933）于1919年出版的《英译唐诗选》⑥和1925年出版的《续集》⑦早了半个多世纪。

　　1867年，法国女作家朱迪特·戈蒂耶（Judith Gautier，1845—1917），在一位名叫丁敦龄的中国山西人的帮助下，选译了中国古今人诗成集，题

---

① Launcelot A Cranmer-Byng：*A Lute of Jade*：*Being Selections from the Classical Poets of China*，Wisdom of the East Series，London：John Murray，1918. p. 116，转引自江岚《唐诗西传史论——以唐诗在英美的传播为中心》，学苑出版社2009年版，第5页。本书中所引注20世纪以前或初期出版的英文书刊之对应英文名称及相关出版信息除特别注明以外，大都本自江岚女士的《唐诗西传史论》，恕不一一注明，同时向江女士表示感谢。

② 许光华：《法国汉学史》，学苑出版社2009年版，第115—116页。

③ [法] 彼埃·卡赛：《中国古典文学在法国》，《法国汉学》（第四辑），中华书局1999年版，第283页。

④ Paul Demieville，*Apercu historique des etudes sinologiques en France*，II. 转引自许光华《法国汉学史》，学苑出版社2009年版，第138页。

⑤ Alexander Wylie：*Notes On Chinese Literature*，Shanghai：American Presbyterian Mission Press，1867，p. VII. 转引自江岚《唐诗西传史论——以唐诗在英美的传播为中心》，学苑出版社2009年版，第38页。

⑥ W. J. B. Fletcher：*Gems of Chinese Verse*，Shanghai：Commercial Press，LTD. 1919.

⑦ W. J. B. Fletcher：*More Gems of Chinese Poetry*，Shanghai：Commercial Press，LTD. 1925.

名为《白玉诗书》（或译为《玉书》，Le Livre de Jade，1867）①。朱迪特·戈蒂耶是 19 世纪唯美主义大诗人泰奥菲尔·戈蒂耶（Theophile Gautier，1811—1872）的女儿，是一个具有中国情结的"东方主义者"：她常自称"我整个的一生都属于远离我的时代和环境的遥远的东方……我是一个中国人，我是中国王妃的再生"。②她的这本带有浓郁东方情调的译诗一经出版，就在法国文坛引起了很大反响。据传，法国大诗人雨果收到朱迪特用中文题签的《玉书》后，大为赞叹，称"《玉书》是一部精致的作品，我要跟您说，在这个中国我看到了法国，在这座中国瓷器中我看到您的晶莹洁白的灵魂。您是诗人之女，诗人之妇，是王之女，王之妇，您就是女王。胜过女王，您是缪斯"③。《玉书》初版时共选译了 24 位中国诗人的 71 首诗，其中唐代大诗人李白诗 13 首、杜甫诗 14 首；在 1902 年再版时，选诗已增至 110 首，唐诗共有 64 首，占一半以上。④《玉书》名为译诗，实质上融入了作家本人大量的想象与创新，治中法文学关系的钱林森先生认为，"我们更倾向于把它看作是创作，至少是改写而非翻译，是由女作家精心打磨的艺术品，如同当年雨果所感受到的那样，是一尊注入女性灵魂的'中国瓷器'"。⑤钱锺书先生虽未直接对《玉书》做出评价，但从他对丁敦龄其人的恶评中⑥，我们可以看出其对《玉书》评价不高。现代法国汉学家彼埃·卡赛（Pierre Kaser）对《玉书》评价很低，"时间已对戈蒂埃小姐（著名诗人泰奥菲尔·戈蒂埃之女）的一派胡言作了清算，虽然浮夸的文风只能满足文学猎奇者或赶时髦的小报撰稿人

---

① Judith Gautier, *Le Livre de Jade*, Edition d'Yvan Daniel, Paris, 2004. 钱锺书先生认为，丁敦龄"其人实文理不通，观译诗汉文命名，用'书'字而不用'集'或'选'字，足见一斑"。参见钱锺书《谈艺录》（补订本），中华书局 1984 年版，第 372 页。
② 钱林森：《光自东方来——法国作家与中国文化》，宁夏人民出版社 2004 年版，第 188 页。
③ 钱林森：《光自东方来——法国作家与中国文化》，宁夏人民出版社 2004 年版，第 185 页。
④ Judith Gautier, *Le Livre de Jade*, Edition d'Yvan Daniel, Paris, 2004.
⑤ 钱林森：《光自东方来——法国作家与中国文化》，宁夏人民出版社 2004 年版，第 189 页。
⑥ 钱锺书认为，"然丁不仅冒充举人，亦且冒充诗人，俨若与杜少陵、李太白、苏东坡、李易安辈把臂入林，取己恶诗多篇，俾戈女译而蝨其间。颜厚于甲，胆大过身，欺远人之无知也"。参见钱锺书《谈艺录》（补订本），中华书局 1984 年版，第 372 页。

的需要……"①

《玉书》的价值,在今天看来,也许更多地体现文学史的意义。《玉书》的出版在当时不仅震动了法国文坛,而且还广播欧美,影响深远。1897年,美国诗人斯图亚特·梅里尔(Stuart Merrill)率先将《玉书》转译成英文,随后它成了美国新诗运动中国诗的主要参考书:"新诗运动兴起后,《玉书》成了美国人特别喜爱的读物,转译次数之多,令人吃惊。"②可以想见,本已是带有极大改写成分的唐诗译介,再经过多次的转译,可能已是"面目全非"了,但是它却为美国新诗的发展注入了活力。

与朱迪特·戈蒂耶同时代的法国诗人保罗·克洛岱(Paul Claude,1868—1955)从1895年到1909年曾以外交官的身份居留中国达12年之久,他离开中国后曾根据曾仲鸣的中诗法译本以及《玉书》润色重译了近40首中国诗歌,先后结成了两个集子:《根据中文改写的短诗》(22首)和《其他根据中文改写的诗》(17首)。③显然,克洛岱的唐诗翻译,其中的创作成分远远多于翻译成分。其据《玉书》所译文字颇得钱锺书先生的好评,"译者驱使本国文字,其功夫或非作者驱使原文所能及,故译笔正无妨出原著头地。克洛岱尔之译丁敦龄诗是矣"④。

20世纪法国著名汉学家戴密微(Paul Demiévill,1894—1979),主持编写了收录上至《诗经》下至清代将近400首诗歌的《中国古典诗歌选集》的法译选本,其中选译了李白、杜甫、白居易等40多位诗人的106首诗词。⑤他认为中国古代诗歌是"中国所孕育出的最高妙的东西""是中国的天才最深刻的表现"。⑥他在为诗选所写介绍文字中说,"如果读者

---

① [法]彼埃·卡赛:《中国古典文学在法国》,《法国汉学》(第四辑),中华书局1999年版,第283页。
② 赵毅衡:《诗神远游:中国如何改变了美国现代诗》,上海译文出版社2003年版,第143页。
③ 葛雷:《克洛岱与法国文坛的中国热》,《法国研究》1986年第2期。另参见秦海鹰《形与意——谈中国语言文字对克洛代尔的诗学启示》,《当代外国文学》1993年第3期。
④ 钱锺书:《谈艺录》(补订本),中华书局1984年版,第372页。
⑤ 《中国古典诗歌选集》于1962年由伽利玛尔出版社在巴黎出版,诗歌丛书第156号,1982年曾再版。参阅[法]彼埃·卡赛《中国古典文学在法国》,《法国汉学》(第四辑),中华书局1999年版,第294页注释14。
⑥ [法]谢和耐(Jacques Gernet):《法兰西学院院士戴密微的生平、成就简介》,吴旻译,《法国汉学》(第七辑),中华书局2002年版,第543页。

脑子里充满了我们的地中海的文化传统,他也许会觉得这种诗太短小了。如画家塞尚曾以轻蔑的口吻说,这种诗乃是'一些中国的影像'"①;中国诗歌的特点就是具有一种极强的引起联想的能力:"从来没有'像'什么:只有现实本身无声的象征,这种现实要用一种无比直接的敏悟力来理解。"② 戴密微对中国古诗的感悟与介绍带有与西方诗歌相比照的性质,无疑有助于帮助西方读者领略中国古诗的诗歌艺术风貌,因此,他得到法国汉学界的高度称誉,"认真介绍中国诗歌艺术的第一次重要尝试无疑应归功于伟大的汉学家戴密微"③。另外,1982 年,戴密微先生生前直接根据巴黎国立图书馆的敦煌卷子精心整理的《王梵志诗全译本》出版了④,它要早于我国首次出版的《王梵志诗校辑》⑤。此后,对唐代诗人的专门研究陆续进入了法国汉学界的视域。

二 唐诗译介与研究的繁荣

真正由唐诗的译介跨入唐诗研究领域始于程抱一(Francois Cheng)先生,他是法籍华裔学者兼诗人、作家,也是法兰西学院有史以来第一位亚裔院士。程先生在 1969 年出版的《唐代诗人张若虚的诗歌结构分析》⑥ 是法国研究唐代诗人的第一本专著,它运用西方结构主义的理论解析唐诗的语言结构特点。分别发表于 1977 年和 1979 年的《中国诗语言研究》⑦ 和《虚与实:中国画语言研究》⑧,不仅为程抱一先生在法国汉学界、艺术界赢得了广泛的声誉,而且随后被译成多国文字,在欧美、日本广为传播,极大地促进了中国古典诗歌、绘画传统文学艺术在海外的传播与影响。作者从符号分析学的视角,把中国诗歌与绘画本身看作一种语言,解读中国诗歌语言结构和绘画艺术的特点,其中《中国诗语

---

① 钱林森:《中国文学在法国》,花城出版社 1990 年版,第 38 页。
② [法]谢和耐(Jacques Gernet):《法兰西学院院士戴密微的生平、成就简介》,吴旻译,《法国汉学》(第七辑),中华书局 2002 年版,第 543—544 页。
③ [法]彼埃·卡赛:《中国古典文学在法国》,《法国汉学》(第四辑),中华书局 1999 年版,第 283 页。
④ 钱林森:《中国文学在法国》,花城出版社 1990 年版,第 44 页。
⑤ 张锡厚:《王梵志诗校辑》,中华书局 1983 年版。
⑥ Cheng Chi-Hsien, *Analyse fomelle de L'oeuvre poétique de Zhang Ruo-Xu*, Monton &co-La Haye, 1970. 中文节译参见钱林森编《牧女与蚕娘》,上海古籍出版社 1990 年版。
⑦ F. Cheng, *L'écriture poétique chinoise*, Seuil, 1977, réédition 1996.
⑧ F. Cheng, Vide et plein, *La language pictural chinoise*, Seuil, 1979, réédition 1991.

言研究》的第二部分"唐诗选"共译介李白、杜甫、李商隐等 37 位诗人的 122 首诗词①。

此外，保尔·雅各布（Paul Jacob）在 1983 年出版《唐诗》译本，选译李白、杜甫等 38 位诗人 152 首诗。胡若诗女士（Florence Hu-Sterk）的博士学位论文《唐诗中的"镜"与 1540 至 1715 年的法国诗》（1986）②，开始运用比较的视角，对照唐诗与法国诗歌中的"镜"的隐喻与象征，探究其背后的独特思想内涵，颇具慧眼。专攻中国古代文学的法国汉学家吴德明先生（Yves Hervouet, 1921—　）在 1995 年出版《古代中国的爱情和政治：李商隐诗 100 首》，译文后附有详细的注释。③ 用法语写作的比利时学者乔治特·雅热（Georgette Jaeger, 1920—　），专攻唐诗，在唐诗研究方面成绩斐然，著有《中国文人——唐代诗人及其交往》（1977）、《寒山——道家、佛家和禅的隐士》（1985）与《唐诗三百首》（1987）等专著。④

第二节　英国的唐诗译介与研究

一　始于 19 世纪的英国唐诗译介与研究

"唐诗在英语世界里的传播，可以追溯到英国政治家、艺术家兼诗人 S. Jenyns（1707—1787）之译作，……他的译文原收入其著作集（4 卷本，18 世纪末出版于伦敦），现已有单行本，题为《〈唐诗三百首〉选译》（1940）、《〈唐诗三百首〉续译》（1944）。"⑤ 这段文字明白无误地告诉我们英译唐诗第一人是 S. Jenyns，遗憾的是学者黄鸣奋先生并没有提供其人在 18 世纪末出版于伦敦的 4 卷本著作集及其译诗原文，所以很难断定此人就是英译唐诗第一人；另外一位学者高玉昆先生也认同了这个说

---

① ［法］程抱一：《中国诗画语言研究》，涂卫群译，江苏人民出版社 2006 年版，第 129—280 页。
② 钱林森：《中国文学在法国》，花城出版社 1990 年版，第 78 页。
③ ［法］彼埃·卡赛：《中国古典文学在法国》，《法国汉学》（第四辑），中华书局 1999 年版，第 284 页、第 295 页注释 27。
④ 蒋向艳：《程抱一的唐诗翻译和唐诗研究》，华东师范大学出版社 2008 年版，第 206 页。
⑤ 黄鸣奋：《英语世界中国古典文学之传播》，学林出版社 1997 年版，第 155 页。

法。① 采用此说的还有编著《汉籍外译史》的马祖毅、任荣珍两位先生。② 而据学者江岚考证，这位诗人兼政治家的英国人 S. Jenyns 先生，全名是 Soame Jenyns，确实在 1790 年出版过他的四册作品集，但 20 世纪 40 年代出版的《〈唐诗三百首〉选译》及《续译》实为生于 1904 年的美国汉学家 Roger Soame Jenyns 所著。③

首开唐诗英译先河的是英国的传教士罗伯特·马礼逊（Robert Morrison，1782—1834）。他是被伦敦传教会派往中国的第一位基督新教传教士，后又作为东印度公司的译员长期居留中国。在他的一部介绍清朝文史知识、内容比较庞杂的专著《中文原文英译》（1815）中，为了说明"登高"习俗在古代中国社会民俗生活中的重要意义，他翻译了杜牧的一首诗，译诗后还附录了中文的原题和原文④，即《九日齐山登高》——"江涵秋影雁初飞，与客携壶上翠微。尘世难逢开口笑，菊花须插满头归。但将酩酊酬佳节，不用登临恨落晖。古往今来只如此，牛山何必独沾衣。"下面我们把马礼逊的译诗原文附于此，以供比照。

> The Following Liners
> By Too-Mo
> Have An Allusion To The Tang-Kaou
> When the autumnal rivers receive the shadow of the first flying Swallow;
> Let us, companions, take the bottle and ascend the lofty mountain—
> In this impure world,' tis difficult to meet with a mouth open laughing;
> Let us (to-day) with the Keii flower, decorate our heads and return.
> We'll get merrily drunk, and keep up this happy season;
> 'Tis in vain to ascend the hill, and sigh about the sun setting.
> Old times have passed away, the present come, and still it is thus;
> What's the use of (like the man of Cow-hill) staining our garments

---

① 高玉昆：《唐诗比较研究新篇》，香港天马图书有限公司 2003 年版，第 147 页。
② 马祖毅、任荣珍：《汉籍外译史》，湖北教育出版社 2003 年版，第 240 页。
③ 江岚：《唐诗西传史论——以唐诗在英美的传播为中心》，学苑出版社 2009 年版，第 24—25 页。
④ 江岚：《唐诗西传史论——以唐诗在英美的传播为中心》，学苑出版社 2009 年版，第 30 页。

with tears.

Referring to a Person named Tse-king-kung.

江岚认为，马礼逊所译的这首诗，既没有交代作者杜牧是唐代诗人，也没用介绍诗人与诗作的相关信息；译文既不讲究格式，也不押韵，但它却是迄今为止有文献资料可查的第一首完整的英译唐诗。①

1870 年，曾经出任过第二任香港总督的戴维斯（Sir John Francis Davis）在英国出版《汉文诗解》。②《汉文诗解》介绍了从《诗经》到清诗的总体情况，选取中国历朝历代的一些诗歌作品做出鉴赏性的分析，其中选译了两首唐诗：王涯的《送春词》和杜甫的《春夜喜雨》。尽管戴维斯对唐诗缺乏整体性的认知，但是他是"英语世界总体推介唐诗在内的中国诗歌的第一人"③。

英国汉学家翟理斯（Herbert Allen Giles，1845—1935）1867 年来华，以外交官员的身份在中国生活 26 年，回国后出任剑桥大学汉学讲座教授，是一位地地道道的学院派汉学家。他的汉学成就除了在中国古典文学方面的造诣之外，还编撰了《华英字典》（*Chinese-English Dictionary*）。在唐诗传播方面，翟理斯的卓越贡献主要体现在他开始对唐诗进行较为专业化、系统化的译介，这方面的专著有《古文选珍》④（1884）、《古今诗选》⑤（1898）和《中国文学史》⑥（1901）。《古今诗选》中选译了 102 位诗人的近 200 首诗作，其中唐诗占一半以上，选诗最多的诗人是李白，有 21 首之多。⑦《古文选珍》在 1923 年再版时，翟理斯对原书进行了修

---

① Robert Morrison, *Translations From The Original Chinese, with Notes*, Canton, China, Printed By Order Of The Select Committee；At The Honorable East India Company's Press, 1815. 参见江岚《唐诗西传史论——以唐诗在英美的传播为中心》，学苑出版社 2009 年版，第 29—31 页。
② Sir John Francis Davis, 汉文诗解 *The Poetry of the Chinese*, Asher and Co., London, 1870.
③ 江岚：《唐诗西传史论——以唐诗在英美的传播为中心》，学苑出版社 2009 年版，第 36 页。
④ Herbert A. Giles, *Gems of Chinese Literature*, 1884.
⑤ Herbert A. Giles, *Chinese Poetry in English Verse*, London：Bernard Quaritch；Shanghai：Kelly & Walsh, 1898.
⑥ Herbert A. Giles, *A history of Chinese Literature*, New York & London：D. Appleton And Company, 1901.
⑦ 江岚：《唐诗西传史论——以唐诗在英美的传播为中心》，学苑出版社 2009 年版，第 44 页。

订与增补,并与《古今诗选》的内容合并,沿用了《古今选珍》的书名。再版的《古文选珍》在其诗歌卷中选译了 130 位诗人的 240 首诗作,其中唐诗共有一百余首。翟理斯英译唐诗特点在于善于将唐诗译成韵体,注重传递原诗的韵律美,我国英语语言文学家范存忠先生曾评价他的译诗,称翟理斯"译了李白、王维、李商隐等诗人的名篇,虽有不少失误,却能再现中国诗的忧郁、沉思和'言有尽而意无穷'的含蓄之美"。[1] 除了译诗之外,《古文选珍》还对部分唐代诗人作了简单的介绍,尽管十分片面,甚至有些不合史实的谬误所在,但无疑增进了西方读者对唐诗的理解。[2]《中国文学史》是域外学者最早用英文为中国文学写史的尝试[3],其中对唐代诗歌做出了总体的介绍,并在选译一些诗作的同时,简略介绍了许多唐代诗人的生平与创作情况。对唐诗的总体介绍非常简明概括,知识准确、分析精辟。比如,他客观地介绍了唐诗的分期:诗人们按诗歌发展进程被划分到三个不同时期,即所谓初唐、盛唐、晚唐;他们的作品质量呈现出各个时期相应的特点,即成长、繁荣、衰落。也有在后两个阶段之间再插入中晚唐之说,使唐诗的分期出现四个时期。他十分精辟地分析了诗盛于唐的最主要原因:汉语言本身的发展到此时已经完善、成熟到了足以最大限度上承载诗性的优美与丰盈的阶段。[4]

也许我们不应该忘记为英国汉学事业的发展做出杰出贡献的著名汉学家理雅各(James Legge,1815—1897),他与戴维斯、翟理斯一起被并称为 19 世纪英国汉学三大代表人物。[5] 理雅各是 1839 年来华的英国传教士,长期译著中国古代文化经典,以《中国经典》(The Chinese Classics)与《东方圣书》(The Sacred Books of the East)两大系列译著著称。前者为八卷本,成书于 1861—1872 年香港,1893—1895 年五卷本修订于牛津,内

---

[1] 范存忠:《我与翻译工作》,《中国翻译》1983 年第 7 期。
[2] 江岚:《唐诗西传史论——以唐诗在英美的传播为中心》,学苑出版社 2009 年版,第 53—58 页。
[3] 据赵毅衡先生考证,"真正第一部中国文学史,应为 1897 年日人古城贞吉的《支那文学史》"。参见赵毅衡《诗神远游:中国如何改变了美国现代诗》,上海译文出版社 2003 年版,第 145 页注释。
[4] Herbert A. Giles:A history of Chinese Literature,New York & London:D. Appleton And Company,1901,p. 143. 参见江岚《唐诗西传史论——以唐诗在英美的传播为中心》,学苑出版社 2009 年版,第 50 页。
[5] 陈友兵:《英国汉学的阶段性特征及成因探析——以中国古典文学研究为中心》,《汉学研究通讯》2008 年总第 107 期。

容包括《大学》《中庸》《论语》《孟子》《书经》《诗经》与《春秋》；后者成书于1879—1902年，内容包括《书经》与《诗经》的宗教内容、《孝经》《周易》《礼记》与《道德经》。①两套书系工程浩大，独一人之力完成，着实令整个欧美汉学界为之震撼，实为汉学发展史上一座里程碑。无疑，他为西方读者了解中国传统文化打开了一扇窗户，为沟通中西方文化交流做出了巨大贡献。遗憾的是，至今未能发现理雅各用英文翻译的唐诗。据学者江岚考据，理雅各曾将《中国经典》译成拉丁文出版，其中有关于唐诗译介的内容。此说依据的是1913年爱尔兰女诗人海伦·淮德尔（Helen Waddell，1889—1965）在美国出版的汉诗英译选本《中国歌辞》（*Lyrics: From the Chinese*），此选本共选译中国古诗40首，其中有两首注明是唐诗的。据作者言称，该选本是依据理雅各的拉丁文诗歌译著《中国经典》转译而成的。②

英国汉学家庄延龄（Edward Harper Parker，1849—1936），在中国历史和宗教史的研究方面著述颇丰。1887年，他在《中国评论》（*China Review*）③杂志第15卷第4期、第16卷第3期连续发表他选译的多首唐诗，其中有魏征的《横吹曲辞·出关》、陈子昂的《蓟丘览古赠卢居士藏用七首·燕昭王》《感遇诗三十八首》之"兰若生春夏，芊蔚何青青"、张九龄的一首《感遇诗》、杜甫的《佳人》《赠卫八处士》和储光羲的《田家杂兴八首》之"种桑百馀树，种黍三十亩"。④

艾约瑟（Joseph Edkins，1823—1905）是一位英国传教士，1848年来华，在中国度过了57年，长期从事传教与著译工作，直至在上海去世。他研究兴趣广泛，对中国语言文字、文学、历史有深厚的了解，著述颇丰。其对唐诗英译领域的贡献主要是对李白诗歌的译介与研究。1888年，

---

① 据牛津大学出版社1899年第2版《中国经典》& 纽约大学1963年版《东方圣书》，参见岳峰《架设东西方的桥梁——英国汉学家理雅各研究》，博士学位论文，福建师范大学，2003年。
② 江岚：《唐诗西传史论——以唐诗在英美的传播为中心》，学苑出版社2009年版，第180—184页。
③ 1872年7月英国学者N. B. Dennys创刊于香港的一种英文汉学杂志，双月刊，1901年7月终刊。美国里海大学的吉瑞德教授评价此刊物是西方世界最早的真正汉学期刊。参见Norman. J. Girardot：*The Victorian Translation of China*，*James Legge's Oriental Pilgrimage*，The University of California Press，2002，p. 145。
④ The China Review，or notes & queries on the Far East，Vol. 15，No. 4（1887 Jan），pp. 239-240；Vol. 16，No. 3（1887 Nov），p. 162.

他在《中国评论》发表了《作为诗人的李太白》① 一文，文中以鉴赏性的文字译介，诠释了李白的《公无渡河》《游南阳白水登石激作》和《游南阳清泠泉》三首诗作，难能可贵的是作者采用了比较的视角与方法，通过透视李白与英国著名浪漫主义诗人罗伯特·彭斯（Robert Burns）和华兹华斯的诗作在取材、内容、意境上的相通之处，探究李白诗作的艺术魅力：把李白置于伟大的浪漫主义诗人的行列。1889 年，艾约瑟又完成了一篇长达 40 页的翻译、赏析李白诗作的论文：《论诗人李太白：以其作品为例》，次年发表在《北京东方学会会刊》上。② 此文译介李白诗作 24 首，翻译、诠释、赏析与评价更为审慎、细致，推崇李白为"中国最伟大的诗人"。这两篇对李白诗作的译介与诠释的论文，确立了艾约瑟在唐诗西传过程中的历史地位：首开英语世界对唐代诗人专门研究的先河。③

综观 19 世纪后 30 年，英国汉学家理雅各、戴维斯、翟理斯、庄延龄、艾约瑟等人的突出成就，以及具有"西方世界最早的真正汉学期刊"称誉的《中国评论》在 1872 年的香港创刊，可以说英国汉学，包括唐诗在内的中国古典文学、文化的译介与研究硕果累累，成就远远超越了法国汉学。

二 20 世纪英国的唐诗译介与研究

20 世纪初较早选译唐诗的英译本出自英国汉学家克莱默-宾（Launcelot Alfred Cranmer-Byng，1872—1945）。克莱默-宾英译唐诗的译本有《长恨歌》（*The Never-Ending Wrong*，1902）、《玉琵琶——中国古代诗歌英文译本》（*A Lute of Jade：Being Selections from the Classical Poets of China*，1909）与《宴灯》（*A Feast of Lanterns*，1916）。他的译诗属于对英国汉学家翟理斯的英译本及法国汉学家德理文的法译本的转译，"转译中，他把握唐诗诗学魅力，赋予唐诗英诗韵律"。④

英译唐诗的专书出现于 1919 年。作为英国外交官身份的汉学家威

---

① Joseph Edkins, *Li T'ai-Po as a Poet*, The China Review, or notes & queries on the Far East, Vol. 17, No. 1（1888 Jan）.
② Joseph Edkins, *On Li T'ai-Po, With Examples of His Poetry*, Journal of the Peking Oriental Society, II, p. 323, 1890.
③ 江岚：《唐诗西传史论——以唐诗在英美的传播为中心》，学苑出版社 2009 年版，第 65—71 页。
④ 王凯凤：《英国汉学家克莱默-宾唐诗英译研究》，《电子科技大学学报》2014 年第 2 期。

廉·约翰·班布里奇·弗莱彻（William John Bainbrigge Fletcher，1879—1933）于1919年和1925年分别在上海出版《英译唐诗选》①及其《续集》②。弗莱彻在这两部译著中共选译唐诗285首，每一首都有原题、原文与译诗相对照，这是英语世界里第一次大规模、系统化的翻译唐诗。

阿瑟·大卫·韦利（Arthur David Waley，1889—1966），是继翟理斯之后英国汉学界翻译、研究中国古典诗歌的名家。韦利一生可谓"著作等身"：专著40种，译著46种，撰文160余篇。③ 韦利对于中国古诗的翻译，"取材广泛，从《诗经》《楚辞》一直到袁枚，但有所选择，认为五言比七言易译，白居易比其他任何诗人易译。他选择明白易懂并能引起兴趣的作品，而避免堆砌辞藻或晦涩难明的作品，他的译作，仍多失误，但对同时代的英美诗坛有一定影响，并赢得汉学界的赞赏"。英译唐诗主要出自以下几种译著：《中国诗选》（Chinese Poems，1916）、《汉诗170首》（A Hundred and Seventy Chinese Poem，1918）、《汉诗增译》（More Translation from Chinese，1919）、《诗人李白》（The Poet Li Po，1919）与《李白的诗歌与生涯》（The Poet and Creer of Li Po，1951）。韦利英译唐诗的主要贡献在于其独创性的译诗风格，范存忠先生对韦利译诗特点做出了如下归纳："韦利译诗，不赞成押韵，但试图在译作中再现原诗的格律。他运用'弹跳式节奏'（sprung rhythm），用英语的一个重读音节代表一个汉字，每行有一定数量的重读音节和不定数量的非重读音节。他认为这种格律很像无韵体（blank verse），但并不到处套用"，并认为"在20世纪前半期，最有成就的英译者当推阿瑟·韦利"④。还应当指出的是，作为英国汉学家的韦利，其英译唐诗对美国诗人影响很大，为美国现代诗坛开创新诗风提供了有益的借鉴。

20世纪后半期，英国唐诗英译的杰出成果当推汉学家安格斯·查尔斯·葛瑞翰（又译"格雷厄姆"，Angus Charles Graham，1919—1991）的《晚唐诗》（Poems of the Late T'ang，1965），该书在英、美两地同时出版。此书译介杜甫晚年作品和晚唐诗人孟郊、韩愈、李贺、杜牧、李商隐等人的作品90余

---

① W. J. B. Fletcher, *Gems of Chinese Verse*, Shanghai：Commercial Press, LTD. 1919.
② W. J. B. Fletcher, *More Gems of Chinese Poetry*, Shanghai：Commercial Press, LTD. 1925.
③ 江岚：《唐诗西传史论——以唐诗在英美的传播为中心》，学苑出版社2009年版，第110页。
④ 范存忠：《我与翻译工作》，《中国翻译》1983年第7期。

首，是自唐诗英译以来最早系统地关注晚唐诗人诗作的译本。① 我国学者张隆溪先生曾翻译格雷厄姆专门谈论中国诗翻译的文章。② 在这篇文章中，格雷厄姆谈到他翻译中国诗的经验，认为"汉诗的译者最必需的是简洁的才能，有人以为要把一切都传达出来就必须增加一些词，结果却使某些用字最精炼的中国作家被译成英文之后，反而显得特别啰唆"③。

第三节　美国的唐诗译介与研究

一　早期美国唐诗的译介

直到20世纪初期，美国本土才出现自己的唐诗译介。1912年，美国传教士威廉·马丁（William Alexander Parsons Martin，1827—1916），中文名字称"丁韪良"的《中国传奇与抒情诗》一书出版。在这本书里，丁韪良译介了三首李白诗歌，因之，丁韪良成了美国本土汉学家中译介唐诗的第一人。④

在此之前，美国本土对唐诗的接受源自对欧洲的唐诗译介，最早的是对法国女作家朱迪特·戈蒂耶（Judith Gautier）的法译唐诗选本《白玉诗书》的转译。1897年，美国诗人斯图亚特·梅里尔（Stuart Merrill，1863—1915）率先将《白玉诗书》转译成英文⑤，随后它成了美国新诗运动中国诗的主要参考书："新诗运动兴起后，《玉书》成了美国人特别喜爱的读物，转译次数之多，令人吃惊。"⑥ 可以想见，本已是带有极大改

---

① 江岚：《唐诗西传史论——以唐诗在英美的传播为中心》，学苑出版社2009年版，第284页。
② [英]格雷厄姆：《中国诗的翻译》，参见张隆溪《比较文学译文集》，北京大学出版社1982年版，第219—239页。
③ [英]格雷厄姆：《中国诗的翻译》，参见张隆溪《比较文学译文集》，北京大学出版社1982年版，第224页。
④ W. A. P. artin, *Chinese Legends And Lyrics*, Shanghai：Kelly & walsh, Limited, 1912. 参见江岚《唐诗西传史论——以唐诗在英美的传播为中心》，学苑出版社2009年版，第74—75页。
⑤ 在其1890年出版的法国散文选译本《散文的粉彩画》中，即 Stuart Merrill, *Pastels In Prose*, New York：Harper & Brothers, Franklin Square, 1890. 参见江岚《唐诗西传史论——以唐诗在英美的传播为中心》，学苑出版社2009年版，第170页。
⑥ 赵毅衡：《诗神远游：中国如何改变了美国现代诗》，上海译文出版社2003年版，第143页。

写成分的唐诗译介,再经过多次的转译,可能已是"面目全非"了,但是它却为美国新诗的发展注入了活力。

19世纪末期以来,美国本土对唐诗的接受更多地源自英国汉学家对唐诗的译介,因为语言与文化上的一致性,使美国汉学界、文学界和一般读者极容易"拿来"为己所用。比如,英国汉学家翟理斯的《中国文学史》一直作为美国新诗运动中国诗歌的主要参考书,"从庞德起,一直到二十年代初,伊丽莎白·柯茨沃斯的组诗《砗印》(Vermillion Seal),依然出自这本书。此书也不断再版,笔者所见到的最新的版本是1958年'常青'(Evergreen)版"。① 再如,英国汉学家阿瑟·韦利的各种唐诗英译在美国影响甚巨,据赵毅衡先生统计,"他的读者,他对诗人的影响,主要在美国。至今有不少受中国诗影响的当代美国诗人还告诉笔者,他们的启蒙老师是韦利。韦利的书在英美出版的次数大致相当"。② 韦利第一部中国诗歌的英译作品《中国诗选》(Chinese Poems)再版,即"由美国新泽西州若歌大学研究委员会(The Research Council of Rutgers University, New Jersey, USA)资助,Lowe Bros. 公司于1965年再版印刷。而且再版前言中还提到,1916年韦利的私人印制本只有大约50册,分送庞德、艾略特(Eliot)、劳伦斯·比尼恩(Laurence Binyon)、洛兹·狄金森(Lowes Dickinson)等友人"③。

美国诗人庞德(Ezra Pound, 1885—1972)的《神州集》(有人译作《华夏集》或《中国诗集》,Cathay, 1915, 1919)④是一本英译中国古诗选本,全书收诗仅19首,其中唐诗有14首:卢照邻诗1首(《长安古意》)、王维诗1首、李白诗12首。庞德《神州集》里所选译的中国古代诗作,全部来自美国汉学家费诺罗萨(Ernest Francisco Fenollosa, 1853—1908)在日本学习汉诗时的听课笔记。⑤ 赵毅衡先生曾亲自到美国

---

① 赵毅衡:《诗神远游:中国如何改变了美国现代诗》,上海译文出版社2003年版,第145页。
② 赵毅衡:《诗神远游:中国如何改变了美国现代诗》,上海译文出版社2003年版,第79页。
③ 江岚:《唐诗西传史论——以唐诗在英美的传播为中心》,学苑出版社2009年版,第111页。
④ Ezara Pound, Cathay, London: Elkin Mathews, April, 1915. Cathay 这个词,是马可·波罗在其游记中使用而随之流行于中世纪的对中国的称谓,通常指长江以北的地区。
⑤ 《神州集》扉页上有一段简短的注释:"FOR THE MOST PART FROM THE CHINESE OF RIHAKU("RIHAKU"为李白姓名日文译音,笔者按), FROM THE NOTES OF THE LATE ERNEST FENOLLOSA, AND THE DECIPHERINGS OF THE PROFESSORS MORI AND ARIGA",参见 Pound, Cathay, London: Elkin Mathews, April, 1915。

耶鲁大学珍本馆查阅过费诺罗萨的21本笔记，"封面上所署标题分别为：一、能剧，……七、中国诗：平井（Hirai）与紫田（Shida）讲课笔记，八、中国诗：屈原，九至十一、中国诗：森（Mori）（指森槐南，笔者按）讲课笔记，十二、中国诗：笔记，十三至二十一、中国诗：笔记与翻译；庞德的翻译主要利用笔记七，笔记八和笔记十五至二十一"。① 据赵毅衡先生考据，费氏笔记某些部分十分潦草，很多诗没有写下中文原文，只留下日文标音，因此无法做出全部详目②，但江岚女士在《唐诗西传史论》中明确统计了费诺罗萨笔记中约有150首汉诗。③ "他所参照的文本，经过了从中文到日语，再从日语到英文的语言转换，同时还经过了从原诗到森槐南，从森槐南到费诺罗萨的理解偏误。"④ 江岚女士在《唐诗西传史论》中也钩稽出庞德选译中国诗的路径，并在辨析庞德的部分译诗之后，又结合庞德在《神州集》的后记中所做的解释，发现了庞德选诗的标准，即"诗意简明、典故较少，是他选择的主要标准"⑤，因为庞德"必须避开那些因用典很多而不得不对诗句加以'必要的解释'⑥和'乏味的注释'的诗作，因为这样做的结果显然会影响诗歌整体阅读的流畅性……，所以费氏笔记中虽然还有不少好诗，'我现在只给出这些不容置疑的诗歌'⑦"。⑧ 事实上，纵观《神州集》，庞德译介的所谓"不容置疑的诗歌"，其实存在很多问题，江岚女士把庞德译诗的谬误归纳为三点："把汉字的日语读音当作汉字的语义纳入诗句"、"不理解原诗句中词语的意义，便只能照字面直译"、对不懂的汉语典故"视而不见，跳过不译"或"以费氏笔记中的日语发音拼写代替"或"更弦易辙，

---

① 赵毅衡：《诗神远游：中国如何改变了美国现代诗》，上海译文出版社2003年版，第163—164页。
② 赵毅衡：《诗神远游：中国如何改变了美国现代诗》，上海译文出版社2003年版，第164页。
③ 江岚：《唐诗西传史论——以唐诗在英美的传播为中心》，学苑出版社2009年版，第205页。
④ 江岚：《唐诗西传史论——以唐诗在英美的传播为中心》，学苑出版社2009年版，第203页。
⑤ 江岚：《唐诗西传史论——以唐诗在英美的传播为中心》，学苑出版社2009年版，第205页。
⑥ necessary breaks for explanation，庞德语。
⑦ Therefore I give only these unquestionable poems，庞德语。
⑧ 江岚：《唐诗西传史论——以唐诗在英美的传播为中心》，学苑出版社2009年版，第205页。

自由发挥"。①

毋庸讳言，从翻译的角度来看，庞德所译的唐诗存在很多误译的地方。但是，这里还存在另外一个问题，即庞德的《神州集》是翻译还是创作？赵毅衡先生对《神州集》后记的解读，与江岚女士的解读不完全一致，赵先生说："庞德写了个怨气很大的后记，说费诺罗萨笔记中还有不少好诗，然而因为他支持一些青年诗人，已经招来不少攻击，而中国诗就会代人受过，殃及全书，因此庞德声称他选入的只是那些'无可争议的诗篇'。这也就是说，庞德选入的是一些他认为可以为当时的诗歌读者界接受的，尚有一部分更符合他的诗学理想，但时人未必识货……庞德当时感兴趣的是从中国诗中找例子支持他的诗学。"② 依赵先生的这种看法，《神州集》更多的是庞德对自己诗学理论主张的一种实践。这种看法比较符合历史上的实际情况。作为意象派诗歌的开创者，庞德早在1912年至1914年大量地试验他的意象诗，并在1913年3月在《诗刊》上发表了由其口述的《意象主义》一文，次年又出版了其选编的34首意象派诗作——《意象派诗选》，而他着手整理《神州集》是在1914年底。1913年，他的《在都市的地铁站》发表：

> The apparition of these faces in the crowd:
> Petals on a wet, black bough. ③

"脸庞""人群""花瓣""树枝"这种意象叠加的技法体现了庞德意象诗的基本创作手法。1917年，著名诗人艾略特强调庞德的意象诗先于他的《神州集》，他认为，"我相信《神州集》将被当作庞德自己的创作成果的一部分；而日本能剧才是他的翻译作品"。④ 显然，艾略特认为

---

① 江岚：《唐诗西传史论——以唐诗在英美的传播为中心》，学苑出版社2009年版，第206—207页。

② 赵毅衡：《诗神远游：中国如何改变了美国现代诗》，上海译文出版社2003年版，第5页。

③ Brook, *A Student's Guide to the Selected Poems of Ezra Poud*, p. 103, London and Boston: Faber and Faber, 1979. 转引自陶乃侃《庞德与中国文化》，首都师范大学出版社2006年版，第55页。

④ T. S. Eliot, *Ezra Pound: His Metric and Poetry*, New York: Alfred Knopf, 1917, pp. 26-29. 这里艾略特所言"日本能剧"是指庞德据费氏笔记整理出的两部译著《日本贵族戏剧选》和《能剧及其造诣研究》。

《神州集》是庞德的创作而不是翻译。尽管《神州集》受到不少西方汉学家的诘难，但西方文学界似乎从艾略特开始往往形成一个共识：庞德按照他的意象诗学原则筛选、创用了中国文化材料。[1] 出自李白《长干行》的《河商之妻：一封书》（The River-Merchant's Wife: a Letter）往往被视为《神州集》中最有名的一首诗，屡屡被作为庞德的优秀作品而不是译作选入各种现代诗歌选本，比如《现代诗袖珍本》[2]（1954）、《美国重要诗人手册》[3]（1962），甚至作为美国文学课程必读的美国文学选集《诺顿美国文学选》也必选庞德的这一首诗。[4] 美籍华裔学者兼诗人的叶维廉先生在《艾兹拉·庞德的中国诗集》（Ezra Pound's Cathy, 1969）一文中从庞德作为诗人的角度讨论他翻译的中国诗的问题，认为"即使作为翻译考虑，《中国诗集》也应被看作一种再创作"[5]。

也有的学者把《神州集》视为对中国古诗的翻译，视之为"中国诗歌创意英译之经典化"[6]；有人认为，"'《神州集》作为英语读者了解中国古典诗歌世界的窗户，至今是无可替代。'甚至韦利的译诗也没能取代它"[7]。确实，从《神州集》的影响力来看，它不仅促进了包括唐诗在内的中国古典诗歌在西方世界的传播，也影响了庞德自己后来《诗章》的创作，还影响了一大批英美新诗运动中的诗人，中国古诗中的"愁苦"题材——战乱苦、离别恨、怨妇愁、怀旧情，"羁客"题材，河流形象，树叶"典故"等，无不被巧妙地引入他们的诗歌创作中。[8] 从唐诗译介与传播的角度来看，庞德的《神州集》可以说是美国文学界掀起的创译唐诗的一个高潮。据赵毅衡先生对美国新诗运动的代表性刊物《诗刊》十

---

[1] 陶乃侃：《庞德与中国文化》自序，首都师范大学出版社2006年版，第1页。

[2] Oscar Williams, *A Pocket Book of Modern Verse*, New York: Washington Square Press, Inc, 1954.

[3] Oscar Williams & Edwin Honig, *The Mentor Book of Major American Poets*, Penguin Group (USA) Incorporated, 1962.

[4] 江岚：《唐诗西传史论——以唐诗在英美的传播为中心》，学苑出版社2009年版，第212页。

[5] Yip: *Ezra Pound's Cathy*, p.7, p.164, Princeton University Press, 1969. 转引自《庞德与中国文化》，首都师范大学出版社2006年版，第67页。

[6] 钟玲：《美国诗与中国梦》，广西师范大学出版社2003年版，第35页。

[7] 赵毅衡：《诗神远游：中国如何改变了美国现代诗》，上海译文出版社2003年版，第166页。

[8] 赵毅衡：《诗神远游：中国如何改变了美国现代诗》，上海译文出版社2003年版，第166—171页。

年（1913—1923）中的异国诗歌翻译与创作所做的统计，"中国诗的翻译和'中国式'创作占据第一位，比法国还高"①。

随着文学界新诗运动的发展，美国掀起了翻译、学习以唐诗为主的中国古诗的第一次高潮，产生了许多唐诗的重要译本，在庞德的《神州集》之后，主要有艾米·洛威尔（Amy Lowell，1874—1925）和弗洛伦丝·艾斯柯（Florence Wheelock Ayscough，1878—1942）合译的《松花笺》（1921）②、怀特·宾纳（Witter Bynner，1881—1968，中文名陶友白）和华裔学者江亢虎（1883—1954）合译的《群玉山头：唐诗三百首》③（1929）。此外，1932年，中国学者蔡廷干（1861—1935）《唐诗音韵》④在芝加哥出版，此书并非唐诗的专门译本，书名中的"唐"指的是"中国"而非"唐代"。它以《千家诗》作为蓝本，选译了中国古诗122首，其中唐诗选译47位诗人的67首诗作。《唐诗音韵》是中国学者向西方翻译包括唐诗在内的中国古诗的第一部英译选本。

二　美国唐诗译介与研究的发展时期

由于第二次世界大战和战后美国的冷战思维所带来的社会动荡，唐诗的译介在20世纪40、50年代相对沉寂了一段时间，到了60年代对战后美国社会强烈不满的"垮掉一代"开始向东方社会寻觅心灵的慰藉，于是以唐诗为代表的追求"回归自然""天人合一"等中国传统思想文化再度吸引了众多美国诗人、作家以及学者的注意力，引发了美国汉学史上唐诗译介的第二次高潮。首先要提的有两个主要人物：一个是有着"旧金山文艺复兴之父"（Father of San Francisco Renaissance）美誉的诗人兼翻译家王红公（Kenneth Rexroth，1905—1982），一个是号称"禅宗"诗人的斯奈德（Gary Snyder，1930—　），两人都是"垮掉一代"的代表人物。

王红公是Kenneth Rexroth的中文名字，他的英译唐诗有两个选本：《汉诗100首》（*One Hundred Poems from the Chinese*，1956）和《汉诗又

---

① 赵毅衡：《诗神远游：中国如何改变了美国现代诗》，上海译文出版社2003年版，第77页。

② Amy Lowell；Florence Ayscough，*Fir-Flower Tablets*，Poems translated from the Chinese，Boston and New York：Houghton Mifflin Company，1921.

③ 《群玉山头》是蘅塘退士所编的《唐诗三百首》的第一个英文全译本，于1929年在纽约出版。

④ TS'AI T'ing-kan，*Chinese Poems in English Rhyme*，The University of Chicago，September，1932.

100 首：爱与流年》(*One Hundred More Poems from the Chinese: Love and Turning Year*, 1970)，其中《汉诗 100 首》译有杜甫诗 35 首，《汉诗又 100 首》涉及王维、韩愈、高适、孟浩然等唐代诗人的作品。他尤其对杜甫的诗作情有独钟，《汉诗 100 首》第一部分译介的全是杜甫的诗，他认为"若不论史诗体或戏剧体，杜甫是有史以来最伟大的诗人；在某些方面，他比莎士比亚或荷马更为超越，至少他更自然、更为亲切"[①]。王红公对杜甫诗的翻译，语言生动优美，备受读者喜爱，也对后辈诗人产生了深远影响，成就最大，被研习王红公的学者称誉为"其成就仅次于艾兹拉·庞德译的《古中国》（即指《神州集》，笔者按）"[②]。作为在美国享有崇高地位的现代诗人，王红公的杜诗英译，最终确立了杜甫在美国唐诗译介与研究中应有的地位，而且连同他自己的诗歌创作一起成为美国诗歌经典的一部分。

斯奈德被美国"垮掉一代"代表作家杰克·凯鲁亚克誉为"美国的寒山"。斯奈德对唐代诗僧寒山十分崇敬，因为寒山诗中所寓有的那种隐逸山林、回归自然、超然于世外、与社会主流成规习俗格格不入的叛逆情怀，在某种程度上与斯奈德为代表的"垮掉一代"年轻人所追求的价值相契合。寒山诗英译最初出现在美国，是阿瑟·韦利 1954 年发表在《文汇》(*Encounter*) 杂志上的 27 首译诗。[③] 1958 年，斯奈德的《寒山诗歌》(*Cold Mountain Poems*) 24 首，发表于《常青刊论》(*Evergreen Review*) 杂志上。1962 年，《唐代诗人寒山诗 100 首》在纽约出版，此选本依据的是 1958 年日本岩波书店出版的入矢义高的《寒山》一书。[④] 韦利可能是通过日文有关寒山资料而发现寒山的[⑤]，而斯奈德对寒山的兴趣是因一幅日

[①] Kenneth Rexroth, *An Autobiographical Novel* (New York: New Directions, 1966)。转引自钟玲《美国诗人王红公英诗里的中国风味》，见《文学评论集》，时报文化出版事业有限公司 1985 年版，第 42 页。

[②] 钟玲：《体验和创作——评王红公英译的杜甫诗》，见《文学评论集》，时报文化出版事业有限公司 1985 年版，第 71 页。

[③] Arthur Waley, 27 *Poems By Han-Shan*, Encounter, Vol. 12, 1954 (9), pp. 3-8.

[④] 这是寒山诗的一个选本，共收有一百余首五言诗，诗下分翻译、注释、疏通全诗大意三部分内容。参见周发祥、宋虹《寒山诗在国外》，《唐代文学研究年鉴》第 4 辑，陕西人民出版社 1986 年版，第 430 页。

[⑤] 寒山诗早在宋代就传到日本。现代对寒山诗的研究始于 1954 年，津田左右吉氏在《飨宴》创刊号上发表了《寒山诗与寒山拾得的传说》一文。参见周发祥、宋虹《寒山诗在国外》，《唐代文学研究年鉴》第 4 辑，陕西人民出版社 1986 年版，第 424、425 页。

人绘制的寒山像而触发的①。寒山诗的译本,在读者中影响最大的是斯奈德的译本,"立即在美国青年文学爱好者中掀起了寒山热"②。1965 年,美国加州大学比较文学教授柏芝主编的《中国文学选集:从早期到十四世纪》在纽约出版,其中一节"隐士之歌"(The Poetry of the Recluse)中即选择了斯奈德所译的寒山诗 24 首,认为"如果中国佛教文学要用本书中选中的这些寒山诗来代表的话,禅无疑就是其要髓"。③

三 美国唐诗译介与研究的繁荣时期

20 世纪下半叶,尤其是最后 30 年,唐诗的译介与研究在美国获得了很大的发展,呈现出繁荣的景象。从整体上来看,它表现出以下几个特点。

第一,唐诗的选译与编选范围日益扩大,规模远远超过 20 世纪上半叶。大量选译唐诗的中国古典文学选本主要有以下几种:柏芝(Cyril Birch)教授主编的《中国文学选集·上卷》(1965)④、维克多·迈尔(Victor H. Mair)编选的《哥伦比亚中国古典文学选集》⑤,约翰·闵福德(John Minford)教授与香港刘绍铭(Joseph S. M. Lau)教授合编的中国古典文学英译名家选集《含英咀华集》(上卷:从远古至唐代)⑥,印第安纳大学罗郁正教授(1922—)与另一位华裔学者柳无忌(1907—

---

① 钟玲:《大地春雨》,龙门书局 2011 年版,第 141 页。

② 赵毅衡:《诗神远游:中国如何改变了美国现代诗》,上海译文出版社 2003 年版,第 158 页。

③ Birch C. *Anthology of Chinese Literature*: *from Early Times to the Fourteenth Century*. New York: Grove Press, 1965/1967: xxv. "隐士之歌"一节所选隐士诗人共 5 位,除寒山外,还有张衡、阮籍、鲍照和陶潜。参见胡安江《寒山诗:文本旅行与经典建构》,清华大学出版社 2011 年版,第 228 页。

④ Cyril Birch, Edtr. *Anthology of Chinese Literature*: *Volume I*: *From Early Times to the Fourteenth Century*, Grove Press, New York, 1965.

⑤ Victor H. Mair, Edtr. *The Columbia Anthology Of Traditional Chinese Literature*: *From Early Times to the Thirteenth Century*. New York: Columbia University Press, 1994.

⑥ John Minfor, Joseph S. M. Lau, Edtr: *Classical Chinese Literature*: *An Anthology of Translations*, *Volume I*: *From Antiquity To The Tang Dynasty*. New York And Hong Kong: Columbia University Press And The Chinese University Of Hong Kong, 2000. 此选集广泛吸收韦利、庞德、霍克斯、华兹生、宇文所安、宾纳、王红公以及其他译者的成果。

2002）合编的《葵晔集：汉诗三千年》①，美国当代汉学家华兹生翻译、编选的《哥伦比亚中国诗选》②，宇文所安翻译、编辑的《中国文学选集：初始至1911年》③，美国当代汉学家汤尼·本斯东（Tony Barnstone）与华裔学者周平（音译，Chou Ping）合编的《中国诗歌精选集：古今三千年传统》④ 等。此外，唐诗专题的选译有：王慧铭编译《不系船：唐诗选译》（1971）、休斯·斯蒂森（Hugh M. Stinson）译著《唐诗五十首》（1976）和英国汉学家安格斯·查尔斯·葛瑞翰（又译"格雷厄姆"，Angus Charles Graham，1919—1991）的《晚唐诗》（*Poems of the Late T'ang*，1965）等。⑤

  第二，针对唐代诗人的专门译介、研究，呈现出规模化、系统化的趋势。有的译诗不仅反映了选家个人的审美意趣，还与时代的风潮相呼应，比如王红公对杜甫诗的译介以及斯奈德对寒山诗的译介。有的译家在译介的同时，还运用了现代文学理论的方法进行了深入细致的分析研究。下面我们主要对有关唐代诗人专门译介与研究的著述略加概述，以备查考、比照。

  李白的译介与研究。美国翻译李白诗是1890年从诗人斯图亚特·梅

---

① Wu-Chi Liu, Iving Yucheng Lo：*Sunflower Splendor*：*Three Thousand Years of Chinese Poetry*，Midland Books，1975. 译者逾50人，选诗约千首，其中唐代部分选40多位诗人，达280余首诗。

② Burton Watson：*The Columbia Book of Chinese Poetry*：*From Early Times to the Thirteenth Century*页. New York：Columbia University Press，1984. 全书共分12章，收96位诗人420余首诗，其中有关唐诗的内容占三章，选译唐代诗人王维、李白、杜甫、韩愈、白居易、寒山、陈子昂、张九龄、李贺、李商隐、杜荀鹤、杜牧等28家的诗作。

③ Stephen Owen，*An Anthology of Chinese Literature*：*Earliest Times to 1911*. New York：W. W. Norton，1996. 这部1200余页的巨制选取先秦至清代的以诗歌为主的各类作品600余首（篇）。各个时代所选篇目以主题（Theme）进行编排，其中唐代共选诗206首，约占全书规模的三分之一，体现了宇文所安一贯以唐诗研究为主的传统。

④ Tony Barnstone，Chou Ping：The Anchor Book of Chinese Poetry：From Ancient to Contemporary，The Full 3000-Year Tradition，Knopf Doubleday Publishing Group，2005. 全书选入130余位诗人600余首诗作，其中唐诗占一半篇幅，王维、李白、杜甫、寒山、李贺诗作数量较多。

⑤ 江岚：《唐诗西传史论——以唐诗在英美的传播为中心》，学苑出版社2009年版，第282—284页。

里尔转译朱迪特·戈蒂耶的法文译本《白玉诗书》开始的。① 据学者王丽娜女士考据，他所选译李白诗《江上吟》《春夜洛城闻笛》《宣城见杜鹃花》等6首，收入《散文式的轻松小品》② 一书中。③ 而英国传教士汉学家艾约瑟（Joseph Edkins，1823—1905）于1888年在《中国评论》上发表《作为诗人的李太白》一文④，则是开启英语世界对唐代诗人专门研究之先河。美国传教士汉学家丁韪良在《中国传奇与抒情诗》（1912）中译介了李白的3首诗：《月下独酌》《行路难》和《长干行》。庞德的《神州集》（1915）有14首唐诗，而选译李白诗有12首之多，影响极大。艾米·洛威尔和弗洛伦丝·艾斯柯合译的《松花笺》（1921）选有唐诗109首，李白诗歌就达83首之多，而且在译作前言中对李白的生平和作品进行了介绍和评价。英国汉学家韦利对李白诗歌做过的专门研究⑤，无疑被美国汉学界全盘"拿来"，促进了美国唐代诗人专门研究的学术化进程。选译李白的诗集有：R. Alley《李白诗选二百篇》（1980）与 S. Hamill《谪仙李太白》（1987）等。以李白为题的博士学位论文有：F. P. Protopappas《李白的生平与时代》（1982）、P. D. Moore《关于唐代诗人李白的故事与诗歌》（1982）、P. M. Varsano《变形与模仿：李白之诗》（1988）等。⑥

王维的译介与研究。在美国汉学界，王维的译介与研究在唐代诗人研究方面日渐增多，大有超越李白研究之势。陈希和威尔斯（Henry W. Wells）合译的《王维诗选》收入王维诗作50首；张音南和沃姆斯利（Lewis C. Walmsley）合译的《王维诗》（1958）收王维诗167首，为同类译本数量最多，同时，沃姆斯利还著有《画家兼诗人王维》（1968）的英文传记作品；罗宾逊（G. W. Robinson）翻译有《王维诗歌》（1973）；华

---

① 《白玉诗书》入选诗作最多的诗人是李白，共有19首。参见江岚《唐诗西传史论——以唐诗在英美的传播为中心》，学苑出版社2009年版，第174页。
② Merrill Stuart：*Pastels In Prose*，New York：Harper & Brothers，Franklin Square，1890.
③ 王丽娜：《美国对李白诗歌的翻译与研究》，《唐代文学研究年鉴》第1辑，陕西人民出版社1983年版，第389页。
④ Joseph Edkins：*Li T'ai-Po as a Poet*，The China Review，or notes & queries on the Far East，Vol. 17，No. 1（1888 Jan）.
⑤ 韦利在1919年出版《诗人李白》一书，译有李白诗23首；1951年出版《李白的诗歌与生平》一书。参见江岚《唐诗西传史论——以唐诗在英美的传播为中心》，学苑出版社2009年版，第128、135页。
⑥ 黄鸣奋：《英语世界中国古典文学之传播》，学林出版社1997年版，第160页。

裔美籍学者叶维廉先生译有《藏天下：王维诗选》（*Hidding the Universe, Poems of Wang Wei*, 1972），选译王维诗 50 首；著名美国汉学家余宝琳（Paulin Yu）编译的《王维诗选》（1980）以主题学的研究方法深入细致地分析了王维的诗作，将其分为少年诗作、宫廷诗作、禅诗和山水田园诗四大类。① 汉学家本斯东父子（Willis Barnstone, Tony Barnstone）与华裔学者徐海新（音译，Xu Haixin）合译《遗笑山中：王维诗选》（*Laughing Lost in the Mountain: Poems of Wang Wei*, 1991），选译王维诗 160 首；汉学家大卫·新顿（David Hinton）的《王维诗选译》（*The Selected Poems of Wang Wei*, 2006）选译王维诗百首……对于王维诗英译的扩增之势头，周发祥先生分析认为，"西人翻译、研究中国古典文学难度较大，但由于王维措辞朴素，句法平易，且很少用典，学者喜欢选译，译本也比较多"②。以王维为选题的博士学位论文有：M. L. Wagnre《王维诗歌艺术》（1975）、余宝琳《王维的诗歌世界：象征主义诗学的阐析》（1976）与 J. V. Feiner-man《王维之诗》（1979）等。③ 汉学家艾略特·温伯格（Eliot Weinberger）的《十九种方法看王维》（*Nineteen Ways Of Looking At Wang Wei: How A Chinese Poem Is Translated*, 1987），对王维《鹿柴》一诗的 19 种不同译本进行了比较分析，包括中文原文 1 种、法语文本 2 种、西班牙语文本 1 种以及英语文本 15 种。④

盛唐著名诗人中译介、研究较多的还有杜甫、孟浩然、王昌龄等人。美国汉学家洪业（William Hung）的《杜甫：中国最伟大的诗人》（*Tu Fu: China's Greatest Poet*, 1952）中译有 374 首杜诗及其作品背景分析，此外还有戴维斯（A. R. Davis）的英文传记《杜甫传》（1971），克罗尔（Paul W. Kroll）的《孟浩然》（1981）以及李珍华的《王昌龄》（1982）等。

除了对盛唐大诗人李白、王维、杜甫等人的专门译介之外，美国汉学界已开始大量关注中、晚唐著名诗人的译介与研究，对白居易、元稹、韩愈、柳宗元、李商隐、李贺、皮日休等诗人的研究日趋增多。选译白居易

---

① 朱徽：《唐诗在美国的翻译与接受》，《四川大学学报》（哲学社会科学版）2004 年第 4 期。

② 中国唐代文学学会：《唐代文学研究年鉴 1984》，陕西人民出版社 1985 年版，第 377 页。

③ 黄鸣奋：《英语世界中国古典文学之传播》，学林出版社 1997 年版，第 159 页。

④ 江岚：《唐诗西传史论——以唐诗在英美的传播为中心》，学苑出版社 2009 年版，第 286 页。

诗歌数量较多的，最早的是英国汉学家韦利，他在1918年出版的《汉诗170首》中选译的唐诗共有64首，其中将白居易的诗歌单列为一部分，达59首之多；第二年出版的《汉诗增译》仍以白居易诗作为主，译有52首，与前一本没有重复；1949年，韦利出版的《白居易的生平与时代》[1] 以白居易的诗文译介贯穿始终，诗文各占其半，新译白居易诗歌有百余首之多。总体来看，韦利先后对选译的白居易诗歌总数超过200首，为后世专门研究白居易诗歌奠定了良好的根基。继韦利之后专门译介白居易诗作的是雷斐氏（Howard S. Levy），他编译的《白居易诗选》（*Selected Poems of Bai Ju-yi*）达四卷本之多。[2] 美国波士顿的豪尔出版公司推出的《吐恩世界名家丛书》即包括一套中国作家诗人专辑，其中已出版了包括盛唐和中、晚唐诗人在内的许多唐代诗人研究专著，诸如倪豪士（William H. Nienhauser）等人合著的《柳宗元》（1971）、巴兰拙理女士（Angela Jung Palandri）的《元稹》（1977）、玛丽·詹的《高适》（1978）、杜国清的《李贺》等，[3] 这套丛书之外，还有福特山（J. D. Frodsham）的《李贺诗》（1970）、倪豪士的英文传记《皮日休》（1979）、E. H. Schafer的《时间海洋上的海市蜃楼：曹唐的道教诗》（1985）等。此外，对鱼玄机、薛涛等唐代女性诗人的译介与研究自从进入美国汉学界的视野之后，也引发了诸多学者的研究兴趣，诸如G. Wimsatt的英文传记《唐代女诗人鱼玄机的生平和创作》（1936）和《醴泉：薛涛生平与作品掠影》（1945）、M. Kennedy选译的《薛涛诗》（1968）、J. W. Walls的博士学位论文《鱼玄机之诗》（1972）以及J. L. Larsen的博士学位论文《中唐女诗人薛涛的生平与创作》（1983）等。[4]

第三，唐诗研究更加专业化、系统化，以诗人、文学评论家为主体的大众传播正在向以学者为主体的学院派研究转化。1981年，专门的唐代文学与历史研究机构"唐学会"（T'ang Studies Society）在美国印第安纳州的科罗拉多大学成立，学会集中了全国著名高校的学者，不久学会成员

---

[1] Arthur Waley, *The Life and Times of Po Chu-I*: 772-846 A.D. London: george Allen & Unwin Ltd. 1949.

[2] 江岚：《唐诗西传史论——以唐诗在英美的传播为中心》，学苑出版社2009年版，第124—127页。

[3] [美] 李珍华：《美国学者与唐诗研究》，《唐代文学研究年鉴》第1辑，陕西人民出版社1983年版，第401页。

[4] 黄鸣奋：《英语世界中国古典文学之传播》，学林出版社1997年版，第163、164页。

遍布美国、英国、加拿大、澳大利亚和新西兰等国家。次年，学会主办的刊物《唐代研究》(T'ang Studies) 创刊，是迄今美国唐代研究领域唯一的一份学术刊物。

第四，华裔美国学者的唐诗译介与研究，有力地促进了美国读者对唐诗更加精准的理解，也使美国唐诗研究更具深度与特色。以一部英文诗学著作《中国诗学》(The Art of Chinese Poetry, 1962) 蜚声海外汉学界的著名汉学家刘若愚先生，一生致力于探索用西方文论阐释中国古代诗歌及其理论的学术之路。其有关唐诗译介、研究的论著主要是《李商隐的诗：中国九世纪的巴洛克诗人》(The Poetry of Li Shang-yin. Chicago: Univ. of Chicago Press, 1969)，它以西方巴洛克艺术的雕琢、怪诞、豪华与浮夸风格比照李商隐诗歌中的"暧昧""超俗""怪诞"以及"藻饰、精细的倾向"①。高友工与梅祖麟合著的《唐诗的隐喻、意象与典故》②，从现代语言学和结构主义的新视角来观察唐诗的句法、用字与意象以及语意、隐喻与典故，探讨唐诗在音韵、节律、意蕴等语言学层面上的美学风格。

第五，美国的唐诗译介与研究的成果作为"他山之石""邻壁之光"，反过来成为中国本土唐诗研究的"借镜"。比如，上述刘若愚、高友工、梅祖麟等诸位先生运用西方现代文学理论阐释唐诗，为中国本土唐诗研究者提供了方法论层面的新的视角与研究方法的观照，尤其为中国古典诗学的现代转换研究提供了许多可资借鉴的个案研究实例。再如，对寒山诗歌的译介与研究，最初是从日本文学界、汉学界传入美国的。除了上述阿瑟·韦利、斯奈德和伯顿·华兹生的译介及白芝教授在权威文学选集中对寒山诗的编选之外，20 世纪八九十年代，美国又出现了三种版本的寒山英译本：美国文学评论家亚瑟·托庇亚斯 (Arthur Tobias) 与人合译的《寒山视野》(View from Cold Mountain, 1982)，美国翻译家、诗人赤松 (Red Pine, 真名 Bill Porter) 的《寒山诗集》(The Collected Songs of Cold Mountain, 1983) 以及罗伯特·亨瑞克斯 (Robert G. Henricks, 汉名韩禄伯) 译注的《寒山诗（全译注释本）》(The Poetry of Han Shan- A Complete, Annotated Translation of Cold Mountain, 1990)。③ 以寒山为题做博士

---

① 周发祥：《西方文论与中国文学》，江苏教育出版社 1997 年版，第 183、185 页。
② [美] 高友工、梅祖麟：《唐诗的魅力》，李世耀译，上海古籍出版社 1989 年版，第 119—193 页。
③ 江岚：《唐诗西传史论——以唐诗在英美的传播为中心》，学苑出版社 2009 年版，第 274—275 页。

学位论文的有 S. H. Ruppenthal《寒山诗中佛法之晓喻》（1974）与 R. H. Stalberg《〈寒山集〉的诗》（1977）等，论文有 E. G. Bulleyblank《寒山系年的语言学证据》等。① 英译寒山诗在美国获得了全面、系统、专门的译介、注释与研究，并因诗人、评论家的参与而成为美国经典诗作，对美国现当代诗坛产生很大影响。

寒山诗在美国的译介、研究及其被经典化，又反过来促进了中国本土的寒山诗研究的深入与拓展。台湾学者钟玲女士回顾寒山诗的回返流播这一现象时说："寒山诗离奇的流传史，这必然大大引起台湾文学界的好奇，因此着手研究寒山诗。而寒山诗能在美国日本风行，必然令国人引以为荣，故有寒山之锦衣荣归。"② 大陆学者胡安江在《寒山诗：文本旅行与经典建构》的第五章"寒山诗的返程之旅及其在 20 世纪中国文学史中的经典重构"③ 中，分别从港台与大陆学者的寒山诗研究着手，细致地梳理了美国寒山诗的研究成果对中国本土寒山诗研究所产生的重大影响。

---

① 黄鸣奋：《英语世界中国古典文学之传播》，学林出版社 1997 年版，第 158 页。
② 钟玲：《寒山诗的流传》，见《文学评论集》，时报文化出版事业有限公司 1985 年版，第 16 页。
③ 胡安江：《寒山诗：文本旅行与经典建构》，清华大学出版社 2011 年版，第 230—279 页。

第二章　观念：宇文所安唐诗翻译思想探秘

宇文所安翻译唐诗的思想大致体现在两个方面：一是宇文所安文学评论中有关翻译中国古诗的论述，二是宇文所安大量的唐诗翻译实践。二者都是透视其翻译思想的最原始、最直接的材料，而后者更是检验其译诗效果的资料库。

第一节　宇文所安翻译唐诗的历程

宇文所安不止一次地回忆起自己喜欢中国古诗、走上汉学研究之路的缘由：那是因为14岁那年在巴尔的摩市公立图书馆读到了阿瑟·韦利译的英译汉诗。①

半个多世纪过去了，先前的引路人早已作古，而后来者已接替他的前辈在汉诗英译道路上成为新的经典。1996年，宇文所安所编译的美国大学生必读教材《中国文学选集：从先秦到1911》② 出版，该书选取了先秦至清代的以诗歌为主的各类作品600余首（篇）。据统计，仅仅这部中国文学选集中的"唐代文学"部分所译唐诗就多达206首，其中重要诗人王维、李白、杜甫三家诗作有91首。《中国文学选集：从先秦到1911》作

---

① 程章灿：《东方古典与西方经典——魏理英译汉诗在欧美的传播及其经典化》，《中国比较文学》2007年第1期。另见钱锡生、季进《探寻中国文学的"迷楼"——宇文所安教授访谈录》，《文艺研究》2010年第9期。再参见《我在思考未来诗歌的一种形态——宇文所安访谈录》，《书城》2003年第9期。

② *An Anthology of Chinese Literature: Earliest Times to 1911.* New York: W. W. Norton, 1996. 该书选取了先秦至清代的以诗歌为主的各类作品600余首（篇）。据统计，仅仅这部中国文学选集中的"唐代文学"部分所译唐诗就多达206首，其中重要诗人王维、李白、杜甫3家诗作有91首。

为美国著名的诺顿（Norton）标准系列教材，从出版之日起一直被美国大学广泛使用着，① 出版次年即获得由美国翻译协会颁发的"杰出翻译奖"（Outstanding Translation Award），② 因此，宇文所安的英译唐诗长久以来通过作为重要媒介的美国大学被广为传播，越来越多的英美读者像宇文所安当年阅读韦利英译的汉诗一样，欣赏着唐诗所建构的别样的艺术世界。

宇文所安翻译的唐诗，迄今从未专门结集出版过。除了《诺顿中国文选》中的英译唐诗之外，它们主要贯穿于宇文所安的唐诗史的书写中：《孟郊与韩愈的诗》（1975）③、《初唐诗》（1977）④、《盛唐诗》（1980）⑤、《中国"中世纪"的终结：中唐文学文化论集》（1996）⑥、《晚唐：九世纪中叶的中国诗歌（827—860）》（2006）⑦ 与《杜甫诗》（2016）⑧。唐诗的历史犹如一条"历史背景或线索"的绳子，将一颗颗发出奇异光亮的"唐诗"的珍珠串联起来。据笔者统计，这些英译唐诗在数量上相当可观，大约有2600余首。⑨ 在西方翻译唐诗的汉学家中，宇文所安译诗数量之巨，他称得上是英译唐诗最多的汉学家之一。

宇文所安第一首英译的唐诗，应该是初唐诗人陈子昂的《感遇三十八首·其二》，译诗出自他的博士学位论文《孟郊与韩愈的诗》（1975）。

兰若生春夏，芊蔚何青青。幽独空林色，朱蕤冒紫茎。
迟迟白日晚，袅袅秋风生。岁华尽摇落，芳意竟何成。

宇文所安认识到诗中的"兰若"秀丽芬芳，却生活"幽独"，常常是

---

① 张宏生：《对传统加以再创造，同时又不让它失真——访哈佛大学东亚语言与文明系斯蒂芬·欧文教授》，《文学遗产》1998 年第 1 期。
② 朱徽：《中国诗歌在英语世界——英美译家汉诗翻译研究》，四川大学出版社 2010 年版，第 275 页。
③ *The Poetry of Meng Chiao and Han Yü*. New Haven：Yale，1975. 中文译本为田欣欣所译，译名《韩愈和孟郊的诗歌》，2004 年天津教育出版社出版。
④ *The Poetry of the Early T'ang*. New Haven：Yale，1977.
⑤ *The Great Age of Chinese Poetry：the High T'ang*. New Haven：Yale，1980.
⑥ *The End of the Chinese "Middle Ages"：Essays in Mid-Tang Literary Culture*. Stanford：Stanford University Press，1996.
⑦ *The Late Tang：Chinese Poetry of the Mid-Ninth Century（827-860）*. Cambridge：Harvard Asia Center，2006.
⑧ Stephen Owen，*The Poetry of Du Fu*，Walter de Gruyter Inc.，Boston/Berlin，2016.
⑨ 参见附录：宇文所安英译唐诗目录。

"岁华尽摇落",默默终老,不求任何人称羡,因而成为"隐士"的传统象征,而陈子昂复兴了这种为谋求象征的多样性及个性化所采用的意象传统,恰恰和西方诗人所采用的隐喻极为相似。我们来欣赏一下他的这首英译诗作:

> Orchid and rurmeric grow in spring and summer,
> Luxuriant and so green.
> Hidden, alone in the beauty of the empty forest,
> Vermilion flowers droop, encroaching on purple stems,
> Gradually the bright sun sinks to evening,
> The trees tremble as the autumn wind rises.
> All the year's flowering flutters and falls——
> What finally becomes of their lovely intentions?[①]

我们看到宇文所安对这首唐诗的理解非常精准,"vermilion flowers"的意象肯定让西方的读者不会感到陌生,而尾句"All the year's flowering flutters and falls——What finally becomes of their lovely intentions?"所演绎出的悲情:兰若压倒群芳的风姿,却只能"幽独空林色","岁华尽摇落",可怜的诗人啊,你是不是也像这秀美幽独的兰若一样空有出众的才华,只能任由年华流逝,默默终老,无人欣赏!

对于诗中意象的翻译大多数是直接的,因为英语中有相对应的词汇存在。而对于唐诗中意境的把握与拿捏是否精准,是否还能在译诗中表现出来这种唐诗中所蕴蓄的悠远意境呢?这,无疑是相当困难的。我们不妨先看看宇文所安翻译李白的《玉阶怨》:

> White dew appears on the jade staircase,
> Night lasts long, it gets in her silken hose.
> Back she goes, pulls down the crystal curtain,
> And through thelatticework views the bright moon.[②]

译诗注定不可能完全对等,注定会失去原诗中的某些东西。这首译诗

---

① *The Poetry of Meng Chiao and Han Yü*. New Haven: Yale, 1975, p. 11.
② *The Poetry of Meng Chiao and Han Yü*. New Haven: Yale, 1975, p. 13.

对诗作中汉语词汇的再现,几乎全部到位。但遗憾的是,宇文所安这首译诗中唯独没有译出原诗中的"秋"字,这是一个非常关键的字眼,试想想看:中国古诗中的"秋月"与"春江花月夜"中的"春月"毕竟存有很大程度的差异。这首从李白之前就留存下来的专写"宫怨"的乐府诗,不见"秋"字,原诗中的愁怨如何传达给读者呢?因此,单单从这一点看,这首译诗对原诗中蕴含无限幽怨的意境没有很好地表达出来。

宇文所安一开始英译唐诗,总是选择明白易懂并能引起兴趣的诗篇入手。这种选择非常理性,既避免一些堆砌辞藻或晦涩难懂的作品,又充分感受到了译诗的创作冲动以及享受译诗过程的快乐,这不免又让我们思索阿瑟·韦利总是更多地选译白居易诗篇的原因。

王之涣《登鹳雀楼》的译文:

Hooded Crane Tower
白日依山尽,The bright sun rests on the mountain, is gone,
黄河入海流。The Yellow River flows into the sea.
欲穷千里目,If you want to see a full thousand miles,
更上一层楼。Climb one more story of this tower.

这首对仗工整、运用形象思维来显示生活哲理的五言绝句,被宇文所安译成散文体的英语诗句后,顿时失去了王之涣能以此"独步千古"的诗的魅力——就像一碗白开水一样淡而无味。理还在,但诗的美感荡然无存。宇文所安在阐释此诗时认为,"这首绝句代表了一种独特类型,其主人公在结尾做出或提出某种神秘的重要姿态。此处读者被邀请参加,设想落日、诗人视觉范围及登上更高建筑之间的联系。从这未定的联系之中,读者认识到,登上更高的楼,不仅可以扩大视野,而且可短暂地重见阳光"[1]。遗憾的是,宇文所安对此首诗所蕴含的哲理意义,只字未提,而这一点却是王之涣这首写景诗真正的魅力所在。

钱起《题玉山村叟屋壁》的译文:

Written on the Cottage Wall of the Old Man of Jade Village
谷口好泉石,Mouth of Valley, the recluse, loves stream and stone;

---

[1] [美]宇文所安:《盛唐诗》,贾晋华译,生活·读书·新知三联出版社2004年版,第280页。

居人能陆沈。Whoever dwells here can sink on dry land.
牛羊下山小，Cattle and sheep are tiny, going down mountains,
烟火隔云深。Smokey fires are far, off beyond the clouds.
一径入溪色，A single path enters the creek ravine's color
数家连竹阴。Several houses are linked to the shade of bamboo.
藏虹辞晚雨，Hidden rainbows take leave of the evening rain,
惊隼落残禽。An updarting hawk brings down the last of the birds.
涉趣皆流目，When I go through some appealing spot, my eyes always rove
将归羡在林。Now about to return, I yearn to be in these forests.
却思黄绶事，I recall my service in yellow ribbons of office.
辜负紫芝心。How I've run counter to this heart set on immortal herbs.

宇文所安选择钱起这首诗，涉笔成趣，具有浓郁的山水田园诗特色。宇文所安对原文的理解准确，译文也非常自然、流畅，将远处"牛羊""烟火""溪色""藏虹""晚雨""惊隼""残禽"等意象动画般地展示出来。天人合一的美景只能存留在山水田园间，而那些"黄绶事"们却蹉跎了岁月，浪费了光阴啊！

宇文所安选译唐诗要在其写作唐诗史的框架中进行，受到一定的条件的限制：首先是选择什么样的诗人，其次才是选择诗人笔下的什么样的诗。宇文所安在选择自己喜欢的诗、选择比较容易翻译的诗之前，也要先挑选那些能体现诗人生活的社会环境和当时历史语境的诗，这样做的原因很简单：因为写作唐代诗歌史，就是在写作能反映时代风貌的诗人的历史。

第二节　宇文所安英译唐诗的思想与方法

宇文所安有关英译唐诗的思想主张，不仅需要从他的一些汉学研究著述以及有关文学评论的论述中去寻觅，而且依然需要从他大量的唐诗翻译实践中去梳理、归纳与印证。我们大致可以发现如下一些宇文所安英译唐诗的主要观点：

第一，唐诗是可译的。对于宇文所安而言，"唐诗是可译的"这种观

第二章 观念：宇文所安唐诗翻译思想探秘 47

点似乎不证自明，是无须多说的。因为宇文所安已经翻译了一千多首唐诗了，难道这不足以证明"唐诗是可译的"吗？的确如此。其实，这里我们想强调的是宇文所安扩大化的译诗观：不仅唐诗可以译，而且一切中国古诗都能译，甚而至于包括古诗在内的中国各种古代、现代文体都可以译，继而再扩大到跨越国家、民族的各种文学文体之间无不具有可译性的特点。因为宇文所安如是说："由于国家承认是国际承认的补充，文学文本不仅必须翻译，而且可以断言基本价值观在译文中依然存在"[1]，"自从文学存在以来，在原文和译文中的文学已经并正在跨越文化和民族的疆界"[2]。

我们知道，在诗是否可译这个问题上，许多学者持完全相反的看法。一种认为是不可译的，我国早期比较文学界著名学者吴宓先生就是持这种观点，他说："诗之媒质为文字，诗附丽于文字。每种文字之形声规律，皆足以定诗之性质。故诗不可译，以此国文字与彼国文字为异种之媒质也。"[3] 而一个后来者——比较文学著名学者张隆溪却是对此持坚决的反对态度，他说："要理解外语，就不可能凭想象判定其意义，而必须首先承认其意义是由一个外来系统决定的，然后再将其与自己的语言作比较，寻找对等的表达方式。语言上的纯粹主义者和文化上的纯粹主义者一样，总是坚持语言的独特性和不可译性，而这种交往之所以可能，依靠的是寻求外来和自我之间的共同点，在这基础之上，我们得到的当然不是完全一致的同一（identical），而是大致类同的对等（equivalent），但有了这样的对等，就有信息的交流，我们的知识和眼界也就有了扩大的可能。"[4]

宇文所安与张隆溪对包括诗在内的文学作品的翻译的看法是高度一致的，他一直认为，世界各国的优秀文学、文化是为世界人民所共享的，而实现这种共享显然理应由翻译这个"中介"来完成，"我可以想见，在那时，传统文化被当作共同分享的财富，而不是像现在这样，仅仅是地方化的、国有化的财富。这对于音乐和视觉艺作术来说比较容易，但是文学则

---

[1] Owen S. Stepping forward and back: issues and possibility for "world poetry" [J]. Modern Philology, Vol. 100, No. 4, Toward World Literature: A Special Centennial Issue (May, 2003), p. 532.

[2] Owen S. Stepping forward and back: issues and possibility for "world poetry" [J]. Modern Philology, Vol. 100, No. 4, Toward World Literature: A Special Centennial Issue (May, 2003), p. 548.

[3] 原载1922年9月出版之《学衡》杂志第9期。

[4] 张隆溪：《中西文化研究十论》，复旦大学出版社2005年版，第111页。

面临翻译的问题,而翻译,如我先前所说,是把我们当前的文化划分为国家和国际的一个象征性分水岭"①。

第二,译诗要"紧凑"。宇文所安认为,好的诗抑或好的译诗,必须"紧凑":"好诗必须是紧凑而'浓缩'的,这是常识,如果不是庞德头一个这么说,也是由他广泛流传。自然,中文的翻译应该尽可能复制原作的紧凑……诗歌使用的词不比需要的更多,这一说法不言而喻,它的范围包括才华横溢的长篇大论,我们肯定在我们出现'多余'问题之前对'必要'的问题充分考虑"。②

宇文所安提出"紧凑"这个关键词到底有什么内涵呢?原来中国汉语古诗的"紧凑"特点,主要表现在字数少而内涵却很丰富,因此结构上看上去很"紧密",却在语义上显得十分"模糊",带来很大程度上的"不确定性"。按照这个逻辑,我们不难想见,用英语来翻译中国古诗势必要增添很多词汇以增强语言的确定性、确保语义的明晰可见,而这种译诗的风格又会失去唐诗原有的那份"紧凑"的特点和美感。宇文所安无可奈何地嘲讽道:"白居易的一首诗的英语流畅翻译可以听上去像20世纪早期的意象先锋派的作品;但这同一首诗因其兴致高昂地东拉西扯、喋喋不休,可能令一个唐代读者震惊。"③ 翻译中国古诗最怕不够"紧凑",倘若长篇大论,肆意发挥,这样"可能令一个唐代读者震惊"——这同样也是英国著名汉学家格雷厄姆认为的,"汉诗的译者必需的是简洁的才能,有人以为要把一切都传达出来就必须增加一些词,结果却使某些用字最精炼的中国作家被译成英文之后,反而显得特别啰唆"④。

不过,这种情况不免使译者陷入一种矛盾而尴尬的处境,但是你最终还得做出选择。宇文所安进一步论证:"竭力重现中国诗歌语言突出特征的翻译会将这一变化系列蜕变为一种洋泾浜英语,如同它的不自然,一律

---

① [美]宇文所安:《他山的石头记——宇文所安自选集》,陈小亮译,江苏人民出版社2003年版,第349页。

② [美]宇文所安:《中国传统诗歌与诗学:世界的征象》,陈小亮译,中国社会科学出版社2013年版,第80页。

③ [美]宇文所安:《中国传统诗歌与诗学:世界的征象》,陈小亮译,中国社会科学出版社2013年版,第80、81页。

④ [英]A.C.格雷厄姆:《中国诗的翻译》,张隆溪译,见《比较文学译文集》,北京大学出版社1982年版,第224页。

地没有人情味。"① 这样的确让译者颇为难，有时实在找不到更好的办法：既能保持古诗"紧凑"的原貌，又能使英语世界的读者很容易明白诗的内涵意蕴。那么，宇文所安如何在英译唐诗的实践中处理这种关系呢？

第三，唐诗的翻译可以是散文体的，但在散文体的基础上完全可以兼顾诗的韵味与节奏。王勃的送别诗《送杜少府之任蜀州》，其主旨健康、阳光，一扫离愁别绪的悲情，音韵和谐，富有节奏感，唐诗鉴赏家霍松林认为，"王勃的这一首诗，却一洗悲酸之态，意境开阔，音调爽朗，独标高格"②。这首诗深为中国读者喜爱，历久不衰，甚至儿童都会吟诵。宇文所安认为，这是王勃"最著名的诗，也是最脱离宫廷风格的一首诗"。下面我们来看看宇文所安的译文：

送杜少府之任蜀州
"MAGISTRATE TU , ON HIS WAY TO TAKE OFFICE IN SHU-CHOU

城阙辅三秦	At the palace gates that support the land of Ch'in
风烟望五津	Gazing into the windblown mist of Five Fords
与君离别意	Thoughts of parting shared with you
同是宦游人	Being both men on official journeys
海内存知己	If in this world an understanding friend survives
天涯若比邻	Then the ends of the earth seem like next door
无为在歧路	So let us not, at this crossroads
儿女共沾巾	Like a young boy and girl soak our robes with tears③

宇文所安对这首诗的主题意蕴的理解非常准确。王勃这首诗遣词用字非常简易，同样宇文所安也是选用直白的、口语化的语言来译诗。译文简洁、紧凑，富有韵味与节奏感。

第四，译唐诗归化还是异化，应视具体情况而定。该归化的归化，该异化的异化，这是译诗的中庸之道，它避免了译诗的僵化思想。

异化是为了保存异域文化特色，而归化则是更多地立于读者接受的角

---

① [美] 宇文所安：《中国传统诗歌与诗学：世界的征象》，陈小亮译，中国社会科学出版社 2013 年版，第 80—81 页。
② 俞平伯、霍松林等：《唐诗鉴赏辞典》，上海辞书出版社 2004 年版，第 23 页。
③ Stephen Owen. *The Poetry of the Early T'ang*. New Haven：Yale, 1977：pp. 124—125.

度考虑，是为了顺应译入语文化。美国唐诗译介的历史，从庞德开始，翻译中国古诗多以归化手法为主。不过，归化译诗，其副作用也是很明显的：失去了异国情调。

宇文所安认为："作为译者，我确信这些作品的'中国性'（Chineseness，或译为中国情调）会得以显现：我的任务是发现这个谱系差异的语言风格。"① 那么，要表现"中国性"，就必须采用异化的手法来译诗。

我们暂且不去看宇文所安对归化与异化的评论。先来看一看他译的一些唐诗。王维《终南别业》描写的是王维中年后欲超脱烦扰的尘世，吃斋信佛，自得其乐的闲适情趣。宇文所安认为，这首诗体现了王维诗歌的别样风格："连他最擅长的描写艺术也放弃了，只保留了一种浑然一体的风格，没有任何人工技巧的痕迹。"② 这是宇文所安从艺术的角度对这首诗所做的解释。下面我们看看宇文所安译文内容。

> Villa on Chung-nan Mountain③
>
> 中岁颇好道　　In middle age I grew truly to love the Way,
> 晚家南山陲　　Now late, my home lies at South Mountain's edge.
> 兴来每独往　　When the mood comes, I always go alone,
> 胜事空自知　　I know all about its wonders, without motive, alone.
> 行到水穷处　　I'll walk to the place where the waters end
> 坐看云起时　　Or sit and watch times when the clouds rise.
> 偶然值林叟　　Maybe I'll run into an old man of the woods —
> 谈笑无还期　　We'll laugh, chat, no hour that we have to be home.

这首诗中的"道"被翻译成"the Way"非常匪夷所思，英语世界的读者能明白"the Way"指的是那种吃斋念佛的佛道吗？宇文所安理应知道的，他在译诗前面还介绍过诗作的背景："在最后的岁月里，王维据

---

① Owen S. *An anthology of Chinese literature: beginnings to 1911*. New York: Norton, 1996: xli; xliii.

② ［美］宇文所安：《盛唐诗》，贾晋华译，生活·读书·新知三联出版社 2004 年版，第 41 页。

③ Stephen Owen. *The Great Age of Chinese Poetry: the High T'ang*. New Haven: Yale, 1980: pp. 34–35.

说日益成为虔诚的佛教居士，过着一种节制简朴的生活。"① 而宇文所安也没有对"道"加上注释。一个教授英语诗歌的大学教授将"中岁颇好道"译成：

> This mind after youth for the holy has grow②

"道"成了"the holy"，也许英语读者会从宗教角度去理解。这种译法显然是归化的翻译，力图让英语读者弄明白因为诗人"好道"，才会产生"行到水穷处，坐看云起时"这样一幅天人合一的山水画。

走笔至此，可以看出宇文所安对译诗要归化还是异化的问题持有典型的折中态度，或者说是中庸之道：既要有所归化，让英语世界的读者弄懂中国古诗，又要对其异国情调有所保留，这样就得异化。"对于信息型的文本，宇文所安采用归化的翻译方法，而对于带有浓烈中国风格的意象则采用异化的方法。归化和异化的方法相互补充、相互配合。"③ 下面我们还可以用一些译文的例子作为这种观点的佐证：

例一，采用归化法的译作——常建《题破山寺后禅院》：
Writtenon the Meditation Garden Behind Broken Mountain Temple

首先，题目中的"破山寺"被意译成"Broken Mountain Temple"，是归化译法，英语读者依然会纳闷：这座寺庙为什么会叫这么个名字。诗题里的"禅院"译成"the Meditation Garden"同样也是顺应英语读者的思维习惯，但他们也还是不一定明白。

清晨入古寺，At clear dawn entering the ancient temple,
初日照高林。First sunlight shines high in the forest.
竹径通幽处，A bamboo path leads to a hidden spot,
禅房花木深。A meditation chamber deep in the flowering trees.
山光悦鸟性，The mountain light cheers the natures of birds,

---

① [美]宇文所安：《盛唐诗》，贾晋华译，生活·读书·新知三联出版社 2004 年版，第 41 页。
② 王宝童译注：《王维诗百首》，世界图书出版公司 2005 年版，第 21 页。
③ 朱易安、马伟：《论宇文所安的唐诗译介》，《中国比较文学》2008 年第 1 期。

潭影空人心。Reflections in pool void the hearts of men.
万籁此都寂，All nature's sounds here grow silent,
但余钟磬音。All that remains are the notes of temple bells.

其次，译文中"竹径"译成"bamboo path"、"禅房"译成"meditation chamber"、"钟磬"译成"temple bells"，虽与英文在字面意思上颇为相似，但其内在含义实难完全对等。

此外，译诗将动词"入""照""通""悦""空"几个字译得很好，其动态感全部表现出来了，而且节奏感强，形式上也显得颇为"紧凑"。

例二，采用异化法的译作——韩愈的《送惠师》

这是韩愈被贬谪至阳山任职期间创作的作品。它被宇文所安认为是韩愈贬谪生活中"所作的一系列个性图画诗中最好的作品，也是早期山水描写诗的重要范例"[①]。韩愈在诗题中注到，"余在连州与释景常、元惠游。惠师即元惠也"。元惠是一个富有奇特个性的僧人，由于酷爱自由与山水美景而辞家远游。诗中借用元惠的视角，描绘了元惠漫游所见的奇异景象。下面便是宇文所安对这首诗的翻译：

SEEING OFF REVEREND HUI，题目中惠师被译作"REVEREND HUI"属于归化的译法，意为"对神职人员的尊称"，非常贴切，也体现出韩愈对僧人元惠的尊敬。

1　惠师浮屠者，Reverend Hui, as a Buddhist,
　　乃是不羁人。Is not a man for the halter.
　　十五爱山水，At fifteen he loved mountains and rivers,
4　超然谢朋亲。Transcending earthly ties, left friends and relatives.
　　脱冠剪头发，Took off his cap and shaved his head,
　　飞步遗踪尘。With flying footsteps left tracks in the dust behind.
　　发迹入四明，Then it came to pass that he went on Ssu-ming Mountain,
8　梯空上秋旻。The void as his ladder, he ascended autumn's skies.

[①] ［美］宇文所安：《韩愈和孟郊的诗歌》，田欣欣译，天津教育出版社2004年版，第85页。

第二章 观念：宇文所安唐诗翻译思想探秘 53

	遂登天台望，	Next he climbed T'ien-t'ai to gaze
	众壑皆嶙岣。	On a host of crevasses all fathomlessly deep.
	夜宿最高顶，	That night he spent on the highest summit,
12	举头看星辰。	Raising his head he saw stars and planets
	光芒相照烛，	Which were sparkling candles shining on him,
	南北争罗陈。	North and south vying to form the finest patterns.
	兹地绝翔走，	This place was cut off from bird and beast alike,
16	自然严且神。	Where nature was most severe and mysterious,
	微风吹木石，	A faint wind blew over trees and stones,
	澎湃闻韶钧。	In the rush of waters he heard celestial harmony.
	夜半起下视，	At midnight he rose and gazed down
20	溟波衔日轮。	To where ocean waves enclosed the sun's orb.
	鱼龙惊踊跃，	Fish and dragons leaped about frightened,
	叫啸成悲辛。	Their shrieking and howling was the harshest misery.
	怪气或紫赤，	Then strange vapors, reddish and purple,
24	敲磨共轮囷。	Spiraled together knocking and grinding.
	金鸦既腾翥，	The sun, the Golden Raven, had soared aloft,
	六合俄清新。	Suddenly the ends of the earth were clear anew.
	常闻禹穴奇，	Having long heard the marvels of Yü's cave①,
28	东去窥瓯闽。	He went eastward to have a look at Ou and Min②,
	越俗不好古，	But Yüeh customs don't favor what's ancient,
	流传失其真。	And have lost their purity as they were handed down.
	幽踪邈难得，	Yü's hidden traces were so remote he couldn't find them,
32	圣路嗟长堙。	And he sighed that the way to/of the sage was blocked forever.

---

① On Kuei-chi Mountain in Che-chiang Province was supposedly located the grave of the legendary emperor Yü, the founder of the Hsia Dynasty. It became common practice for literati visiting the region to go in search of it. Cf. "How Sad This Day", p. 129. 译者注。

② Ou and Min are areas in southeast China, while Yüeh is a general term used for the whole region. 译者注。

	回临浙江涛，	Turning back, he looked down on the Che's billows.
	屹起高峨岷。	Which rose steep, high as E and Min Mountains.
	壮志死不息，	In them was a strong spirit that rested not in death,
36	千年如隔晨。	It was a thousand years ago and it seemed but yesterday morning.①
	是非竟何有，	Finally, not knowing if the tale be true or fals,
	弃去非吾伦。	He rejected it as not being of his principles.
	凌江诣庐岳，	Crossing the Yangtze he reached Lu Mountain,
40	浩荡极游巡。	From whose limitless view he saw all he had transversed,
	崔崒没云表，	Its towering cliffs lost beyond the clouds,
	陂陀浸湖沦。	The lower slopes drenched by the eddies of a lake,
	是时雨初霁，	At that time a rain was just clearing,
44	悬瀑垂天绅。	A cascade formed a ribbon hanging from the sky.
	前年往罗浮，	Two years ago he went to mount Lo-fu,
	戛戛南海漘。	And his steps struck the stand of the South Seas.
	大哉阳德盛，	Here the mighty Yang Essence is at its peak,
48	荣茂恒留春。	Where all flourishes in a spring that lingers forever,
	鹏骞堕长翮，	Here the roc mounts, drooping its long pinions,
	鲸戏侧修鳞。	And the whale sports, leaning his long flippers,
	自来连州寺，	Since he came to the temple in Lien-chou
52	曾未造城闉。	He has never come to the city walls,
	日携青云客，	Daily he joins fellow wanderers among the blue clouds,
	探胜穷崖滨。	Seeking scenic spots he has run out of cliffs and shores.
	太守邀不去，	The governor invited him, but he wouldn't come,

---

① This refers to the legend of Wu Tzu-hsü. During the Warring States Period, Wu Tzu-hsü fled from Ch'u to Wu, where he became a trusted advisor of the king. 译者注。

56	群官请徒频。	A host of magistrates asked him often, but in vain.
	囊无一金资,	There is not a coin in his purse,
	翻谓富者贫。	But contrarily he calls rich men poor.
	昨日忽不见,	Yesterday he was suddenly nowhere to be found,
60	我令访其邻。	So I had someone go inquire of his neighbors.
	奔波自追及,	Then swift as a wave I rushed after him,
	把手问所因。	And grasping his hand, asked him why he went.
	顾我却兴叹,	Looking at me he gave a sigh:
64	君宁异于民。	"Are you so different from everyone else?——
	离合自古然,	There are meetings and separations——it's always been so,
	辞别安足珍。	Is parting really worth cherishing?
	吾闻九疑好,	I've heard the Chiu-yi Range is nice,
68	夙志今欲伸。	So now I would fulfill an abiding wish.
	斑竹啼舜妇,	The mottled bamboo wept on by Shun's wives.
	清湘沈楚臣。	The clear Hsiang that sunk the subject of Ch'u,
	衡山与洞庭,	Heng Mount Sung and Lake Tung-t'ing——
72	此固道所循。	This indeed is where my road follows,
	寻嵩方抵洛,	Visiting Mount Sung, then down into Lo-yang,
	历华遂之秦。	Across Mount Hua and next into Ch'in.
	浮游靡定处,	Roaming about, never a fixed place,
76	偶往即通津。	Unexpectedly going, then crossing another ford."
	吾言子当去,	I said, "You must go,
	子道非吾遵。	Your way is not to be followed by me——
	江鱼不池活,	A river fish can't stay alive in a pond,
80	野鸟难笼驯。	A bird from the wilds is hard to tame in a cage.
	吾非西方教,	I think the Western Teaching is wrong,
	怜子狂且醇。	But love your passion and purity.
	吾嫉惰游者,	I loath lazy wanderers,
84	怜子愚且谆。	But love your simplicity and resolution.
	去矣各异趣,	Go off then! We each have different inclinations,
	何为浪沾巾。	Why should I weep on my kerchief to no purpose?"

《送惠诗》是一首带有"以文入诗"风格特点的叙事诗，宇文所安以散文体方式译诗，非常贴切。韩愈采用很多口语化的语言入诗，简易平淡，叙述了元惠探奇览胜的漫游事迹以及超凡脱俗的悠然与决绝之情状，同时反衬出诗人与元惠迥然不同的人生观与世界观：一个超然脱离人世，一个仍然怀有儒家的"入世"情怀。诗歌中的景色变换随着元惠的脚步而"移步换景"。宇文所安的译文同样充溢着原诗的意绪与情调。

　　对于诗中出现的地名采用了直接音译的手法，而对于一些含有历史典故的名胜古迹也是采用直接音译并加注的方式予以解释。这种方法是比较典型的异化法，它保留了诗中的异国情调——"中国性"。英译唐诗这种直译加注的方式是迫不得已而为之的，因为如果在诗中加以解释就无法让诗体保持简洁与紧凑，而不作解释英语世界的读者又不可能明白。

　　第五，对于译者与原诗人、诗作之间的关系，宇文所安更有一番精妙的见解，大致可以归纳如下几点：

　　其一，宇文所安认为，好的译文一定要能表现出诗人自己的声音，而要能表现出诗人的声音，就必须熟悉诗人创作诗歌的背景，因为"声音需要一个背景：因为声音将一首诗与一个人联系，所以这个人对读者来说，体现在一组其他的文本和构成一个人身份的一些知识中。在中国的阅读传统中，一种特殊的自传背景建构了这首诗"[①]。宇文所安一直认为，西方诸如戏剧的长篇独白、忏悔传统、日记等文学文本，在某些特定的时刻表现的就是作者自己最真实的人生经验，因此这个语境下的主人公形象几乎成了作者的代言人。而中国的文学传统中，诗歌文本指向一个隐藏的说话者，常常演变成一个非虚构的诗人形象。他举了这样一个例子：一个译者几乎逐字逐句地翻译了杜甫的《破船》一诗。

平生江海心，All my life, my mind has been on the rivers and lakes;
宿借具扁舟。From long ago I had prepared a small boat.
岂惟清溪上，How could it have been only for, on the clear creek,
日傍柴门游。Those daily excursions by my brushwood gate?
苍皇避乱兵，In confusion I got away from the rebellious soldiery;
缅邈怀旧丘。Far away I longed for my former hill.

[①] [美]宇文所安：《中国传统诗歌与诗学：世界的征象》，陈小亮译，中国社会科学出版社2013年版，第73页。

第二章　观念：宇文所安唐诗翻译思想探秘　57

邻人亦已非，	My neighbours too already are no more;
野竹独修修。	Wilderness bamboo alone grows tall, tall.
船舷不重扣，	I will not again rap the boat's rim [and sing];
埋没已经秋。	It has been sunken away already through an autumn.
仰看西飞翼，	I look up at the westward flying wings;
下愧东逝流。	Looking down I'm shamed by the current passing eastward.
故者或可掘，	I might be able to dig up the old one,
新者亦易求。	And a new one could be sought easily.
所悲数奔突；	What I am sad about is several times running away to hide;
白屋难久留。	A plain cottage is hard to stay in long.

　　宇文所安对上面的译文感到十分愤怒，他认为，"这是拙劣的翻译，因为它缺乏原作某种重要的东西——声音。这个翻译是对杜甫有意的不公正……那些译者或出于惰性或出于恶意，并不极力维护文本的严肃性"[①]。

　　宇文所安为了说明一个具体文本中声音的重要性，他引用了本·琼生《发现》中所说的一句话：一张口，我就能了解你。它来自我们最内在与最私密的部分，是语言的来源——意识的反映。没有一面镜子能像一个人的言谈一样能将他的底细或模样传递得如此真实。

　　从以上宇文所安所举杜甫《破船》译文的例子和琼生所说的话，我们可以看出，从具体译文的声音，如果不能寻觅出那个隐藏的声音——亦即诗人杜甫的"心声"，那么译文就不是好的翻译。从宇文所安对这首诗的评判，我们也可以看出：翻译有时候不能太直，不能太拘泥于字、词表面的意思，否则译文会显得十分僵硬，非但不能传达出诗句理应具有的"声音"，反而遮蔽、"强暴"了原初的"声音"，一般我们把这种现象界定为没有很好地理解原诗的含义——究其原因，宇文所安认定是译者本身的错，"那些译者或出于惰性或出于恶意"[②]

[①]　[美]宇文所安：《中国传统诗歌与诗学：世界的征象》，陈小亮译，中国社会科学出版社2013年版，第73页。

[②]　[美]宇文所安：《中国传统诗歌与诗学：世界的征象》，陈小亮译，中国社会科学出版社2013年版，第73页。

下面我们引出宇文所安对杜甫《破船》的译文①，从中可以对比看出英语句式在形式上的变换，反而传达出原诗的意绪和情感。

> All my life I've had my heart set on going off
> to the land of thelakes—the boat was built for it,
> and long ago too, that I used to row
> every day on the creek that runs by my rail gate
> is beside the point. But then came the mutiny,
> and in panic I fled far away, where
> my only concern was to get back here
> to these familiar hills.
> The neighbours are all gone now,
> And everywhere the wild bamboo
> Sprouts and spreads and grows tall.
> No more rapping its sides as I sing—
> It's spent the whole autumn underwater.
> All I can do now is watch the other travelers—
> Birds sailing off in their westward flights,
> And even the river, embarrassing me
> by moving off eastward so easily,
> Well, I could dig up the old one,
> And a new one's easy enough to buy,
> But it's really the running away that troubles me—
> This recent escape and so many before—
> that even in this simple cottage
> a man cannot stay put long.

这首英文译文以散文体形式，将原诗那个隐藏的"声音"非常平缓地娓娓道来，淡定的外表下难掩一个非虚构诗人的激愤之情。这的确是好的译诗。对比之下，我们也许不难理解宇文所安的愤怒。因为前者的译文出现了很多误译。下面试着举出一两句作为例证。

---

① ［美］宇文所安：《中国传统诗歌与诗学：世界的征象》，陈小亮译，中国社会科学出版社 2013 年版，79—80 页。

所悲数奔突, What I am sad about is several times running away to hide;

白屋难久留。A plain cottage is hard to stay in long.

这两句是逐字逐句地照字面翻译的,译句的意思是:"我悲伤的是多次不停地逃荒,这样简陋的房屋也很难待长。"

而宇文所安如此英译:

But it's really the running away that troubles me—
This recent escape and so many before—
that even in this simple cottage
a man cannot stay put long.

译成汉语是这样的:"我实在被现在的逃荒的日子所困扰,像近期的和以往的逃亡发生了这么多次,甚至于像今天如此简陋的小屋我都住不了几日。"宇文所安从开头句的译诗便颇能抓住读者,有一种"声音"好像与你对话:"All my life I've had my heart set on going off to the land of the lakes —,""我这一生的心思都花费在动荡的江湖——",这"声音"吸引着对话人抑或想象中的读者听下去,"这首诗的伟大维系于一种过程和发现的感觉中;不仅我们必须假定,当诗开始时还不知道如何结束,而且我们发现,当它结束时,它还没有完全明白这个诗人自缚的陷阱。作为一个说与思的过程,诗歌唯一的统一在它的运动当中"①。

其二,宇文所安认为,存在两种翻译:一种是最隐匿自我的写作模式;一种是最不隐匿自我的写作模式。前者是严谨的译者,后者是充满翻译暴力的译者。"严谨的译者比其他任何作者都更少自由。每一行每一字,译者着意将他要说的附属于别人已说的。……不管译者承诺传达原作的'精神'还是'字面意义',译者的好都是与主要文本相关的、有条件的'好'。"②而后者充满语言暴力的译者,他会"将另一个人的作品塑

---

① [美] 宇文所安:《中国传统诗歌与诗学:世界的征象》,陈小亮译,中国社会科学出版社2013年版,第85页。

② [美] 宇文所安:《中国传统诗歌与诗学:世界的征象》,陈小亮译,中国社会科学出版社2013年版,第77页。

造成他愿意它成为的那样，然后将它作为诗歌本身出现"①。上述是翻译存在的两种实际情况。宇文所安不做暴力翻译，因为他相信，"伟大的诗歌译者不是颠覆性的：他们的独立价值教会我们以一种特殊的方式阅读他们的翻译"。② 因此，他在翻译唐诗的实践中做到了一个严谨的学者所能做到的忠实，却不拘泥字、句做僵化的翻译。

其三，宇文所安对于诗歌译者的作用和地位充满了矛盾的思考。他一方面认为，译者的好都是与主要文本相关的、有条件的"好"，译者的地位和价值不高，因为"翻译可以利用原作诗歌的价值，但一篇'好的翻译'与一首'好诗'有着某种质的不同。译者致力于某种即使完成得最好也是次要的工作，他的次要地位从笔墨的花费上得到体现，正如他的名字总是以更小的字体放在原作名字之后"③。另一方面，他认为，"翻译取代了原来的文本。即使在双语版本中与原作面对面，翻译也控制了原作"④。为此，他有一个很形象的比喻，说明这两层事实上存在着的关系："这种译者与原作的关系是部奇特的爱情小说，有关'忠贞'与'移情别恋'"⑤。

第三节　对宇文所安英译唐诗功效的考察

1997年，宇文所安获得由美国翻译协会颁发的"杰出翻译奖"（Outstanding Translation Award）。宇文所安的获奖，表明美国汉学界、文学界以及翻译界对他英译汉唐诗成绩的充分肯定，也标志着其唐诗英译的成功。对宇文所安唐诗英译的观念和策略的研究，无疑对于中国古典诗歌的翻译具有某种启迪，甚至是示范的意义。

---

① ［美］宇文所安：《中国传统诗歌与诗学：世界的征象》，陈小亮译，中国社会科学出版社2013年版，第77页。
② ［美］宇文所安：《中国传统诗歌与诗学：世界的征象》，陈小亮译，中国社会科学出版社2013年版，第77页。
③ ［美］宇文所安：《中国传统诗歌与诗学：世界的征象》，陈小亮译，中国社会科学出版社2013年版，第77页。
④ ［美］宇文所安：《中国传统诗歌与诗学：世界的征象》，陈小亮译，中国社会科学出版社2013年版，第77页。
⑤ ［美］宇文所安：《中国传统诗歌与诗学：世界的征象》，陈小亮译，中国社会科学出版社2013年版，第78页。

第二章 观念：宇文所安唐诗翻译思想探秘

研究宇文所安唐诗英译的观念与策略，一是要分析他的唐诗英译文本，一是要解读他对翻译看法的阐述。将二者结合起来进行分析、归纳，是下面我们要做的工作。

一 以散文体译唐诗的选择

汉诗英译，一直以来有两种文体的译法：一种是以诗译诗的韵体，一种是以散文体译诗。海外汉学界以韵体译中国古诗的著名代表是英国汉学家翟理斯，而以散文体译汉诗的著名代表即是前文提到的韦利。韦利反对翟理斯以韵体译中国古诗，因为他认为会"因韵害意"，但是，他发明了一种所谓"弹跳式节奏"（sprung rhythm）的办法来体现英译唐诗的韵律，即用英语的一个重读音节代表一个汉字，每行有一定数量的重读音节和不定数量的非重读音节。他认为这种格律很像无韵体（blank verse）。① 比如，韦利译李白诗句"醒时同交欢，醉后各分散"：

> While we were sober, three shared the fun;
> Now we are drunk, each goes his way. ②

读起来，诗的韵味还是有的。宇文所安翻译唐诗采用的也是散文体的译法，他认为，"我觉得中国古典诗歌的翻译不必强求押韵，为什么呢？因为现代美国诗，并不追求押韵，相反差不多所有的押韵的现代诗都是反讽的（ironical），读者读押韵的诗，总是会产生特别的感觉。我知道很多中国人把中国古诗翻成押韵的现代英语，可是这种翻译在美国很少有人愿意读"③。这段话反映了宇文所安唐诗英译采用散文体的原因之一，是考虑到读者的接受程度。

散文体英译汉诗，如今在英语世界里被普遍接受，韦利的成功就是很好的一个例子。以散文体译汉诗，也并不是完全不考虑声韵的因素，韦利发明的"弹跳式节奏"充分说明了这一点。宇文所安也认为，不必强求押韵，但"其实这些押韵可以有其他的修辞性方法来处理，我们可以用另外的方法来表现中国诗形式上的差别"。这表明宇文所安与韦利所采用

---

① 范存忠：《我与翻译工作》，《中国翻译》1983年第7期。
② 吕叔湘：《中诗英译比录》，中华书局2002年版，第125页。
③ 钱锡生、季进：《探寻中国文学的"迷楼"——宇文所安教授访谈录》，《文艺研究》2010年第9期。

的诗歌韵律处理办法是一致的。比如，他译的"醒时同交欢，醉后各分散"：

> When still sober we share friendship and pleasure,
> Then entirely drunk each goes his own way. ①

不仅形式上非常对称、工整，而且读起来韵味十足。

二　译诗要体现出诗人风格之间的差异

"好的译者翻译时候必须凸显各个诗人、不同诗歌之间的差异……而我翻译时会找来不同的版本，力求翻译出不同诗人、不同诗歌之间的背后东西和彼此之间的差异，要让一个美国人或英国人一看我的翻译，就立刻知道这是杜甫的，那是苏轼的，而不是其他人的诗。每个时代，每个诗人，问题都不一样，所以最重要的工作是把'差别'翻译成英语。"②

英译唐诗要凸显诗人之间风格的差异，宇文所安发表这样的看法，是有感而发的，是针对欧美翻译中国古诗的整体情况而言的，他说："你看不管是美国人，还是欧洲人，他们把中国诗翻译成他们本土语言，几乎都是差不多的面貌，笼统都称为'中国诗'"③。不过，读唐诗要想感知诗人诗风之间的差异，谈何容易，有时候，同一个诗人在不同时期的创作风格也会呈现迥然不同的风貌，比如，王维早年的诗作意气风发，而晚年诗风冷落幽寂；还有一种现象，不同的诗人写的同一种类型的诗，诗风的差异也是很难观察到的，比如，从题材不同的田园诗、咏史诗、咏物诗、赠别诗等挑出一种来比较，或是从文体有异的古风体、乐府体、歌行体、律体等挑出一种来比较。如果作类似的比较，即便对于中国读者而言，也不是一件容易的事，何况还要在翻译中表现出来。

下面，我们不妨挑选几首宇文所安所译的不同风格诗人的诗作，尝试着进行对比，看看是否达到了宇文所安自己所预期的艺术效果。

---

① Stephen Owen. *The Great Age of Chinese Poetry: the High T'ang*. New Haven: Yale, 1980: p. 138.
② 钱锡生、季进：《探寻中国文学的"迷楼"——宇文所安教授访谈录》，《文艺研究》2010 年第 9 期。
③ 钱锡生、季进：《探寻中国文学的"迷楼"——宇文所安教授访谈录》，《文艺研究》2010 年第 9 期。

第二章 观念：宇文所安唐诗翻译思想探秘 63

例一：
Much water is passing through the ward lanes,
none of the groves and gardens are barred.
The pine tree is myouter door,
my courtyard is the surface of a pool.
Three cases of Yuan Zhen's poems,
abottle of Mr. Chen's ale.
When I get drunk, I sing out wildly,
a neighbor girl listens, half hidden by the hedge."①

例二：
You ask me whyI lodge in these emerald hills;
Ilaugh, don't answer-my heart is at peace.
Peach blossoms and flowing waters
go off to mysterious dark,
And there is another world,
not of mortal men. ②

例三：
Long clouds from the Sea of Kokonor
darken the Mountain of Snows,
From this lone fortress gaze far away to Jade Gate Barrier：
Yellow sands,
a hundred battles
have pierced our coats of mail ——
If we do not smash Kroraina we never shall go home. ③

---

① Stephen Owen, *The Late Tang：Chinese Poetry of the Mid-Ninth Century* (827-860). Cambridge：Harvard Asia Center, 2006. p. 60.
② Stephen Owen, *The Great Age of Chinese Poetry：the High T'ang*. New Haven：Yale, 1980. p. 136.
③ Stephen Owen, *The Great Age of Chinese Poetry：the High T'ang*. New Haven：Yale, 1980. p. 101.

例四：

North of my cottage,
south of my cottage,
spring waters everywhere,
And all that 1 see are the flocks of gulls
coming here day after day,
My path through the flowers has never yet
been swept for a visitor,
But today this wicker gate of mine
stands open just for you.
The market is far, so for dinner
there'll be no wide range of tastes
Our home is poor, and for wine
we have only an older vintage.
Are you willing to sit here and drink
with the old man who lives next door?
I'll call to him over the hedge,
and we'll finish the last of the cups.

如果不注明诗人诗作，不知英语读者能否从中看出以上四首唐诗不同的风格。这是一个不易考察的问题。但是，有一点是可以肯定的，那就是一般的英语读者是很难看出其中端倪的，不是真正理解、熟悉中国古诗的学者也断然观察不出其中风格的差异。

以上四首唐诗，语意浅白，用词也近乎英语中的口语，仅从诗的语言形式上看，几乎看不出诗风的差异。实际上，"例一"是白居易的《偶饮》：

里巷多通水，林园尽不扃。松身为外户，池面是中庭。
元氏诗三帙，陈家酒一瓶。醉来狂发咏，邻女掩篱听。

"例二"是李白的《山中问答》：

问余何意栖碧山，笑而不答心自闲。
桃花流水窅然去，别有天地非人间。

"例三"是王昌龄的《从军行》（其四）：

> 青海长云暗雪山，孤城遥望玉门关。
> 黄沙百战穿金甲，不破楼兰终不还。

"例四"是杜甫的《客至》：

> 舍南舍北皆春水，但见群鸥日日来。
> 花径不曾缘客扫，蓬门今始为君开。
> 盘飧市远无兼味，樽酒家贫只旧醅。
> 肯与邻翁相对饮，隔篱呼取尽馀杯。

从以上的对照分析可以看出，宇文所安欲在自己母语的世界中向读者传达出唐代诗人风格的不同，可能只是一种译诗的理想境界和善意的期望，实难做到。

不过，宇文所安也承认传达诗人的风格是有一定难度的，"翻译诗歌的难处在于忠实传达诗人的风格"，但是他非常执着于自己的译诗目标和理想的境界："中国读者在阅读唐诗的时候，知道诗人风格的差异。王维的诗非常温柔节制，李白的诗则非常豪放飘逸。所以在翻译的时候，我会尽量把这种风格的差异反映出来，让英文读者也能像中文读者那样体会到每个诗人风格的不同。"①

三　对忠实的独特理解与追求

如上文所述，宇文所安期望忠实地传达出诗人的风格，这是他翻译唐诗所追求的目标，至于效果如何，这依然需要读者品读、评判，尤其是宇文所安翻译诗歌的时候所考虑到的将要面对的读者："我翻译诗歌的时候，也会考虑到不同读者的差异性。"② 这句话反映出宇文所安译诗的灵活性。比如，他翻译"酒"的时候，有时候译为"wine"，有时候译为"beer"。译成"wine"的时候，宇文所安是为了突出中国人心目中常指称"酒"的浓度或清澈度，而用"beer"显然是倾向于英语读者对酒精饮料

---

① 吉立：《宇文所安：为唐诗而生的美国人》，《新华社每日电讯》2005年4月25日。
② 钱锡生、季进：《探寻中国文学的"迷楼"——宇文所安教授访谈录》，《文艺研究》2010年第9期。

的认知习惯。① 在翻译唐诗句中的"梧桐"树的时候，有译者渐趋把它"自然化"（naturalization，或译为"归化"）为欧美人习惯的表达"tung"（而不是汉语拼音"Wu-tong"），而宇文所安则译为"beech"，其意图十分明显：为了满足美国读者的阅读认知习惯，因为梧桐树是中国常见的树种，北美洲没有，而"beech"（山毛榉树）是北美常见的树种，中国没有，尽管两者有很大不同，但它们一样的枝繁叶茂的，一样的美。像这种类似的例子还很多，比如，他将"里"译成"mile"（英里），将"琵琶"译成"mandolins"（曼陀林，一种类似琵琶的西方乐器），将"瑟"这种中国古代特有的古琴译成"great harps"（西方古典乐器竖琴），诸如此类，不一而足。②

唐诗英译还有一种窘境：如何翻译英语读者不熟悉的中国风土人情、人物地理、典故等。宇文所安的解决办法，是加注法，即在直译出专有名词的译文后标注详细的注解信息，帮助读者理解。下面试举一例：宇文所安对上述引诗王昌龄的《从军行》加的两个注释。为便于说明，原文③实录如下：

  1. The geography of this couplet covers vast areas, and a single point of view canntot be determined. Kokonor, 青海, lies about 800 kilometers northwest of Ch'ang-an, just south of the Kansu corridor. The Mountain of Snows 雪山 lies about 450 kilometers south-southeast of Kokonor, in the northwestern tip of Szechwan. Jade Gate Barrier 玉门关 lies far northwest of Kokonor, at the very tip of the Kansu Corridor in Central Asia.

  2. Kokonor, Lo-lan 楼兰, was a Central Asian staed of Han times; Li suggests it stands for Nop-bhiak-ba 纳薄波 of the T'ang. Li takes the last line as stating the soldiers' hopeless desire to return home, but he also cites Shen Te-ch'ien's comment that it can be either a lament or a heroic vow (though Shen too prefers lament).

---

① Stephen Owen. An anthology of Chinese literature: beginnings to 1911. New York: Norton, 1996: xli.
② Stephen Owen. An anthology of Chinese literature: beginnings to 1911. New York: Norton, 1996: xli. pp. xliii–xlviii.
③ Stephen Owen. *The Great Age of Chinese Poetry: the High T'ang*. New Haven: Yale, 1980. "Notes to the Poems", p. 360.

从上述两个注释中看出,宇文所安注得很详细,甚至对一些地名还标出对应的汉字。宇文所安这种译法,我们知道,这是翻译中的"异化"(barbrization),即保留原诗中的异域情调。上文述及宇文所安提出的一个概念"Chineseness",即"中国情调"(或译为"中国性"),它是指中国古典诗歌与西方诗歌在时代、体裁、风格、作家个性等诸多方面的差异。① 宇文所安对属于"中国情调"的元素,且不能做"归化"处理的时候,便采用这种带有"硬译"成分的直译加注释的方法,作"异化"处理。在上文比较宇文所安与许渊冲的英译李白诗《乌栖曲》时,我们看到诗中的"姑苏台""吴王宫""西施"皆被宇文所安直译成"the terrace of Ku-su""Wu king's palace""Hsi Shih",然后再加注释分别详尽阐释其中的"典故"。我们也知道,许渊冲先生恰恰做了相反的处理:"姑苏台""吴王宫""西施"分别意译成"Royal Terrace""the king in Royal Palace""his mistress"。然而,这些著名的地名和人名都是能呈现"中国情调"(Chineseness)所特有的元素,如果遮蔽它们,不仅使"中国情调"顿失,而且还剥夺了读者索解其中典故的权利,同时也破坏了原诗的情趣与意境。

对诗中出现的属于中国特有的元素——"中国情调"的东西,不同的情境做出不同的处理,或归化或异化,这是宇文所安的翻译策略。他认为,好的译者应该在两者之间选择:既要在译文中归化原文中的某些成分,同时也要尊重和保留原文中的某种差异,否则,"归化"与"异化"如运用不当,这两个极端都只能产生"糟糕的译文"("bad translations")。②

宇文所安唐诗英译的方法是灵活的,但是他英译唐诗所追求的原则却是非常简单而实际的,就是要忠实原诗的诗义。他说:"谈到诗歌的翻译问题,那就会有很复杂的回答。曾经有人问过我,你是怎么翻译中国古诗的?我的回答是,我唯一能做的就是我必须翻译诗中的所有意思。"③

---

① Stephen Owen. An anthology of Chinese literature: beginnings to 1911. New York: Norton, 1996: xli. xli; pp xliii.
② 钱锡生、季进:《探寻中国文学的"迷楼"——宇文所安教授访谈录》,《文艺研究》2010年第9期。
③ 钱锡生、季进:《探寻中国文学的"迷楼"——宇文所安教授访谈录》,《文艺研究》2010年第9期。

我国诗歌翻译界名家江枫先生曾发表过诗歌翻译要追求忠实的看法，他说："翻译的最高职责是忠实，而且仅仅是忠实。卞之琳早已正确指出'信、达、雅说之无稽'，作为翻译的标准，所谓'信、达、雅'，只有一个信字可取。信，也就是忠实。由于是不同语言之间的转换，再忠实的译文也不可能等同于原作。最大程度的忠实，也只能是最大程度的相似。译诗的过程是立形以传神的过程，形似也就神似；神，与形同在。卞之琳所主张的亦步亦趋、刻意求似、以似致信，是一条行之有效的译诗正道。这也就是对于'形似而后神似'的承认，对于'形神兼备'译文的追求。"①

通过以上的比较分析，可以看出，宇文所安所追求的忠实译诗的原则，与江枫的翻译理念非常契合，二者具有异曲同工之妙。

---

① 江枫：《江枫论文学翻译自选集》，武汉大学出版社2009年版，第54页。

第三章 译文：宇文所安对唐诗的翻译与阐释

如瓦尔特·本雅明所言："正如生命的各种形式与生命现象本身紧密联系而对生命没有什么意义，译作虽来源于原作，但它与其说来自原作的生命，倒不如说来自其来世的生命。因为译作往往比原作迟到，又由于重要的世界文学作品在其诞生之时都没有发现适当的译者，因此它们的翻译就标志着它们的生命得以持续的阶段。艺术作品中的生命和来世生命的看法应该以不带任何隐喻的客观性来看待。"① 在全球化的语境下，作为中国古代文学经典的唐诗被翻译到西方世界就有了新的生命形式，如同英国的莎士比亚来到中国。

第一节 宇文所安英译杜诗的风格传译

宇文所安治杜甫诗歌的英译研究始于其1981年出版的《盛唐诗》②，书中讨论杜甫的专章选译了杜甫诗作22首。后来，宇文所安又历经八年时间的辛勤耕耘，于2016年依据仇兆鳌《杜诗详注》出版了杜甫诗歌全集的译著《杜甫诗》（六卷）③，第一次完整地用英语译出杜诗1457首。宇文所安译著的《杜甫诗》也是世界上英译杜诗的第一个全译本。

---

① [德]本雅明：《发达资本主义时代的抒情诗人》，王涌译，译林出版社2012年版，第141页。
② Stephen Owen, *The Great Age of Chinese Poetry: The High Tang*, New Haven and London, Yale University Press, 1981.
③ Stephen Owen, *The Poetry of Du Fu*, Walter de Gruyter Inc., Boston/Berlin, 2016.

一　从可译性视角整体审视宇文所安的杜诗英译

诗歌的可译与不可译，在翻译界理论界一直是个争论不休的问题。有学者认为，简单地说诗歌可译或不可译是不正确的，以翻译标准多元互补的思想考察，还是容易弄清楚的，就是将诗歌中可译与不可译的因素加以细分，然后再采取不同的应对策略。比如，诸如"诗歌的行数，一些等值词汇、短语等，某些人名，地名（音译法），基本情节（叙事诗），一些句法结构及诗的基本思想等"，基本上属于可译因素，而"韵律、节奏、音节发音、特殊的修辞手法等，也就是凡属于语言本身的固有属性（区别于他种语言）的东西往往都不可译。以符号学的观点来看，那部分仅仅依赖符号本身的结构才能产生艺术效果的东西往往是不可译的"[1]。依照这个原则，唐诗中五言四句、七言四句的绝句和五言八句、七言八句等律诗，就是"依赖符号本身的结构才能产生艺术效果的东西"，它们的"韵律、节奏、音节发音、特殊的修辞手法等"属于不可译的元素。

宇文所安在其杜诗英译中没有采用"以诗译诗"的韵体译法，而是采用了散文体译诗的策略，这使他的译诗不太受韵律的限制。这种散文体译诗的方法不仅破解了上述韵律、节奏、音节发音等不可译因素带来的翻译困扰，而且在遣词造句方面有很高的自由度，容易在语义的表达方面更加忠实于原作——这也是宇文所安翻译中国古典诗歌所追求的首要目标。试举一例略作说明，如宇文所安所译杜甫诗句：

所来为宗族，亦不为盘食（《示从孙济》）

"I have come on behalf of the clan, /and not for a plateful of food."[2] 译诗除了增添了"I"这个英语句子中必须要有的主语之外，遣词造句无论在形式上还是语义内涵上，与原诗无不呈现出天衣无缝般的对等关系。

除了客观上不可译因素的制约，宇文所安采用散文体翻译唐诗还基于

---

[1] 辜正坤：《中西诗比较鉴赏与翻译理论》（第二版），清华大学出版社2010年版，第349页。

[2] Stephen Owen, *The Great Age of Chinese Poetry: The High Tang*, New Haven and London, Yale University Press, 1981. p. 193。

对目标读者接受的考虑，他说："我觉得中国古典诗歌的翻译不必强求押韵，为什么呢？因为现代美国诗，并不追求押韵，相反差不多所有的押韵的现代诗都是反讽的（ironical），读者读押韵的诗，总是会产生特别的感觉。我知道很多中国人把中国古诗翻成押韵的现代英语，可是这种翻译在美国很少有人愿意读。"① 宇文所安因为依据美国读者对现代诗歌的接受心理与审美标准，而决定不以押韵的诗体翻译唐诗。学者汪榕培也持有大致相似的观点，"以中国古典诗歌译成英语的时候是否用韵的问题为例。中国古典诗歌都是用韵的，19世纪英美译者多数是用韵体来翻译的，因为当时英美多数的诗歌也是用韵的，而当代的英美译者多数是不用韵的，因为当代英美诗歌也是多数不用韵的。我国的译者在翻译古典诗歌的时候不少采用了韵体，在英美的读者看来，反而有点像顺口溜儿或者儿歌的样子"②。

这里宇文所安所言"中国古典诗歌的翻译不必强求押韵"，并不代表宇文所安在英译唐诗中放弃对诗歌韵律的处理，他说："其实这些押韵可以有其他的修辞性方法来处理，我们可以用另外的方法来表现中国诗形式上的差别。"③ 这里的"另外的办法"，有一种是类似于英国汉学家阿瑟·韦利英译汉诗中采用的"弹跳式节奏"（sprung rhythm）的方法④，即用英语的一个重读音节代表一个汉字，每行有一定数量的重读音节和不定数量的非重读音节，以此来体现英译唐诗的韵律。比如，宇文所安所译杜甫诗句：

呜呼，何时眼前突兀见此屋，／
吾庐独破受冻死亦足。（《茅屋为秋风所破歌》）
Oh, when shall I see before my eyes, a towering roof such as this? ／
Then I'd accept the ruin of my own little hut and death by freezing.⑤

---

① 钱锡生、季进：《探寻中国文学的"迷楼"——宇文所安教授访谈录》，《文艺研究》2010年第9期。
② 参见汪榕培为张智中《汉诗英译美学研究》所作序，商务印书馆2015年版，第1页。
③ 参见汪榕培为张智中《汉诗英译美学研究》所作序，商务印书馆2015年版，第1页。
④ 阿瑟·韦利反对英国汉学家翟理斯以韵体译中国古诗，因为他认为会"因韵害意"。参见范存忠《我与翻译工作》，《中国翻译》1983年第7期，第8页。
⑤ Stephen Owen, The Great Age of Chinese Poetry: The High Tang, New Haven and London, Yale University Press, 1981, p. 207.

再如，所译杜甫诗：

关塞极天唯鸟道，
江湖满地一渔翁。（《秋兴八首》之七）
Barrier passes stretch to the heavens, /a road for only the birds; /
Lakesand rivers fill the earth, /one aging fisherman.

又如，所译杜甫诗句：

朱门酒肉臭，
路有冻死骨。（《自京赴奉先县咏怀五百字》）
Around Vermilion Gates, the reek of meat and wine/
Over streets where lie the bones of the frozen dead. ①

以上英译杜诗，除了采用"弹跳式节奏"方法以外，译文形式上也比较对称、工整，而且朗朗上口，不失音韵之美。

宇文所安以散文体英译杜诗，在英译中国古典格律诗的历史上来看，并非首创，而是沿袭了自庞德采用自由体翻译唐诗以来，英译中国古典格律诗的主流惯例。② 语言学家吕叔湘先生曾对诗体翻译汉诗与散文体译汉诗做过一番比较，他认为，"初期译人好以诗体翻译，即令达意，风格已殊，稍一不慎，流弊丛生。故后期译人 Waley、小畑、Bynner 诸氏率用散体为之，原诗情趣，转易保存"；"以诗体译诗之弊，约有三端：一曰趁韵。二曰颠倒词语以求谐律。三曰增删及更易原诗意义"，因此，"以诗体译诗，常不免于削足适履"。③ 大体上吕叔湘先生是赞同以散文体译汉诗的。

二 从可译性视角看宇文所安对杜诗风格的传译

那么，杜诗的风格有何特点？杜诗风格的传译又有哪些可译与不可译呢？解读杜诗风格所呈现的特点之前，回顾一下关于风格的权威定义。

---

① Stephen Owen, *The Great Age of Chinese Poetry: The High Tang*, New Haven and London, Yale University Press, 1981, p.196.
② 赵毅衡：《诗神远游》，上海译文出版社 2003 年版，第 72 页。
③ 吕叔湘：《中诗英译比录》序，中华书局 2002 年版，第 11 页。

第三章 译文：宇文所安对唐诗的翻译与阐释 73

"风格就是人"，马克思曾引用法国作家布封的话阐释风格的含义，"马克思认为风格就是'构成'作家的'精神个体形式'，是作家精神的'存在形式'，是作家在作品中表露出来的'自己的精神面貌'"①。换言之，作品的风格，是作家精神面貌的表现形式。杜诗的风格，无疑是最能表现杜甫精神面貌的形式特点，或者说是反映独特的杜甫精神的内容与表现形式的统一体。

学者葛晓音指出："说诗者历来以'沉郁顿挫'② 形容杜诗的主要特色。'沉郁'指文思深沉蕴藉，'顿挫'指声调抑扬有致；而'沉郁'又另有沉闷忧郁之意，因而后人以此四字来形容他的风格，便包含了深沉含蓄、忧思郁结、格律严谨、抑扬顿挫等多重内涵"；"杜诗则除了沉郁顿挫以外，还有多种风格，或清新、或奔放、或恬淡、或华赡、或古朴、或质拙，并不总是一副面孔，一种格调。在大量抒写日常生活情趣的小诗中，他注重构思、语言等技巧的变化，为后人开出不少表现艺术的法门。"③

对杜诗风格的准确把握，是杜诗风格传译的前提。宇文所安对杜诗风格的多元化特点也有着深刻的认识："杜甫是律诗的文体大师，社会批评的诗人，自我表现的诗人，幽默随便的智者，帝国秩序的颂扬者，日常生活的诗人，以及虚幻想象的诗人。"④

上述葛晓音与宇文所安都提到了杜诗在诗歌格律方面的开创意义——葛氏言称"格律严谨、抑扬顿挫"⑤，宇文氏言称"律诗的文体大师"。显然，格律的创新是杜诗风格的主要特点之一。不过它属于诗歌的体裁表现形式，而宇文氏所言及"社会批评的诗人，自我表现的诗人，幽默随便的智者，帝国秩序的颂扬者，日常生活的诗人，以及虚幻想象的诗人"，大都指向杜诗表现的内容方面。

如果将杜诗风格分成上述两个主要方面：一是格律体裁形式的创新，二是杜诗的内容方面的独特创造，我们就不难发现杜诗风格的传译中可译与不可译的因素：前者不可译，后者可译。杜甫"工整精炼，一篇之中

---

① 王先霈、王又平主编：《文学理论批评术语汇释》，高等教育出版社2006年版，第31页。
② "沉郁顿挫"本是杜甫在上唐玄宗的《三大礼赋》中对自己诗与文的自我评论。
③ 葛晓音：《杜甫诗选评》，上海古籍出版社2002年版，导言第5页。
④ ［美］宇文所安：《盛唐诗》，贾晋华译，生活·读书·新知三联书店2004年版，第210页。
⑤ 葛晓音指出，"杜诗格律之精严，独步千古，其中五排与七排最见功力……七言律诗则尤有新创。"参见葛晓音《杜甫诗选评》，上海古籍出版社2002年版，导言第5页。

句句合律，一句之中字字合律"的七律①，注定是不可译的。我们不妨参看宇文所安所译的杜甫经典七律《登楼》，作为例证：

> 花近高楼伤客心，
> 万方多难此登临。
> 锦江春色来天地，
> 玉垒浮云变古今。
> 北极朝廷终不改，
> 西山寇盗莫相侵。
> 可怜后主还祠庙，
> 日暮聊为梁甫吟。（杜诗原作）

> Climbing an Upper Storey
> Du Fu
> Flowers close to the high building, wound the traveler's heart,
> with many misfortunes on every side, here I climband look out.
> The spring colors of Brocade River come to Earth and Heaven,
> drifting clouds over Jade Fort Mountain transform through present and past.
> The Court at the Pole Star at last will never change,
> may marauders in the western mountains not invade us.
> Pitiable, the Latter Ruler still has his shrine —
> at sunset, for a while I make the Liangfu Song. ②

译诗每行含音节数多为 14 个左右，略是原作音节的两倍。译诗的建行形式也远没有原作简洁。它无法传达杜诗七律特有的韵律美。不仅严谨的格律翻不出来，就连其中的反衬、象征、比喻等语言修辞的意涵以及典故的来历，对于英美世界的读者来说也是很难释读的（尽管宇文所安以

---

① 葛晓音指出："盛唐七律尚未脱出歌行韵味，虽风神极美，流畅超仪，而体裁未密。到杜甫手中才工整精炼，一篇之中句句合律，一句之中字字合律，而又一意贯穿，一气呵成。"参见葛晓音《杜甫诗选评》，上海古籍出版社 2002 年版，导言第 5 页。

② Stephen Owen, *The Poetry of Du Fu*, Volume 3, Walter de Gruyter Inc., Boston/Berlin, 2016. p. 373.

注释的形式对"Latter Ruler"与"Liangfu song"做出了解释。)

三　宇文所安对杜诗风格传译的忠实呈现

宇文所安的杜诗英译是否能再现或反映杜诗原作的风格？除去上述葛晓音及宇文所安所言称的作为格律创新的杜诗风格属于不可译的因素之外，我们还不得不抛开前文葛氏所说"或清新、或奔放、或恬淡、或华赡、或古朴、或质拙"的杜诗风格，尽管这些诗歌的风格未见得不可译，但是对于这些抽象而模糊的诗歌风格的评判没有固定的标准，相对而言十分主观。因此结合宇文氏所言及的反映杜诗风格的内容方面的质素——"社会批评的诗人，自我表现的诗人，幽默随便的智者，帝国秩序的颂扬者，日常生活的诗人，以及虚幻想象的诗人"，来考察宇文所安的杜诗风格传译还是比较可取的。

第一，关于"社会批评"内容的杜诗传译。宇文所安所指的"社会批评"内容的杜诗，即是评诗人所指的直陈时事，"甫又善陈时事，律切精深，至千言不少衰，世号'诗史'"①，这一点宇文所安在《盛唐诗》中有类似的重述——"特定时代的真实个人'历史'……杜甫的许多诗篇无须涉及传记或历史背景就能读懂"②。因此，杜甫多数诗作呈现"社会批评"的写实性风格。

此类"以韵语纪时事"（明代杨慎《升庵诗话》卷十一）的诗作占杜诗总量的很大一部分，这也是杜诗被称作"诗史"的主要原因。诸如《兵车行》《丽人行》《自京赴奉先县咏怀五百字》《哀王孙》《北征》《留花门》《洗兵马》《新安吏》《石壕吏》《潼关吏》《新婚别》《垂老别》《无家别》《释闷》《诸将五首》，等等，这些诗作通过诗人卷入时代政治漩涡、亲身经历战乱的体验，反映了广大人民共同遭遇的苦难，在对黑暗悲惨的社会现实的清醒批判中，寄予了诗人忧国忧民的伟大人道主义情怀。这类诗作之所以能充分反映杜甫的精神世界，是因为杜甫身在其中感受着时代的动荡，精神上感时伤世，忧国忧民。

宇文所安认为，"诗歌的本质成为杜甫自我形象的一部分"③，换言之，杜甫的形象活在他的诗里——宇文所安《自我的完整映像：自传诗》

---

① 参见（北宋）欧阳修：《新唐书》卷二百一"文艺上"。
② [美]宇文所安：《盛唐诗》，贾晋华译，生活·读书·新知三联书店2004年版，第212页。
③ 原句："the poetic nature becomes part of Tu Fu's self-image"，参见 Stephen Owen, *The Great Age of Chinese Poetry: the High T'ang*. New Haven: Yale, 1980, p. 209.

开篇引用曹丕《典论·论文》中"寄身于翰墨"①的话也,可以放在这里作为注解。

比如,《悲陈陶》:孟冬十郡良家子,血作陈陶泽中水。野旷天清无战声,四万义军同日死。群胡归来血洗箭,仍唱胡歌饮都市。都人回面向北啼,日夜更望官军至。

宇文所安译诗:

> Grieving Over Chentao
> Early winter, young men of good families from ten districts,
> their blood was the water in Chentao's marshes.
> The moors were vast, the sky clear, no sounds of battle —
> forty thousand loyalist troops died on the very same day.
> Bands of Hu came back, blood washed their arrows,
> still singing Khitan songs they drank in the capital market.
> The capital's citizens turned their faces weeping toward the north,
> day and night they keep looking for the royal army to come. ②

译文平实地传达了原诗的语义:一则记录了唐军与叛军血战惨败,至"四万义军同日死"的悲剧史实;二则准确传递了诗人杜甫的主观情感,译出了"天地同悲"的气氛,也译出了长安城民众泣血般的悲痛与哀悼之情。看得出,宇文所安在平实地译出原诗的语义与基本达到合乎英语语法标准之后,便不遗余力地追求形式上的工巧与音韵的节奏感。

第二,关于"自我表现的诗人"内容的杜诗传译。宇文所安所集中关注的"自我表现",多为对自我形象塑造的所谓"自传诗"③。杜甫早期的"自画像"源于他的《壮游》(Travels of My Prime)一诗:"往昔

---

① "是以古之作者寄身于翰墨,见意于篇籍,不假良史之辞,不托飞驰之势,而声名自传于后。"参见宇文所安《自我的完整映像——自传诗》,陈跃红、刘学慧译,载乐黛云、陈珏编选《北美中国古典文学研究名家十年文选》,江苏人民出版社1996年版,第110页。

② Stephen Owen, *The Poetry of Du Fu*, Volume 1, Walter de Gruyter Inc., Boston/Berlin, 2016. p. 253.

③ 宇文所安认为,中国古代诗人写的诗具有自传性质,因为自传只需"传达自己行为所包含的精神真实"。参见宇文所安《自我的完整映像——自传诗》,陈跃红、刘学慧译,载乐黛云、陈珏编选《北美中国古典文学研究名家十年文选》,江苏人民出版社1996年版,第111页。

十四五，出游翰墨场。斯文崔魏徒，以我似班扬。七龄思即壮，开口咏凤凰。九龄书大字，有作成一囊。性豪业嗜酒，嫉恶怀刚肠。脱略小时辈，结交皆老苍。饮酣视八极，俗物都茫茫……"

宇文所安译文摘录："Long ago, at fourteen or fifteen, / I roamed forth in the realm of brush and ink. / Men of culture, such as Cui and Wei, / thought me the like of Ban Gu and Yang Xiong. / At seven years my thoughts were pretty mature, / whenever I opened my mouth, I would chant about the phoenix. / At nine years I wrote large characters, / I had compositions making a bagful. / My nature was forceful, love of ale, my life's work, / I hated evil and harbored an unbending heart. / I shook off my youthful peers, / those I made friends with were all hoary elders. / I would drink myself tipsy and stare toward earth's ends, / and all common creatures were to me but a blur."[1]

对于一首充满自传色彩的诗，宇文所安认为，这是杜甫渴望声名流传后世而作。[2] 宇文所安认为诗人创作自传诗的动机就是为自己身后扬名立传，这首《壮游》诗为之提供了一个极佳的佐证材料。诗中呈现出来一个呼之欲出的诗人杜甫形象：一个天赋才情、豪气逼人的狂士形象。有学者认为，这种"自我的积极评价"是我国文学的传统，"即使是杜甫也多'豪迈'的自我肯定"。[3]

第三，关于"幽默随便的智者"内容的杜诗传译。学者霍松林也曾指出，杜诗具有西方文论中所说的幽默风格，类似于曾国藩所论的"恢诡之趣"，他认为"评杜诗者，大抵以'沉郁'二字尽之。然沉郁非少陵天性，特环境使然耳。吾人但见其为国是民瘼疾呼，为饥寒流离悲歌，故以之为严肃诗人；实则天性幽默，富于风趣"[4]。比如，杜甫诗《覆舟》

---

[1] Stephen Owen, *The Poetry of Du Fu*, Volume 4, Walter de Gruyter Inc., Boston/Berlin, 2016. p. 303.

[2] 宇文所安说，"诗人后来自称是神童，……他无疑希望这一传记惯例将充分引起他的后代传记家的注意（后来确实如此）……那些未来的传记家是帮助他获得所渴求的后代声名的必不可少人物。"参见宇文所安《盛唐诗》，贾晋华译，生活·读书·新知三联书店2004年版，第213页。

[3] 陆建德：《自我的风景》，《外国文学评论》2011年第4期，第194页。

[4] 霍松林认为，"吾国幽默之文，虽不能谓无，要亦不多耳。求之于诗，则杜诗中往往有之，而历代论诗者，既未标此一格，故亦鲜有陈述也"。参见霍松林《论杜诗中的恢诡之趣》（原载1946年12月4日南京《中央日报·泱泱》），见霍松林《唐音阁文萃》，复旦大学出版社2016年版，第22—23页。

(*Capsized Boat*)二首："巫峡盘涡晓，黔阳贡物秋。丹砂同陨石，翠羽共沉舟。羁使空斜影，龙居閟积流。篙工幸不溺，俄顷逐轻鸥。"（其一）

宇文所安译文：

"A dawn of whirlpools in the Wu Gorges, /autumn for sending tribute items from Qianyang. /The cinnabar pebbles were like falling meteors, /kingfisher feathers joined the sunken boat. /The envoy on his mission, gone in the slanting sunlight, /the dragon palace, closed tight under massed currents. /Fortunately the boatman did not drown, /in an instant he goes off with the light gulls."①

"竹宫时望拜，桂馆或求仙。姹女临波日，神光照夜年。徒闻斩蛟剑，无复爨犀船。使者随秋色，迢迢独上天。"（其二）

宇文所安译文："Sometimes gazing and bowing in the Bamboo Compound; /or in Cassia Lodge seeking the immortals. /The day when the Beauty crossed over the waves, /the year when the spirit rays lit up the night. /But in vain we hear of the kraken-cleaving sword, /the boat that burned rhino-horn is no more. /The envoy goes off with autumn's colors, /in the far distance he rises to Heaven alone."②

杜甫写此诗的背景是"见采买丹药之使，舟覆峡江而赋也"③。肃宗依然崇信修道成仙，可惜诗中的采买丹药之使臣因舟覆而亡。"使者随秋色，迢迢独上天"，求仙者未必升天，而采药之使先"独上天"，此诗明显意在讽刺修道求仙之荒唐，也印证了诗人杜甫作为"幽默随便的智者"的品性。

再如，"囊空恐羞涩，留得一钱看。"（杜甫原诗《空囊》*Empty Purse*）译文为："Fearing shamefaced awkwardness if my purse were empty, /I hold on to one copper cash."④ 译句除了字数上无法对等外，语义上几无二致。译文忠实于原作，准确地传达了诗人的辛酸与幽默，完全是杜甫自身处境的真实写照，是杜甫"含泪的笑"。"少陵一生，忧乱伤离而不消

---

① Stephen Owen, *The Poetry of Du Fu*, Volume 5, Walter de Gruyter Inc., Boston/Berlin, 2016, p. 57.

② Stephen Owen, *The Poetry of Du Fu*, Volume 5, Walter de Gruyter Inc., Boston/Berlin, 2016, p. 59.

③ （清）浦起龙：《读杜心解》（下册），中华书局1961年版，第515页。

④ Stephen Owen, *The Poetry of Du Fu*, Volume 2, Walter de Gruyter Inc., Boston/Berlin, 2016. p. 183.

极，妻僵子饿而不悲观。欲致君尧舜而落拓不偶，胸中所蕴，皆写之于诗，而不觉板重。非以天性诙谐，而恢诡之趣，时露篇中也耶！"① 其实，霍松林先生这里所指称杜诗的幽默风格，一定程度上也是杜甫积极乐观精神的体现。

第四，关于"日常生活的诗人"内容的杜诗传译。在抒写日常生活情趣的诗作中，杜甫选词用句比较口语化，表现了浓郁的生活情调。比如，杜甫的《客至》（A Guest Comes）："舍南舍北皆春水，但见群鸥日日来。花径不曾缘客扫，蓬门今始为君开。盘飧市远无兼味，樽酒家贫只旧醅。肯与邻翁相对饮，隔篱呼取尽余杯。"

    A Guest Comes
    North of my cottage, south of my cottage, spring waters everywhere,
    And all that I see are the flocks of gulls coming here day after day,
    My path through the flowers has never yet been swept for a visitor,
    But today this wicker gate of mine stands open just for you.
    The market is far, so for dinner there'll be no wide range of tastes
    Our home is poor, and for wine we have only an older vintage.
    Are you willing to sit here and drink with the old man who lives next door? I'll call to him over the hedge, and we'll finish the last of the cups.

（宇文所安《盛唐诗》译本）②

    A Guest Comes
    North of my cottage and south of my cottage spring waters everywhere,
    all I see are the flocks of gulls coming day after day.
    My flowered path has never yet been swept on account of a guest,
    my ramshackle gate for the first time today is open because of you.
    For dinner the market is far, there are no diverse flavors,
    for ale my household is poor, there is only a former brew.
    If you are willing to sit and drink with the old man next door,
    I'll call over the hedge to get him and we'll finish the last cups.

---

① 霍松林：《论杜诗中的恢诡之趣》（原载1946年12月4日南京《中央日报·泱泱》），见《唐音阁文萃》，复旦大学出版社2016年版，第31页。

② Stephen Owen, *The Great Age of Chinese Poetry: The High Tang*, New Haven and London, Yale University Press, 1981. p. 211.

(宇文所安《杜甫诗》译本)①

通过对宇文所安前后译诗文本的对照阅读，我们发现后者在诗的形态上显得更简洁、紧凑，诗的意味显得更浓郁。后者用词更简洁，句式更对仗工稳，整体形态上"瘦身"了很多。比如，第二句"但见群鸥日日来"的译文，前者"And all that I see"简化成"All I see"，并删去一个词"here"，此番简化共删去三个单音节词"and""that""here"，并未造成语义的丝毫改变；再如，第三、四句"花径不曾缘客扫，蓬门今始为君开"，后者以"My flowered path"（"花径"）与"my ramshackle gate"（"蓬门"）相对称，"has never yet been swept on account of a guest"（"不曾缘客扫"）直接与"for the first time today is open because of you"（"今始为君开"）形成——对应关系，其中"on account of"与"because of"两个短语的对称更显得浑然天成；又如，后者将第七、八句简化成一个条件复合句，而不是前者的两个简单句，同时对前者"the old man who lives next door"中的定语从句进一步简化为"the old man next door"，将前者"the last of the cups"简化成"the last cups"（仅此处就比前译省去四个词汇）。

从诗歌传递的艺术形象上看，《客至》描绘了一个日常生活中快乐自得的诗人自我形象；从诗的语言形式上看，用词近乎英语中的口语，语意浅白，笔调轻快。从前后译本中读者都很容易领略宇文所安所传译的这种杜诗风格特点。

第五，关于"虚幻想象的诗人"内容的杜诗传译。从整体上而言，杜诗也许不像李白的诗歌那么筋骨外露，两位诗人诗作的风格也是由两人迥异的性格和气质所决定的。正如作家张炜所言："在漫长的阅读史中，人们已经把两人一些有代表性的元素给提炼出来了：一个狂放，一个严谨；一个在天上高蹈，一个踏着大地游走；一个借酒浇愁，动辄舞唱，一个痛苦锁眉，低头寻觅。"②

杜诗，即便是有些写实景的诗，有时也充溢着悠远的遐思，蕴含着含蓄、深刻的哲理。比如，杜甫诗句：

---

① Stephen Owen, *The Poetry of Du Fu*, Volume 2, Walter de Gruyter Inc., Boston/Berlin, 2016. p. 351.
② 张炜：《也说李白与杜甫》，中华书局2014年版，第128页。

第三章 译文：宇文所安对唐诗的翻译与阐释

两个黄鹂鸣翠柳，一行白鹭上青天。
窗含西岭千秋雪，门泊东吴万里船。(《绝句四首》其三)

宇文所安译文：

A pair of yellow orioles sing in azure willows,
a line of white egrets rises to the blue heavens.
The window holds the western peaks' snow of a thousand autumns,
my gate moors for eastern Wu a ten-thousand league boat.①

绝句尤为讲究对仗，而宇文所安这首译诗选用了对等的词汇与短语，上、下句之间对仗比较工整，在词性、词义与形式上互相呼应；"A pair of yellow orioles" 对应 "a line of white egrets"，"sing" 对应 "rises"，"in azure willow" 对应 "to the blue heavens"，"The window" 对应 "my gate"，"holds" 对应 "moors"，"the western peaks" 对应 "eastern Wu"，"snow of a thousand autumns" 对应 "a ten-thousand league boat"。

译诗表现不了汉诗绝句特有的音律美，但近乎白描的手法却颇能显示出原诗形式上的质朴感。为了让英美世界的读者能领略这首绝句内容上的阔大气象——"'窗含西岭千秋雪，象征人心胸之阔大，是高尚的情趣；'门泊东吴万里船'是伟大的力量。这一首小诗真是老杜伟大人格的表现"②，宇文所安特地为"千秋雪"与"万里船"加以注释："'The white snow on the western mountains does not melt through the four seasons' 西山白雪四时不消"；"'That is, the boat in which he plans to set off down the Yangzi to Wu.' 门前停泊的船只计划穿三峡直抵长江下游的东吴。"③ 此诗暗含着诗人杜甫"气吞万里如虎"（宋代辛弃疾《永遇乐·京口北固亭怀古》词句）的宏阔气象。

再如，杜甫《旅夜书怀》："细草微风岸，危樯独夜舟。星垂平野阔，

---

① Stephen Owen, *The Poetry of Du Fu*, Volume 3, Walter de Gruyter Inc., Boston/Berlin, 2016. p. 389.
② 顾随讲，刘在昭笔记，顾之京、高献红整理：《中国经典原境界》，北京大学出版社2016年版，第300页。
③ Stephen Owen, *The Poetry of Du Fu*, Volume 3, Walter de Gruyter Inc., Boston/Berlin, 2016. p. 389. 后者的中文译文为笔者所译。

月涌大江流。名岂文章著，官应老病休。飘飘何所似，天地一沙鸥。"

> Writing of My Feelings Traveling by Night
> Thin plants, a shore with faint breeze,
> looming mast, lone night boat.
> Stars suspended over the expanse of the wild plain,
> the moon surges as the great river flows on.
> My name will never be known from my writings,
> aging and sick, I should quit my post.
> Wind-tossed, what is my likeness? —
> between Heaven and Earth, a single sandgull. （宇文所安译文）[1]

《旅夜书怀》是杜甫离开成都后所作。宇文所安认为，杜甫离开成都之后的诗日益与自我有关，"在沿长江而下时他转向'我似什么'的问题，并反复从大江的各种形态和生物中寻求答案"[2]。宇文所安还引用了杜诗《江汉》作为例证："江汉思归客，乾坤一腐儒。片云天共远，永夜月同孤。落日心犹壮，秋风病欲苏。古来存老马，不必取长途。"《旅夜书怀》中的"一沙鸥"与《江汉》中的"一腐儒"都是在一定距离上被观照的"他者自我"形象，宇文所安认为，在这些诗作中"诗人不再宣称知道他是谁，而在思想和外部世界中寻找一个形象以回答'何所似'的问题"[3]。的确，独立在茫茫宇宙中，不少诗人都在思考着同样一个问题："我是谁"，从"念天地之悠悠，独怆然而涕下"的陈子昂，到"永结无情游，相期邈云汉"的李白，再到"江汉思归客，乾坤一腐儒"的杜甫，也许"飘飘何所似，天地一沙鸥"可以作为他们的共同回答，因为类似于"我是谁"问题的答案无不凝缩在这一极富哲理化思维的意象之中——人的渺小与宇宙的浩大相对照，犹如"天地一沙鸥"。

"杜诗的集大成，杜甫的诗备众体，诸体皆擅，诗艺达到了炉火纯

---

[1] Stephen Owen, *The Poetry of Du Fu*, Volume 4, Walter de Gruyter Inc., Boston/Berlin, 2016. p. 77.

[2] ［美］宇文所安：《盛唐诗》，贾晋华译，生活·读书·新知三联书店2004年版，第240页。

[3] ［美］宇文所安：《自我的完整映像——自传诗》，陈跃红、刘学慧译，载乐黛云、陈珏编选《北美中国古典文学研究名家十年文选》，江苏人民出版社1996年版，第129页。

青、出神入化的极高境界,这都是历代公认的,没有异议的。但杜甫的'诗圣'的含义,还有道德层面的意义。"① 此处,学者张忠纲所指"诗圣"称号赋予诗人杜甫"道德层面的意义",对于杜甫诗歌的风格而言,即是上述反映杜诗风格的内容方面的质素——"社会批评的诗人,自我表现的诗人,幽默随便的智者,帝国秩序的颂扬者,日常生活的诗人,以及虚幻想象的诗人",正如诗评者叶嘉莹先生所言,"不同的风格正是作者不同人格的表现"②。杜诗的风格即是杜甫伟大人格的表现。而宇文所安的杜诗英译,以自由体的译诗形态,忠实于杜诗原意,在诗歌的情趣与意涵的传译方面很好地反映了杜甫原诗的风格。

结　语

杜甫的诗歌风格具有多样性特点,不是简单的"沉郁顿挫"所能概括的。作为译者的宇文所安充分认识到这一点。毋庸置疑,其英译杜诗的翻译实践,既充分地尊重杜诗原典的意涵,也循着英美读者对英译中国古典诗歌的接受心理与审美习惯,以散文体译诗作为翻译策略,译诗兼有平实与工巧的特点,并富有成效地表现了作为"社会批评的诗人,自我表现的诗人,幽默随便的智者,帝国秩序的颂扬者,日常生活的诗人,及虚幻想像的诗人"③ 的杜诗风格。作为世界上第一个英译杜诗的全译本,宇文所安的英译《杜甫诗》,不仅促进了全球化时代的西方世界更加全面、准确地认识杜甫这位伟大的中国诗人,同时,也为代表着中华优秀传统文化的文学经典在走向世界的海外传播中提供了一份成熟的、高水平的翻译样本。

第二节　宇文所安对唐诗的过度诠释

意大利符号学家昂贝多·艾柯提出了"过度诠释"(overinterpretation)这个术语。艾柯提出这个概念的历史语境,是在 20 世纪末期:解构主义文

---

① 张忠纲:《诗圣杜甫研究·说"诗圣"(代序)》(上),上海古籍出版社 2015 年版,第 7 页。
② 叶嘉莹:《叶嘉莹说杜甫诗》,中华书局 2008 年版,第 86 页。
③ [美] 宇文所安:《盛唐诗》,贾晋华译,生活·读书·新知三联书店 2004 年版,第 210 页。

学批评家认为，文学文本不可能有确定不变的完整意义，文学文本及其意义也不能独立于读者的阅读行为之外，对文本意义的理解，是文本与阅读交互作用的无止境的过程。针对这种情况，艾柯指出："某些当代批评理论声称：对本文唯一可信的解读是'误读'；本文唯一的存在方式是它在读者中所激发的系列反映；本文，正如托多罗夫在引述别人的观点时所说，只是一次'野餐'会：作者带去语词，而由读者带去意义。"[①] 这就导致了读者对文学文本的诠释毫无约束、毫无限制，如此一来"过度诠释"就产生了。

下面我们就来列举一些宇文所安诠释唐诗时所产生的"过度诠释"的例子。

例一，看宇文所安如何翻译、释读王勃《滕王阁》。

诗题"滕王阁"被译成"TOWER OF THE PRINCE OF T'ENG"，"阁"被译成"tower"（西方指称的"塔"），这属于归化法翻译，不尽贴切，但也容易被英语读者理解。

  1 滕王高阁临江渚，The Prince of T'eng's high tower looks down on river isles ,
  2 佩玉鸣鸾罢歌舞。Jade bangles and ringing phoenixes have ceased their songs and dances .
  3 画栋朝飞南浦云，Morning—its painted beams send flying Southbank's clouds,
  4 珠帘暮卷西山雨。Evening—beaded curt ains roll up the rain on western mountains
  5 闲云潭影日悠悠，Calm clouds, reflected in pools, go on and on each day,
  6 物换星移几度秋。But things change, constellations move—how many autumns gone by?
  7 阁中帝子今何在？And where today is the prince of the tower?
  8 槛外长江空自流。—Beyond the railing the great river flows on and on alone.

---

① ［意］艾柯：《诠释与过度诠释》，王宇根译，生活·读书·新知三联书店1997年版，第62页。

第三章　译文：宇文所安对唐诗的翻译与阐释　85

尽管宇文所安散文体的译诗，失去一些诗的韵味的美，但是这首诗的意蕴主旨还是非常忠实地被翻译出来了。其中，诗中的一些意象，诸如"画栋""珠帘""南浦云""西山雨""闲云""潭影""长江"等无不给予了理想的展现。这些都是忠实原文的体现。不过，随之而来对诗作内容的解释可能会令中国读者感到惊讶。下面引用的文字即是宇文所安对诗作的诠释。

"滕王阁是一个持续了短暂时间的歌舞之地，寻欢作乐之地，与之相对的是永恒的大江。'朝云'和'暮雨'都是性交的委婉说法，但与声色之乐的短暂有密切联系。这两个词出自归属于宋玉《高唐赋》之序的故事，叙述楚王梦见巫山神女，与之性交。神女临别时吟诵这些诗句：妾在巫山之阳，高丘之阻。且为朝云，暮为行雨。此后楚王再度寻访神女，但是神女就像她自己所表白的'朝云'一样，已经不见了。王勃眺望眼前的实景，看到了这些性欲的象征：它们是逝去乐事的萦绕人心的提醒物，就像卢照邻所描绘的处于琴台周围风景中的情人司马相如和卓文君。"①

从上面宇文所安的诠释可以看出，他对中国文化意象"巫山""云雨"的典故非常熟悉，但是你不能一见到"云""雨"的字样就马上想到"性交"。下面我们对照阅读一位来自中国的唐诗鉴赏家的解释：

"三、四两句紧承二句，更加发挥。阁既无人游赏，阁内画栋珠帘当然冷落可怜，只有南浦的云，西山的雨，暮暮朝朝，与它为伴。这两句不但写出滕王阁的寂寞，而且画栋飞上了南浦的云，写出了滕王阁的居高，珠帘卷入了西山的雨，写出了滕王阁的临远，情景交融，寄慨遥深。……这首诗一共只有五十六个字，其中属于空间的有'阁'、'江'、'栋'、'帘'、'云'、'雨'、'山'、'浦'、'潭影'；属于时间的有'日悠悠'、'物换'、'星移'、'几度秋'、'今何在'，这些词融汇在一起，毫无叠床架屋的感觉。主要的原因，是它们都环绕着一个中心——滕王阁，而各自发挥其众星拱月的作用。"②

与这种传统的解释相比照，宇文所安的解释显然摆脱不了过度诠释的嫌疑。但是，我们知道，有"作者未必然，读者未必不然"的说法，换言之，只要言之成理就是合适的解释，至于是否违背了作者本人的意图，是无关紧要的。也许王勃看到宇文所安对这首的解释，会感到吃惊，吃惊

---

①　[美]宇文所安：《初唐诗》，贾晋华译，生活·读书·新知三联书店 2004 年版，第 105 页。
②　沈熙乾：《唐诗鉴赏辞典》，上海辞书出版社 1983 年版，第 20—21 页。

之余也免不了感叹、甚至同意宇文所安解释所具有的创造性、合理性的一面。从这个角度来说,宇文所安对王勃《滕王阁诗》的这种过度诠释,并不能算作不好的诠释。

宇文所安之所以敢于大胆地解释诗作的内涵,这与他对诗歌的翻译与诗歌的解释两种存在形式的看法不同有关。他认为,"翻译取代了原来的文本。……如同翻译,解读也试图控制原作的意义,但解读形式承认在种类上它与文学文本的不同;它的生命'依附'于原作而不是'取而代之'"①。翻译取代了原来的文本,指的是语言形式上,而不是内容上的,因此宇文所安的翻译观是要忠实原文。而对诠释而言,无法剥夺原文的存在,无论你如何做颠覆性的解释,原文还在原地,你扯不掉它一根毫毛,诠释是靠原文生存的。这也许可以视作宇文所安敢于过度诠释的缘由。

美国学者乔纳森·卡勒则充分肯定了过度诠释的积极意义,曾经为过度诠释做过辩护,他说:"诠释只有走向极端才有趣。四平八稳、不温不火的诠释表达的是一种共识;尽管这种诠释在某些情况下也有其价值,然而它却像白开水一样淡乎寡味。切斯特尔顿对此曾有过精辟的论述:'一种批评要么什么也没说,要么必须使作者暴跳如雷。'"②

从以上的分析不难看出,读者阅读行为带来的阐释,无论是否契合作者、文本的意图,无论在多大程度上存在合理的一面,无论诠释过度与否,如果它的确给文学文本带来实惠,比如说吸引了更多读者的眼球,或者"使作者暴跳如雷",那恰恰就是提升了文本存在的价值和意义。

第三节 宇文所安对中国文化的误读

翻译是一种跨文化的交际,因为在两种语言转换的同时,也发生了文化的转换。而两种异质文化之间存在着差异,因此在这双重的转换过程中,文化的误读不可避免。乐黛云先生指出,"事实上,正是由于差异性的存在,各个文化体系之间才有可能相互吸取、相互借鉴,并在相互参照

---

① [美]宇文所安:《中国传统诗歌与诗学》,陈小亮译,中国社会科学出版社2013年版,第77页。
② [美]乔纳森·卡勒:《为"过度阐释"一辩》,见艾柯《诠释与过度诠释》,王宇根译,生活·读书·新知三联书店1997年版,第135页。

第三章　译文：宇文所安对唐诗的翻译与阐释　87

中进一步发展自己。"①

宇文所安翻译、阐释中国古代诗歌，即是跨越了中西两种文化的差异，在解读中自然会出现误读的现象。误读，自然产生误译与误释。下面我们就来翻检宇文所安在翻译唐诗、阐释唐诗过程中所出现的误译与误释。

在讨论翻译或诠释中所失去的东西之前，让我们先来重温一下宇文所安对王之涣《登鹳雀楼》的译文：

Hooded Crane Tower
白日依山尽，The bright sun rests on the mountain, is gone,
黄河入海流。The Yellow River flows into the sea.
欲穷千里目，If you want to see a full thousand miles,
更上一层楼。Climb one more story of this tower.②

这首对仗工整、运用形象思维来显示生活哲理的五言绝句，被宇文所安译成散文体的英语诗句后，顿时失去了王之涣能以此"独步千古"的诗的魅力——就像一碗白开水一样淡而无味。理还在，但诗的美感荡然无存。宇文所安在阐释此诗时认为，"这首绝句代表了一种独特类型，其主人公在结尾做出或提出某种神秘的重要姿态。此处读者被邀请参加，设想落日、诗人视觉范围及登上更高建筑之间的联系。从这未定的联系之中，读者认识到，登上更高的楼，不仅可以扩大视野，而且可短暂地重见阳光"③。遗憾的是，宇文所安对此首诗所蕴含的哲理意义，只字未提，而这一点却是王之涣这首写景诗真正的魅力所在。如果这种解释还不能完全归结在误释的范畴，至少也是漏释。

在《特性与独占》④一文中，宇文所安写道："太平公主只能盘算占有；而中唐诗人则可以任意挪用占有物，用显然超乎事物本身的诠释将它

---

① 乐黛云：《文化差异与文化误读》，见《独角兽与龙——在寻找中西文化普遍性中的误读》，北京大学出版社 1995 年版，第 109 页。
② Stephen Owen, *The Great Age of Chinese Poetry: The High Tang*, New Haven and London, Yale University Press, 1981. p. 193.
③ [美] 宇文所安：《盛唐诗》，贾晋华译，生活·读书·新知三联书店 2004 年版，第 280 页。
④ [美] 宇文所安：《中国"中世纪"的终结——中唐文学文化论集》（简称《中唐文学文化论集》），陈引驰、陈磊译，生活·读书·新知三联书店 2006 年版，第 11—29 页。

一网打尽。只有在诠释中、也只有通过诠释,事物才有拥有价值。诠释行为成为事物的体验,成为相对于事物之微小、低廉价值和日常性的重要的滥余。别人仅仅消费竹笋而已,白居易则使它们成为永久留存的产品。"① 从这句话可以看出,宇文所安深知中国传统文人有"立言"以达到不朽的心理期待,所以他在阅读、阐释白居易《食笋》一诗时,将白居易写诗创作的意图解释为以"立言"为手段使之成为自己的一座纪念碑。那么,先让我们来阅读一下白居易化腐朽为传奇的诗作究竟写了哪些有趣的东西。

> 此州乃竹乡,春笋满山谷。
> 山夫折盈抱,抱来早市鬻。
> 物以多为贱,双钱易一束。
> 置之炊甑中,与饭同时熟。
> 紫箨坼故锦,素肌擘新玉。
> 每日遂加餐,经时不思肉。
> 久为京洛客,此味常不足。
> 且食勿踟蹰,南风吹作竹。

对白居易的一首写美食小诗的作者意图作如此臆断,其合理成分有多少,有没有背离中国历史文化传统、当时的语境和诗人的心境,这似乎无须进一步论证,因为白居易写的就是"舌尖上的中国",就是日常生活的"食之趣味"。

我们再来看一个例子。宇文所安对柳宗元《钴鉧潭西小丘记》之创作意图的解读。《钴鉧潭西小丘记》是柳宗元被贬谪至永州时创作的一篇山水游记散文。钴鉧潭是潇水的一条支流冉溪的一个深潭,"潭"就是"渊",南方方言叫"潭"。钴鉧意为熨斗,钴鉧潭的形状是圆的,像一个钴(圆形的熨斗),故取名为"钴鉧潭"。西山在今湖南零陵县西,是一座山。小丘,就是一个小山包。这个小山包没有名字,所以只用临近地区的名字或者方位来说明它的存在(钴鉧潭西面的那个小丘)。后来柳宗元在《愚溪诗序》中,给这个小丘起了一个名字叫"愚丘"。

《钴鉧潭西小丘记》语言简约精炼、清丽自然,其利用托物言志、融

---

① [美]宇文所安:《中国"中世纪"的终结——中唐文学文化论集》(简称《中唐文学文化论集》),陈引驰、陈磊译,生活·读书·新知三联书店2006年版,第69—70页。

情于景等写作手法，巧妙地将柳宗元被贬永州的愤慨与兹丘的遭遇融汇在一起，静静的描绘中生发出一种生命的力量。以下权引几句以供品评。

得西山后八日，寻山口西北道二百步，又得钴鉧潭。西二十五步，当湍而浚者为鱼梁。梁之上有丘焉，生竹树。其石之突怒偃蹇，负土而出，争为奇状者，殆不可数。其嵚然相累而下者，若牛马之饮于溪；其冲然角列而上者，若熊罴之登于山。……而我与深源、克己独喜得之，是其果有遭乎！书于石，所以贺兹丘之遭也。

宇文所安也同样基于中国文人所谓"立言"以达不朽的传统，认为"他（柳宗元）是为了可以发表流传的文学体验而购买小丘"①。于是，宇文所安从文中一步一步地寻找着作者这方面意图的"证据"。他分析说："值得注意的是，尽管柳宗元被这地方的天然魅力所吸引，他在买下小丘后所做的第一件事就是清扫它。……文学体验需要精心策划和戏剧性的展示，他得清扫这个地方，来表明它已归自己所有，把自然与人工结合起来。柳宗元对于'占有'本身，对于他有权规划这一空间、把它打上自己的印记这一事实本身，感到其乐陶陶。"②

一个被贬谪、流放到穷山沟里的柳宗元，真的会有如此强烈的占有欲望吗？宇文所安进一步分析："富于想象力的作家把大自然转化成了为主人献艺的表演艺术。……柳宗元通过文本，在话语的层次上完成了他对小丘的占有。法律形式上的占有，是通过和唐氏所作的买卖交易实现的；而这篇'记'，则是一纸文化意义上的占有契约。"③

最后，通过层层论证，宇文所安得出了这样的结论："柳宗元花费家财，买得一块在唐人看来是远处边陲的荒凉之地，他在话语层次上'改善'了这块土地，赋予这块毫无价值的土地以价值。钴鉧丘并不能养活柳宗元或他的后代，然而他的作品，一篇有关获取的文本，则是一笔更有

---

① ［美］宇文所安：《中国"中世纪"的终结——中唐文学文化论集》（简称《中唐文学文化论集》），陈引驰、陈磊译，生活·读书·新知三联书店 2006 年版，第 27 页。
② ［美］宇文所安：《中国"中世纪"的终结——中唐文学文化论集》（简称《中唐文学文化论集》），陈引驰、陈磊译，生活·读书·新知三联书店 2006 年版，第 27 页。
③ ［美］宇文所安：《中国"中世纪"的终结——中唐文学文化论集》（简称《中唐文学文化论集》），陈引驰、陈磊译，生活·读书·新知三联书店 2006 年版，第 28 页。

潜力、更可靠的文化资产，光大作者及其门庭。"①

《钴鉧潭西小丘记》既充满浓郁的写景、纪实色彩，也隐喻了作者托物寓意、借物抒怀的真实情感。潭水边一个小山丘上竟然"生竹树"，"其石之突怒偃蹇，负土而出，争为奇状者，殆不可数"。读者读到此处，如果能联想到诗人创作这篇游记的真实处境——诗人被贬谪到永州这块荒凉之地，却见到这个钴鉧潭西边不起眼、不知名的小丘，竟然有如此生命力，就不难揣摩出诗人的创作心境与真实的创作意图。诗人从小丘联想到自身的悲剧命运，悲从中来，同时又喜不自禁，遂作文以明志。诗人以"愚丘"命名这个不起眼的潭边小丘，一定是感悟到人生的不幸、命运的无常。诗人欲像钴鉧潭西边的这座小丘一样，虽遭不平，却遗世独立，具有顽强的生命力。

中国文人的确存在"立言"以达不朽的创作心态，但宇文所安似乎只顾及这一端，而对中国文人自身怀有的家国情怀、生活情趣等崇高又平凡的文化心理视而不见。很难想象诗人时时刻刻以"立言"达不朽之理念去创作，其作品会成为千古流传的不朽经典。

---

① ［美］宇文所安：《中国"中世纪"的终结——中唐文学文化论集》（简称《中唐文学文化论集》），陈引驰、陈磊译，生活·读书·新知三联书店2006年版，第29页。

第四章　比较：宇文所安与韦利、许渊冲等译家的唐诗翻译

翻译本身就是阐释。宇文所安唐诗翻译的过程，也是其对唐诗理解与阐释的过程。宇文所安唐诗翻译的成败、得失，直接影响唐诗思想内容与艺术特色在英语世界的传播。为了更好地探究宇文所安唐诗英译的得失情况及其译诗的艺术效果，我们试着采用比较的方法在用词、意象的传递等方面进行具体的分析，而这种比较主要体现在两个层面上：一是译文与原诗之间的比较，二是译文与译文之间的比较。本章我们即抽取宇文所安的唐诗译文与几位著名的唐诗译家之译文进行对比分析，探讨宇文所安唐诗翻译的观念与策略。

第一节　宇文所安与韦利唐诗英译之比较

在前面一章关于英国唐诗译介与研究状况中，我们对阿瑟·韦利英译唐诗的情况做了概略性的介绍。他的英译唐诗主要出自《中国诗选》《汉诗170首》《汉诗增译》《诗人李白》与《李白的诗歌与生涯》。韦利的英译汉诗在欧美广为传播，"魏理（即韦利，笔者按）的英译汉诗集，是汉学界学者和学生必读必备的书目，因此，英美大学图书馆一般都有收藏。除了大学图书馆外，一般公共图书馆也收藏魏理的中文译作，成为魏理英译汉诗向大众传播的重要媒介"[1]。而且韦利英译汉诗对英美作家与诗人产生了很大的影响，"他的英译汉诗不仅在《诗歌》（*Poetry*）等刊物发表，而且被当时以及后来的诗人用为诗歌创作的资源"，因此，"魏理

---

[1] 程章灿：《东方古典与西方经典——魏理英译汉诗在欧美的传播及其经典化》，《中国比较文学》2007年第1期。

的英译汉诗不仅是西方翻译的经典，也已经成为西方文学尤其是诗歌的经典"①。1953 年，韦利获得英国女王诗歌奖（Queen's Medal for Poetry）。② 无疑，韦利英译汉诗在欧美的传播及其经典化地位的确立，经历了历史的检验。

　　宇文所安的唐诗英译，迄今从未专门结集出版过，它们除了大量集中在《孟郊和韩愈的诗》《初唐诗》《盛唐诗》和《晚唐诗》四部专著之外，还存留于宇文氏所编译的《中国文学选集：从先秦到1911》③。根据笔者统计，仅仅这部中国文学选集中的"唐代文学"部分所译唐诗就多达 206 首，其中重要诗人王维、李白、杜甫三家诗作有 91 首。而且它作为美国著名的诺顿（Norton）标准系列教材，从出版之日起一直被美国大学广泛使用着，④ 出版次年即获得由美国翻译协会颁发的"杰出翻译奖"（Outstanding Translation Award），⑤ 因此，宇文所安的英译唐诗正通过作为重要媒介的美国大学被广为传播，会有越来越多的英美读者读到它们。宇文所安的唐诗研究专著为欧美汉学界学者案头必备，《中国文学选集》又成为美国大学生必读书且被美国文学界、汉学界充分肯定，这种现象与韦利的英译汉诗在英、美的接受何其相似，我们可以肯定地说，他的英译唐诗正接受着时间的检验，正朝着经典化之路迈进。更为有趣的是，曾经访问过宇文所安的南京大学程章灿教授告诉我们，宇文所安将汉学研究作为自己毕生的专业研究方向的重要原因之一，是在 14 岁那年在巴尔的摩市公立图书馆读到了韦利译的英译汉诗。⑥ 如果我们将宇文所安的英译唐

---

① 程章灿：《东方古典与西方经典——魏理英译汉诗在欧美的传播及其经典化》，《中国比较文学》2007 年第 1 期。

② 这一奖项是 20 世纪英国乃至英联邦国家诗歌界的最高荣誉之一。英国诗人奥顿（W. H. Auden, 1907—1973）、休斯（Ted Hughes, 1930—1999）与 1992 年诺贝尔文学奖获得者沃尔科特（Derek Walcott, 1930— ）曾获得过此项殊荣。

③ *An Anthology of Chinese Literature: Earliest Times to 1911.* New York: W. W. Norton, 1996. 该书选取了先秦至清代的以诗歌为主的各类作品 600 余首（篇），其中唐代共选诗 206 首，约占全书规模的三分之一。

④ 张宏生：《对传统加以再创造，同时又不让它失真——访哈佛大学东亚语言与文明系斯蒂芬·欧文教授》，《文学遗产》1998 年第 1 期。

⑤ 朱徽：《中国诗歌在英语世界——英美译家汉诗翻译研究》，四川大学出版社 2010 年版，第 275 页。

⑥ 程章灿：《东方古典与西方经典——魏理英译汉诗在欧美的传播及其经典化》，《中国比较文学》2007 年第 1 期。另见钱锡生、季进《探寻中国文学的"迷楼"——宇文所安教授访谈录》，《文艺研究》2010 年第 9 期。

第四章 比较：宇文所安与韦利、许渊冲等译家的唐诗翻译

诗与韦利的加以比较分析，那么，无论结果如何，一定是一件非常有意义的事情。下面，我们即选用两位汉学家都曾译过的李白《月下独酌》，作为对比分析的例子。

原诗：李白《月下独酌四首》（其一）

花间一壶酒，独酌无相亲。/举杯邀明月，对影成三人。/月既不解饮，影徒随我身。/暂伴月将影，行乐须及春。/我歌月徘徊，我舞影零乱。/醒时同交欢，醉后各分散。/永结无情游，相期邈云汉。

宇文所安译：

Drinking Alone by Moonlight
Here among flowers a single jug of wine,
No close friends here, I pour alone
Andlift cup to bright moon, ask it to join me,
Then face my shadow and we become three.
The moon never has known how to drink,
All my shadow does is follow my body,
But with moon and shadow as companions a while,
This joyI find will surely last till spring.
I sing, the moon just lingers on,
I dance, and my shadow scatters wildly.
When still sober we share friendship and pleasure,
Then entirely drunk each goes his own way——
Let us join in travels beyond human feelings
And plan to meet far in the river of stars. ①

韦利译：

Drinking Alone by Moonlight
A cup of wine, under the flowering trees;

---

① Stephen Owen, *The Great Age of Chinese Poetry: the High T'ang*. New Haven: Yale, 1980, p. 138.

Idrink alone, for no friend is near.
Raising mycup I beckon the bright moon,
For he, with my shadow, will make three men.
The moon, alas, is no drinker of wine;
Listless, my shadow creeps about at my side.
Yet with the moon as friend and the shadow as slave
I must make merry before the Spring is spent.
To the songs I sing the moon flickers her beams;
In the dance I weave my shadow tangles and breaks.
While we were sober, three shared the fun;
Now we aredrunk, each goes his way.
May we long share our odd, inanimate feast,
And meet at last on the Cloudy River of the sky. ①

从译文的诗体看，二者皆是散文体译诗，相比而言，宇文所安略简洁些。比如，"花间"韦利增饰了一个单词"trees"，翻回去是"花树下"，语意倒是与宇译近似，无伤大雅；"独酌无相亲"一句，韦利增用了一个连词"for"，又显得散文意味更浓了。下面，笔者试着从两篇译文对语意的理解、用词的选择入手进行逐句分析，同时兼及声律音韵等因素。

其一，"独酌"一词，宇文译成"pour alone"，比韦利的"drink alone"译得要好，虽然都是独自一人喝酒，但"Pour"把自斟自饮的动作描画出来了，与原诗句扣合甚紧，颇能引发读者的想象。

其二，"举杯邀明月"，宇文所安用"I lift cup to bright moon, ask it to join me"，形式、声韵略逊韦利译句，但语意比韦利表达得更清晰，还有"lift cup to"具有明显的指向，动感与方向感直接传达给读者。

其三，"对影成三人"句，宇文译得要比韦利平实、简洁得多，且形式上与原诗句非常对等，再者，用"we"显得既传递了亲昵的氛围，又保有原诗句的含蓄之美，而韦利的"For he, with my shadow, will make three men"，语意上属于硬译、直译，既显啰唆，形式上又显得过于散文化。

其四，"月既不解饮"句，本意即是异常平易——"月亮不懂饮酒嘛"，但是，韦利直译过实，了无诗味，不如宇文译得质朴、流畅。韦利

---

① 吕叔湘：《中诗英译比录》，中华书局 2002 年版，第 125 页。

增饰一个"alas",此种感叹也是题中应有之义,但有失含蓄,更将原诗上下句之间形成的形式上的对仗工巧、语意上的连贯气势破坏得一干二净。虽然同是散文体的翻译,韦译"The moon, alas, is no drinker of wine; / Listless, my shadow creeps about at my side"与宇文译 The moon never has known how to drink, / All my shadow does is follow my body 并置对照,还是比较容易看得出,宇文译得诗意盎然,与原诗句很契合,而韦利译句散文意味稍显浓郁。

其五,再看"影徒随我身"句。宇文所安将"徒""随"两字以"does"/"follow"两词译出,动感十足,非常传神(does 为加强语气的助词);反观韦使用"listless"(倦怠的)、"creeps about at my side"(匍匐在我的身旁)令句意与原诗颇有些出入,而且原句中所含有的动感意味也失掉了。

其六,"暂伴月将影"句,韦利译成"Yet with the moon as friend and the shadow as slave"——回译的意思是"将月亮视作朋友而将影子视为奴隶"。如此一来,韦利将整个句子的意思理解错了,译文自然完全错了,而宇文的译句"But with moon and shadow as companions a while"平实、准确。

其七,"行乐须及春"句,两位译者理解得皆不准确,都是硬性的直译,原诗句意思是:人生为乐须及时,切不可辜负了良辰美景。二位都将"春"字作为"春天"直译出来了。

其八,"我歌月徘徊,我舞影零乱",与五、六句的"月既不解饮,影徒随我身"在语言的形态与气势上同声相应,宇文的翻译与原诗句的形态、语意及气势上都比较对等、吻合,属于比较平实的直译。而韦利的翻译是意译,语意大体无妨,形式还算齐整,但不如宇文译得简洁、有气势。

其九,"醒时同交欢,醉后各分散",两种译文对比,还是宇文译得好:宇文译得诗味浓,表现在上、下句之间对仗工整,音韵上节奏感较强:"When"对应"Then","still sober"对应"entirely drunk","share friendship and pleasure"对应"goes his own way",无论在词性、词义还是形式上都相互呼应。

  When still sober we share friendship and pleasure,
  Then entirely drunk each goes his own way.

朗声吟咏，细细品读，宇文氏的译句语意贴切，音韵和谐。试着对比韦利的译文"While we were sober, three shared the fun; / Now we are drunk, each goes his way"，更可以看出宇文所安省减系动词的高妙之处：增加了诗味，尽管语法似有欠缺，但读者心知肚明，"不关宏旨，亦即不足为病"①。

其十，对于"永结无情游，相期邈云汉"两句，韦利前句译文"May we long share our odd, inanimate feast"，翻回汉语的意思是"愿我们长久地分享这场古怪而了无生气的宴游吧"。实际上，原句中的"无情"就是庄子所说的"无情"，即是"忘情"：忘掉"物"的利害关系，甚至忘掉作为"物"的你、我自身——你也是我，我也是你，你中有我，我中有你，无所谓分离与相聚，那么，就让我们永远地"忘情"相伴，相约飞升九天、银河，乐得"逍遥游"。②因此，宇文译文"travels beyond human feelings"与原句十分扣合。而"相期邈云汉"的两种译文皆合原意，但宇文译文"And plan to meet far in the river of stars"节奏感强，韵味十足。

从以上两种译文的对比分析，我们可以大略管窥宇文所安与韦利的唐诗英译之迥异处：第一，宇文所安对诗歌含义的把握似比韦利更为准确；第二，对散文体译诗的声韵的处理方面，宇文所安借鉴了韦利所创造的"弹跳式节奏"的办法来体现英译唐诗的韵律，但他对诗歌形式的处理更加灵活，更趋简练，"诗味"更浓。

宇文所安在英译汉诗方面所走的道路，事实上就是韦利的道路，但比韦利在遣词用字方面更富有诗意及韵味。

第二节　宇文所安与许渊冲唐诗英译之比较

许渊冲（1921—2021）先生是我国古典诗歌翻译的名家，其唐诗英

---

① 吕叔湘：《中诗英译比录》，中华书局 2002 年版，第 18 页。
② "游"的前提是"忘"，首先是"外（即忘）天下"，抛却一切功名利禄、政治事功；然后"外物"，对"物"引起的欲望采取超然态度；最后是"外生"，忘记感官生理的欲望。能够忘记这一切非自然的、人为的情趣，便可以达到"天人合一"，将自己的感情与天地融为一体，在情天恨地中畅游，"鱼相忘乎江湖"（《庄子·大宗师》）。《庄子·德充符》"吾所谓无情者，言人之不以好恶内伤其身，常因自然而不益生也"；并参《庄子·天地》"忘乎物，忘乎天，其名为忘己，忘己之人，是之谓入于天"。

第四章　比较：宇文所安与韦利、许渊冲等译家的唐诗翻译　　97

译著作主要有：《唐诗一百五十首》①《李白诗选》②（《杜甫诗选》③ 和《唐诗三百首》④。下面我们选取一些许译唐诗与宇文所安的译文相对照。

例一：李白《乌栖曲》的几种译文
原文：

姑苏台上乌栖时，吴王宫里醉西施。/吴歌楚舞欢未毕，青山欲衔半边日。/银箭金壶漏水多，起看秋月坠江波。/东方渐高奈乐何！

宇文所安译：

Song of the Roosting Crows
The time when the crows are roosting
on the terrace of Ku-su,
Is when, in the Wu king's palace,
Hsi Shih is growing drunk.
The songs of Wu and dances of Ch'u
their pleasure had not reached its height,
As the green hills were about to swallow
a half side of the sun.
From waterclock more and more drips away,
from the basin of gold with its silver arrow,
And they rise and they watch the autumn moon
sink down in the river's waves,
As in the east the sun grows higher,
what shall their joy be then ?⑤

---

① 许渊冲：《唐诗一百五十首》（英译），陕西人民出版社 1984 年版。
② 许渊冲：《李白诗选》（汉英对照），四川人民出版社 1987 年版。
③ 许渊冲：《许译中国经典诗词·杜甫诗选》（汉英对照），河北人民出版社 2006 年版。
④ 许渊冲：《唐诗三百首》（中英文对照），中国对外翻译出版公司 2007 年版。
⑤ Stephen Owen, *The Great Age of Chinese Poetry: the High T'ang.* New Haven: Yale, 1980, p.121.

许渊冲译：

Crows Going Back to Their Nest
——Satire on the king of Wu
O'er Royal Terrace when crows flew back to their nest,
The king in Royal Palace feast'd his mistress drunk.
The Southernmaidens sang and danced without rest
Till beak-like mountain-peaks would peck the sun half-sunk.
The golden clepsydra could not stop water's flow,
O'er river waves the autumn moon was hanging low.
But wouldn't the king enjoy his fill in Eastern glow?①

首先，从对诗题"乌栖曲"的翻译来看，许先生照字面直译，译得比较细，但犹嫌不够，又特地作了增饰，加了一个副标题"Satire on the king of Wu"，殊不知这样虽不至于费解，却限定了对这首诗主题意蕴的解读：讽刺成了唯一的主题。而且从形式上看，显得过于冗长，似有蛇足之嫌。尽管如此，三个汉字的诗题却漏译一个"曲"字。宇文所安也是照字面直译，意思与形式都非常对等，译得简洁、准确而又忠实原诗。

其次，诗中的"姑苏台""吴王宫""西施"在许译中分别被意译成"Royal Terrace""the king in Royal Palace""his mistress"尤显不妥，因为这些著名的地名和人名皆为能呈现"中国情调"所特有的元素，将其隐藏起来不仅使"中国情调"顿失，而且还剥夺了读者索解其中典故的权利。

再次，对"吴歌楚舞欢未毕，青山欲衔半边日"的翻译，宇文所安译得忠实、对等，而且在"形似""意似"的基础上传达了几分"神似"的诗味。②"欲衔"译成"were about to swallow"非常准确、形象。而许译"The Southern maidens sang and danced without rest / Till beak-like mountain-peaks would peck the sun half-sunk"则属于意译，往回翻成汉语是：

---

① 许渊冲：《李白诗选》（汉英对照），湖南人民出版社 2007 年版，第 104 页。
② 借用许渊冲先生"形似""意似"与"神似"的"三似"之说，许先生说"'形似'一般是指译文和原文在字面上或形式上相似；'意似'是指译文和原文在内容上（有时还在形式上）相似；'神似'却指译文和原文在字面上或形式上不一样，但在内容上或精神上却非常相似"。见许渊冲《文学与翻译》，北京大学出版社 2003 年版，第 85 页。

第四章　比较：宇文所安与韦利、许渊冲等译家的唐诗翻译　99

"南方的少女们无休止地唱歌跳舞，直到如鸟嘴般的山峰快要啄食掉那只剩下半边的太阳"。宇文所安把"欢未毕"译成"their pleasure had not reached its height"，虽然也属于意译，却十分准确、到位，而许译成"sang and danced without rest"却违背了原意。

最后，对"银箭金壶漏水多，起看秋月坠江波"的翻译，宇文所安译得比许渊冲先生要好，一是宇文所安所译忠实原文，"漏水多"译成"more and more drips away"非常对等，而许译"The golden clepsydra could not stop water's flow"是意译，且背离了原意——"漏水多"无非在说时间在飞逝，而"金壶（计时器）不能阻止水流"已改变了原诗的客观意象，渗入的完全是译者自己的主观想象；二是宇文所安动词"sink down"用得好，把"坠"字准确生动地译了出来，而许译"O'er river waves the autumn moon was hanging low"意为"秋月低低地悬挂在江波上"，这使原诗中的"秋月坠江波"动态十足的画面变成了一种静态的存在。

从整体上看，许译《乌栖曲》之所以出现许多与原诗诗意相背离的地方，一眼就能识破的原因是许渊冲先生犯了"易词就韵而以词害意"[1]的错误。从诗的押韵与否的角度，我们不难看出许先生的翻译要比宇文所安的翻译要押韵得多，比如许译"nest""rest"；"drunk""half-sunk"；"flow""low""glow"非常押韵，而且全诗的字数也比宇文所安的要整齐得多。如果借用许渊冲先生自己提出的译诗"三美"[2]论来说，许先生可能达到了"音美"与"形美"，但却失却了最根本的"意美"。实际上，许先生也不否定译诗首先应该"求真"，他说，"在译诗时，求真是低标准，求美才是高标准。翻译要求真，诗词要求美。译诗如能既真又美，那自然再好没有，如果二者不能兼得，那就只好在不失真的条件下，尽可能传达原诗的意美、音美和形美"。[3] 许先生还曾引用过朱光潜先生在《朱光潜美学论文集》第2卷第104页的一段话："'从心所欲，不逾矩'是一切艺术的成熟境界，如果因迁就固定的音律，而觉得心中

---

[1] 江枫先生曾在对比许渊冲先生和Watson对李白《将敬酒》的译文后，发现许译存在的问题："毫无疑问，诗词外译，最好是用韵文译韵文，但是，切不可易词就韵而以词害意。"见江枫《江枫论文学翻译自选集》，武汉大学出版社2009年版，第49页。

[2] 许渊冲先生认为，"译诗要和原诗一样能感动读者的心，这是意美；要和原诗一样有悦耳的韵律，这是音美；还要尽可能保持原诗的形式（如长短、对仗等），这是形美"。转引自许渊冲《文学与翻译》，北京大学出版社2003年版，第85页。

[3] 许渊冲：《诗书人生》，百花文艺出版社2003年版，第17页。

情感思想尚未能恰如其分地说出，情感思想与语言仍有若干裂痕，那就是因为艺术还没有成熟"，并且表示对朱先生意见的肯定，说，"我想，'因声害义'也是翻译艺术还不成熟的表现"。① 倘如此的话，许先生的译论与翻译实践就存在自相矛盾的地方，因为，我们没法否定上述许译《乌栖曲》"失真"的事实。如果为了"迁就固定的音律"而导致诗意"失真"，那只能是"情感思想与语言仍有若干裂痕，那就是因为艺术还没有成熟"，而不可能走向其反面。

例二：李白《访戴天山道士不遇》

原文：

犬吠水声中，桃花带露浓。/树深时见鹿，溪午不闻钟。/野竹分青霭，飞泉挂碧峰。/无人知所去，愁倚两三松。

宇文所安译：

Going to Visit the Taoist on Mount Tai-t'ien and Not Meeting Him
A dog barks amid the sound of waters,
Peach blossoms dark, bearing dew.
Where trees are thickest, sometimes see a deer,
And when noon strikes the ravine, hear no bell.
Bamboo of wilderness split through blue haze,
A cascade in flight, hung from an emerald peak.
But no one knows where you've gone——
Disappointed, I linger among these few pines. ②

许渊冲译：

Calling on a Taoist Recluse in Daitian Mountain without Meeting Him
Dogs'barks are muffled by the rippling brook,
Peach blossomstinged with dew much redder look.

---

① 许渊冲：《文学与翻译》，北京大学出版社2003年版，第54页。
② Stephen Owen, *The Great Age of Chinese Poetry: the High T'ang*. New Haven: Yale, 1980, p. 110.

第四章　比较：宇文所安与韦利、许渊冲等译家的唐诗翻译　　101

>　　In the thick woods a deer is seen at times,
>　　Along the stream I hear no noonday chimes.
>　　In the blue haze whichwild bamboos divide,
>　　Tumbling cascades hang on green mountainside.
>　　Where is the Taoist gone? None can tell me,
>　　Saddened, I lean on this or that pine tree.①

　　两首译诗在用词、意象转换等方面呈现出很大的不同，依此可以看出两位译者在诗意理解方面的出入。

　　其一，"犬吠"，宇文译成"一条狗在叫"，而许译为"多条狗在叫"。这些当然并无明确对错之分，不关宏旨，无伤大雅。如同弗莱切译此句时加入了"I hear"一样，②用吕叔湘先生的话说，"中文常不举主语，韵语尤甚，西文则标举分明，诗作亦然。译中诗者遇此等处，不得不一一为之补出"。"犬吠"亦如此，到底是一条狗还是多条狗，在英诗里非得标出不可。不过，在对于诗歌细节的理解上，还是很有意思的，戴天山的道士小庙里到底养了几条狗呢？

　　其二，"犬吠水声中"，许译添加了一个"muffled"，翻回汉语意为"犬吠声，被潺潺流水遮蔽而显得沉闷呜咽"；宇文直译为"A dog barks amid the sound of waters"，与原句不仅在意思上对等，而且在形式上也颇为工巧——名词"犬"对应名词"a dog"，动词"吠"对应动词"barks"，介词短语"水声中"对应"amid the sound of waters"，与原诗句几乎丝丝相扣，"犬吠水声中"就是"犬吠水声中"，如"风行水上"一般自然、贴切，无丝毫刻意雕琢之感。二者比较起来，许译有过度阐释、流于穿凿之嫌。

　　其三，"桃花带露浓"，与"犬吠水声中"相对，闻犬吠、见桃花，浅切的语意中隐隐透出一丝拜访友人的欣喜，而且音律和谐，对仗也算工整。许译为求得与上句添加的"muffled"一词相对应，不得不在下句又添加了一个"tinged"，如此音韵上显得熨帖、和谐，不过在语意上又增饰了"染色"的意思。我们知道，露水不会"染色"，但露水使桃花变得更加红艳好看，与"染色"无异，如此添饰，比原来意思略进了一步，似不足为病，反要令读者为之激赏呢。为了直接渲染露水的奇效而添加几

---

①　许渊冲：《李白诗选》（汉英对照），湖南人民出版社2007年版，第5页。
②　弗莱切（W. J. B. Fletcher）译为："I hear the barking of the dogs amidst the water's sound"，见吕叔湘《中诗英译比录》，中华书局2002年版，第129页。

个词"much redder look",在音律上又与上句"the rippling brook"相应和。这句诗的英译,几乎达到了许先生所追求的"音美""形美""意美"的统一。从中也可以看出,许先生追求的首要目标是"音美"。

因为如果第一句与第二句合起来看,这"音美"算是保证了的,但"形美"要大打折扣——原诗句简洁、齐整,译诗齐整却显得臃肿,最后,"意美"仅用在第二句尚可,两句并看,单一个"muffled"使"意美"破坏殆尽。整体上看,许译在音韵方面略胜一筹,而宇译更显简洁,原诗单纯、简朴的诗风跃然纸上,而且原诗中"言外求旨"的含蓄也保留了下来。英国学者格雷厄姆在《中国诗的翻译》一文中指出:"译诗的译者最必需的是简洁的才能,有人以为要把一切都传达出来就必须增加一些词,结果却使得某些用字最精炼的中国作家被译成英文之后,反而显得特别啰唆。"[1]

其四,"无人知所去"句,直白无误,不会生出歧义来。但许译添加主语"the Taoist",宇译添加"you",似大不一样,因为"you"更突出了面对面的交流,直接传递了友人之间的那份亲情与急切相见的无奈。"道士"的身份在译诗的标题中已经译出,诗中再译出略显直露与多余。

其五,"愁倚两三松"句之"愁",宇文译为"Disappointed",许译为"saddened"。"Disappointed"乃失望之愁绪,与此句的"愁"语意相扣,而"saddened"乃悲伤、悲哀之愁,意味略重了些。"倚两三松",意为焦急的来访者只好在两三株松树间来回徘徊。宇文译"linger among these few pines"稍加意译,贴近题意,而许译"I lean on this or that pine tree"几乎照字面译出,虽不至于费解,终觉勉强。

关于直译与意译之争,由来已久,宇文所安与许渊冲对此诗的翻译,恰好成为一个有说服力的例子:是直译好,还是意译好;还是其他呢。我们可以再次地把焦点对准上述的第一、二句及最后一句的翻译。通过对比分析,不难看出:宇文译的第一、二句是直译,比许译的要好;而对于最后一句的翻译,宇译是意译,比许译直译的要好。所以,借用吕叔湘先生的一句话:"译诗无直译意译之分,唯有平实与工巧之别。"[2] 换言之,该译平实的地方就应译得平实,该译工巧的地方就应译得工巧,倘一错位,

---

[1] 张隆溪:《比较文学译文集》,北京大学出版社1982年版,第224页。
[2] 吕叔湘:《中诗英译比录·序》,中华书局2002年版,第13页。

第四章 比较：宇文所安与韦利、许渊冲等译家的唐诗翻译

译品即是不成功的。此处，我们还要征引一位翻译家的经验之谈——思果先生①说："直译，还是意译，这是一个许多人有争论的问题，我的意思是翻译就是翻译。好的翻译里有直译，有意译；可直译则直译，当意译则意译。译得不好而用直译或意译来推诿，是没有用的。可以直译而意译，应该意译而直译，都不对。"② 话说得很平实，却是至理。

从以上对两首小诗的两种不同译文的比较，我们大致可以管窥到两位译者不同的翻译理念及译诗风格：宇文所安多用散文体译诗，追求语意的忠实，注重原诗意象的传递和内涵的表达，而许渊冲以诗体译诗，考虑更多的是译诗的"美"——首当其冲的是"音美"，其次是"形美"，最后才是"意美"。

综上，通过对宇文所安唐诗英译所选取的译文与英国汉学家韦利和国内诗歌外译翻译家许渊冲的比较分析，我们发现各自的立足点不同，他们的英译唐诗所呈现的风貌自然也不一样。宇文所安与韦利都赞成散文体译诗，因此在英译唐诗方面的差异要小得多，而他与许渊冲二人，一个秉持自由体译唐诗的观点，一个赞同以诗译诗的观点，所以它们的英译唐诗译本在风格的传译方面差别很大。通过比较分析更加清晰地衬托出宇文所安唐诗英译的翻译原则和特点：一是自由体译诗兼顾诗歌音韵，二是兼顾语义忠实与风格忠实的原则，三是兼顾英语世界读者的阅读心理、接受预期与译本中"中国情调"的呈现。对几种唐诗英语译本的多方位对比分析体现了方法论上的创新，因为尽管"中国古诗词英译没有一个统一的标准"③，但是考察得出的客观性的结论——长于此而短于彼的这种现象，不仅有助于推动中国文学经典唐诗英译事业更进一步的发展，而且一定程度上会反过来促进中国古代诗词翻译理论的修正与创新。

---

① 原名蔡濯堂，1918年生，《读者文摘》中文版编辑，兼任香港圣神神学哲学学院中文教授、香港中文大学翻译中心研究员。专论翻译的著述有《翻译研究》等三种，译有David Copperfield 等二十余种。
② 思果：《翻译研究》，中国对外翻译出版公司2001年版，第13页。
③ 著名语言学家王宗炎说："一个译本可能长于此而短于彼，因此中国古诗词英译没有一个统一的标准。"参见黄国文《翻译研究的语言学探索——古诗词英译本的语言学分析》"序一"部分，上海外语教育出版社2006年版。

第三节　从比较的视野看宇文所安的杜甫诗歌英译

宇文所安对杜甫诗歌的英译研究始于《盛唐诗》(1981)，书中讨论杜甫的专章选译了杜甫诗作 22 首。之后，宇文所安又历经 8 年时间的辛勤耕耘，依据仇兆鳌《杜诗详注》于 2016 年出版英译杜诗全集《杜甫诗》(六卷)，译诗 1457 首。这是世界上英译杜诗的第一个全译本。为了更好地理解宇文所安英译杜诗的翻译特点，本文基于比较的视角，选取国内外著名杜诗英译名家，诸如英国汉学家阿瑟·韦利（Arthur Waley）、中国唐诗翻译名家孙大雨、张廷琛、王玉书、裘小龙与何中坚等，拣选他们富有代表性的杜诗英译文本，与宇文所安的相应译文加以对照，分析不同的译文在对杜诗的选词用句、风格表达、意境传达、诗趣呈现与诗性美感的体现等方面传译的得失情况。

古诗词的英译，因译者所秉持翻译理念的不同，及自身的文化修养、语言功底、生活积累、思维能力与理解能力等基本素质的差异，相应的翻译实践呈现出多元化的特点，因而对古诗词的翻译评价难以形成一个恒定的标准。以下分别选取杜甫几首诗的不同译文，加以对照、分析，探讨不同译文之间的差异性特点，进一步确证宇文所安英译杜诗的特色所在。

一　杜甫《登岳阳楼》的几种译文

《登岳阳楼》原文：

> 昔闻洞庭水，今上岳阳楼。吴楚东南坼，乾坤日夜浮。
> 亲朋无一字，老病有孤舟。戎马关山北，凭轩涕泗流。

阿瑟·韦利的译文：

> Long had I heard of T'ung-ting Lake,
> And now at last I stand on Yo-yang Tower!
> The lands of Wu and Ch'u lie severed East and South.
> Sky melts into earth by day and night.
> From friends and dear ones not one line!
> Old and ill, my home is a solitary boat.

第四章　比较：宇文所安与韦利、许渊冲等译家的唐诗翻译　105

Hun-cavalry swarm to the North of the Passes?
While I lean weeping on the pagoda-railing. ①

张廷琛、魏博思（Bruce M. Wilson）的译文：

Long have I heard of Dongting Lake:
Now I ascend the tower at Yueyang.
Her waters divide Wu from Chu in the southeast,
The universe of sun and moon upon their surface.
Not a word from family or friends.
Old and sick, on a solitary boat,
As the war rages on in the northern mountain passes.
Leaning from the balustrade, I cannot control my tears. ②

宇文所安的译文：

I heard long ago of Dongting's waters,
and this day I climb Yueyang Tower.
Wu and Chu split apart in the southeast,
Heaven and Earth float day and night.
From kin and friends not a single word,
old and sick, I do have a solitary boat.
War-horses north of barrier mountains,
I lean on the railing, my tears streaming down. ③

译诗＼原诗	阿瑟·韦利	张廷琛、魏博思	宇文所安
昔闻	long had I heard of	long have I heard of	heard long ago of

---

① Waley, *Chinese Poems*, London: Lowe Bros., 1916. p. 12.
② 张廷琛、魏博思：《唐诗一百首》，中国对外翻译出版公司 2007 年版，第 111 页。
③ Stephen Owen, *The Poetry of Du Fu*, Volume 2, Walter de Gruyter Inc., Boston/Berlin, 2016. p. 43.

续表

译诗＼原诗	阿瑟·韦利	张廷琛、魏博思	宇文所安
吴楚东南坼	The lands of Wu and Ch'u lie severed East and South.	Her waters divide Wu from Chu in the southeast.	Wu and Chu split apart in the southeast.
乾坤	sky; earth	the universe	Heaven and Earth
亲朋	friends and dear ones	family or friends	kin and friends
无一字	not one line	not a word	not a single word
轩	pagoda-railing	balustrade	railing

以上三首译诗都采用了自由体翻译。一般而言，自由体译诗避开了以原韵译诗而导致可能损害原义的窘境，可以视具体情况灵活处理，韵可押则押，不可押就不押。

对比以上三首译诗，有以下几处不同：

1）翻译"昔闻洞庭水"的时态不同：韦利用的是过去完成时，张廷琛、魏博思用的现在完成时，宇文所安用的是一般过去时。比较而言，宇文所安译得更忠实原意。

2）韦利在翻译"今上岳阳楼"时，添加了"at last"，语势上似乎为了强调诗人初登天下名楼的喜悦之情。原诗句是客观地描述，其中蕴含着诗人复杂的内在情感：从全诗的整体意境上看，离乱岁月的诗人，此番登高赏景，心境绝非简单的喜悦或忧郁。在译文中却被简单地点破与深化，似乎破坏了原诗内在的张力与含蓄之美。

3）"吴楚东南坼"，意思是指吴国和楚国的边界在洞庭湖的东南处被分割开，韦利译成"The lands of Wu and Ch'u lie severed East and South"与原义有一定的出入。而宇文所安的译句"Wu and Chu split apart in the southeast"忠实原义，并与原诗句更加对等。张廷琛、魏博思添加了"Her waters"，而且因其在主语的位置上，而改变了原诗句所突出的主语"吴楚"。

4）对"无一字"的翻译，韦利译成"not one line"（无一行），张廷琛、魏博思译成"not a word"，而宇文所安译成"not a single word"，添加了"single"，使得与原诗"无一字"更为贴合一致。

5）最后两句诗，宇文所安译得更简洁，句式、意象和语义与原诗一一对应，等值化程度很高。"War-horses north of barrier mountains, I lean on the railing, my tears streaming down"，除了考虑英语语法的因素而不得不加的代词"I"与"my"之外，译文与原诗句别无二致。韦利与张廷琛、魏博思都采用了复合句，前者使用了"While……"的复合句式，后者使用了"As……"的复合句式，这样一来就使得语言形式变得复杂化，继而造成了一定程度上意义的走失。英国翻译家彼得·纽马克认为，"原文使用的语言手段越多，形式就越重要，意义走失也就越大；在诗里走失更大。"①此处即是如此，本应该留给读者揣摩的空间，因为译者强加了一些词语，使得语言形式变得复杂，诗句的意义变得更加准确、透明，反而损害了含蓄的诗意。

6）在选词上，韦利用"pagoda-railing"（佛塔的栏杆）译"轩"，而岳阳楼并不是佛塔；张廷琛、魏博思选用"balustrade"这样一个三个音节的词，使得整句诗在节奏与韵律上不太流畅。对于"涕泗流"的译法，韦利译为"weeping"，张廷琛与魏博思译成"I cannot control my tears"，从与原诗句对比的长度上而言，前者略短，后者稍长（而且是一个完整的单句形式），唯有宇文所安所译的"my tears streaming down"与"涕泗流"在语义与形态上最为贴合对称。

综上所述，比较而言，宇文所安的英译《登岳阳楼》通体自然流畅，简洁而通俗易懂，与原诗最相称。

二 杜甫《绝句四首》（其三）的几种译文

《绝句四首》（其三）的原文：

> 两个黄鹂鸣翠柳，一行白鹭上青天。
> 窗含西岭千秋雪，门泊东吴万里船。

孙大雨的译文：

> Two yellow orioles atop th'green willow sing,
> A row of egrets white ascends the sky pale blue.
> My casement frames th'west mounts capped with perennial snow,
> Outdoors my house are moored ships thousands of *li* from East Wu. ②

---

① 刘重德：《西方译论研究》，中国对外翻译出版公司2003年版，第23页。
② 孙大雨：《英译唐诗选》，上海外语教育出版社2007年版，第233页。

何中坚的译文：

>Atop an emerald willow,
>>Two golden orioles twitter;
>Towards the blue sky,
>>A row of egrets float.
>Through the window is seen
>>The Western Range's everlasting snow;
>By the gate is moored
>>East Wu's myriad-mile boat. ①

裘小龙的译文：

>A couple of golden orioles twittering
>amidst the green willow shoots,
>a line of white egrets winging
>into the blue skies,
>the window, a frame
>of the snow collected there
>For a thousand years
>on the western hill,
>I open the door
>to the ships stretching miles
>and miles into Eastern Wu. ②

宇文所安的译文：

>A pair of yellow orioles sing in azure willows,
>a line of white egrets rises to the blue heavens.

---

① 何中坚：《一日看尽长安花：英译唐诗之美》，中信出版集团2017年版，第97页。East Wu: The Kingdom of East Wu in the Three Kingdoms Period (220AD-280AD)，译者注。

② 裘小龙：《100 Classic Chinese Poems：经典中国诗词100首》，华东师范大学出版社2010年版，第85页。

The window holds the western peaks' snow of a thousand autumns,
my gate moors for eastern Wu a ten-thousand league boat. ①

原诗 \ 译诗	孙大雨	何中坚	裘小龙	宇文所安
两个黄鹂	two yellow orioles	two golden orioles	a couple of golden orioles	a pair of yellow orioles
鸣翠柳	atop th'green willow sing	twitter atop an emerald willow	twittering amidst the green willow shoots	sing in azure willows
一行白鹭	arow of egrets white	a row of egrets	a line of white egrets	a line of white egrets
上青天	ascends the sky pale blue	floattowards the blue sky	winging into the blue skies	rises to the blue heavens
千秋雪	perennial snow	everlasting snow	the snow collected there for a thousand years	snow of a thousand autumns
万里船	ships thousands of li	myriad-mile boat	the ships stretching miles and miles	a ten-thousand league boat

绝句尤为讲究对仗，而宇文所安这首译诗选用了对等的词汇与短语，上、下句之间对仗比较工整，在词性、词义与形式上互相呼应；"A pair of yellow orioles"对应"a line of white egrets"，"sing"对应"rises"，"in azure willow"对应"to the blue heavens"，"The window"对应"my gate"，"holds"对应"moors"，"the western peaks"对应"eastern Wu"，"snow of a thousand autumns"对应"a ten-thousand league boat"。宇文所安这首译诗中的选词造句，做到了尽量保持原诗中的对等、对仗的平衡关系。孙大雨的这首译诗在这方面略逊一筹，比如，第一句与第二句：

Two yellow orioles atop th'green willow sing,
A row of egrets white ascends the sky pale blue.

"鸣翠柳"被译成"atop th'green willow sing"，回译成汉语，语序上直译为"在翠柳上鸣"，显然与下句"ascends the sky pale blue"（"上青

---

① Stephen Owen, *The Poetry of Du Fu*, Volume 3, Walter de Gruyter Inc., Boston/Berlin, 2016. p. 389.

天"）不相称。就连" Two yellow orioles "与"A row of egrets white"上下也没有了对应的关系。

在诗的形式上，绝句虽有五言、七言之分，但一般都是四句。孙大雨与宇文所安的译诗都注意诗行形式上与原诗保持一致，也是四句、四行。但何中坚与裘小龙的译诗却为了保持押韵，改变了诗的行数，前者是八行，后者多达十一行。因为对押韵的强调，何中坚与裘小龙后两句的译诗在意义上都不约而同地出现"走失"的现象。比如，前者"Through the window is seen /The Western Range's everlasting snow"，回译成汉语是"通过这扇窗户，西岭常年不化的白雪被看见了"；"By the gate is moored/East Wu's myriad-mile boat"，回译成汉语是"东吴万里船被这道门给闩住了"。译诗使用了动词的被动语态，致使所呈现的画面不再是单纯的一幅静态山水风光图景：它饱含着人的动作，人在通过这扇窗观雪景，东吴的万里船也被人停泊在这道门前。后者"I open the door/ to the ships stretching miles / and miles into Eastern Wu"，回译成汉语是"我打开了这道门/朝着通往绵延到东吴的那些万里船只"，致使原诗本来呈现的静态画面完全被打破了，"我打开这道门"使画面呈现出动态的动作，又多出了"我"这个人物的形象。

这首表面写实景的自然诗，却充溢着悠远的遐思，蕴含着含蓄、深刻的哲理。宇文所安的这首译诗虽然未能表现汉诗绝句特有的音律美，但近乎白描的手法却颇能显示出原诗形式上的质朴感。为了让英美世界的读者能领略这首绝句内容上的阔大气象——"'窗含西岭千秋雪'，象征人心胸之阔大，是高尚的情趣；'门泊东吴万里船'是伟大的力量。这一首小诗真是老杜伟大人格的表现。"① 宇文所安特地为"千秋雪"与"万里船"加以注释："'The white snow on the western mountains does not melt through the four seasons'西山白雪四时不消"；"'That is, the boat in which he plans to set off down the Yangzi to Wu.'门前停泊的船只计划穿三峡直抵长江下游的东吴。"②此诗暗含着诗人杜甫"气吞万里如虎"（宋代辛弃疾《永遇乐·京口北固亭怀古》词句）的宏阔气象。但这种深刻的隐喻属于原诗中"言外求旨"的含蓄，对于英语世界读者而言，是很难释读出来

---

① 顾随讲，刘在昭笔记，顾之京、高献红整理：《中国经典原境界》，北京大学出版社2016年版，第300页。

② Stephen Owen, *The Poetry of Du Fu*, Volume 3, Walter de Gruyter Inc., Boston/Berlin, 2016, p. 389. 中文译文为笔者加注。

第四章　比较：宇文所安与韦利、许渊冲等译家的唐诗翻译　111

的。而宇文所安以添加注释的形式，也仅仅是进一步做出字面意义的解读，至于一般读者是否能将诗中极为日常的物质"窗"与"门"所展示的阔大气象，与诗人杜甫人格上的阔大气象及伟大的力量联系起来，恐怕也只有宇文所安所指称的"智慧的读者"① 方能释读其中的意涵。

三　杜甫《客至》的几种译文

《客至》原文：

舍南舍北皆春色，但见群鸥日日来。花径不曾缘客扫，蓬门今始为君开。

盘飧市远无兼味，樽酒家贫只旧醅。肯与邻翁相对饮，隔篱呼取尽余杯。

唐一鹤的译文：

My cottage is beset with spring water
　　To both the south and the north.
Every day it is but visited by gull flocks.
My flower path is seldom swept
　　For guest coming.
The dishes are not good enough
　　Because of the distant bazzar;
My poor house can only afford
　　Home-made unfiltered wine so far.
If you condescend to drink
　　With my old neighbour,
To fetch along all the remaining cups
　　I'll call the fence over.②

---

① 宇文所安认为，读者分为智慧的读者与懵然无知的读者，前者具有一种阐释、欣赏诗歌文本世界的能力——"这是一种透过给人以幻象的表面而深入到隐藏在它下面的复杂事象的能力，不但欣赏怀古诗需要这种能力，欣赏所有的古诗都需要这种能力。"参见宇文所安《追忆：中国古典文学中的往事》，生活·读书·新知三联书店2004年版，第27页。
② 唐一鹤：《英译唐诗三百首》，天津人民出版社2005年版，第110页。

王玉书的译文：

On the south and north of my cottage are waters of spring;
Every day only groups of gulls to come here themselves bring.
As there are few comers, we haven't swept the floral pathway,
Nor opened our humble gate till we greet you here to-day.
Far from market, we can't have delicious food as we wish,
And home-brewed wine is all my needy household can furnish.
I'll ask an old neighbour to drink with us, if you don't care,
And toast the last few cups together across the fence there. ①

何中坚的译文：

North and south of my cottage,
  runs the spring flood tide;
Day after day, only gulls
  are seen in flocks coming by.
Never has the flowery path
  been swept for a guest;
For you today for the first time,
  the wicker gate open I.
Far from the market,
  Few dishes can I serve;
In a poor family,
  only stale wine can I supply.
Would you like drinking together
  with my elder neighbour?
Across the fence him I'll call
  to drink our last cups dry. ②

宇文所安的译文：

---

① 王玉书：《王译唐诗三百首》，五洲传播出版社2011年版，第256页。
② 何中坚：《一日看尽长安花：英译唐诗之美》，中信出版集团2017年版，第70页。

第四章　比较：宇文所安与韦利、许渊冲等译家的唐诗翻译　113

　　North of my cottage, south of my cottage, spring waters everywhere,
And all thatI see are the flocks of gulls coming here day after day,
My path through the flowers has never yet been swept for a visitor,
But today this wicker gate of mine stands open just for you.
The market is far, so for dinner there'll be no wide range of tastes
Our home is poor, and for wine we have only an older vintage.
Are you willing to sit here and drink with the old man who lives next door?
I'll call to him over the hedge, and we'll finish the last of the cups.
（宇文所安《盛唐诗》译本）①

North of my cottage and south of my cottage spring waters everywhere,
all I see are the flocks of gulls coming day after day.
My flowered path has never yet been swept on account of a guest,
my ramshackle gate for the first time today is open because of you.
For dinner the market is far, there are no diverse flavors,
for ale my household is poor, there is only a former brew.
If you are willing to sit and drink with the old man next door,
I'll call over the hedge to get him and we'll finish the last cups.
（宇文所安《杜甫诗》译本）②

　　宇文所安《客至》的英译有前后两个不同的文本：一个出自《盛唐诗》，一个出自《杜甫诗》。在词语的选译上，它们与唐一鹤、王玉书及何中坚《客至》译诗文本存在一定的差异性（参见下表）。比如，对"兼味"的理解上体现一定的误差，唐一鹤与王玉书分别以"good enough"和"delicious food"来表达"美味"，而何中坚的"Few dishes"及宇文所安的前后两个文本中的"wide range of tastes"和"diverse flavors"都是在表达"菜式多样"或"风味多种"的意思。很明显，前者属于误译。

---

①　Stephen Owen, *The Great Age of Chinese Poetry: The High Tang*, New Haven and London, Yale University Press, 1981. p. 211.
②　Stephen Owen, *The Poetry of Du Fu*, Volume 2, Walter de Gruyter Inc., Boston/Berlin, 2016. p. 351.

译诗＼原诗	唐一鹤	王玉书	何中坚	宇氏《盛唐诗》译本	宇氏《杜甫诗》译本
舍南舍北	my cottage...to both the south and the north	on the south and north of my cottage	north and south of my cottage	north of my cottage and south of my cottage	north of my cottage and south of my cottage
兼味	good enough	delicious food	Few dishes	wide range of tastes	diverse flavors
旧醅	home-made unfiltered wine	home-brewed wine	stale wine	older vintage	former brew
肯与	if you condescend to	if you don't care	would you like	are you willing to	if you are willing to

　　从译诗的整体情况比较而言，尽管上述五则译文皆是自由体的散文化译诗，但是唐一鹤与何中坚更加重视译诗形式和音韵上的和谐美，为了诗歌押韵与诗行间的对称，不惜增加译文的行数：前者译文有十三行，后者多达十六行，形式上略显繁复；而宇文所安与王玉书的译文并没有改变原诗的行数，显得十分简洁，朗声读来，音律节奏抑扬有度、自然有序，并不失音韵上的和谐之美，二者比照，王玉书在押韵上略胜一筹，而宇文所安在用词上更加契合、贴切，并呈现对称的美感。

　　猜度唐一鹤可能是为了追求诗意的逻辑，将"蓬门今始为君开"与"樽酒家贫只旧醅"两句并置，译成：

My poor house can only afford
Home-made unfiltered wine so far.

　　而又不得不将"花径不曾缘客扫"与"盘飧市远无兼味"两句并置，很明显，这样一来完全违背了原诗的意涵和形式上的前后映衬关系。

　　王玉书在译"花径不曾缘客扫"时，添加了译者自认为内含的原因：由于几乎无人来此做客（As there are few comers），此句译法显然破坏了诗的含蓄美，而且这种解释也不太符合原诗的意涵，削弱了诗中主人待客的那份真诚与热情。"花径不曾缘客扫，蓬门今始为君开"，"前句不仅说客不常来，还有主人不轻易延客意；今日'君'来，愈见两人交情之深厚，使后面的酣畅欢快有了着落。"①

---

① 萧涤非等：《唐诗鉴赏辞典》（第2版），上海辞书出版社2011年版，第522—523页。

再来对宇文所安前后译诗文本加以对照阅读，我们发现后者在诗的形态上显得更简洁、紧凑，诗的意味显得更浓郁。后者用词更简洁，句式更对仗工稳，整体形态上"瘦身"了很多。比如，第二句"但见群鸥日日来"的译文，前者"And all that I see"简化成"All I see"，并删去一个词"here"，此番简化共删去三个单音节词"and""that""here"并未造成语义的丝毫改变；再如，第三、四句"花径不曾缘客扫，蓬门今始为君开"，后者以"My flowered path"（"花径"）与"my ramshackle gate"（"蓬门"）相对称，"has never yet been swept on account of a guest"（"不曾缘客扫"）直接与"for the first time today is open because of you"（"今始为君开"）形成一一对应关系，其中"on account of"与"because of"两个短语的对称更显得浑然天成；又如，后者将第七、八句简化成一个条件复合句，而不是前者的两个简单句，同时对前者"the old man who lives next door"中的定语从句进一步简化为"the old man next door"，将前者"the last of the cups"简化成"the last cups"（仅此处就比前译省去四个词汇）。

从诗歌传递的艺术形象上看，《客至》描绘了一个日常生活中快乐自得的诗人自我形象；从诗的语言形式上看，用词近乎英语中的口语，语意浅白，笔调轻快。基于选词用语的视角，及对以上译本的比较分析，读者不难领略宇文所安忠实地传译出杜诗的这种风格特点。

四　结语

英译杜诗的比较，既离不开译诗之间对照，还要不时地从译文的回译中考察、比照。究竟谁的译文更简洁流畅，更通俗易懂？谁的译诗更符合原诗固有的意思？谁的译诗更像诗？从上述比较的视域下，对宇文所安英译杜诗所做的有限考察中不难看出，译诗策略的选择与选词造句、风格的表达、意境的传达、诗趣的呈现以及诗意美感的体现等彼此关系密切，即便同是自由体的散文化译诗，也仍然存在颇多差异。韦利译诗，直接在译文中添加了一些说明性文字，更多地彰显出译者的主体性存在，其意图明显是担心读者不能充分理解原诗的意涵，但客观上可能造成适得其反的效果，因为多加的说明性文字不仅破坏了原诗固有的形式美感，一定程度上也损害了原诗的内涵和意境；唐一鹤、王玉书、何中坚与裘小龙偏重于追求译诗的押韵，以至于出现不同程度的"意义的走失"，而宇文所安并未刻意追求押韵，他追求的是近乎偶然达成的一种自然而然的、带有韵味的呈现。孙大雨的译诗在音韵的变化和语义的表达方面处理得更加妥帖，但选词较为艰涩，似难以产生反复吟诵所能获得的愉悦感。从译诗的形态和关键词的选用上看，宇文所安尤其注意在词性、语义与形式上最大限度地与原诗保持对等的关系，这使他的译诗在形式的美感上与杜甫原诗如出一辙，而且比较理想地传达出了原诗的意涵。

第五章　变异：宇文所安对唐代诗人形象的重构

唐代诗歌文本往往是以手抄本的形式流行于世的，在传布的过程中，往往会产生变形：有文字的借字、错字、错置、脱漏、衍文等现象，也有文本的扩展或收缩，等等。因此，以手抄本的形式刊布于世的唐诗文本不一定是最初的原本，"我们现有的杜诗——以及所有其他手抄本文化流传下来的文本（除了儒家经典之外）——永远都不可能准确地代表作品的'原始面目'了"，① 因此宇文所安认为唐诗文本自身具有不确定性的特点。这种变形和不确定性的特点只是唐诗文本形态上的"变异"。但是，还有一种"变异"现象存在于对诗歌文本的解读中。宇文所安英译唐诗及唐诗史书写中的形象阐释与重构即属于这后一种的变异。将宇文所安英译唐诗及唐诗史书写中的形象阐释与重构视为一种"变异"现象，可以说是为当代中国比较文学界提出的变异学研究提供了一个很好的案例。

第一节　理论探索：文学研究文本中的"异国"形象

比较文学传统形象学研究文本的范围主要集中在游记和文学作品：一是研究"游记这些原始材料"，但主要还是研究"文学作品——这些作品或直接描绘异国，或涉及或多或少模式化了的对一个异国的总体认识"。②

步入当代形象学以后，形象学研究逐步拓展了它的疆域：研究文本的范围开始由文学文本扩展到非文学文本的文化领域，因为"文学形象就

---

① ［美］宇文所安：《他山的石头记》，江苏人民出版社2006年版，第14—15页。
② ［法］Y. 谢夫莱尔：《比较文学》，法国大学出版社1989年版，第25—26页。转引自［法］让-马克·莫哈：《试论文学形象学的研究史及方法论》，孟华译，《中国比较文学》1995年第1期。

是：在文学化，同时也是社会化的运作过程中对异国看法的总和。这种研究方向要求比较学者重视文学作品，重视其生产、传播、接受的条件，同样也要研究一切文化材料，我们是用这些材料来写作、生活、思维的，或许也是用它来幻想的"①。

首先，法国学者巴柔把一些非文学文本引入形象学研究领域，并拿它们与相关的文学作品做对照，他指出，"不再仅仅满足于文学文本，而是看看在其他领域（报刊，私人信件，半理论化文本——序言、申明、论文、教材，这些对复制描述有着重要意义的东西）中，那些原先孤立地存在于虚构文学中的形象是怎样重复和变化的"②。

其次，有着"当代欧洲形象学之父"美誉的德国学者狄泽林克发现了研究形象学的一个新视角，"即形象存在于文学批评以及文学史编撰和文学研究中"，他认为，"翻阅一下文学史专著，便能较快地获得关于形象问题的相应印象。这些书籍几乎见之于所有欧洲国家的外语课所采用的读本，其中甚至包括对他国'本质'和他民族'特性'的极其惊人的浮泛之论，且不加批判地传递给读者"③。

此外，翻译《比较文学形象学》一文的方维规先生④把狄泽林克先后有关形象学研究的论说作了一个很好的勾勒："比较文学形象学主要研究文学作品、文学史及文学评论中有关民族亦即国家的'他形象'和'自我形象'。"⑤由此可见，形象学研究的边界逐步得到拓展——文学思想、文学理论中的形象进入了形象学研究的视域，成为文学研究的一个新视角、新思路。

第二节　形象学视域中的唐代诗人形象

在当代从事中国古典文学研究的西方汉学家中，宇文所安不仅凭借着丰硕的文学著述给西方读者带去鲜活、灵动的中国"文学文化"（literary

---

① ［法］达尼埃尔-亨利·巴柔：《形象》，转引自孟华主编《比较文学形象学》，北京大学出版社2001年版，第154—155页。
② ［法］达尼埃尔-亨利·巴柔：《从文化形象到集体想象物》，转引自孟华主编《比较文学形象学》，北京大学出版社2001年版，第129页。
③ ［德］狄泽林克：《比较文学形象学》，方维规译，《中国比较文学》2007年第3期。
④ 北京师范大学文学院教授，文艺学研究中心专职研究员。
⑤ ［德］狄泽林克：《比较文学形象学》，方维规译，《中国比较文学》2007年第3期。

culture)①，而且其新颖、富有创见的文学思想也正以最迅猛的速度反向传播到中国本土。宇文所安通过对唐诗的翻译与阐释，构建了一个独特的唐代文学文化世界，而孕育其中的唐代诗人形象更是富有创造性特质。本节主要从比较文学形象学的视角，探究宇文所安唐诗研究中所赋予唐代诗人形象的表现形式、生成方式以及形象建构的意义——借用巴柔所引用乔治·杜毕和费尔南·布洛代尔常说的一句话来表述，就是："精神如何以及在多大程度上在物质层面上产生出反响？"②

一 宇文所安建构唐代诗人形象的表现形式

宇文所安唐诗研究文本中的唐代诗人形象，主要是指宇文所安在对唐诗的阐释中所建构的唐代诗人形象。宇文所安对唐诗系统化译介、阐释的著作主要有：《韩愈与孟郊的诗歌》《初唐诗》《盛唐诗》《晚唐诗：九世纪中叶的诗歌》《追忆：中国古典文学中的往事再现》《他山的石头记》及《杜甫诗》等。

作为一个研究中国古典文学的美国学者，宇文所安视域里的中国唐诗无疑属于西方文化的"他者"。宇文所安对唐诗这一"他者"的审视必定不可避免地带有西方文化的视角，这是中西文化之间的差异性质所决定的。宇文所安曾经十分诚恳、谦逊地说："在学习和感受中国语言方面，中国文学的西方学者无论下多大工夫，也无法与最优秀的中国学者相并肩；我们唯一能够奉献给中国同事的是：我们处于学术传统之外的位置，以及我们从不同角度观察文学的能力。新问题的提出和对旧问题的新回答，这两者具有同等的价值。"③ 这里的"学术传统之外的位置"显然是指他所处的中国学术传统之外的西方文化学术背景，因此，所产生的"不同的角度"是必然的，由此而生成的"横看成岭侧成峰，远近高低各不同"的学术效应也是十分正常的。如下主要以《初唐诗》和《盛唐诗》为例，分析宇文所安在阐释唐诗、建构唐代诗人形象时有哪些"新问题的提出和对旧问题的新回答"，以凸显其赋予唐代诗人形象的表现形式之

---

① 宇文所安常用"文学文化"这个词指称"关于文学出现的整个文化世界"，转引自钱锡生、季进《探寻中国文学的"迷楼"——宇文所安教授访谈录》，《文艺研究》第2010年第9期。
② [法]达尼埃尔-亨利·巴柔：《从文化形象到集体想象物》，转引自孟华主编《比较文学形象学》，北京大学出版社2001年版，第130页。
③ [美]宇文所安：《初唐诗·致中国读者》，生活·读书·新知三联书店2004年版，第1页。

独特性。

其一，唐诗史研究新线索的发现。宇文所安发现唐诗在由初唐向盛唐的历史演进中存在着一条重要线索，即"宫廷诗"与"京城诗"的线索。宫廷诗，是宇文所安创建的、易于理解而又方便使用的术语："'宫廷诗'这一术语，贴切地说明了诗歌的写作场合；我们这里运用这一术语松散地指一种时代风格，即五世纪后期、六世纪及七世纪宫廷成为中国诗歌活动中心的时代风格。现存的诗歌集子中，大部分或作于宫廷，或表现出鲜明的、演变中的宫廷风格。'宫廷诗'必须明确地与'宫体诗'区别开来。"① 宫廷诗在内容上多是歌功颂德、娱乐消遣一类的作品，表现的是一种程式化的、矫饰的感情。宫廷诗在形式上虽有矫揉造作之嫌，却代表着当时流行的雅致、华彩的宫廷趣味。比较常见的宫廷诗有宫廷宴会诗、宫廷咏物诗、科举考场中的应试诗、朝臣之间的酬赠诗以及包括朝臣"奉和"皇帝、公事送别等涉及各种礼仪活动而制作的应制诗。宇文所安认为，在初唐诗歌的演进史中，初唐的宫廷诗源于南朝的宫廷诗，它与其对立面——具有复古观念的"对立诗论"相伴而发展；但初唐宫廷诗的标准和惯例又为后来诗歌的发展提供了一个超越的对象："盛唐的律诗源于初唐宫廷诗；盛唐的古风直接出自初唐诗人陈子昂和七世纪的对立诗论；盛唐的七言歌行保留了许多武后时朝流行的七言歌行的主题、类型联系及修辞惯例。"② 而且"宫廷诗在应试诗中被制度化，而终唐一世它一直是干谒诗的合适体式"③。因此，宇文所安把"宫廷诗"作为一个视角、一条主线来安排《初唐诗》的结构与叙事。《初唐诗》共分为五个部分——"宫廷诗及其对立面""脱离宫廷诗""陈子昂""武后及中宗朝的宫廷诗""张说及过渡到盛唐"。从中我们可以非常清晰地看出"宫廷诗"这条叙事主线。"陈子昂"也是被宇文所安作为高度个性化的诗人而归入"宫廷诗"的对立面——作为"宫廷诗"的否定者出现的，而张说更像初唐宫廷诗的"收尾者"，及至到了张说的门生张九龄已是一脚迈进了"盛唐"——此时宫廷诗人与外部诗人的界限已被打破了。

"京城诗"这个术语，也是宇文所安的"专利品"。宇文所安主要用

---

① [美] 宇文所安：《初唐诗》，生活·读书·新知三联书店 2004 年版，第 5 页注释第 3 条。参见原著 Stephen Owen, *The Poetry of the Early T'ang* New Haven: Yale, 1977. p. 285。

② [美] 宇文所安：《盛唐诗》，生活·读书·新知三联书店 2004 年版，第 4 页。

③ [美] 宇文所安：《初唐诗》，生活·读书·新知三联书店 2004 年版，第 11 页。

它来概括盛唐时代诗歌的主流趋向,"京城诗涉及京城上流社会所创作和欣赏的社交诗和应景诗的各种准则"①。如同"宫廷诗"是《初唐诗》的叙述主线一样,"京城诗"成了《盛唐诗》叙述的一条主线。《盛唐诗》共分为两大部分:第一部分"盛唐的开始和第一代诗人"有九章内容,第二部分"'后生':盛唐的第二代和第三代"有十六章内容。它是按照"京城诗"的线索来安排篇章结构的:在一些主要篇章的题目中,作者采用比较明显的"京城诗"的字眼(像"开元时期的京城诗""京城诗的新趣味""八世纪后期的京城诗传统"等),其他单列篇章的重要诗人不是京城诗人就是作为京城诗人的对立面——非京城诗人而出现的。《初唐诗》与《盛唐诗》属于文学史写作的范畴,"宫廷诗"与"京城诗"作为其叙述线索,是不同于中国学者的新视角、新发现,既合乎唐诗发展的实际,也契合于唐诗演进的规律。

其二,宫廷诗人与非宫廷诗人。宫廷诗是《初唐诗》的叙述线索。它既然是"大部分或作于宫廷,或表现出鲜明的、演变中的宫廷风格"的诗,那么宫廷诗人的指称范围就异常广泛了。其实,不写宫廷诗的非宫廷诗人是不多见的。更多的初唐诗人是介乎宫廷诗人和非宫廷诗人之间的诗人,既写"宫廷诗",又写极具个性化色彩的"个人诗"。宇文所安聚焦"宫廷诗"的目的在于更清楚地探究"宫廷诗"以及偏离"宫廷诗"倾向的诗作(包括与"宫廷诗"截然对立的"对立诗论"的诗)的历史演进轨迹。宇文所安概括出了宫廷诗的三种程式化的"标准和惯例"——一是"题目和词汇的雅致",一是"对隐晦词语、曲折用法、含蓄语义及形象化语言的普遍偏爱",一是其"三部式——主题、描写式展开和反应的结构惯例"。② 宇文所安依照这种宫廷诗的"标准和惯例"对重要的初唐诗人展开了细致的文本细读。从宇文所安对诗作特点的大量分析中,我们发现了诗人的性情,发现了诗人的自我形象特点。

"宫廷诗人"大体上分两类:一类是那些明显具有"宫廷诗"风格的诗人。比如,来自昔日南朝文化和宫廷诗中心的太宗朝诗人虞世南、褚亮、许敬宗和陈叔达都是宫廷诗的"能工巧匠";被赋予"上官体"荣誉称号的上官仪,犹如戴上了一顶"宫廷诗人"的"桂冠",却免不了陷入宫廷利益的争斗而不得善终;严守宫廷诗的成规,却集咏物诗作之大成的初唐诗人李峤以120首咏物诗辑录成诗集《杂咏》,受到盛唐作家张庭芳

---

① [美]宇文所安:《盛唐诗·导言》,生活·读书·新知三联书店2004年版,第4页。
② [美]宇文所安:《初唐诗》,生活·读书·新知三联书店2004年版,第7—8页。

的高度赞誉；与李峤同为"文章四友"的杜审言不仅以优美率真的诗句彰显了宫廷诗中的个性因素，促进了律诗的发展，而且也影响了中国诗坛上伟大的"后来者"——他的孙子杜甫；中宗朝最重要的两位诗人沈佺期与宋之问，对宫廷诗的改造与律诗的发展做出了杰出贡献，却因依附武后、投身武后男宠张易之、张昌宗兄弟而遭贬逐……一类是那些既写"宫廷诗"、又写"个人诗"的诗人。宇文所安认为宫廷诗基本上反映一种无个性差别的活动，所以他对背离宫廷诗风格、注重表现诗人个人生活和内心情感的诗以"个人诗"冠之。这些既写"宫廷诗"、又写"个人诗"的诗人在初唐诗坛上也不乏其人。比如，被一些宫廷诗的"巧匠们"包围着的唐太宗就是这样的人，他怀抱着中庸之道——"既鼓励儒家的教化，也提倡宫廷诗的雅致"①；从隋朝入唐而来的具有"对立诗论"风格的魏征和李百药却走向了"对立诗论"的反面；②"王杨卢骆当时体"的"初唐四杰"以真实直率的朴素美逐渐溢出了"宫廷诗"的那份"雅致"；从初唐步入盛唐的诗人张九龄以大量带有复古思想的宫廷诗，开始打破了宫廷诗与外部诗人的界限……

"非宫廷诗人"是那些与宫廷风格背道而驰的诗人。这种在初唐诗坛称得上真正意义上的非宫廷诗人非王绩与陈子昂两位莫属。王绩是一个"既抛开柔软的宫廷风格，也脱离对立诗论枯燥诗歌"、具有"陶潜的精神"的"怪诞的醉汉、固执的隐士及自足的农夫"③——一个"不愿写、也不会写宫廷诗"④、高洁而朴实无华的隐士诗人形象；曾在京城里追逐功名、胸怀天下之志兼有宇宙意识的"蜀子陈子昂"却高扬着复古的大旗解构了"宫廷诗"的娇媚和柔弱……

其三，"京城诗人"与"非京城诗人"。宇文所安打破了盛唐山水田园派诗人和边塞派诗人的界限，以"京城诗人"与"非京城诗人"为视角，重新审视8世纪的中国诗坛。宇文所安认为，在盛唐时代诗歌是"京城名流广泛实践和欣赏的一种活动"，而"京城诗人"则是"其中最著名、最引人注目、最有诗歌才能者"——"虽然他们具有某些共同的诗歌趣味和美学标准，他们并没有共同推尊某一位大师或某一种诗歌理论，远不是真正意义上的'文学流派'……他们的诗法中的共同成分，

---

① [美] 宇文所安：《初唐诗》，生活·读书·新知三联书店2004年版，第42页。
② [美] 宇文所安：《初唐诗》，生活·读书·新知三联书店2004年版，第22页。
③ [美] 宇文所安：《初唐诗》，生活·读书·新知三联书店2004年版，第48—56页。
④ [美] 宇文所安：《初唐诗》，生活·读书·新知三联书店2004年版，第264页。

第五章 变异：宇文所安对唐代诗人形象的重构 123

从属于他们的友谊和在京城社会的地位。"① 显然，宇文所安主要是从诗人活动的地域、诗歌中共同的旨趣以及诗人之间的友谊和地位来裁定"京城诗人"的。因此，在宇文所安的视域里，盛唐诗人大体上可分为两类："京城诗人"和"非京城诗人"。

首先，"京城诗人"主要指居住在京城、以诗歌作纽带相互交往而形成的一个松散的群体，他们是在与外地诗人对照中形成的——"与那些相对独立地形成诗歌风格的同时代诗人的对照"②。宇文所安把处在开元时期（713—741）的京城诗人视为第一代京城诗人，他们的核心人物是王维、王昌龄、储光羲、卢象及崔颢。大诗人王维是京城诗人中善写寂静和隐逸主题的最杰出代表。他把8世纪京城诗人的精致技巧与对陶潜诗中的"随意简朴"风格的模仿相结合起来，使这两种对立的诗风融合在一起达到了完美的地步。王昌龄创作的边塞诗，作为京城诗的"变体"——"虽然保留了京城诗的社交范围，却尝试了新的题材和模式"③，开辟了京城诗的新趣味。储光羲"在陶潜模式的基础上创造出了自己的质朴田园诗"④。崔颢广交京城诗人，放荡不羁，"与他作为浪子的典型角色相一致，他偏爱的是乐府和七言歌行"，⑤一首七言律诗《黄鹤楼》赋予他在唐诗史上不朽的地位。作为京城诗人的第二代、第三代则是8世纪中、晚期的一群沿袭京城诗传统的"追随者"。

其次，"非京城诗人"又被宇文所安称作"真正的外地诗人"——因为他们"缺少京城诗人的共同联结——他们的文学修养及为适应京城名流的需求而经常进行的艺术实践"⑥。他们大都是地方诗人和外地来京城的诗人，往往形成了与"京城诗人"迥异的、具有鲜明个性特色的诗风。除了大诗人王维是典型的京城诗人之外，盛唐其他大诗人诸如孟浩然、高适、王昌龄、李白、岑参、杜甫、韦应物等都是"非京城诗人"著名的代表，其中"李白和杜甫占据了读者的想象中心"。⑦ 这些"真正的外地诗人"，虽然"有些诗人向往京城诗，有些诗人反对京城诗，但正是在京

---

① ［美］宇文所安：《盛唐诗》，生活·读书·新知三联书店2004年版，第63—64页。
② ［美］宇文所安：《盛唐诗》，生活·读书·新知三联书店2004年版，第72页。
③ ［美］宇文所安：《盛唐诗》，生活·读书·新知三联书店2004年版，第64页。
④ ［美］宇文所安：《盛唐诗》，生活·读书·新知三联书店2004年版，第72页。
⑤ ［美］宇文所安：《盛唐诗》，生活·读书·新知三联书店2004年版，第73页。
⑥ ［美］宇文所安：《盛唐诗》，生活·读书·新知三联书店2004年版，第64页。
⑦ ［美］宇文所安：《盛唐诗·导言》，生活·读书·新知三联书店2004年版，第5页。

城诗背景的衬托下，他们成了真正具有个人风格的诗人"。① 比如，孟浩然对隐逸和风景题材的偏好与京城诗人趋向一致，但其诗歌的背后却隐藏着独特的气质——一种散漫随意、洒脱快乐的自由，超越了京城诗的典雅。宇文所安认为京城诗代表着盛唐诗坛的主流趋向，京城诗人普遍享有广泛的社会声誉和影响，但真正创作出盛唐时代最伟大诗歌的当属"非京城诗人"。

从以上我们可以看出，无论是"宫廷诗"还是"京城诗"都不是定义明晰、准确严谨的科学术语，仅仅只是宇文所安写作唐诗史时的一条叙述线索，一个观察视角。恰恰是因为这条线索的明晰性和这个视角的独特性，宇文所安才得以凭借诗人的传记资料，建构丰富、合理的历史想象力，清楚地为读者展现了大唐时代诗人们生活的广阔背景。而这种趋于真实的历史语境的建构正是宇文所安解读唐诗的前提，在此基础上，宇文所安通过细读诗歌文本为我们展现了唐代诗人的风貌。单以《盛唐诗》的写作而言，宇文所安抛开了自南宋严羽以来所谓"盛唐气象"的观察视角，以具象化的历史语境再现了诗人们作诗论文的背景。李白和杜甫已不再是仅仅代表着"盛唐气象"的李白和杜甫；宇文所安没有用他们来界定盛唐时代，而是借助盛唐时代诗歌的实际标准来理解这两位伟大的诗人。据此，我们重新认识了处于变化中的唐诗风格以及变化中的唐代诗人形象。

二 宇文所安建构唐代诗人形象的生成方式

如前所述，以《初唐诗》与《盛唐诗》为例，我们发现了宇文所安以"宫廷诗人与非宫廷诗人""京城诗人与非宫廷诗人"的分类方式，以是否居于时代诗坛主流为标杆，重新审视了7、8两个世纪的唐代诗坛的历史风貌，在一定程度上重构了唐代诗人形象。下面我们将结合宇文所安的其他相关文论，对宇文所安著述中唐代诗人形象的生成方式做进一步的探讨。

首先，宇文所安非常注重诗作者的生平与文本产生的历史背景，喜欢在历史语境中把握一首诗的思想内涵以及诗中的诗人形象。他认为，"从文学经验的角度看，作者的生平及特定的创作背景是首要关注的对象；诗歌被十分突出地作为历史表现的特殊形式，而不是普遍真理的陈述"②。

---

① ［美］宇文所安：《盛唐诗·导言》，生活·读书·新知三联书店2004年版，第5页。
② ［美］宇文所安：《盛唐诗》，生活·读书·新知三联书店2004年版，第113页。

第五章　变异：宇文所安对唐代诗人形象的重构　125

比如，在《盛唐诗》第六章中，宇文所安评析诗人孟浩然的诗作时，即是把孟浩然的生平作为一条主线贯穿于其诗作的分析与阐释过程。他叙述孟浩然的生平事略依据的是加拿大汉学家白瑞德（Daniel Bryant）的《盛唐诗人孟浩然：传记和版本史研究》和中国学者陈贻焮的《孟浩然事迹考辨》。细读孟浩然的诗句："家世重儒风……昼夜常自强，词赋颇亦工。三十既成立，嗟吁命不通。"① "平生慕真隐，累日探灵异。野老朝入田，山僧暮归寺。松泉多清响，苔壁饶古意。"② "我爱陶家趣，林园无俗情。春雷百卉坼，寒食四邻清。"③ 宇文所安从中发现了诗人在作品中所呈现的自我形象：一位失败的求仕者，一位热情的旅行家，一位喜欢欢宴的朋友和一位闲适的乡村绅士。把诗人的生平与其诗作结合起来，宇文所安发现作品中的孟浩然形象就是诗人自己真实面目的一部分。④ 诗人孟浩然的形象是诗歌文本中的诗人自我形象与历史传记文本中的诗人形象相结合而生成的一种形象。它既有诗作者孟浩然所创造出的形象成分，同时又有作为读者的宇文所安主观想象而构建出来的形象成分。

　　宇文所安这种注重诗歌文本与作者及时代相关联的批评方法，与中国古代文学批评中"知人论世"以及"以意逆志"的方法如出一辙。"知人论世"与"以意逆志"这两种方法最初是由战国时期孟子提出的。《孟子·万章下》说："颂其诗、读其书，不知其人可乎？是以论其世也。""知人论世"就是把作品、作家同时代联系起来。为了知人论世，古代文学批评中遂有"纪事""年谱"等类著作。纵观宇文所安的《初唐诗》与《盛唐诗》，我们可以看出，宇文所安非常注重对诗人生平传记的考释。《孟子·万章下》中说："故说诗者，不以文害辞，不以辞害志，以意逆志，是为得之。""以意逆志"是指以说诗者之意去推度诗作者之志，注重的是说诗者主观的作用。宇文所安深谙中国抒情诗"诗言志"的传统。在《盛唐诗》中，他还对"志"作了一番解释，"'志'集中于、产生于对外界特定事件或体验的内心反应……'志'是由实际心理和特定的外界体验决定的，中国诗人作品中的各种复杂多样反应，都可归因于

---

① 宇文所安在《盛唐诗》中所引孟浩然诗《书怀贻京邑同好》，参见《全唐诗》（第三册），中华书局1999年版，第1625页。
② 宇文所安在《盛唐诗》中所引孟浩然诗《寻香山湛上人》，参见《全唐诗》（第三册），中华书局1999年版，第1628页。
③ 宇文所安在《盛唐诗》中所引孟浩然诗《李氏园林卧疾》，参见《全唐诗》（第三册），中华书局1999年版，第1654页。
④ ［美］宇文所安：《盛唐诗》，生活·读书·新知三联书店2004年版，第86—90页。

'志'的激发"①。无疑，他在阐释唐诗、建构唐代诗人形象时采用了"以意逆志"这种方法。宇文所安如此熟练地运用中国古典文学批评理论阐释唐诗，表明他十分透彻地了解中国传统诗歌的内涵，也充分显示了他对中国传统文化的尊重。

其次，宇文所安自身的西方文化学术背景身份，又常常使他站在中国学术传统之外看问题。他对于唐诗的阐释与唐代诗人形象的建构也存在这样的问题。比如，在《苦吟的诗学》②一文中，宇文所安对那些殚精竭虑苦苦吟诗的诗人作了一番经济学的分析。文章开头是清代诗人黎简（1748—1799）的一首五律《苦吟》："巷庐都逼仄，云日代晴阴。雨过青春暝，庭凉绿意深。病从衣带眼，老迫著书心。灯火篱花影，玲珑照苦吟。"宇文所安借这首诗追溯历史上的苦吟诗人，并探寻苦吟的意义与价值。宇文所安的提问方式非常直接："需要花费多少时间和精力写一首诗？"③他很快在贾岛的一首绝句中寻到了答案："二句三年得，一吟双泪流。知音如不赏，归卧故山秋。"——"我们看到了某种好似经济宣言的文字，诗人对时间和精力的投入予以精确的计算"，苦吟诗人苦吟诗作是在寻找"知音"："如果我们把经济的比喻延伸到美学的领域，价值非常需要一个'买主'——一个赏识的人。"④很明显，宇文所安发现了中国诗人的商人气质。为了证明他的发现，宇文所安列举了许多诗人有关苦吟的诗句作为例证。其中，他又引了贾岛的一首诗《戏赠友人》："一日不作诗，心源如废井。笔砚为辘轳，吟咏作縻绠。朝来重汲引，依旧得清冷。书赠同怀人，词中多苦辛。"由此，宇文所安成功地建构了唐代诗人中的"商人"形象。

但是，针对同样一首《戏赠友人》，日本学者、唐诗研究专家吉川幸次郎却抱有不同的看法。他认为，贾岛的这首诗体现了唐代诗人普遍存在的积极进取精神："这位专写'苦辛词'的诗人他也感到，像他那样，把自己的生命清白地维持下去，有一种值得自豪的愉快，这是不能称作消极厌世诗的。"⑤

吉川幸次郎与宇文所安对同一首唐诗的解读如此大相径庭，让我们不

---

① ［美］宇文所安：《盛唐诗》，生活·读书·新知三联书店2004年版，第88页。
② ［美］宇文所安：《他山的石头记》，江苏人民出版社2006年版，第159—175页。
③ ［美］宇文所安：《他山的石头记》，江苏人民出版社2006年版，第162页。
④ ［美］宇文所安：《他山的石头记》，江苏人民出版社2006年版，第164页。
⑤ ［日］吉川幸次郎：《中国诗史》，章培恒等译，复旦大学出版社2001年版，第203页。

得不思考他们自身所处的文化背景。从形象学的角度来看，不管是吉川幸次郎还是宇文所安，他们都视中国文化为"他者"。法国学者巴柔认为，"一切形象都源于对'自我'与'他者'、'本土'与'异域'关系的自觉意识之中，即使这种意识是十分微弱的。因此，形象即为对两种类型文化现实间的差距所作的文学的或非文学的，且能说明符指关系的表述。"① 由此可以看出，中国唐代苦吟诗人形象，对于吉川幸次郎与宇文所安而言，都是"他者"形象，而这个"他者"形象的建构却充塞着吉川幸次郎与宇文所安"自我"的想象。巴柔说："'我'注视他者，而他者形象也传递了'我'这个注视者、言说者、书写者的某种形象。"② 我们不难看出，宇文所安视域里的苦吟诗人形象——一个有着极强功利色彩的"商人"形象，必定带有身处西方发达商业社会文化环境下的宇文所安"自我"想象，正如巴柔所言，"这个'我'想说他者，但在言说他者的同时，这个'我'却趋向于否定他者，从而言说了自我"③。而吉川幸次郎眼中的苦吟诗人，却是一群视苦吟为人生乐趣、积极向上的中国文人形象。由于吉川先生身处东亚汉文化圈，与中国文化间的差异并不太大，所以他建构的苦吟诗人形象比较接近历史语境中的苦吟诗人。

宇文所安视域中的唐代诗人形象构筑在对唐诗文本以及相关历史文本阐释、评析的基础之上，它不可能是唐代现实生活中诗人形象的真实写照，只能是诗的写作者和兼有读者与作者身份的评论家宇文所安共同创造出来的一种形象，正如法国学者莫哈所言："形象学拒绝将文学形象看作是对一个先存于文本的异国的表现或一个异国现实的复制品。它将文学形象主要视为一个幻影、一种意识形态、一个乌托邦的迹象，而这些都是主观性向往相异性所特有的。"④ 因此，宇文所安唐诗阐释中所建构的唐代诗人形象，不可避免地带有宇文所安自我想象的因素：有的形象较接近于历史语境中的唐代诗人，有的形象在很大程度上是创造性的想象。

---

① ［法］达尼埃尔-亨利·巴柔：《形象》，转引自孟华主编《比较文学形象学》，北京大学出版社2001年版，第155页。
② ［法］达尼埃尔-亨利·巴柔：《形象》，转引自孟华主编《比较文学形象学》，北京大学出版社2001年版，第157页。
③ ［法］达尼埃尔-亨利·巴柔：《形象》，转引自孟华主编《比较文学形象学》，北京大学出版社2001年版，第157页。
④ ［法］让-马克·莫哈：《试论文学形象学的研究史及方法论》，孟华译，《中国比较文学》1995年第1期。

三　宇文所安建构唐代诗人形象的意义

如上文巴柔所言，一切形象都源于对自我与他者、本土与异域关系之间的互动，而且"他者"形象投射出了形象制作者自身的影子，因此，当代比较文学形象学更注重形象制作者一方的研究。中国学者孟华教授从四个方面探讨了当代形象学对传统的革新与继承，她说："如果说注重'我'与'他者'的互动性、注重对主体的研究、注重文本内部研究以对传统的革新为主，那么重视总体研究则以对传统的继承为主。"① 上文对宇文所安著述中唐代诗人形象的表现形式与生成方式的探讨，即是着眼于文本内部的研究——文本中的"异国形象是怎样的"以及注重对形象创作主体"我"的研究。被孟华教授视为对传统继承的"总体研究"，指的是"要从文本中走出来，要注重对创造了一个形象的文化体系的研究，特别要注重研究全社会对某一异国的集体阐释，即'社会集体想象物'"②。由此看来，探讨宇文所安著述中建构的唐代诗人形象的意义，还应更多地着眼于他者形象抑或异国形象的制作者宇文所安以及其所在的注视者文化本身。

注视着宇文所安对待中国文化的态度，可以清楚地反映出"我"与"他者""本土"与"异域"的互动关系。宇文所安不止一次地表白他对中国文化由衷的喜爱之情，他说："十四岁那年，……我偶然读到一本英文的中国诗选，感到非常新鲜，一下子就喜欢上了中国诗歌。后来到耶鲁大学读书，我主要就是学习中国语言和中国文学，大学毕业后，很自然地考进耶鲁的研究院，学习中国古代文学。"③ "中国古代文学最吸引我的，是其中充满着那种可以被整个人类接受的对人的关注和尊重。我所喜欢的诗人，不是那种带有神性的高高在上者，而是一个能和其他人进行平等对话的人的形象。"④ 相对于西方的现代诗而言，宇文所安更喜欢中国古典诗，他曾说过，"西方现代诗有这样一个特点，就是诗人站在一个特别的、与人群分离的地方讲话，譬如站在一个台上，对着黑压压的人群朗

---

① 孟华：《形象学研究要注重总体性与综合性》，《中国比较文学》2000年第4期。
② 孟华：《形象学研究要注重总体性与综合性》，《中国比较文学》2000年第4期。
③ 钱锡生、季进：《探寻中国文学的"迷楼"——宇文所安教授访谈录》，《文艺研究》2010年第9期。
④ 张宏生：《对传统加以再创造，同时又不让它失真——访哈佛大学东亚语言与文明系斯蒂芬·欧文教授》，《文学遗产》1998年第1期。

诵；中国古典诗里有更多人与人的交流，是一种社会的或人与人之间的关系，我很喜欢这种关系"①。

作为西方学者文化身份的宇文所安，除了对中国文化表示极大的尊重与喜爱之情之外，还表现了作为中国文化的接受者、批评者的极大热忱——这种热忱主要体现在他所代表的西方文化对中国文化的利用关系。美国学者史景迁说过："一个文化对另一个文化的利用是极其复杂的，它不仅体现在不同政治、经济和社会间相互影响的过程中，而且体现在两个不同民族间思想和意愿的微妙的交流中。"② 宇文所安视中国传统文化为人类共同的遗产，他指出"在全球化的语境下，中国文学与中国文化的传统将成为全球共同拥有的遗产，而不仅仅是一个国家的所有物"③。基于这样的理念，"为我所用"的思想必然是题中应有之义，他指出："其实在美国研究中国文化，主要为了美国的文化建设，而不完全是为了对中国文化发言……我认为，在中国文学中，深刻地体现了生活和写作的完美结合，我希望美国文化中也能够融入这种精神。"④

由此可见，当"本土"的西方文化与"异域"的中国文化相遇时，作为注视者"我"的宇文所安，对于"他者"文化更多地传递了一种平等与友善的理念。巴柔曾指出，支配对他者言说的某一个作家或集团的态度有三种，其中之一是："异国文化现实被视为正面的，它来到一个注视者文化中，在其中占有一席之地；而注视者文化是接受者文化，它自身也同样被视为正面的。这种相互的尊重，这种为双方所认可的正面增值有一个名称：'友善'。友善是唯一真正、双向的交流。"⑤ 因此，宇文所安文论中建构的中国形象，构筑在中西文化相互接触和碰撞的大语境下，对中西文学、文化的交流会产生积极的影响，对民族间相互认知会起到良好的促进作用，而且更为重要的是，这种由"他者"形象所促成的国际文学、文化对话与交流的"姻缘"有力地证明了形象学作为一个学科存在的合

---

① 李宗陶：《宇文所安：中国古诗里有人与人的交流》，《南方人物周刊》2007 年第 30 期。
② ［美］史景迁：《文化类同与文化利用》，廖世奇、彭小樵译，北京大学出版社 1990 年版，第 13 页。
③ 钱锡生、季进：《探寻中国文学的"迷楼"——宇文所安教授访谈录》，《文艺研究》2010 年第 9 期。
④ 张宏生：《对传统加以再创造，同时又不让它失真——访哈佛大学东亚语言与文明系斯蒂芬·欧文教授》，《文学遗产》1998 年第 1 期。
⑤ ［法］达尼埃尔-亨利·巴柔：《从文化形象到集体想象物》，转引自孟华主编《比较文学形象学》，北京大学出版社 2001 年版，第 142 页。

理性。

第三节 双重自我：自传诗中的李白与杜甫

宇文所安认为，中国古代诗人写的诗具有自传性质，因为自传只需"传达自己行为所包含的精神真实"①，而"诗（这里仅仅是'诗'，中文的诗）是内心生活的独特资料，是潜含着很强的自传性质的自我表现。由于它的特别的限定，诗成为内心生活的材料，成为一个人的'志'，与'情'或者主体的意向"②。但是，自传诗中体现的作者的意向性，必须由读者的直觉与假设裁定，宇文所安据此分析了陶潜的诗作《归田园居》《饮酒》，认为陶潜是他自己生活的搜集者与阐释者，诗中存在两个"自我"形象：一个是诗人预设的表面的"自我"角色呈现，一个则是掩藏在表面角色之下的复杂、真实的"自我"形象。前者是可传达的、确定的"自我"形象，而后者却是不确定的、复杂的，需要智慧的读者方能透过表象、洞悉诗人隐秘的动机，建构其真实的诗人"自我"形象。这种双重自我形象的描摹与塑造成为后来的自传诗的一种范式。陶潜也因此被宇文所安称为"中国第一位伟大的自传诗人"。③

那么，作为读者又兼汉学家身份的宇文所安，是不是称得上他所指的智慧的读者呢？这是我们在其阐释唐诗的文本中，要格外关注的。在跨越中西文化的历史语境的大背景下，细读唐诗文本，建构唐代诗人形象，无疑符合比较文学形象学所称谓的"异域""他者"形象的制作特点。因之，从比较文学形象学视域出发，分析宇文所安所建构的唐代诗人形象特

---

① ［美］宇文所安：《自我的完整映像——自传诗》，陈跃红、刘学慧译，转引自乐黛云、陈珏编选《北美中国古典文学研究名家十年文选》，江苏人民出版社 1996 年版，第 111 页。

② ［美］宇文所安：《自我的完整映像——自传诗》，陈跃红、刘学慧译，转引自乐黛云、陈珏编选《北美中国古典文学研究名家十年文选》，江苏人民出版社 1996 年版，第 112 页。

③ 但他又认为，并不是所有的中国诗人都称得上"自传诗人"这个称号，比如说公元前 4 世纪的大诗人屈原就不是，因为"对屈原作品的自传性说明依赖于文本与外部资料性传记之间的复杂的评注性调和"。参见宇文所安《自我的完整映像——自传诗》，陈跃红、刘学慧译，转引自乐黛云、陈珏编选《北美中国古典文学研究名家十年文选》，江苏人民出版社 1996 年版，第 135 页注释①②。

第五章　变异：宇文所安对唐代诗人形象的重构　131

点，并与中国本土学者的研究相比照，辅助、参照相关历史文本，比较二者与历史真实的差异性，考察存在的误读、误释的现象，并探究其背后深层次的原因，不失为一个有趣的、富有比较文学意义的学术方向。

以下，笔者将以宇文所安《盛唐诗》及相关论文中对李白、杜甫诗作的分析为例，考察其中建构的诗人自我形象特点。

一　李白的形象

宇文所安认为，中国诗的开山纲领"诗言志"的内涵体现在两个层面上：一是把人心中的强烈感情、远大志向或者倏忽而来的情思都表达了出来；二是关注外部世界，但这只是在诗涉及观察者本人的复杂感受时。因此，"诗的焦点乃是诗人自我"。① 这样一来，阅读诗歌文本，就如同给诗人画像。

宇文所安结合诗人李白的生平轶事，与李白诗作的自我形象塑造相呼应，勾勒出诗中呼之欲出的、直观的表面形象，比如，李白以少年游侠形象出场："十步杀一人，千里不留行"②；李白的狂放饮士形象："会须一饮三百杯""五花马，千金裘，呼儿将出换美酒。与尔同销万古愁"③。李白的率真放诞超越了同是来自蜀地的前辈陈子昂，也超越了西汉"辞赋家"司马相如，因为贺知章赋予了他"谪仙人"的美誉，因之，李白从中"找到了能够具有仙人的特质，允许在诗歌和行为两个方面都狂放不羁。正如同后代批评家所称呼的那样，他是'诗仙'，可以违反法则，因为他超越于法则之上……"④"诗仙"与侠客、酒仙一样，拒绝按部就班、循规蹈矩，超越法则之上。

"酒仙"的形象被后来的大诗人杜甫栩栩如生地描绘出来："李白斗酒诗百篇，长安市上酒家眠。天子呼来不上船，自称臣是酒中仙。"（杜

---

① ［美］宇文所安：《传统的叛逆》（为程章灿译自《传统的中国诗歌与诗论：世界的预言》第6章），转引自莫砺锋编《神女之探寻——英美学者论中国古典诗歌》，上海古籍出版社1994年版，第211页。
② 宇文所安在叙述李白的青少年生活时，言称："李白夸口在十几岁时擅长剑术，曾经杀死数人"，参见《盛唐诗》，贾晋华译，生活·读书·新知三联书店2004年版，第134页。所参应是李白《侠客行》中"十步杀一人，千里不留行"以及《与韩荆州书》中所言："十五好剑术，遍干诸侯；三十成文章，历抵卿相。"
③ 《全唐诗》（增订本第3册）卷一八二，中华书局1999年版，第1684页。
④ ［美］宇文所安：《盛唐诗》，贾晋华译，生活·读书·新知三联书店2004年版，第136页。

甫《饮中八仙歌》）这个"斗酒诗百篇"的经典李白形象，千百年来为世人所公认而传颂，宇文所安认为它具有李白形象的基本成分："纵吟不羁，放任自在，笑傲礼法；天赋仙姿，不同凡俗，行为特异，超越常规"①，也就是说李白呈现出了丰富多样的面貌：狂饮者、狎妓者、笑傲权贵和礼法的人，挥笔洒翰的诗人及自然率真的天才。宇文所安选用了殷璠《河岳英灵集》里选入的李白诗《山中问答》作为自我形象塑造成功的例子："问余何意栖碧山，笑而不答心自闲。桃花流水窅然去，别有天地非人间。"他认为，"殷璠对这首诗的选译，表明李白所创造的自我形象在天宝时是受到赏识的。如果李白与其他人的社会相隔离，他就会成为独立的仙人或桃花源中的居民。题目的问答并未发生，李白已经与世间俗人隔断联系，故没有社交活动。李白本人扮演了高适诗中不回答的渔夫角色。其他诗人可能会说曾经遇到这样一个人物，但李白却自称是这个人物"②。也就是说，此篇诗中李白成功地塑造了一个隐逸仙人的形象。

宇文所安认为，上述李白诗中所建构的自我形象是表面角色的扮演，也许有真实的历史事实作为注脚，甚至我们可以找到丰富的轶事资料来书写李白作为"酒仙"与狂狷之士等特异性格和行为的诗人传奇，但那是李白的伪装，李白预设的角色扮演："他在诗中所扮演的各种角色——仙人、侠客、饮者及狂士，全部都是处于士大夫兼宁静隐士的双重角色之外的行为类型"③，"像李白一类诗人的自我，是凭其狂放不羁的伪装来打动读者的"④。诗作里浅层的表面角色扮演与伪装的形象，有时候也是历史的真实写照，因为李白长期漫游所获得的累累声誉，凭借的就是这样的一个形象：具有狂放性格的一个酒仙、隐士，而"李白作为'逸人'的声誉，可以肯定是玄宗喜欢他的一个重要原因"⑤。但是，这种形象并不是

---

① ［美］宇文所安：《盛唐诗》，贾晋华译，生活·读书·新知三联书店 2004 年版，第 131 页。

② ［美］宇文所安：《盛唐诗》，贾晋华译，生活·读书·新知三联书店 2004 年版，第 160—161 页。

③ ［美］宇文所安：《盛唐诗》，贾晋华译，生活·读书·新知三联书店 2004 年版，第 160 页。

④ ［美］宇文所安：《传统的叛逆》（为程章灿译自《传统的中国诗歌与诗论：世界的预言》第 6 章），转引自莫砺锋编《神女之探寻——英美学者论中国古典诗歌》，上海古籍出版社 1994 年版，第 212 页。

⑤ ［美］宇文所安：《盛唐诗》，贾晋华译，生活·读书·新知三联书店 2004 年版，第 139 页。

第五章　变异：宇文所安对唐代诗人形象的重构　133

李白内心世界的真实写照，"无论宫廷内外，李白的狂诞行为是其所选择的角色的组成部分；而不是如同某些传记作者所说的，是蔑视权位的真实表示。李白渴望被赏用，表示乐于进入宫廷，当他被迫离开时，发出了激烈的抱怨。狂野本是对他的期待，他并非有意地要对皇帝挑战"[1]。

那么，掩藏在表面角色之下的那个复杂、真实的李白形象是什么样的呢？这个形象需要读者解读诗中作者所隐藏的个人的思绪和秘密来构建。宇文所安认为，李白的诗歌风格更是李白的天赋才情使然，"其目标是通过诗中的人物和隐藏于诗歌后面的创造者，表现出一种独一无二的个性"[2]，其诗中隐匿的这种个性形象才是李白复杂的、不确定的真实自我形象。

第一，部分诗作中的中心人物就是李白自己，李白在许多个人诗、甚至社交应景诗中占据着诗歌舞台的中心，他通过自己的特立独行直接表现自我个性中的那份率真与洒脱。宇文所安选取了李白的《夏日山中》《自遣》等诗作为代表证明这一点："他只写一个巨大的'我'——我怎么样，我像什么，我说什么和做什么。他对外部世界几乎全不在意，除了可以放头巾的支挂物"——"懒摇白羽扇，裸袒青林中。脱巾挂石壁，露顶洒松风。"（《夏日山中》）；还有《自遣》："对酒不觉暝，落花盈我衣。醉起步溪月，鸟还人亦稀。"即便是饯别朋友的诗作《宣州谢朓楼饯别校书叔云》，李白也当仁不让地抒发其别离时的狂热情绪，留下千古名句："抽刀断水水更流，举杯销愁愁更愁"[3]。

第二，对"酒仙"李白形象的颠覆。宇文所安发现，酒是李白获得精神自由和直率行为的一种工具。[4] 换句话说，在世俗的世界里，李白常常借酒宣泄，举杯消愁，而在他自己打造的诗歌文本世界中，他俨然成为宇宙的主宰，自由精神的化身。宇文所安选译了《月下独酌》（四首之一）："花间一壶酒，独酌无相亲。举杯邀明月，对影成三人。月既不解饮，影徒随我身。暂伴月将影，行乐须及春。我歌月徘徊，我舞影零乱。

---

[1]　[美] 宇文所安：《盛唐诗》，贾晋华译，生活·读书·新知三联书店 2004 年版，第 139 页。

[2]　[美] 宇文所安：《盛唐诗》，贾晋华译，生活·读书·新知三联书店 2004 年版，第 131 页。

[3]　[美] 宇文所安：《盛唐诗》，贾晋华译，生活·读书·新知三联书店 2004 年版，第 161—162 页。

[4]　[美] 宇文所安：《盛唐诗》，贾晋华译，生活·读书·新知三联书店 2004 年版，第 162 页。

醒时同交欢,醉后各分散。永结无情游,相期邈云汉。"宇文所安认为,像这类诗作,李白关注的是饮者本人,而不是饮酒这件事,这就突出了诗人的自我形象,他说:"孤立既不是孤独,也不是宁静的隐逸,而是为了诗人提供了机会,显示创造性、丰富的自我,以及以自己的想象控制周围环境的能力。"① 酒在作者所创造的这个诗的世界中,成了一个道具,成了邀明月相伴畅饮的一个由头。遗憾的事,宇文所安没有指出千古名句"举杯邀明月,对影成三人"中所暗藏的典故,也失去一次更好地解密李白隐匿情思的机会。我们知道,陶潜《杂诗》有言:"欲言无余和,挥杯劝孤影。"此处用典,使诗歌文本中的世界,穿越了陶潜的时代,把陶潜的身世与诗人置放在一起加以比照。显然,陶渊明的思绪是凄凉孤独的,尤其从紧接着的结尾两句"日月掷人去,有志不获骋。念此怀悲凄,终晓不能静",更能看出陶渊明的悲观绝望之情,但是与陶潜一样怀才见弃的李白,精神境界恰恰与之形成鲜明的对照:化身为自由的精灵,热情地邀请高洁的明月相伴畅饮、歌舞,而且"永结无情游,相期邈云汉"是多大的气魄和胸襟。胸怀宇宙的大诗人对人的渺小卑微看得很清楚,尽管诗中对俗世间的悲欢离合他一字不提,却自然包容天地万物,即便陈子昂的"前不见古人,后不见来者。念天地之悠悠,独怆然而涕下"也不及也。我们既没有必要抬高李白,说他是怀有积极的乐观主义思想,也没有必要贬抑李白,说他宣扬及时行乐的消极、颓废思想。在《传统的叛逆》一文中,宇文所安细致入微地揭示了酒在李白诗中所起的作用,似可以放在此处作为"注脚"的。他说:"据说李白有过这么一句妙语:'酒以成礼'。酒使我们敢于破坏礼法,为所欲为——心若古井或是狂似暴君,抑郁不乐或是欢呼雀跃。在举杯欲饮的短暂的一瞬间,酒便揭示了约束社会存在的那些陈规陋习的无聊。再多喝一些,酒甚至会使我们意识到生命的限制也是可笑的,并产生一种如醉的幻觉,以为我们可以摆脱自然的束缚……无拘无束的意志仿佛是一种醉酒状态。"② 酒,掩饰了诗人个性中孤高飘逸的个性,同时,也宣告了诗人对世俗传统与诗歌传统的双重叛逆。

---

① [美]宇文所安:《盛唐诗》,贾晋华译,生活·读书·新知三联书店 2004 年版,第 163 页。

② [美]宇文所安:《传统的叛逆》(为程章灿译自《传统的中国诗歌与诗论:世界的预言》第 6 章),转引自莫砺锋编《神女之探寻——英美学者论中国古典诗歌》,上海古籍出版社 1994 年版,第 218—219 页。

第五章　变异：宇文所安对唐代诗人形象的重构　135

　　宇文所安认为，李白孤高狂傲，但并不孤独，在诗歌文本中非常充分地显示出这种自我的特点。① 他同样持这种观点解读《独坐敬亭山》："众鸟高飞尽，孤云独去闲。相看两不厌，只有敬亭山。"② 宇文所安认为，"如果鸟和云离开了他，他能够找到更可靠的伙伴。在诗歌想象中，诗人能够想入非非，任意地构造和理解世界。"③ 诗歌，无论中外，总是时不时地充满了隐喻。如果宇文所安仅仅从字面的表层意义解释这首诗，可能会忽略它隐含的本意。这里，我们参照近代著名学者、诗人俞陛云④（1868—1950）先生对作者本意的索解来加以比照："前二句以云鸟为喻，言众人皆高取功名，而己独翛然自远。后二句以山为喻，言世既与我相遗，惟敬亭山色，我不厌看，山亦爱我。夫青山漠漠无情，焉知憎爱，而言不厌我者，乃太白愤世之深，愿遗世独立，索知音于无情之物也。"⑤ 比较宇文所安与俞陛云二人对《独坐敬亭山》的阐释，我们发现，两种释读都含有李白孤高狂傲的一面，但后者更深入一层，更贴切诗作的内涵，否则，诗作不免流于贫乏肤浅。

　　第三，对"逸士"形象的颠覆。宇文所安认为，以道教题材入诗，表现了李白对道教的熟悉，但这可能是李白的入世的策略，试图借朝廷对道教的尊崇而走这条终南捷径。"与王维相比，李白更算不上是宗教诗人；他所深切关注的，既不是道家的宇宙法则，也不是道教炼丹术的原始科学。对于李白来说，神仙不过是驰骋幻想的对象和释放想象力的工具。"⑥ 比如，在《元丹丘歌》中有言："身骑飞龙耳生风，横河跨海与天通。我知尔游心无穷。"

　　此外，宇文所安在《盛唐诗》中还提到，诗人早年曾作《大鹏赋》，以"大鹏"自喻，向世人宣告了青年李白的宏大抱负，而李白临终作诗《临路歌》："大鹏飞兮振八裔，中天摧兮力不济。余风激兮万世，游扶桑

---

① ［美］宇文所安：《盛唐诗》，贾晋华译，生活·读书·新知三联书店2004年版，第163页。
② 《全唐诗》（增订本第3册）卷一八二，中华书局1999年版，第1864页。
③ ［美］宇文所安：《盛唐诗》，贾晋华译，生活·读书·新知三联书店2004年版，第163页。
④ 清末经学大师俞樾之孙，现代文学家俞平伯之父，著有《小竹里馆吟草》《乐青词》《诗境浅说》《诗境浅说续》《唐五代两宋词选释》《清代闺秀诗话》等。
⑤ 俞陛云：《诗境浅说》，北京出版社2011年版，第117页。
⑥ ［美］宇文所安：《盛唐诗》，贾晋华译，生活·读书·新知三联书店2004年版，第165页。

兮挂石袂。后人得之传此，仲尼亡兮谁为出涕？"依然以大鹏自比。大鹏作为诗人的隐喻，贯穿了李白的一生，所以，李白平生的豪情壮志从中可以看得很清楚。这也是颠覆李白表面上的"逸士"形象的一个极佳例证。李白以"大鹏"自比的还有早年诗作《上李邕》："大鹏一日同风起，扶摇直上九万里。假令风歇时下来，犹能簸却沧溟水。世人见我恒殊调，闻余大言皆冷笑。宣父犹能畏后生，丈夫未可轻年少。"宇文所安未提及的这首诗同样可以佐证李白以"伟大的自我"形象出现，远非道家的"仙人""逸士"形象。

第四，诗作中描绘的人物，实质上是对李白情思的隐喻。比如，宇文所安在《盛唐诗》中译介了李白的两首咏史题材的《古风》，一首是："秦王扫六合，虎视何雄哉！挥剑决浮云，诸侯尽西来。明断自天启，大略驾群才。收兵铸金人，函谷正东开。铭功会稽岭，聘望琅邪台。刑徒七十万，起土骊山隈。尚采不死药，茫然使心哀。连弩射海鱼，长鲸正崔嵬。额鼻象五岳，扬波喷云雷。鬐鬣蔽青天，何由睹蓬莱。徐市载秦女，楼船几时回？但见三泉下，金棺葬寒灰。"一首是："秦皇按宝剑，赫怒震威神。逐日巡海右，驱石驾沧津。征卒空九宇，作桥伤万人。但求蓬岛药，岂思农扈春。力尽功不赡，千载为悲辛。"两首《古风》主题的批判与讽刺意味比较明显，但是宇文所安却读出了别样意味："但是没有读者会忽略李白对秦始皇神奇形象的真实迷恋，这一点胜过任何时事解释。"① "在最佳状态下，李白通常写的是他最喜爱的对象——李白。"② 因之，尽管题材上沿袭了陈子昂《感遇》诗的传统，是以建安、魏晋风格写成的复古诗，但复古的背后却有着李白自身的影子。

第五，李白是以写自己著称，但有的诗作中完全失去了他自己，无影无踪。比如，李白写的怀古诗，读者看到的全是栩栩如生的古代人物画面的一幕一幕，里面没有作者的任何声音，不像有的诗人如杜牧在历史的景象中插进作者对历史人物、事件的评议。即便如此，宇文所安认为，这同样是在写他自己。一是由怀古诗这种文体所决定的，因为"怀古诗可能确实包含一些推测的诗句，设想古迹过去曾经有的风貌，但诗歌中心不可避免地是诗人的现在：他所看到的，所感受到的，以及（将想象行为降

---

① ［美］宇文所安：《盛唐诗》，贾晋华译，生活·读书·新知三联书店2004年版，第158页。

② ［美］宇文所安：《盛唐诗》，贾晋华译，生活·读书·新知三联书店2004年版，第156页。

低至思考过程)所想象到的"①;一是由李白独特的个性所决定的,"这位付出如此多的精力以创造诗歌自我形象的诗人,也能将自己从通常要求个人反应的诗中完全退出。这似乎是自相矛盾的,但实际上并非如此:创造自我的力量中,隐含着否定自我的力量,这一点是王维所做不到的。正由于李白缺乏京城诗人对真实的追求,他才能驰骋虚构想象,从眼前的世界及作为补充的个人反应中解放出来"②。

综上所述,可以看出宇文所安通过对李白诗作的解读建构了李白"双重自我形象"的特点:一是李白在苏颋、贺知章等著名诗人的鼓励下,"找到了能够顺当容纳其蜀地角色的观念:他具有仙人的特质,允许在诗歌和行为两方面都狂放不羁"③,因此在其诗作中"呈现出了丰富多样的面貌:狂饮者,狎妓者,笑傲权贵和礼法的人,挥笔洒翰的诗人,及自然率真的天才"④,这种自我形象属于李白预设的表面的"自我"角色呈现,是一种伪装的"自我"形象,是诗作直接传达给读者的确定的"自我"形象;而另一个真实的"自我"形象除却其真实率真的个性以及与其预设的表面的"自我"形象相矛盾的一面之外,更多地指向前者的反面。

二 杜甫的形象

宇文所安对杜甫的评价超过了李白,他认为杜甫是最伟大的中国诗人,"在中国诗歌传统中,杜甫几乎超越了评判,因为正像莎士比亚在我们自己的传统中,他的文学成就本身已成为文学标准的历史构成的一个重要部分"⑤。在宇文所安眼里,杜甫是一个诗人,他的伟大之处在于他的诗作呈现出复杂多样性的特点,"杜甫是律诗的文体大师,社会批评的诗人,自我表现的诗人,幽默随便的智者,帝国秩序的颂扬者,日常生活的

---

① [美] 宇文所安:《盛唐诗》,贾晋华译,生活·读书·新知三联书店 2004 年版,第 145 页。
② [美] 宇文所安:《盛唐诗》,贾晋华译,生活·读书·新知三联书店 2004 年版,第 164 页。
③ [美] 宇文所安:《盛唐诗》,贾晋华译,生活·读书·新知三联书店 2004 年版,第 136 页。
④ [美] 宇文所安:《盛唐诗》,贾晋华译,生活·读书·新知三联书店 2004 年版,第 136 页。
⑤ [美] 宇文所安:《盛唐诗》,贾晋华译,生活·读书·新知三联书店 2004 年版,第 209 页。

诗人,及虚幻想象的诗人"①。就是因为诗人个性的复杂多样,宇文所安觉得无法对杜甫做出整体上的评价——"文学史的功用之一是指出诗人的特性,但杜甫的诗歌拒绝了这种评价,他的作品只有一个方面可以从整体强调而不致被曲解,这就是它的复杂多样。"② 因此,杜诗的这种复杂多样性特点,就成为宇文所安书写杜诗史要表现的最重要内容。然而,宇文所安的《盛唐诗》本来就不以材料的丰富性见长,而短短的一个章节更无法容纳对杜诗的复杂多样性特点的阐释。所以,这里就必然衍生了一个矛盾,而且是自相矛盾,即宇文所安对杜诗的阐释不得不陷入一种简单的概括,而这一直以来是他极力反对的。我们仅仅从一个方面可以看出上述这一点:宇文所安选取分析的杜诗数目异常少,他只选取在作者创作的某个历史阶段最出色、最有代表性的诗作,有的限于长度而只能截取其中的一段。

这里,我们主要撷取宇文所安所集中关注的"自我表现"——对自我形象塑造的所谓"自传诗",材料主要集中在《盛唐诗》第十一章以及《自我的完整映像——自传诗》③ 一文中的杜诗分析。

杜诗历来被视作"诗史",因为杜甫擅长以诗的形式来写历史,"甫又善陈时事,律切精深,至千言不少衰,世号'诗史'"④。这一点宇文所安在《盛唐诗》中有类似的重述——"特定时代的真实个人'历史'……杜甫的许多诗篇无须涉及传记或历史背景就能读懂,但也有同等数量的诗是对重要政治历史事件的反应,其契合程度远远超过大多数同时代诗人的作品。这种与政治历史的契合,特别是与安禄山叛乱中事件的契合,使杜甫赢得了'诗史'的称号"。⑤ 因此,杜甫诗作的写实性为建构、描摹杜甫形象提供了一个准确性很高的参照文本。下面,我们来观察宇文氏所撷取的杜诗材料及其具体的阐释。

---

① [美] 宇文所安:《盛唐诗》,贾晋华译,生活·读书·新知三联书店 2004 年版,第 210 页。
② [美] 宇文所安:《盛唐诗》,贾晋华译,生活·读书·新知三联书店 2004 年版,第 210 页。
③ [美] 宇文所安:《自我的完整映像——自传诗》,陈跃红、刘学慧译,转引自乐黛云、陈珏编选《北美中国古典文学研究名家十年文选》,江苏人民出版社 1996 年版,第 110—137 页。
④ (北宋) 欧阳修:《新唐书》卷第一百九十二,列传第一百二十六"文艺上"。
⑤ [美] 宇文所安:《盛唐诗》,贾晋华译,生活·读书·新知三联书店 2004 年版,第 212 页。

第五章　变异：宇文所安对唐代诗人形象的重构　139

　　首先，宇文所安发现，杜甫对自我形象的关注并不亚于李白。杜甫早期的"自画像"源于他的《壮游》一诗："往昔十四五，出游翰墨场。斯文崔魏徒，以我似班扬。七龄思即壮，开口咏凤凰。九龄书大字，有作成一囊。性豪业嗜酒，嫉恶怀刚肠。脱略小时辈，结交皆老苍。饮酣视八极，俗物都茫茫……"对于杜甫这样一首自传性极强的诗，宇文所安认为，这是杜甫为了渴望声名流传后世而作。[①] 这也是宇文所安认为自传诗的目的之所在。[②] 杜甫的自传诗是杜甫对自我的认识，对自我形象的建构，它有一定的功利性，那就是渴望声名流播后世。宇文所安对这首诗并没有做过多的分析，可能因为他认为这是诗人建构的双重自我形象的第一种——诗人预设的表面的"自我"角色呈现，是可传达的、确定的"自我"形象。一般读者都可以看出，这首诗中呈现出来的呼之欲出的杜甫形象：一个天赋才情、豪气逼人的狂士形象。有学者认为，这种"自我的积极评价"是我国文学的传统，"即使是杜甫也多'豪迈'的自我肯定"。[③]

　　宇文所安还选译了《自京赴奉先县咏怀五百字》，他摘录了开头的一段文字："杜陵有布衣，老大意转拙。许身一何愚，窃比稷与契。居然成濩落，白首甘契阔。盖棺事则已，此志常觊豁。"[④] 他认为，"诗篇开始于自我嘲讽和自负傲气的奇妙混合，这种混合后来成为杜甫自我形象的特征"（The poem begins with the curious mixture of self-mockery and assertive pride that was to become characteristic of Tu Fu's self-image[⑤]）。"散漫的自我分析在中国诗歌中有其先例，但杜甫的复杂陈述——结合嘲讽、严肃及辛

---

① 宇文所安说："诗人后来自称是神童，……他无疑希望这一传记惯例将充分引起他的后代传记家的注意（后来确实如此）……那些未来的传记家是帮助他获得所渴求的后代声名的必不可少人物。"[美] 宇文所安：《盛唐诗》，贾晋华译，生活·读书·新知三联书店 2004 年版，第 213 页。
② 宇文所安在《自我的完整映像——自传诗》开篇引用曹丕《论文》中的一句话："是以古之作者寄身于翰墨，见意于篇籍，不假良史之辞，不托飞驰之势，而声名自传于后。"参见宇文所安《自我的完整映像——自传诗》，陈跃红、刘学慧译，转引自乐黛云、陈珏编选《北美中国古典文学研究名家十年文选》，江苏人民出版社 1996 年版，第 110 页。
③ 陆建德：《自我的风景》，《外国文学评论》2011 年第 4 期。
④ 《全唐诗》（增订本第 4 册）卷二一六，中华书局 1999 年版，第 2266 页。
⑤ Stephen Owen, The Great Age of Chinese Poetry: the High T'ang. New Haven: Yale, 1980, p. 195.

酸，反映了一种矛盾和深度，没有一位前此的诗人能够匹敌。"① 宇文所安解释得很抽象，认为"自我嘲讽和自负傲气的奇妙混合"是杜甫自我形象的特征，而且因为分析"反映了一种深度和矛盾"所以"没有一位前此的诗人能够匹敌"，尽管这种分析是"散漫的自我分析"。自嘲的因素是有的，因为杜甫作此诗是天宝十四年（755），已45岁了，这把年纪还是一介平民，"居然成濩落"般地一事无成，却依然怀抱着"窃比稷与契"的理想，所以说自己"拙"与"愚"。但是，"自负傲气"与"散漫的分析"是没有的，因为杜甫说自己"拙"与"愚"是自谦的说法，略有自嘲的成分，但说得很诚恳，只是为了表达对"致君尧舜""窃比稷契"的理想坚守，并且与后面的"白首甘契阔""盖棺事则已，此志常觊豁"同声呼应，前后连贯。诗语完全发自杜甫肺腑，表达了杜甫坦率、真诚的信念与情感。"诗篇的前三十二句是扩大的独白，诗人在其中与自己争论，为自己不管反复失败而坚持求仕的行为辩护。"（The first thirty-two lines of the poem are an extended monologue in which the poet argues with himself and defends his continuing search for office despite repeated failures.②）宇文所安说杜甫为求官的屡败屡战而辩护，其实未能深解上述杜甫"窃比稷与契"的胸怀，绝非一般儒生追求功名利禄之俗念。此处暗含一典，即《孟子·离娄下》："禹思天下有溺者，由己溺之也；稷思天下有饥者，由己饥之也；是以如是其急也。"另有《杜臆》解释得更明白："人多疑自许稷、契之语，不知稷、契无他奇，惟此己饥己溺之念而已。"③ 叶嘉莹先生在讲解"窃比稷与契"这句诗的时候，说了一句非常中肯的话，她说："诗人常常浪漫多情，写爱情诗可以写得真切动人，这并不奇怪。而杜甫之所以难得，就在于他把诗人的感情与伦理道德合一了。杜甫的感情很真诚……他能够把他对于国家人民的爱写得那样真诚，以一种像别人对爱情那样深挚的感情来爱他的国家和民族，这是杜甫之所

---

① ［美］宇文所安：《盛唐诗》，贾晋华译，生活·读书·新知三联书店2004年版，第212页。原句为：Discursive self-analysis did have its antecedents in Chinese poetry, but the complexity of Tu Fu's statement — its combination of mockery, grandeur, and bitterness-reflect an ambivalence and depth that no earlier poet could match. 转引自原著 Stephen Owen, *The Great Age of Chinese Poetry: the High T'ang.* New Haven: Yale, 1980, p. 195。
② Stephen Owen, *The Great Age of Chinese Poetry: the High T'ang.* New Haven: Yale, 1980, p. 195.
③ 莫砺锋：《〈初唐诗〉与〈盛唐诗〉》，《唐研究》（第二卷），北京大学出版社1996年版，第490页。

第五章　变异：宇文所安对唐代诗人形象的重构　　141

以为'诗圣'的一个重要原因。"① 而且诗中明言"穷年忧黎元，叹息肠内热""葵藿倾太阳，物性固难夺"，则是进一步表达自己济世救民的热忱与志向，并且讥讽那些"顾惟蝼蚁辈，但自求其穴"的自私自利。因此，这前三十二句的确是杜甫的内心独白，但绝不是为他求官作辩护。因为宇文所安作如是观，所以导致了他对诗的主题的误读——"主题的微妙延续（诗人希望像后稷和契一样，成为伟大家族的创立者，而后来却是其子的死亡）——subtle resumptions of themes（the poet's longing to be, like Hou Chi and Chieh, the founder of a great line, and later, the death of his child"）② 治唐诗的学者莫砺锋先生在为《盛唐诗》写书评时，也细心地指出了这一点，"通读全诗，杜甫何尝有丝毫要创立'伟大家族'的意思？"③ 的确，杜甫这首诗以回家探亲的时间顺序为叙述线索，对沿途见闻以及归家后情景做了近乎实录的描绘，同时前后穿插咏怀抒情、议论的内容，真实自然地表现了诗人"穷年忧黎元"的悲天悯人、关怀现世的伟大情怀。显然，如果从描画诗人杜甫的自我形象这个角度而言，宇文所安对这首诗的误读可能会影响他理解"诗圣"之所以是"诗圣"的内在原因——杜甫已经超越了一般儒生"达则兼济天下，穷则独善其身"的思想。

宇文所安发现，杜甫漂泊成都时的诗作体现了杜甫的一种"作为老人的成熟的、半幽默的自我形象"④。他把《江畔独步寻花七绝句》组诗之二作为这一自我形象的著名范例。原诗句如下："稠花乱蕊畏江滨，行步欹危实怕春。诗酒尚堪驱使在，未须料理白头人。"⑤ 宇文所安体味此诗时发现，这首诗可以引起两种情绪——"幽默感或畏惧感"⑥，这两种情绪都是杜甫心理的真实写照：一是由于年纪太大而"畏江滨""实怕

---

① 叶嘉莹：《叶嘉莹说杜甫诗》，中华书局 2008 年版，第 66 页。
② Stephen Owen, *The Great Age of Chinese Poetry：the High T'ang*. New Haven：Yale, 1980, p. 197.
③ 莫砺锋：《〈初唐诗〉与〈盛唐诗〉》，《唐研究》（第二卷），北京大学出版社 1996 年版，第 491 页。
④ 原句为："Perhaps the most characteristic stance of the Ch'eng-tu poems is a mellow, half-humorous vision of himself as an old man." 参见 Stephen Owen, *The Great Age of Chinese Poetry：the High T'ang*. New Haven：Yale, 1980, p. 207.
⑤ 《全唐诗》（增订本第 4 册）卷二一六，中华书局 1999 年版，第 2453 页。
⑥ 原句为："The poem may be read with humor or with terror", Stephen Owen, *The Great Age of Chinese Poetry：the High T'ang*. New Haven：Yale, 1980, p. 207.

春"；一是还不复老："诗酒尚堪驱使在"。可贵的一点是，宇文所安发现杜甫观察自己的角度充满睿智，他不完全是自己审视自己，还站在他人的视点上观察自己，故而怀着"畏惧里带着幽默地观察自己"① ——并且自言自语地，抑或是对着后世子孙言说"未须料理白头人"。

　　宇文所安认为，"诗歌的本质成为杜甫自我形象的一部分"②，他引用了杜甫的诗句"为人性僻耽佳句，语不惊人死不休。老去诗篇浑漫兴，春来花鸟莫相愁。"作为例证。他进一步指出："这些诗句的轻松、通俗语调是杜甫成都时期诗篇的特色，嘲讽地反射了狂士的自我形象。"③ 也就是说，宇文所安认为，杜甫骨子里具有文人的"狂放"本性，而这种狂放就是往日"诗酒尚堪驱使在"的"诗酒人生"，只不过这诗与酒之间的权重一定是落在他的"诗"上——换句话说，杜甫的形象活在他的诗里，那么，宇文所安《自传诗》开篇引用曹丕的那句"寄身于翰墨"④ 的话可以放在这里作为注解。

　　《自传诗》一文是以杜甫诗作为主要范例的，其中宇文所安提出了这样一个观点："在中国诗歌传统中，杜诗是最出色也最艰涩的自传诗。"⑤ 作为例证而特别提出进行分析的是《空囊》一诗："翠柏苦犹食，明霞高可餐。世人共鲁莽，吾道属艰难。不爨井晨冻，无衣床夜寒。囊空恐羞涩，留得一钱看。"一般而言，《空囊》并不难解，但宇文所安却细读文本、大量分析之后，告诉我们它很艰涩，因为"杜甫诗中的'人'格外复杂：奇怪的是，在双重虚构中却出现一个坦诚、真实的声音——一个虚构告诉我们他的口袋是空的，一个虚构又告诉我们他的口袋并不空。

---

① 原句："observe himself with wry horror"，Stephen Owen, *The Great Age of Chinese Poetry：the High T'ang*. New Haven：Yale，1980，p. 207.

② 原句："the poetic nature becomes part of Tu Fu's self-image"，Stephen Owen, *The Great Age of Chinese Poetry：the High T'ang*. New Haven：Yale，1980，p. 209.

③ 原文为："The easygoing, colloquial tone of these line was characteristic of Tu Fu's Ch'eng-tu years and mockingly reflected the self-image of the eccentric." Stephen Owen, *The Great Age of Chinese Poetry：the High T'ang*. New Haven：Yale，1980，p. 209.

④ "是以古之作者寄身于翰墨，见意于篇籍，不假良史之辞，不托飞驰之势，而声名自传于后。"（曹丕《论文》）参见宇文所安《自我的完整映像——自传诗》，陈跃红、刘学慧译，转引自乐黛云、陈珏编选《北美中国古典文学研究名家十年文选》，江苏人民出版社1996年版，第110页。

⑤ 参见宇文所安《自我的完整映像——自传诗》，陈跃红、刘学慧译，转引自乐黛云、陈珏编选《北美中国古典文学研究名家十年文选》，江苏人民出版社1996年版，第129页。

第五章　变异：宇文所安对唐代诗人形象的重构　143

杜甫是聪明的自传者，他穿越了属于非智慧的、仅仅是人类自我的欺骗性外表。"①"囊空恐羞涩，留得一钱看"的辛酸与幽默，完全是杜甫自己处境的真实写照，是杜甫"含泪的笑"。如果作为那个"作为老人的成熟的、半幽默的自我形象"的例证，《空囊》这首诗还是比较合适的。但是，宇文所安如果依此得出下面的结论，肯定存在过度阐释之嫌。"如果我们看到一个写自己的诗人自信地暴露人与角色的张力——他不仅表现他期望的自我形象，并且以智者的锐目看穿它；在某一意义上说，这是一个有着普通人的希望和幻想的日常人——可能比智者更有诗趣，但并不那么伟大。在另一个意义上，这也是一个智者，透过角色看到动机和渴望，揭示一个人（恰巧是他自己）所希望表现的东西以外的东西。不可否认，这是一种自相矛盾的立场，但其主导声音得到了智者诚实而清晰的保证。"②

上述宇文所安所指的"艰涩"是就杜甫诗中所蕴含的哲理性思考而言，换言之，杜甫的形象中葆有一种诗化的哲人形象特点。这种通过诗中所蕴含的诗人自我形象的解读，而抵达诗歌文本隐含的深刻主题，是一种令人欣喜的发现与创新。因为对类似上述诗歌的解读，还存在着另外一种方式，即以诗句背后的隐喻来索解唐诗所蕴含的主旨。类似于"飘飘何所似，天地一沙鸥"这样的诗句，字面的诗义异常清晰，而且瞬间从脑际映入眼帘的更是异常清晰的视觉画面，不过，但凡读者再深入一层，思索其字面意义之外是否还有其他深意时，这时就涉及对隐喻语言的索解了。这可能就是哈罗德·布罗姆（Harold Bloom）所说的"读诗的艺术"的动因了。这里我们只想征引他的一句话："诗本质上是比喻性的语言，集中凝练故其形式兼具表现力和启示性。比喻是对字面意义的一种偏离，而一首伟大的诗的形式自身就可以是一种修辞（转换）或比喻。'比喻性的语言'在字典上常被等同于'隐喻性的语言'，但隐喻实际上是一种高度特指的比喻（或对字面意义的转换）。"③ 由是观之，中西诗歌在语言的

---

① 参见宇文所安《自我的完整映像——自传诗》，陈跃红、刘学慧译，转引自乐黛云、陈珏编选《北美中国古典文学研究名家十年文选》，江苏人民出版社1996年版，第125页。
② ［美］宇文所安：《自我的完整映像——自传诗》，陈跃红、刘学慧译，转引自乐黛云、陈珏编选《北美中国古典文学研究名家十年文选》，江苏人民出版社1996年版，第124页。
③ ［美］哈罗德·布罗姆等著：《读诗的艺术》，王敖译，南京大学出版社2010年版，第1页。

隐喻层面上存在的共性也是很明显的。我们先避开西方文艺评论家在比喻修辞的复杂分类的描述，直奔如何索解隐喻背后所蕴含的主旨问题。这种解析的方式，尤其用来索解唐诗意蕴的方式，是由美籍美国华裔学者高友工、梅祖麟两位先生完成的。他们在《唐诗的意蕴、隐喻和典故》一文中，指出绝大多数的隐喻是通过语意的相似性而"相互发明"——形成对等关系，以及相互对照——形成对比关系，而且相似性与对比性是并存的。这种对等、对比关系的形成，通过隐喻的构成而产生新的意蕴。比如，李白《送友人》诗句："浮云游子意，落日故人情"——"浮云"和"落日"都具有两层意思，即字面的和隐喻的：游子的漂泊不定，无忧无虑，有如浮云，而朋友的离别与日之将落则触发同样的失落感。高、梅二位先生所举的第二个例子，就是上述宇文所安阐释杜甫的"双重自我形象"的例子：杜甫诗句"江汉思归客，乾坤一腐儒"中的对比关系比对等关系要强烈些，"人影的渺小与宇宙的浩大相互对照。对照同样也能够创生出新的意蕴；渺小并非'思归客'或'腐儒'本身所固有的特质，但是当他们出现在两条大河（'江汉'）和天地之象征（'乾坤'）这样一种广阔无垠的客体面前的时候，便产生了这样一种特殊语意"[①]。上述高、梅二位学者通过诗句的隐喻来索解意蕴，可与宇文所安对诗歌的阐释方式相互比照，尽管他们的侧重点不一样，但得到的意蕴主旨却基本相同，宇文所安在构建诗歌文本里的人物形象最本真的特点时，可能借鉴了前者的索解方式或者说是以前者的索解方式为基础的。

三 显现与隐蔽：凸显诗人精神世界的真实

上述对李、杜诗中"双重自我形象"的解读，是宇文所安的新发现。不难看出，这"发现"背后显然受到接受美学思想的启发，文本中的"双重自我形象"都是文本世界的创造者与读者共同建构的：一种形象是显现着的，另一种则是隐蔽在文本背后的。前者是一眼望去尽收眼底的形象，往往不一定是诗人真实的内心写照，而后者才是隐藏在表象后面的真实形象，它需要读者，尤其是智慧的读者通过思考挖掘出来。

按照宇文所安对中国古诗"诗言志"的生成方式的理解，他在唐诗译本的文学世界及诠释研究中所呈现的诗人自我形象，其本身只不过是诗人的"自画像"，犹如上帝造人一般，是上帝根据自己的模样塑造出来

---

① ［美］高友工、梅祖麟：《唐诗的意蕴、隐喻与典故》，孙乃修译，转引自周发祥主编《中外比较文学译文集》，中国文联出版公司1988年版，第185—186页。

的，而究其实质，它仍然是一种文学的虚构，是诗作者依据自身现实生活的经验，运用"天马行空"的想象力，最后诉诸语言的一种艺术创造，同时，反过来又反映现实语境中诗作者的一种真实境况——这种"真实"即宇文所安所言称的"内心生活的独特的资料"[①]，而身为诗歌文本世界的创造者的诗人，则是"那些传达自己行为所包含的精神真实的人"[②]。宇文所安所言称的"自传诗"——"自我的完整映像"，即是诗人的"双重自我形象"，它映射出了诗人精神世界的真实。

[①] ［美］宇文所安：《自我的完整映像——自传诗》，陈跃红、刘学慧译，载乐黛云、陈珏编选《北美中国古典文学研究名家十年文选》，江苏人民出版社1996年版，第112页。
[②] ［美］宇文所安：《自我的完整映像——自传诗》，陈跃红、刘学慧译，载乐黛云、陈珏编选《北美中国古典文学研究名家十年文选》，江苏人民出版社1996年版，第111页。

第六章 结构：宇文所安如何书写唐诗史

刘勰在《文心雕龙·时序》中有言："文变染乎世情，兴废系乎时序。"书写三百年的唐诗史，首先要涉及的是诗歌文体、文风的演变，诸如南朝梁、陈以来的宫廷诗歌如何向律诗演变的，盛唐的古风诗体与初唐的复古观念有怎样的承继关系等，而着眼于诗歌文本层面的"文变"与"兴废"，则须密切联系"世情"与"时序"，因此，科学地建构唐诗史就必须处理好"文变""兴废"与"世情""时序"的关系，换言之，能否正确把握诗歌文本分析与诗人的文学活动、重大文学现象以及诗歌产生的时代文化背景之间的关系，将是检验唐诗史书写成功与否的"试金石"。宇文所安的唐诗研究，虽没有直接冠以"唐诗史"的称谓，但推究其实际内容，却是实至名归。本章即是以宇文所安唐诗研究的几部专著为中心，阐释其建构唐诗史的主要内容，并对其中的创见与得失情况展开具体分析与归纳。

宇文所安唐诗研究的专著有《孟郊与韩愈的诗》（1975）、《初唐诗》（1977）、《盛唐诗》（1980）、《中国"中世纪"的终结：中唐文学文化论集》（1996）和《晚唐：九世纪中叶的中国诗歌（827—860）》（2006）五部。

《孟郊与韩愈的诗》是宇文所安博士学位论文的结晶，共分14章。开篇第一章"复古与唐诗"，总领全篇，宇文所安将"复古"运动[①]作为唐诗发展的背景或线索，认真回顾并梳理了包括韩愈与孟郊在内的盛唐诗

[①] "复古"运动从初唐开始，在诗歌领域里，主要表现为反对南朝梁陈以来宫体诗的艳情主题以及形式上过于精致、骈俪的文风，主张追求汉魏诗风的质朴与刚健。在古文创作领域，宇文所安认为，"古文运动是以恢复浅显质朴、散行单句的先秦两汉散文为目的的贯穿整个唐代的文学潮流"，而韩愈的古文创作被视作这次古文运动的极致。参见[美]宇文所安《韩愈和孟郊的诗歌》，田欣欣译，天津教育出版社2004年版，第1、3页。

人陈子昂、李白以及中、晚唐诗人白居易、元稹、韦应物的复古诗歌的创作实践。第二、三、四、六章,分别结合两位诗人早期生活与晚期生活的历史背景,对其诗歌的形成与发展进行了历史地分析与描述,其余则探讨了孟郊山水诗中的象征与意象以及韩愈的神话诗、险怪诗与不平则鸣诗论在其山水诗中的反映。宇文氏《孟郊与韩愈的诗》采用历史叙述的方法,紧扣影响诗人创作的重要历史语境,并以此为背景或线索,探寻某一历史时期诗风形成的复杂因素以及诗人个性风格的成因与特点,以确立诗人在中国文学史上的地位,这种文学史的书写模式比较合乎历史的逻辑,于返璞归真中透视出书写者的史识。《孟郊与韩愈的诗》的成功尝试为宇文所安后来对唐诗史的建构奠定了良好的根基。

第一节 《初唐诗》的"承前启后"

写完《孟郊与韩愈的诗》之后,宇文所安怀着对唐诗研究的极大兴趣,投入了《初唐诗》与《盛唐诗》的写作。宇文所安的唐诗研究兴趣点起初主要集中在盛唐,之所以要写《初唐诗》,是因为"要理清唐诗发展的脉络,就必须向前回溯,从头做起"[1],他在中译本《初唐诗》"致中国读者"一文中,坦言"我撰写这本书的初衷是为盛唐诗的研究铺设背景"[2]。不过宇文所安在初唐诗的世界里发现了"宫廷诗"这条线索,围绕着是否脱离宫廷诗的轨道去观察初唐诗人的创作,不仅发现"从宫廷诗人对新奇表现的追求中,演化出后来中国诗歌的句法自由和词类转换的能力;从他们对结构和声律的认识中,产生出律诗和绝句"[3],而且发现了一些逐渐脱离宫廷诗轨道的诗人——王绩、卢照邻、王勃、骆宾王、陈子昂、张九龄等人,在他们的引领下,"宫廷诗人与外部诗人的旧界限被打破了"[4];初唐自然地过渡到了盛唐。宇文所安把整个初唐作为唐诗

---

[1] 张宏生:《对传统加以再创造,同时又不让它失真——访哈佛大学东亚语言与文明系斯蒂芬·欧文教授》,《文学遗产》1998年第1期。

[2] [美] 宇文所安:《初唐诗》致中国读者,贾晋华译,生活·读书·新知三联书店2004年版,第2页。

[3] [美] 宇文所安:《初唐诗》,贾晋华译,生活·读书·新知三联书店2004年版,第10页。

[4] [美] 宇文所安:《初唐诗》,贾晋华译,生活·读书·新知三联书店2004年版,第316页。

发展、演进过程中极为重要的一环,肯定宫廷诗对唐诗发展所作出的贡献,明确了初唐与盛唐之间的辩证关系——初唐不再是作者著书前所预设的"为盛唐诗的研究铺设背景",也"不再仅仅是盛唐的注脚,而呈现出自己特殊的美"。① 美国密歇根州州立大学李珍华教授盛赞《初唐诗》,认为"这是一本杰作。把整个初唐诗作一系统的处理,宇氏可以说是第一个人"②。傅璇琮先生对《初唐诗》也大加褒扬,认为宇文所安"在中国学者之先对初唐诗做了整体的研究,并且从唐诗产生、发育的自身环境来理解初唐诗特有的成就,这不但迥然不同于此前时期西方学者的学风,而且较中国学者早几年进行了初唐诗演进规律的研求"③。

没有初唐诗百年的探索与积淀,就不会有盛唐诗的万千气象。宇文所安认为,不管盛唐诗发生了多少变化,其源头势必来自初唐:"盛唐的律诗源于初唐的宫廷诗;盛唐的古风直接出自初唐诗人陈子昂和七世纪的对立诗论;盛唐的七言歌行保留了许多武后期流行的七言歌行的主题、类型联系及修辞惯例;咏物主题的各种惯例,送别诗的习见忧伤,及山水旅行诗的形式结构,这一切都植根于初唐诗。"④ 这正如初唐诗中的宫廷诗承继南朝梁陈以来宫体诗的精致、秾丽与艳情一样。因之,初唐诗在唐诗史上就具有了"承前启后"的意义。

第二节 《盛唐诗》的"万千气象"

宇文所安的《盛唐诗》沿袭了《初唐诗》的写作模式,依然采用历史叙述的方法,把诗人的创作与诗人所处的时代背景紧密地联系起来,在客观描述历史事件的同时,观察时代风潮的变化对诗歌标准所造成的影响。宇文所安认为,初唐诗的历史主要是宫廷诗这种旧的模式被改变的历史,这种重大的变化在8世纪二三十年代出现的时候,也就是初唐终结、

---

① [美]宇文所安:《初唐诗》,贾晋华译,生活·读书·新知三联书店2004年版,第3页。
② [美]李珍华:《美国学者与唐诗研究》,载《唐代文学研究年鉴》(1983)第1辑,陕西人民出版社1984年版,第400页。
③ [美]宇文所安:《初唐诗》,贾晋华译,生活·读书·新知三联书店2004年版,第4页。
④ [美]宇文所安:《初唐诗》,贾晋华译,生活·读书·新知三联书店2004年版,第4页。

盛唐开始的时候。① 比如，书中描述在公元 680 年诗歌写作被引入了进士考试，这一政策造成了大量出身于京城大家族之外的寒门士人成为政府官员的候选者。玄宗朝任用诗人张说和张九龄为宰相，大力扶持出身寒门的诗人。722 年，玄宗又发布诏令禁止诸王供养大量的宾客。这一系列的事件势必成为诗歌形式变化的根源所在，因为"所有这些新条件不仅改变了产生诗人的社会阶层，而且改变了大部分诗歌的写作背景"②。诗歌写作背景发生了变化，也就是说形成诗歌的社会基础发生了变化，那么，诗歌的形式、主题及观念等标准也会相应地随之改变。因此，宇文所安适时地拈出一个关键词"京城诗"，如同在《初唐诗》中的"宫廷诗"一样，成为叙述盛唐诗歌史的一条线索、一个背景，自始至终地贯穿整部书。如此一来，"京城诗人"与"非京城诗人"成为宇文所安重新透视 8 世纪中国诗坛的一个新视角。

《盛唐诗》共分 16 章，宇文所安大体上把王维、王昌龄、储光羲、卢象和崔颢视作"京城诗人"的代表，把诸如孟浩然、高适、王昌龄、李白、岑参、杜甫、韦应物等人视为"非京城诗人"的代表，在京城诗这个大的背景衬托下，分而述之：究竟是由于社会地位、历史处境还是个人气质的因素使他们成为极具个人风格的诗人。

"一部好的文学史，除了注意加强文学发展规律的探索，还应对重点作家作深入研究。"③ 重要作家是文学史关注的主要对象，宇文所安建构的唐诗史也非常注重重要诗人的研究，比如，《盛唐诗》开列了两章内容，对大诗人李白、杜甫的生平及其创作进行了细致、合乎逻辑的分析，极其客观地将两位诗人描述为"占据了读者的想象中心"④。但是，宇文所安对重要诗人与他们所处时代的关系提出了新的见解。他认为，"我们的目标不是用主要天才来界定时代，而是用那一时代的实际标准来理解其最伟大的诗人"⑤。"不能将这一时代等同于李白和杜甫……如果我们撇

---

① ［美］宇文所安：《初唐诗》，贾晋华译，生活·读书·新知三联书店 2004 年版，第 3 页。
② ［美］宇文所安：《初唐诗》，贾晋华译，生活·读书·新知三联书店 2004 年版，第 6 页。
③ 陈贻焮：《八代诗史·序言》，转引自葛晓音《八代诗史》（修订版），中华书局 2007 年版，第 4 页。
④ ［美］宇文所安：《盛唐诗·导言》，生活·读书·新知三联书店 2004 年版，第 5 页。
⑤ ［美］宇文所安：《盛唐诗·导言》，生活·读书·新知三联书店 2004 年版，第 2 页。

开盛唐神话,就会发现李白和杜甫并不是这一时代的典型代表。"① 此说与传统诗评家有很大的不同,比如,施蛰存先生认为,"没有李白和杜甫,盛唐诗和初唐诗就没有显著的区别。李白和杜甫之所以成为伟大的诗人、盛唐风格的创造者,并不是他们遗留给我们的诗多至千首,而是由于他们的诗在思想内容及艺术表现方法上都有独特的创造,在过去许多诗人的基础上开辟了新的道路、新的境界。在天宝至大历这二十年间,他们的诗是新诗"②。显然,施先生认为李白和杜甫是盛唐诗风的创造者和重要代表。再如,与施先生持大致相同观点的还有林庚先生,他认为,"盛唐是中国古典诗歌的全盛时期,这全盛并不是由于量多,而是由于质高",而李白、杜甫正是盛唐优秀诗篇最杰出的代表,前者反映了盛唐作为"一个富于创造性的解放的时代"的时代精神——"盛唐气象":蓬勃的朝气,青春的旋律,一种春风得意一泻千里的展望……,所谓"天生我材必有用""黄河之水天上来""大道如青天""明月出天山"最能体现盛唐诗歌的风貌特征③——"在盛唐诗人当中,具有全面的代表性的,表现出最典型的盛唐气象的就是李白"④,后者"杜甫是盛唐时代的最后一位诗人,也是盛唐诗歌的集大成者","杜甫从蓬勃向上的时代精神中汲取了激情和灵感,抱着'自谓颇挺出,立登要路津。致君尧舜上,再使风俗淳'的理想,这与李白直取卿相,愿为辅弼的热情乃是一脉相承的"⑤。王运熙先生秉承林庚先生对"盛唐气象"的认知,又做出进一步的界定:"盛唐气象形成的一个重要原因,是由于盛唐时代所孕育的人们特定的心理状态和精神面貌,具体表现为情绪积极、抱负宏大、气魄豪迈、胸襟开阔等等","李、杜最充分完全地体现了盛唐气象"。⑥

第三节 中唐诗史的"终结"

宇文所安著《晚唐诗》之前,曾出版过一部讨论8、9世纪之交即唐

---

① [美]宇文所安:《盛唐诗·导言》,生活·读书·新知三联书店2004年版,第2页。
② 施蛰存:《唐诗百话》,上海古籍出版社1987年版,第197页。
③ 林庚:《盛唐气象》,《北京大学学报》1958年第2期。
④ 舒芜:《李白诗选·前言》,人民文学出版社1954年版。
⑤ 林庚:《唐诗综论》,人民文学出版社1987年版,第134—135页。
⑥ 王运熙:《说盛唐气象》,《上海社会科学院学术季刊》1986年第3期。

第六章 结构：宇文所安如何书写唐诗史 151

贞元、元和年间文学流变、具有文学史性质的论文集——《中国"中世纪"的终结：中唐文学文化论集》①。宇文所安以"中世纪"命名"中唐"这一历史阶段，意在唤起英语读者的一种联想：欧洲从中世纪进入文艺复兴时期和中国从唐到宋的转型之间的相似之处，提醒他们中国在这一历史阶段所发生的重大变化。② 这种比拟十分形象，内含的史识也比较精准——可与清人叶燮以及现代史家钱穆之史观相印证：叶燮即视中唐为中国文化史、文学史最重要的转折点③，而钱穆则从文化史的角度认为自唐迄宋为中国文化继春秋至秦以来的第二次大变动④。宇文所安更进一步指出，中唐在由唐到宋的变革期具有鲜明的文化史意义，因为"自宋以降所滋生出来的诸多现象，都是在中唐崭露头角的。在许多方面，中唐作家在精神志趣上接近两百年后的宋代大思想家，而不是仅数十年前的盛唐诗人"⑤。这种观点与日本学者在《文学的变容——中唐文学的特质》一文中的观点几无二致："被称为唐宋变革期的这一转变，即使在文学领域也能于中唐看到。中唐文学的特征，最终在宋代被再次注目，并作为宋代文学的性格固定下来……"⑥

这部集子总共有 7 篇论文：《特性与独占》《自然景观的解读》《诠

---

① The End of the Chinese "Middle Ages": Essays in Mid-Tang Literary Culture. Stanford: Stanford University Press, 1996. 参见中译本《中国"中世纪"的终结》，陈引驰、陈磊译，生活·读书·新知三联书店 2006 年版。宇文所安这部关于中唐文学的论文集，与日本学者川合康三《终南山的变容：中唐文学论集》（上海古籍出版社 2007）在研究范式、旨趣，甚至具体篇目安排方面都存在着极大的相似性。详参沙红兵《相遇在中唐》，《读书》2009 年第 3 期。
② [美]宇文所安：《中国"中世纪"的终结：中唐文学文化论集·前言》，陈引驰、陈磊译，生活·读书·新知三联书店 2006 年版，第 1 页。
③ 叶燮有言："殆至贞元、元和之间……后之称诗者胸无成识，不能有所发明，遂各因其时以差别，号之曰'中唐'，又曰'晚唐'。不知此'中'也者，乃古今百代之'中'，而非有唐之所得而称'中'者也。"转引自叶燮《己畦集·百家唐诗序》，卷八，《四库全书存目丛书·集部》（二四四），齐鲁书社 1997 年版，第 81—82 页。
④ 钱穆认为："中国文化经过了多次的大变动，自春秋战国至秦朝为一大变动，自唐迄宋又为一大变动，尤其是安史之乱至五代的变动最大；也可以说安史之乱以前是古代中国，五代以后是近代中国。"转引自钱穆《唐宋时代的文化》，《大陆杂志》1966 年第四卷第八期。
⑤ [美]宇文所安：《中国"中世纪"的终结：中唐文学文化论集·导论》，陈引驰、陈磊译，生活·读书·新知三联书店 2006 年版，第 6 页。
⑥ [日]川合康三：《终南山的变容：中唐文学论集》，上海古籍出版社 2013 年版，第 25 页。《文学的变容——中唐文学的特质》是该论集中的一篇文章。

释》《机智与私人生活》《九世纪初期诗歌与写作之观念》《浪漫传奇》和《莺莺传：抵牾的诠释》。《特性与独占》意在探讨诗人或作家的独特个性在诗词歌赋之类文字文本中的再现，表现为一种被作者称之为"文化资本"或"文化资产"的价值再现，算是对中国传统文人为身后不朽的"立言"之演绎。《自然景观的解读》《诠释》与《机智与私人生活》向人们展现了自然界的风景、生灵与人类社会中的道德规范、私人生活在诗歌等文学文本中的再现与文学诠释行为，以及借此所构建的一个时代的文化图景。《浪漫传奇》与《莺莺传：抵牾的诠释》两篇文章既是对中唐叙事体文学唐传奇这种新型文本形式的探讨，又是对其中所虚构的浪漫传奇与风月场中真实的社会现实之间差距的追问，凸显唐传奇这一叙事文体所表现的浪漫文化：到底娱乐了谁，是作者还是读者大众？《九世纪初期诗歌与写作之观念》是论文集中唯一一篇对中唐诗歌创作观念变化所作的研究，文中分析指出，中唐开始流行一种新的诗歌创作观念，即"诗歌是一种技巧艺术而不是对经验的透明显现"①。本书中所讨论的某些文本和问题，被置入后来《晚唐诗》新的历史语境中，引向了新的方向。宇文所安幽默地指出，《晚唐诗》是从关于中唐文学的这部论文集的写作衍生而来，正如同晚唐从中唐发展而来。②

那么，这部仅有 7 篇文章的论文集，果真能替代具有如此重大文化意义的中唐诗史的写作吗？我们不妨先看一看宇文所安的解释：

"我认为写一部中唐诗史是不可能或不恰当的。首先，中唐诗人和初、盛唐诗人不同，并不是一个专门写诗的群体；其次，中唐并不仅仅是一个诗的时代，其中其他一些文体的发展，至少不比诗歌的意义小。这样看来，中唐的文学太过丰富，必须同时兼顾，才能反映出那一历史时期的独特面貌。所以我在 1996 年出版了一本《中国"中世纪"的终结》，由几篇互相独立、但彼此又有联系的论文组成，探讨了诗坛上的好奇和守成、山水诗的新变化、对琐细的个人生活情趣的表现等，还探讨了当时人们的诗歌观念和对作诗的看法以及传奇小说的发展变化等。这本书意在说明中唐作为一个新时代的开始所具有的意义，所以不仅通过比较、尤其是和初盛唐比较来凸显新的因素，而且更联系后世、尤其是宋代以说明它的

---

① [美] 宇文所安：《中国"中世纪"的终结：中唐文学文化论集》，陈引驰、陈磊译，生活·读书·新知三联书店 2006 年版，第 88 页。
② [美] 宇文所安：《晚唐：九世纪中叶的中国诗歌（827—860）》，贾晋华、钱彦译，生活·读书·新知三联书店 2011 年版，第 18 页。

第六章 结构：宇文所安如何书写唐诗史 153

开创作用。这本书是我在文学史研究中的一种尝试：不仅要摆脱历史框架的限制，而且要摆脱不同文体分野的限制；一方面在横切面上注意了各种倾向、各种文体的相互联系，一方面在纵断面上表现出不同时代文学发展的不同特色和生成关系。"①

读了以上文字，我们可以看出，《中国"中世纪"的终结》是一种文学史书写的新尝试。尝试意味着创新，不过这创新之胆大、离奇，不免令人心怀隐忧：无论这 7 篇文章如何高妙，是否能涵括这"太过丰富"的中唐时代的文学史呢？不过，尝试毕竟是可贵的探索，千篇一律的文学史书写总令读者有索然寡味、不忍卒读之感。宇文所安的这种探索是值得肯定的，自有它存在的价值。但是，宇文所安否认写一部中唐诗史的可能性，此论未免过于武断。此说曾招至美国汉学家倪豪士（William H. Nienhauser）的反对，他认为，尽管中唐在地方的文人令诗歌呈现多样化，既导致了"意外收获"，也使宇文所安描画这一时期更困难，但是写一部中唐诗史与写一部《初唐诗》《盛唐诗》一样并非不可能。②

"中世纪"的终结不等于中唐诗史写作的终结。在宇文所安出版《中国"中世纪"的终结》之后，日本学者川合康三出版了《终南山的变容——中唐文学论集》③。纵观近年来国内涌现的大量关于中唐诗人诗作的研究成果④，更加反映出中唐诗史的写作并不是不可能的。

---

① 张宏生：《对传统加以再创造，同时又不让它失真——访哈佛大学东亚语言与文明系斯蒂芬·欧文教授》，《文学遗产》1998 年第 1 期。
② William H. Nienhauser, Jr., Reviewed work（s）: *The End of the Chinese "Middle Ages": Essays in Mid-Tang Literary Culture.* By Stephen Owen, Harvard Journal of Asiatic Studies, Vol. 58, No. 1（Jun., 1998）, pp. 289-291.
③ 东京研文社 1999 年版，中译本为刘维治、张剑、蒋寅译，上海古籍出版社 2013 年版。
④ 近年出版的专著有孟二冬《中唐诗歌之开拓与新变》，北京大学出版社 1998 年版；胡可先《中唐政治与文学》，安徽大学出版社 2000 年版；金滢坤《中晚唐五代科举与社会变迁》，人民出版社 2009 年版；方坚铭《牛李党争与中晚唐文学》，中国社会科学出版社 2009 年版；陈允锋《中唐文论研究》，中国社会科学出版社 2010 年版；尚永亮等《中唐元和诗歌传播接受史的文化学考察》（上下卷），武汉大学出版社 2010 年版；彭梅芳《中唐文人日常生活与创作关系研究》，人民出版社 2011 年版；蒋寅《百代之中：中唐的诗歌史意义》，北京大学出版社 2013 年版。其中《中唐诗歌之开拓与新变》《中唐元和诗歌传播接受史的文化学考察》《百代之中：中唐的诗歌史意义》三部专著明显具有文学史书写的特质。

第四节 《晚唐诗》的"继往开来"

《晚唐：九世纪中叶的中国诗歌（827—860）》与《初唐诗》《盛唐诗》的写法是一脉相承的，还是采用历史叙述的方法：把诗歌文本置于诗人所生活的时代背景中，去探讨诗歌的风格流变特点以及诗人独具个性的诗风。宇文所安在该书中明确地把"晚唐诗"界定在公元827—860年，基本上与他在《中国"中世纪"的终结：中唐文学文化论集》中划定的"中唐诗"（791—825）的时限相接。从整体上看，宇文所安大致是遵照明人高棅（1350—1423）在《唐诗品汇》（1393）中的"四分法"——"初唐、盛唐、中唐与晚唐"的架构①来构建他的唐诗史的，但是他的晚唐诗却没有严格按照传统的分期划定，而是将唐文宗大和元年（827）作为晚唐的开端，将公元860年（唐宣宗大中末）作为晚唐的结束。宇文所安只描述了将近35年的晚唐诗史，生生地撇开了公元860年至907年之间近半个世纪的历史。按宇文所安的解释，"晚唐"大约有75年的历史②，这一时期诗歌数量巨大，其多样性的风格使人无法简单地概括，然而，"如果我们寻找文学文化和诗歌世界的巨变，那么只有到了十一世纪第二个二十五年以欧阳修为主的一群诗人出现时才能找到。如果我们不过分追究这一分期词语中的'唐'字，那么我们可以很容易地将晚唐诗歌视作长达两个世纪，颇像南朝后期的诗歌风格，跨越了一个过渡和建立稳固的新体制的时期"③。唐诗的某些特定风格延续至宋，此说与钱锺书先生辨析唐宋诗之分野异曲同工："曰唐曰宋，特举大概而言，为称谓之便。非曰唐诗必出唐人，宋诗必出宋人也。故唐之少陵、昌黎、香山、东野，实唐人之开宋调者；宋之柯山、白石、九僧、四灵，则宋人有

---

① 高棅在《唐诗品汇》卷首的"诗人爵里详节"中标出："武德至开元为初唐，开元至大历初为盛唐，大历至元和末为中唐，开成至五季为晚唐。"

② 宇文所安按高棅的分期，将中唐"截止于元和一代诗人"，但他又把"长庆""宝历"两期的六七年约略算进了"元和一代诗人"里面去了。这种中唐的截止期分法与游国恩先生主编《中国文学史》唐代部分一致。[美]宇文所安：《晚唐：九世纪中叶的中国诗歌（827—860）》，贾晋华、钱彦译，生活·读书·新知三联书店2011年版，第5页。

③ [美]宇文所安：《晚唐：九世纪中叶的中国诗歌（827—860）》，贾晋华、钱彦译，生活·读书·新知三联书店2011年版，第6页。

唐音者。"①

由是观之，宇文所安对晚唐诗的理解并不拘囿于刻板的时间划分：从文学史、文化史的角度观察，晚唐诗风余绪可以延续到宋代欧阳修时代，晚唐诗时期的划定可以自唐入宋，长达两个世纪，既然可以延长，那么为什么不可以缩短呢？宇文所安认为，虽然公元860年之后仍有很多诗歌值得欣赏，但这一较后时期的诗歌"只是继续着我们所研究阶段的诗歌传统，这似乎是一种受了创伤、僵化了的诗歌。如果想要披露诗歌史与更宽泛意义上的'历史'的关系，我们所发现的可能不是变革中的诗歌，而是拒绝变革的诗歌，完美的对偶句，及沉迷于诗歌和感官的愉悦"②。很明显，在宇文所安看来，公元860年之后的晚唐诗对于晚唐诗史的建构无甚意义。因此，宇文所安在他所划定的35年的晚唐里，集中描述了这一时期诗歌的多样性存在：以白居易为首的元和时代的年长诗人群体（包括刘禹锡、李绅等人）；以姚合与贾岛为首寻求知音的年轻一代诗人群体，其中贾岛因为完善了一种律诗技巧，从而吸引了一个半世纪的忠实追随者；英年早逝的诗人李贺的诗作在这一时期广泛流传并产生影响；道教诗人曹唐极具色情化、浪漫化的游仙诗；能够代表晚唐诗风多元化特点的三大重要诗人：杜牧、李商隐与温庭筠……

35年，历史长河之一瞬，宇文所安并没有对这一短暂的诗歌史作整体的笼统概括，而是倾力再现了它丰富、多元的文学史原貌，但是其余韵悠长，人们可能会不时地把此后直至宋人欧阳修时代的诗歌一并拿来与之比照。

第五节　另类唐诗史的书写

综合上文四节的论述，我们可以看出，宇文所安书写近三百年的唐诗史，并没有完全拘泥于僵化的时代分期。尽管他延续了明初高棅《唐诗品汇》的唐诗分期方法，将唐代诗歌的历史分成初唐诗、盛唐诗、中唐诗和晚唐诗，但是，我们非常清楚地看到：他的《中国"中世纪"的终结》无论如何也不能算作纯粹意义上的诗歌史写作，而且其中他划定的

---

① 钱锺书：《谈艺录》，中华书局1984年版，第2页。
② ［美］宇文所安：《晚唐：九世纪中叶的中国诗歌（827—860）》，贾晋华、钱彦译，生活·读书·新知三联书店2011年版，第7页。

"中唐诗"的年限是公元791年到825年之间短短三十余年历史①；他的《晚唐：九世纪中叶的中国诗歌（827—860）》仅仅叙写了从大和元年到大中末年三十多年的诗歌史。宇文所安如此建构唐诗史，虽说不能算作十分严谨的书写，但是瑕不掩瑜，其结构上的特点给读者带来富有价值的启迪与思考。

其一，注重对诗学规律的探索。比如，宇文所安写《初唐诗》重点抓住了"宫廷诗"这一主线，而写《盛唐诗》重点抓住了"京城诗"这一主线。宇文所安抓住了初唐诗是围绕宫廷诗的创作这一总体特点而组织材料，可谓找到了书写初唐诗史的捷径。初唐的宫廷诗源于南朝后期及隋代的宫廷诗，它形式上既定的惯例和法则逐渐演变成一种高雅趣味的宫廷诗风的标准。它既是整个初唐时期宫廷文学活动中文人交际不可或缺的诗歌技巧，而且它"在应试诗中被制度化，而终唐一世它一直是干谒诗的合适体式"②。而且整个初唐，越出宫廷诗规范的诗人恰恰是为诗坛带来"源头活水"、开启一代新诗风的诗人，因此王绩、初唐四杰、陈子昂等非常自然地被纳入初唐诗史写作纲目中的重点诗人系列。而且这条"宫廷诗"的主线依然可以延续到盛唐诗史的写作，因为"盛唐开始于对初唐沉默的反叛"③，一向被描绘成"直率""自然"的盛唐特性注定要把初唐宫廷诗当成超越抑或反叛的对象；还因为"盛唐的律诗源于初唐宫廷诗；盛唐的古风直接出自初唐诗人陈子昂和七世纪的对立诗论……"④ 如同书写《初唐诗》一样，宇文所安更加熟练地抓起"京城诗"这条主线，先写出了京城流行的社交诗和应景诗的喧哗和热闹，继而书写颠覆这种京城诗写作范式的"京城外部的诗人"：孟浩然、李白、杜甫、高适和岑参，因为"这一时代最伟大的诗歌却是由京城外部的诗人写出来的"⑤。

---

① ［美］宇文所安：《中国"中世纪"的终结：中唐文学文化论集》，陈引驰、陈磊译，生活·读书·新知三联书店2006年版，第2页。
② ［美］宇文所安：《初唐诗》，贾晋华译，生活·读书·新知三联书店2004年版，第11页。
③ ［美］宇文所安：《初唐诗》，贾晋华译，生活·读书·新知三联书店2004年版，第4页。
④ ［美］宇文所安：《初唐诗》，贾晋华译，生活·读书·新知三联书店2004年版，第4页。
⑤ ［美］宇文所安：《初唐诗》，贾晋华译，生活·读书·新知三联书店2004年版，第5页。

第六章 结构：宇文所安如何书写唐诗史

其二，宇文所安十分重视重点诗人的创作。尽管他说"文学史不是'名家'的历史"①，但是他也深知"文学史必须包括名家"②。因此，《初唐诗》写了重点诗人王绩、上官仪、初唐四杰、陈子昂、杜审言、沈佺期和宋之问；《盛唐诗》写了王维、孟浩然、王昌龄、高适、岑参、李白和杜甫；《晚唐诗》写了李贺、杜牧、李商隐和温庭筠。无论是《初唐诗》《盛唐诗》，还是《晚唐：九世纪中叶的中国诗歌（827—860）》，重点诗人的篇幅加起来都在三分之二以上，可以这么说：宇文所安的唐诗史书写，几乎淹没在名家的诗作中。

其三，注重过渡时期的诗人创作及短时期内诗人群体、不同区域诗人的诗歌创作。比如，《初唐诗》中有两个专章介绍过渡时期的诗人，一则是被宇文所安视作"隋代的遗产"的魏征和李百药，一则是由初唐进入盛唐的张说、张九龄、张旭和王翰。前者是两位将受到"对立讨论"启发的新诗歌带进隋代的北方人，他们"在隋末混战及唐代开国初年所写的诗篇，显示了即将全面出现的生机蓬勃诗歌的潜在力量。可是，他们随后在唐代的发展却标志着对立诗论的衰退：魏征转向枯燥乏味的说教诗，而李百药则趋奉唐太宗的宫廷诗倾向"③。后者张说是唐玄宗的宠臣，他的作品横跨八世纪的前30年，他写了许多宫廷诗和祭祀乐章，"但是在他那些较具个性的诗篇中，仍然跨越发现发展中的新盛唐风格"。④《盛唐诗》在第二章"过渡时期的诗人"中续写了在《初唐诗》最后篇章涉及的张说、王翰，重点分析了王湾的诗作《次北固山下》第三联"海日生残夜，江春入旧年"的"复杂化的新奇技巧"："与初唐妙语简单的精巧不同，这句诗真正延迟了理解，使读者感到惊奇，并迫使他们从对句中探索更深的含义。"⑤换言之，宇文所安所谓的"使读者感到惊奇"的"复杂化的新奇技巧"即是审美上的陌生化效果。类似观点可追溯到明人胡

---

① ［美］宇文所安：《初唐诗·前言》，贾晋华译，生活·读书·新知三联书店2004年版，第2页。
② ［美］宇文所安：《初唐诗·前言》，贾晋华译，生活·读书·新知三联书店2004年版，第2页。
③ ［美］宇文所安：《初唐诗》，贾晋华译，生活·读书·新知三联书店2004年版，第22页。
④ ［美］宇文所安：《初唐诗》，贾晋华译，生活·读书·新知三联书店2004年版，第296页。
⑤ ［美］宇文所安：《初唐诗》，贾晋华译，生活·读书·新知三联书店2004年版，第17页。

应麟所说"盛唐句如'海日生残夜,江春入旧年',中唐句如'风兼残雪起,河带断冰流',晚唐句'如鸡声茅店月,人迹板桥霜',皆形容景物,妙绝千古,而盛、中、晚界限斩然。故知文章关气运,非人力"。① 此处所言的文章关气运,被著名唐诗研究者罗宗强解释为"时代精神风貌在文学上的反映",他非常认同胡应麟的说法:"这首诗明朗的感情,壮阔的气象,和喜悦的情思韵味,都证明胡应麟把它作为盛唐气象的代表作是很有眼力的。"② 此外,开列专章书写开元、天宝时期的"次要诗人"③,如王之涣、崔国辅、薛据、张谓与贾至;及地处长江下游的东南地区诗僧群体诸如灵一、灵澈、清江、皎然等人的诗歌创作与世俗诗人的文学交往活动。

其四,综观宇文所安对唐诗史的主体架构,是诗歌文本的艺术分析与其形成的背景探索并重的。诗人的文学活动、重大的历史事件以及整个时代的文化背景,是诗歌文本形成的外部条件,是用来帮助阐释诗歌文本形成、文体变化与文风演变的重要因素,但整个诗歌研究考察的重心始终是围绕着文本自身的分析进行的。

上述结构上的特点使宇文所安唐诗史的书写重点突出、脉络清晰,展示了一部颇能使读者产生回到历史现场之幻觉的、丰富多彩的唐代诗歌流变史,它融合了诗人创作时代背景与诗人文本分析,既揭示了唐诗发展的内在轨迹,又很好地展示了唐诗在每个阶段富有变化的风格特点。

不过,从总体上看,宇文所安唐诗史的建构是存在缺憾的。虽然宇文所安通过《"中世纪"的终结》较为细致地揭示了处于时代转型、文化变迁的中唐一系列新奇的文学现象,诸如复杂的文体变异、主题变迁以及作家刻意营构的、自我诠释的私人化文学空间等,但它毕竟不能替代复杂、多元的中唐诗歌史的书写。另外,晚唐诗史仅仅描绘了公元 827—860 年三十余年的诗坛胜景,无论如何也不能算完整。

除了上述建构唐代诗歌史的几部著作之外,宇文所安还有一部涉及唐诗诗学理论的专著《中国传统诗歌与诗学:世界的征象》和三部"散文化"的学术论文集——《迷楼:诗与欲望的迷宫》④《追忆:中国古典文

---

① (明)胡应麟:《诗薮》内编卷四。
② 罗宗强:《唐诗小史》,百花文艺出版社 2008 年版,第 37 页。
③ 宇文所安用来指称包括那些处于重要群体之外或仅有零散作品传世的诗人。参见《盛唐诗》,贾晋华译,生活·读书·新知三联书店 2004 年版,第 279 页。
④ *Mi-lou: Poetry and the Labyrinth of Desire*. Cambridge:Harvard University Press,May 1989.

学中的往事》①《他山的石头记》②。它们在内容上并没有宏大理论体系的建构,只是一些思想性、学术性和文学性并存的诗学"碎片"——具有零散化、碎片化的特征,不过,其中蕴含着某些"闪光的"思想,当为宇文所安的唐诗研究提供一些有益的"注脚"。

宇文所安还曾编译《中国文学选集:从初始至1911》③,选取先秦至清代以诗歌为主的各类作品600余首(篇),其中唐代共选诗206首,约占全书规模的三分之一。"唐代文学"部分占据全书不小的篇幅,共有"唐诗简论""盛唐诗""杜甫""插曲:玄宗与杨贵妃""唐代的边塞文学"和"中晚唐诗"六章,细致地介绍了唐诗形成的历史背景、时代特色,并以能体现时代主题、时代风格的诗歌编选诗作,重要诗人王维、李白、杜甫三家的作品入选最多,总计达91首。这部中国文学选本还被列为美国著名的诺顿标准系列教材,被美国大学生普遍使用,促进了唐诗在美国更大范围的传播。显然,它也是宇文所安唐诗研究的结晶,可与上述宇文所安建构唐诗史的几部专著相互参照。

---

① *Remembrances*: *the Experience of the Past in Classical Chinese Literature*. Cambridge: Harvard University Press, 1986.
② *Borrowed Stone*: *Selected Essays of Stephen Owen*.《他山的石头记:宇文所安自选集》,田晓菲译,江苏人民出版社2006年版。
③ *An Anthology of Chinese Literature*: *Earliest Times to* 1911. New York: W. W. Norton, 1996.

第七章 方法：宇文所安如何研究唐诗史

对于唐诗研究，尤其是对于唐诗史的建构，首先必须对唐诗形成与发展的历史轨迹有整体性的理解与把握，这是宏观的认识。其次，不能离开诗歌文本内部的研究，诸如对具体诗歌字、词、句含义的解读以及对主题内涵、艺术风格的分析等，这是微观的认识。从整体上看，《初唐诗》《盛唐诗》和《晚唐诗》三部专著体现了宇文所安建构唐诗史的宏通视野和对诗歌文本内部特性的重视。本章着重探究的是，宇文所安唐诗研究所运用的具体方法，因为方法的丰富性本身是宇文所安唐诗研究的一大特色。

第一节 历史描述法

宇文所安解读中国传统诗歌文本，非常重视诗歌形成的客观环境：它既是诗人所处的时代与环境，也是诗歌生成的外部世界。因为宇文所安认为，无论是传统的中国还是西方都遵守一种最基本的文学解读原则：文学文本是不充分的日常的语言，而读者要由这种不充分的、有限的语词空间解读出整个文本的完满的意义，就必须将阅读视野扩展到与文本生成发生关系的对象上，也就是诗人和产生诗歌的世界："读者将面对解读过程两个终点：诗人和产生诗歌的世界。它们是解读过程的目的，这一主张足以容纳阅读中各种各样不同的趣味。对于一个有着历史意识的读者来说，它可以导向传记性批评和对有关史实的考证。"[①] 在宏观的、整体性的唐诗史书写与建构中，宇文所安更加重视唐诗史书写的主体——诗人及诗歌生成的时代与环境，这与其对唐代诗人诗作的研究方式是一脉相承的。

---

① ［美］宇文所安：《中国传统诗歌与诗学》，陈小亮译，中国社会科学出版社2013年版，第31、34、35页。

第七章　方法：宇文所安如何研究唐诗史

傅璇琮先生在宇文所安《初唐诗》《盛唐诗》的序言中，表彰了马克斯·韦伯（Max Weber，1864—1920）研究中国文化所创用的一种方法，即"主张应当密切联系社会历史的实际状况来研究观念的形成和演变轨迹"。① 傅先生认为，幸亏有了韦伯，"是他扬弃了在他之前的欧洲学者的共同学风，即服从于自己的时代背景和相应的要求，按照西方人的思想模式来理解中国的社会和文化的发展……这就为尔后的研究开辟了一个新的格局，那就是要对中国的文化真正有所了解，就应当探求中国传统文化产生、发展的历史背景，努力依循中国人的思想方式来进行课题的研究。这种情况，特别在第二次世界大战后的美国学者那里，表现得更其明显"。② 可以看出，傅先生也对美国学者继承韦伯的"衣钵"表示了充分的肯定。

宇文所安研究唐诗，对整个唐代诗歌史的建构，是以《孟郊与韩愈的诗》《中国"中世纪"的终结：中唐文学文化论集》《初唐诗》《盛唐诗》和《晚唐：九世纪中叶的中国诗歌（827—860）》这五部专著为基础的。在书写唐诗史的过程中，宇文所安将不同阶段重要诗人的生平与创作为主体结构，加以叙述与描绘。从中我们不难发现，研究者尤其重视影响诗人创作的重要历史语境，注重影响诗人创作的一切历史细节与文本细节，尽可能地对诗人及其诗歌创作的历史语境进行具体化、客观化的描述，从而尽可能地接近历史的原貌，尽力归纳出既合乎历史逻辑又符合诗学一般规律的正确结论。

"我尽可能历史地具体化，总是注意唐代诗歌遗产的文本保存方式，而不是对这一时期作整体的笼统概括"，③ 宇文所安在《晚唐诗》的"导言"中如是说。宇文所安在解读诗歌的过程中，"尽可能历史地具体化"——就是通过细读诗歌文本，建构历史的想象力，把握诗人创作时的历史语境，理解诗人的创作意图和诗作的内涵。宇文所安这种建构唐诗史的基本方法，基本上与傅璇琮先生所表彰的韦伯的治学方法相契合，即"密切联系社会历史的实际状况来研究观念的形成和演变轨迹"，它属于

---

① ［美］宇文所安：《盛唐诗》，贾晋华译，生活·读书·新知三联书店2004年版，第2页。

② ［美］宇文所安：《盛唐诗》，贾晋华译，生活·读书·新知三联书店2004年版，第2页。

③ ［美］宇文所安：《晚唐——九世纪中叶的中国诗歌·导言——后来者》，贾晋华、钱彦译，生活·读书·新知三联书店2011年版，第11页。

传统的"历史描述法"。闻一多先生研究古代文学采用的也是这种方法，他说"我是把古书放在古人生活的范畴里去研究"①，这句话很形象地道出了"历史描述法"的本质。

此外，孙昌武先生研究禅宗与中国诗歌关系的专著《禅思与诗情》也采用了这种方法，而且孙先生在此书后来的增订本说明中对这种方法做出了界定："笔者写作所采用的基本是历史描述方法。这是基于笔者的治学观念一贯坚持的做法：就是研究、解释、评价历史现象，第一位的工作是把它的面貌弄清楚，尽可能真实地描述出来，把清晰的历史图像展现在人们面前。当然完全真实地展现历史原貌是不可能的，但总要尽一切可能，做到距离这一目标更为接近一步。"② 笔者认为，孙先生对"历史描述方法"的界说，完全适用于解释宇文所安建构唐诗史的基本方法，当然，宇文所安对这种历史描述法的运用，是与诗歌文本的分析、阐释相互结合、相互征引的。

宇文所安用"历史描述方法"建构唐诗史，是实事求是的、科学的方法，因为它符合中国古典诗歌研究的实际。叶嘉莹先生曾说过，"中国的诗有时讲起来很麻烦——凡是讲任何一个诗人，总会牵涉到时代、社会等种种因素。国外的一些批评家非常反对这种讲法，但是你没有别的办法，因为这些因素的确关系到诗歌的思想内容，关系到诗歌感发的生命"③。傅璇琮先生对宇文所安拒绝使用西方文学理论的术语与评价体系来研究中国古典诗歌表示高度的赞赏，他说："宇文所安的这一认识的确值得赞许，这是对不同民族文化传统充分尊重的态度，只有持这种态度，才能达到真正清晰的理解。这是一个严肃的学者在独立研究中摆脱西方习以为常的观念所必然产生的结果，是一个富有洞见的认识。"④

综上所述，宇文所安运用"历史描述方法"，以社会历史、个人历史的实际状况为主线，与诗人诗作的分析、阐释相结合，探究唐诗形成与发展的演变轨迹。这种结构安排及方法的运用，符合唐诗研究的实际，非常有助于探究唐诗文体演变的规律以及唐代诗人风格的特点。

---

① 转引自傅璇琮《唐诗杂论·导读》，上海古籍出版社1998年版，第4页。
② 孙昌武：《增订说明——关于佛教、禅宗与中国关系的研究》，《禅思与诗情》（增订本），中华书局2006年版，第22页。
③ 叶嘉莹：《叶嘉莹说初盛唐诗》，中华书局2008年版，第63页。
④ ［美］宇文所安：《盛唐诗》，贾晋华译，生活·读书·新知三联书店2004年版，第5页。

第二节 比较的方法

"比较"作为一种传统的治学方法，在人文、社会科学研究中被普遍使用。在文学研究层面上，杨周翰先生曾说过："比较是表述文学发展、评论作家作品不可避免的方法，我们在评论作家、叙述历史时，总是有意无意进行比较，我们应当提倡有意识的、系统的、科学的比较。"① 宇文所安的唐诗研究无疑采用了这种比较分析的视野和研究方法。

由于宇文所安海外汉学家的身份，他的唐诗译介与阐释本身带有明显的跨文化视野以及跨越国界与语言界限的文学比较性质，所以宇文所安的唐诗研究也就具有了比较文学研究的属性。首先，宇文所安唐诗研究所采用的比较方式主要是在中国诗歌体系内部诗人诗作的比较。美国文学理论家厄尔·迈纳说过，"比较同一时代的作家以及在同一种语言范围内进行比较不会出现范畴上的错误"②。不过，宇文所安研究唐诗的时间范围，显然是比较宽泛的，大致的边界是始于南朝后期，跨越隋唐，而终于北宋欧阳修的时代。③ 因此，宇文所安寻找唐代诗风变化的规律是在这样的一个大的"同一时代"范畴内进行的，其实它包含了我们通常意义上的"历时性"的研究。显然，在同一文学体系内部，对同一时代的作家进行比较，既容易发现他们之间足够的相似性，又有助于在此基础上找出他们彼此的差异之处。比如研究初唐诗，宇文所安是以南朝的宫廷诗作为切入点以及比较分析的主要对象，并从中发现"从宫廷诗人对新奇表现的追求中，演化出后来中国诗歌的句法自由和词类转换的能力；从他们对结构和声律的认识中，产生出律诗和绝句"④，而研究盛唐诗，宇文所安更是从对初唐诗的比较分析中，找出了研究的线索以及唐诗演进的规律：不管盛唐诗发生了多少变化，其源头势必来自初唐，"盛唐的律诗源于初唐的宫廷诗；盛唐的古风直接出自初唐诗人陈子昂和七世纪的对立诗论；盛唐

---

① 杨周翰：《攻玉集》，北京大学出版社1983年版，第14页。
② ［美］厄尔·迈纳：《比较诗学》，王宇根、宋伟杰等译，中央编译出版社2004年版，第29页。
③ ［美］宇文所安：《晚唐——九世纪中叶的中国诗歌·导言——后来者》，贾晋华、钱彦译，生活·读书·新知三联书店2011年版，第6页。
④ ［美］宇文所安：《初唐诗》，贾晋华译，生活·读书·新知三联书店2004年版，第10页。

的七言歌行保留了许多武后期流行的七言歌行的主题、类型联系及修辞惯例；咏物主题的各种惯例，送别诗的习见忧伤，及山水旅行诗的形式结构，这一切都植根于初唐诗"。①

纵观宇文所安对唐诗的研究，我们发现，首先宇文所安研究某位唐代诗人，总是乐于将其与其他唐代诗人相比较，有时还细致、广泛地探讨他对前代诗人的接受或对后代诗人的影响。比如，研究孟浩然，宇文所安就将李白、王维作为他的比照对象，并探讨陶潜诗风对他的影响；研究李白，宇文所安就将王维作为比照的主要对象，并探究其文学观念的形成与其蜀地前辈汉代辞赋家司马相如、初唐著名诗人陈子昂以及同时代诗人、道教大师吴筠的关系；研究李贺，宇文所安更多地从影响与接受的视角，对李贺与李白、张祜、杜牧、庄南杰、韦楚老、李商隐等诗人诗作之间的关系进行比较分析；研究李商隐，宇文所安采用比较方法的比重少了许多，焦点更集中在李商隐诗歌文本的具体分析上（是文本细读的典范），即便如此，比较依然不可或缺，李贺成了最重要的比照对象，而李商隐的咏物诗研究，因为主题的关系，更多的诗人进入了比较的视野，其中有韩愈、杜牧、李绅、温庭筠等诗人。下面，我们主要选取《盛唐诗》中李白与王维作比较的例子进行分析，以观宇文所安探求二者诗风特点之功效。

李白、王维、杜甫作为盛唐诗歌最高成就的代表，历来有"诗仙""诗佛""诗圣"之美誉，但是若要准确概括他们各自的诗歌风格特点并非易事，宇文所安却从诗人所处的时代和社会环境的视角入手，找到了一条大致可以清楚判定他们诗风特点的界限，即是否以京城诗歌类型作为中心。对于盛唐大诗人李白、杜甫与王维，宇文所安做过如是比较："杜甫会有相当的理由看到自己作为一位诗人，正与李白处于同一传统，而在李杜作品所代表的诗歌类型与王维作品所代表的京城诗歌传统之间，存在着更为重要的差别。"②

由于杜甫大量诗作与重要历史事件密切联系，尤其是对"安史之乱"前后变乱唐代社会的真实反映，使杜甫赢得了"诗史"的称号；也由于杜甫创作了大量反映民生疾苦的诗篇，体现了他一生尊崇儒家的仁政思

---

① ［美］宇文所安：《盛唐诗》，贾晋华译，生活·读书·新知三联书店 2004 年版，第 4 页。

② ［美］宇文所安：《盛唐诗》，贾晋华译，生活·读书·新知三联书店 2004 年版，第 216 页。

第七章　方法：宇文所安如何研究唐诗史　165

想，怀着"致君尧舜上，再使风俗淳"的宏伟抱负，虽颠沛流离，却矢志不渝、一生坚守"穷年忧黎元"的悲天悯人、关怀现世的人道情怀，为此，杜甫又赢得"诗圣"的美誉。而李白一生"斗酒诗百篇"的天赋与豪情，更赋予他作为"诗仙"所表现的独一无二的个性。从整体上看，李白、杜甫之间存在的差别，是显而易见的，正如宇文所安所言："李白和杜甫确实是很不相同的诗人，并列在一起时尤其引人注目，但从中国诗歌的标准看，他们之间的差别并未构成一些批评家所指出的基本对立。"① 因此，宇文所安在研究二者的诗歌风格时，并未过多地做出对比性的差异分析，有时甚至会将关注点指向二者诗作中的相似性方面，比如二者诗中自我形象塑造的一致性。

当宇文所安将李、杜与王维做出对比分析时，发现李、杜似乎彼此形似的地方更多，而李、杜与王维之间却判然有别。尤其对于李白与王维的比较，宇文所安始终围绕着"是否以京城诗歌类型作为中心"这条界限作为分析他们诗歌风格形成的线索。在宇文所安看来，李白与王维之不同，在于李白是与京城诗坛格格不入的外来者——其"家族背景疑问重重"，"他与任何人都没有关系，只能孤立地依靠自己的天才在京城获得成功"②，而王维却是出身名门望族，其出身及所受的诗歌教育使其注定成为京城诗人的重要代表："在八世纪十年代末，出自太原王氏家族的年轻的王维被引荐进诸王府。他扮演了传统的早慧诗人角色，以娴熟精确的宫廷风格赢得诸王的青睐。此时王维已经在诗歌中发展了个人范围，但他的个性表现消极地与上流社会联系在一起，他的家族背景和诗歌训练为他进入这一社会做了充分准备。"③ 作为京城诗坛外来者的李白，与作为京城诗人代表的王维所受的诗歌教育是不一样的，为了说明这一点，宇文所安还细致地分析了李白《访戴天山道士不遇》④ 一诗：一方面肯定了李白这首诗讲究格律，声韵对仗毫不含糊，认为"青年李白熟练掌握了音调

---

① ［美］宇文所安：《盛唐诗》，贾晋华译，生活·读书·新知三联书店 2004 年版，第 216 页。
② ［美］宇文所安：《盛唐诗》，贾晋华译，生活·读书·新知三联书店 2004 年版，第 131—133 页。
③ ［美］宇文所安：《盛唐诗》，贾晋华译，生活·读书·新知三联书店 2004 年版，第 131 页。
④ "犬吠水声中，桃花带露浓。树深时见鹿，溪午不闻钟。野竹分青霭，飞泉挂碧峰。无人知所去，愁倚两三松。"（清）彭定求等编：《全唐诗》（第三册），中华书局 1999 年版，第 1864 页。

和谐的法则……京城贵族们可能还是会认为这首诗的写法是合适的";另一方面认为这首诗不够雅致,尤其首联"犬吠水声中,桃花带露浓"中"'犬吠'太突然,破坏了全诗的平衡"。①

显然,宇文所安是以京城诗的标准衡量李白的。他认为这首诗不够雅致的依据是"诗中堆积了太多的树,以及至少两条小溪,破坏了基本的雅致",② 这是有一定道理的;国内诗评家赵昌平先生也有类似看法:"在长安纯熟的律家看来,'水声'与'飞泉','树'与'松','桃'与'竹','青'与'碧',都有语意犯重之嫌,是要好好锤炼修改的。"③ 不过,宇文所安诟病于首联句的说法,却与国内诗评家有很大的差异。首先,我们还是听听赵昌平先生的说法,"就结构言,是初盛唐八句体诗起承转合的典型格局……就律法而言,虽然还稚嫩,然而却因此而有信手拈来,如风行水上的奇趣。尤其是起联'犬吠水声中,桃花带露浓',是乐府民歌的起法,浅切之中隐隐透现出往访时的欣悦,它与篇末'愁倚'相对,反衬出不遇的憾恨,全诗也就有了一种生动的情趣"④。赵先生此处所说的"起承转合"的"起",即指首联,早有定律:"律诗破题,或对景兴起,或比物起,或引事起,或就题起,要突兀高远,如狂风卷浪,势欲滔天。"⑤ 诚如赵先生所言,这首诗非常符合"初盛唐八句体诗起承转合的典型格局",尤其首联之"起"势,破题是"对景兴起",而且符合"突兀高远"之说。其次,诗评家莫砺锋先生专门从京城诗的代表人物王维诗中找到了类似的现象,《赠刘蓝田》首联云:"篱间犬迎吠,出屋候荆扉。"《春夜竹亭赠钱少府归蓝田》首联云:"夜静群动息,时闻隔林犬。"⑥ 因此,莫先生就宇文所安对《访戴天山道士不遇》这首诗的具体分析认为,宇文所安虽别出心裁,却言之有误,失之偏颇。但"白璧微瑕",我们并不能因此而低估宇文所安运用比较的方法所取得的成效,

---

① [美] 宇文所安:《盛唐诗》,贾晋华译,生活·读书·新知三联书店 2004 年版,第 131—132 页。
② [美] 宇文所安:《盛唐诗》,贾晋华译,生活·读书·新知三联书店 2004 年版,第 132 页。
③ 赵昌平:《李白诗选评》,上海古籍出版社 2002 年版,第 4—5 页。
④ 赵昌平:《李白诗选评》,上海古籍出版社 2002 年版,第 4—5 页。
⑤ 此为仇兆鳌在《杜诗详注》中推重的杨士弘律诗模式。(清)仇兆鳌:《杜诗详注》,第 7 页。
⑥ 莫砺锋:《评〈初唐诗〉、〈盛唐诗〉》,《唐研究》(第 2 卷),北京大学出版社 1996 年版,第 499 页。

包括对李白与王维更深入的比较。比如，宇文所安又举出李白的《乌栖曲》① 与《山中问答》②，并将其与吟咏主题相仿的王维的两首诗《西施咏》③《送别》④ 相对照，以突出两位大诗人诗风的差异之处。宇文所安认为，"(《乌栖曲》) 这首诗本身不同于王维的严谨简朴……《乌栖曲》的梦幻片段超过了李白的所有先驱者。王维（《西施咏》）对西施传说的处理提供了鲜明的对照，……西施传说的典范、类型意义，在李白诗中未起作用，在王维的处理中却占主要地位……李白所描绘的只是一夜之中的场景片段"⑤。换言之，李白诗中充满了历史景观的虚构想象，一幅幅美艳逼人、动感十足的视觉画面迎面扑来，而这形象背后的制作者却没有丝毫的说教与议论，致使读者看到的只能是一个个场景、片段而已，仅仅是日落日升罢了。但恰恰"日落日升"给予了读者丰富的联想：时间消逝，旧的事物正在走向结束，新的事物也将走向他们的未来。这恰恰是李白高妙的地方，是其诗歌艺术性的魅力所在。《山中问答》与《送别》的对比更好地说明了这一点：李白诗中塑造了一个俨然"独立的仙人或桃花源中的居民"⑥的自我形象，超然遗世独立，令人艳羡、神往，而王维诗中塑造的人物因失意而归隐，惆怅不得志之情景跃然纸上，仿佛是现实场景的再现，写得过实：这样的人物如影随形穿越了古今，背后有你、有我。从审美的观照而言，李白的《山中问答》令人产生愉悦、超脱之感，而王维的《送别》如同目睹了一幕士人不遇而归隐的悲情短剧。因此，宇文所安断言："王维可能是'诗匠'，李白却是第一位真正的'天才'。

---

① "姑苏台上乌栖时，吴王宫里醉西施。吴歌楚舞欢未毕，青山欲衔半边日。银箭金壶漏水多，起看秋月坠江波。东方渐高奈乐何！"（清）彭定求等编：《全唐诗》（第三册），中华书局1999年版，第1684页。

② "问余何意栖碧山，笑而不答心自闲。桃花流水窅然去，别有天地非人间。"转引自（清）彭定求等编《全唐诗》（第三册），中华书局1999年版，第1818页。

③ "艳色天下重，西施宁久微。朝为越溪女，暮作吴宫妃。贱日岂殊众，贵来方悟稀。"（清）彭定求等编：《全唐诗》（第二册），中华书局1999年版，第1251页。

④ "下马饮君酒，问君何所之。君言不得意，归卧南山陲。但去莫复问，白云无尽时。"（清）彭定求等编：《全唐诗》（第二册），中华书局1999年版，第1242页。

⑤ ［美］宇文所安：《盛唐诗》，贾晋华译，生活·读书·新知三联书店2004年版，第145页。

⑥ ［美］宇文所安：《盛唐诗》，贾晋华译，生活·读书·新知三联书店2004年版，第160页。

实际上，李白的风貌后来被用来界定诗歌天才。"① 透过如此具体、细致的比较分析而得出的审慎的结论，我们不难看出两位大诗人在诗歌语言、主题意蕴等艺术表现方面的不同，进而对于李白之所以被称作"诗仙"、而王维之所以被称作"诗佛"有了更加深入的理解。另外，这种对读者具有启示作用的研究结论，也反过来论证了宇文所安这种唐诗比较研究方法的科学性和可行性。陈寅恪先生曾对比较分析的研究做过评判："故今世之治文学史者，必就同一性质题目之作品，考定其作成之年代，于同中求异，异中见同，为一比较分析之研究，而后文学演化之迹象，与夫文人才学之高下，始得明了。否则模糊影响，任意批评，恐终不能有真知灼见也。"②

综上，可以看出宇文所安将李白与王维对比，更多是为了突出两位诗人诗风差异的一面，宇文所安也借此比较分析，对李白诗歌风格看得更加通透："虽然李白缺乏京城诗人的圆熟、精致风格，但他以一种熟练的独创技巧加以弥补并超过他们，这种独创没有一位同时代诗人（除了杜甫）能够匹敌。"③ 然而，对于二者差异性过多的关注，有时候也不免会忽视他们相似的一面，比如，宇文所安说："与王维不同，李白对如何感受外界没有多大兴趣……李白的诗是一种创造自我的诗：感怀诗人可以通过内省来表现自我，李白通过独特的行为，通过不同于他人的姿态来表现自我。"④ 随后，宇文所安举李白两首五绝为例：《夏日山中》："懒摇白羽扇，裸袒青林中。脱巾挂石壁，露顶洒松风。"还有《自遣》："对酒不觉暝，落花盈我衣。醉起步溪月，鸟还人亦稀。"这种立论和所举诗例，也比较偏颇，因为王维不乏类似宇文所安称这种"个人诗"的诗作，这一点是由诗评家莫砺锋发现并指出的，莫先生还提供了王维的《竹里馆》⑤ 与《鹿砦》⑥ 作

---

① ［美］宇文所安：《盛唐诗》，贾晋华译，生活·读书·新知三联书店2004年版，第160页。
② 陈寅恪：《元白诗笺证稿》，生活·读书·新知三联书店2001年版，第46页。
③ ［美］宇文所安：《盛唐诗》，贾晋华译，生活·读书·新知三联书店2004年版，第151页。
④ ［美］宇文所安：《盛唐诗》，贾晋华译，生活·读书·新知三联书店2004年版，第161—162页。
⑤ "独坐幽篁里，弹琴复长啸。深林人不知，明月来相照。"（清）彭定求等编《全唐诗》（第二册），中华书局1999年版，第1301页。
⑥ "空山不见人，但闻人语响。返景入深林，复照青苔上。"（清）彭定求等编《全唐诗》（第二册），中华书局1999年版，第1300页。

为佐证。①

除上述将唐代诗人的研究置于中国诗歌体系内部进行比较的方式之外，宇文所安间或跨越文化的视野，引入与西方诗人诗作加以比照，这种比较是跨越了国界和语言界限的比较，显然属于比较文学学科的范畴。比如他将杜甫在中国诗歌传统中的地位，与莎士比亚在西方诗歌传统的地位相比照，认为"在中国诗歌传统中，杜甫几乎超越了评判，因为正像莎士比亚在我们自己的传统中，他的文学成就本身已成为文学标准的历史构成的一个重要部分"②。不过，这种对比往往只是简单的比附居多，并不深入，它是以帮助英语世界读者更好地理解唐代诗人、诗作为目的的。比如，在探究宫廷诗成因时，宇文所安提供了一个可堪比照的关键词"创造性模仿"："从五世纪后期到七世纪，宫廷诗人实践了一种'创造性模仿'，在许多方面与欧洲文艺复兴时期抒情诗人的创造性模仿相似。"③ 然而，至于这种"创造性模仿"在哪些方面呈现出相似性，宇文所安并没有进一步做出更为深入的分析比较。从这样的比较中，我们不难看出，宇文所安做这种跨越中西文学、文化之间的比拟、对照，其目的仅仅是为了英语世界的读者更好地理解唐诗和它们的作者，正如宇文所安所言："在下文的解说中，虽然免不了作比较，但比较的目的是为了理解而非评判价值的高低，因为每一传统都在追索它自己的一套问题，用以解释一个与他者迥异的文学文本传统。"④

那么，这种表面上跨越了中西文学、文化之间的比照，与唐代诗人、诗作之间的比较分析所达到的功效，在更好地帮助读者理解诗人、诗作本身这一点上无疑是一致的。

---

① 莫砺锋：《评〈初唐诗〉、〈盛唐诗〉》，《唐研究》（第2卷），北京大学出版社1996年版，第499—500页。

② ［美］宇文所安：《盛唐诗》，贾晋华译，生活·读书·新知三联书店2004年版，第209页。

③ 宇文所安认为，"六世纪的作家们可以回溯一千多年连绵不断的文学传统。即使是当时占主导地位的诗体五言诗，也有五百多年的历史，大致相当于英国文学马罗礼以来的全部历史。六世纪的宫廷诗人强烈地感受到丰富多彩的文学传统的压力，这是不足为奇的"。宇文所安：《初唐诗》，贾晋华译，生活·读书·新知三联书店2004年版，第6页。

④ ［美］宇文所安：《中国文论：英译与评论》，王柏华、陶庆梅译，上海社会科学院出版社2003年版，第4页。

第三节　文本细读法

宇文所安的汉学研究成就主要体现在唐诗与中国文论研究方面，其治学路径先是探究唐诗史的建构，比如他的早期著作《孟郊与韩愈的诗》《初唐诗》《盛唐诗》及后来完成的《晚唐：九世纪中叶的中国诗歌（827—860）》，进而研讨诗歌理论，比如《追忆：中国古典文学中的往事》《迷楼：诗与欲望的迷宫》《中国"中世纪"的终结》《他山的石头记》及《中国文论：英译与评论》等。

宇文所安对唐诗的研究和解读是从西方自身的文化语境出发的，难免会受到西方文学理论的影响，其中对宇文所安治学研究影响最大的西方文学理论是英美新批评的文本细读法。不过，宇文所安治学研究中的文本细读实践独树一帜，既有对新批评文本细读方法继承的一面，也有对其超越的一面。

一　宇文所安对文本细读方法的继承

文本细读法是英美新批评理论最重要、最基础的研读文学文本的批评方法之一。这种"细读"（close reading）研究方法是由新批评的先驱之一艾·阿·瑞恰慈率先提出的。[1] 它是对传统文学研究重视作家生平或作家心理、社会状况、历史背景等"外部研究"方面的一种反拨，是对由此而造成读者在阅读中的先入之见的抑制，它"对批评方法论持一种绝对的文本中心态度，从而把文学作品产生的社会历史原因和作者心理原因，把读者反应问题，文学社会效果问题，文学作品群体特征及文类演变等等全部推到文学研究的门外"[2]。文本细读法强调对文学作品本身的形式、语言、语义等"内部研究"，强调"通过认真地阅读原文，反复推敲，分析结构，多方面、多层次、多角度地研究语音、语法、语义、音位、节奏、格律等语言要素，关注比喻、张力、反讽、悖论、复义等诗歌

---

[1] ［英］艾·阿·瑞恰慈：《文学批评原理》，杨自伍译，百花洲文艺出版社1997年版，第3—4页。

[2] 赵毅衡：《新批评——一种独特的形式主义文论》，中国社会科学出版社1986年版，第206页。

要素，以全面把握和阐释作品意蕴"①。新批评派文艺理论家艾伦·泰特《作为那喀索斯的那喀索斯》与克林斯·布鲁克斯的两部论著《现代诗与传统》《精致的瓮：诗歌结构研究》都是运用"细读"法来研究文学作品的经典之作。②

宇文所安继承了英美新批评派的文本细读法，十分重视文学作品本身的形式、语言、语义等"内部研究"。这种强调文本"内部研究"的"细读"研究方法是宇文所安研究唐诗文本的最基本方法，它贯穿于《初唐诗》《盛唐诗》《迷楼：诗与欲望的迷宫》《中国文论与英译评论》等研究专著中。

在《初唐诗》中，为了突出隋炀帝的诗歌风格与南朝华丽、夸饰的文风之别，宇文所安将南朝最后一个皇帝陈叔宝的诗歌与隋炀帝的诗歌放在一起进行对比分析。③ 同题乐府诗《饮马长城窟行》属于边塞诗题材，在隋炀帝的笔下，大气磅礴、雄健有力，如"万里何所行，横漠筑长城"，"千乘万骑动，饮马长城窟"，"树兹万世策，安此亿兆生"，展现了一代帝王的武功方略。而在陈叔宝笔下辞藻华丽，温婉动人，如"征马入他乡，山花此夜光"，"离群嘶向影，因风屡动香"④，情调优雅而浪漫，但却显得柔弱无力，诗的末尾英雄发出"何以酬天子，马革报疆殇"的誓言也显得牵强。两首诗的比较准确地揭示出两位皇帝诗人形式上迥异的诗风特点：隋炀帝的诗形式散漫，陈后主的诗结构精巧。宇文所安细致入微地剖析了陈叔宝这首边塞诗精炼的辞藻、精巧的结构、优雅的形式以及衰靡的诗风，更加反衬出隋炀帝同名乐府诗形式上散漫的特点。又如，对于初唐四杰之一的骆宾王，宇文所安认为，他的诗是一种高度修饰了的思想。⑤ 他从骆宾王诗歌的结构、语言入手进行分析，以《晚泊江镇》《浮槎并序》《在狱咏蝉》为例，揭示了骆宾王善于使用对偶、双关语、典故、隐喻等表现手法，以及这种表现手法所受到的骈文修辞影响的特点。再如，在分析陈子昂诗歌的特点时，宇文所安不仅从结构、语言、旨趣等

---

① 刘象愚：《外国文论简史》，北京大学出版社2005年版，第308页。
② [美] 雷纳·韦勒克：《近代文学批评史》（第六卷），杨自伍译，上海译文出版社2005年版，第301、312页。
③ [美] 宇文所安：《初唐诗》，贾晋华译，生活·读书·新知三联书店2004年版，第17—20页。
④ 《先秦汉魏晋南北朝诗·陈诗卷四》。
⑤ [美] 宇文所安：《初唐诗》，贾晋华译，生活·读书·新知三联书店2004年版，第108页。

大的方面进行分析,甚至还具体入微到对动词用法的分析。他从陈子昂的诗句"岩悬青壁断","树断白云隈","野树苍烟断","野戍荒烟断"中,看出陈子昂在表现视觉的延续被打断时只会用一个"断"字;表示视觉延续中断后又重新开始就使用"分"字,如"城分苍野外","城邑遥分楚"等诗句;而表示视觉延续未被打破并扩展、延伸时,陈子昂就会用"入"字,如"山川半入吴","道路入边城"等。从这种用词的细微之处,宇文所安得出了两个结论:一是陈子昂用动态的词语描写直观景象、空间关系,给诗句带来了活力;二是陈子昂所掌握的这类动词的词汇量太少,缺少变化。① 再如,宇文所安对初唐宫廷诗的分析与阐释更集中体现了他对新批评文本细读法的熟练运用,这种强调作品本身的形式、语言、语义等"内部研究"研究方法对于宫廷诗的研究无疑也是最适合的,因为宫廷诗最注重形式,诸如典雅与隐晦的用词、曲折的句法、含蓄的语义、"三部式"②的固定结构模式等。在第十五章"在708年怎样写宫廷诗:形式、诗体及题材"中,宇文所安详尽地分析了宫廷诗由主题、描写式展开和反应三部分构成的"三部式"结构模式以及对偶技巧在宫廷诗中的运用。③

在《盛唐诗》中,宇文所安分析了王维诗风中简朴的技巧、岑参边塞诗中所追求的奇异诗风等,无不体现出对英美新批评文本细读方法的运用。譬如,宇文所安分析指出,在五言诗传统方面,王维有意模仿陶潜诗歌,"将陶潜的随意简朴与八世纪京城诗人的精致技巧结合起来"④。他以王维的《偶作六首·赠裴十迪》为例,"风景日夕佳,与君赋新诗。澹然望远空,如意方支颐。春风动百草,兰蕙生我篱……"指出王维诗中有许多词句、意象都是对陶潜诗歌的模仿,比如,此诗第一句"风景日夕

---

① [美]宇文所安:《初唐诗》,贾晋华译,生活·读书·新知三联书店2004年版,第125—126页。
② "三部式"是指由主题、描写式的展开和反应三部分构成。"首先是开头部分,通常用两句诗介绍事件。接着是可延伸的中间部分,由描写对偶句组成。最后部分是诗篇的'旨意'……"见宇文所安《初唐诗》,贾晋华译,生活·读书·新知三联书店2005年版,第183—184页。详参《初唐诗》"附录一"部分《宫廷诗的"语法"》,第323—326页。
③ [美]宇文所安:《初唐诗》,贾晋华译,生活·读书·新知三联书店2004年版,第193—196页。
④ [美]宇文所安:《盛唐诗》,贾晋华译,生活·读书·新知三联书店2004年版,第58页。

佳"使人想到陶潜《饮酒》之五的第七句"山气日夕佳","兰蕙生我篱"使人想起陶潜《饮酒》诗第五句"采菊东篱下"以及《饮酒》诗之十七中生长在前庭的"兰蕙","与君赋新诗"则仿效陶潜《移居》之二"春秋多佳日,登高赋新诗"。①

通过对岑参诗歌形式的分析,宇文所安发现岑参的边塞诗在措辞、意象与技巧上追求奇异的特点。比如,岑参"对于文体的关注多数集中于后来所谓的句'眼'——五言句的第三句",如"孤灯然客梦,寒杵捣乡愁","然""捣"两字运用出奇,一盏孤灯点燃了旅客的思乡之梦,冬日里的杵衣声触动了旅客的乡愁,这里运用了通感的手法,隐喻奇特。又如,在岑参著名的边塞诗《白雪歌送武判官归京》中,在边塞诗作一贯描写寒冷的主题下,岑参却"以色彩缤纷的描写和戏剧性并置改变了旧的意象"②,开篇喻写"胡天"的"八月飞雪":"忽如一夜春风来,千树万树梨花开",以"梨花"类比"雪花",意象新奇,令读者产生身临其境之感,感喟大自然创造力的神奇;继而铺陈比对,描写天气出奇的寒冷——"将军角弓不得控,都户铁衣冷难着";同时,在"瀚海阑干百丈冰,愁云惨淡万里凝"这种天寒地冻、离情别绪的寒意与哀愁的笼罩下,为送别友人的宴会却呈现出另一番景象,"中军置酒饮归客,胡琴琵琶与羌笛",乐酣酒浓,暖意萦怀,这种天气的寒冷与友情的温暖形成了鲜明的对照。在此情此景的铺垫下,结尾的四句诗越发显得巧妙。

> 轮台东门送君去,去时雪满天山路。
> 山回路转不见君,雪上空留马行处。

东门送君,雪满山路,执手相看,泪眼婆娑,依依不舍,但转瞬之间,山回路转,友人不见了,雪地上只留下车马行驶过的痕迹。尾句一个"空"字措辞出奇,反衬出诗人离别友人后的落寞、空虚,绵绵情谊无处寄托。言已尽而意无穷,独一个"空"字所产生的意象,就足以令人浮想联翩了,读者犹如置身于空空的月台,面对绵长的铁轨喟然长叹。宇文所安从岑参诗歌的措辞用字入手,分析文本结构、修辞等技巧,关注诗歌

---

① [美]宇文所安:《盛唐诗》,贾晋华译,生活·读书·新知三联书店2004年版,第59—60页。
② [美]宇文所安:《盛唐诗》,贾晋华译,生活·读书·新知三联书店2004年版,第202页。

意象与内涵，从而揭示出岑参边塞诗无处不标新立异、追求新奇的诗风。

通过对以上所列举的一些例证进行分析，我们不难看出英美新批评文本细读研究方法对宇文所安唐诗研究的深入影响。宇文所安从诗人的遣词造句入手，分析其词句、意象之渊薮或创新特点，从而揭示诗人独特的诗风，这种阅读诠释唐诗的方法，显然体现了他对英美新批评"文本细读"注重文学作品本身的形式、语言、语义等"内部研究"的继承。

二 宇文所安对"文本细读"方法的超越

无疑，宇文所安是重视"文本细读"的，他也曾经郑重地宣称："偏爱文本细读，是对我选择的这一特殊的人文学科的职业毫不羞愧地表示敬意，也就是说，做一个研究文学的学者，而不假装做一个哲学家而又不受哲学学科严格规则的制约。"① 不过，宇文所安对文本细读的重视，不仅仅表现在他注重文学作品本身的形式、语言、语义等"内部研究"，即对英美新批评"文本细读"方法的继承方面，而且在更大程度上表现了宇文所安对传统文本细读方法的改造、创新与超越。

宇文所安对"文本细读"法的超越，首先体现在他对文本所持的审慎态度，即注重对文本本身之确定性的考察。他研究唐诗有一种先在的倾向："我尽可能历史地具体化，总是注意唐代诗歌遗产的文本保存方式，而不是对这一时期作整体的笼统概括。"②他认为，后世所定型的文本经历了一个流动、变化的过程，因此文本本身具有不确定性的特点。宇文所安主要对中国古代早期的文本以及后来的手抄本文化时代的文本做出考察分析，并举出了大量的具体实例。比如，对于《诗经》，宇文所安大胆地提出质疑："《诗经》是什么时候被作为一本完整的书写下来的？"由于"在《诗经》的不同版本里，我们会发现大量同音而异形的字，这是《诗经》版本来自口头记录的实际证据"，因此，他推断"《诗经》没有一个'原始的'文本，而是随着时间流逝缓慢地发生变化的一组文本，最终被人书写下来，而书写者们不得不在汉语字库当中艰难地寻找那些符合他们所听到的音节的字——而那些章节往往是他们所半懂不懂的。这种现象告诉

---

① ［美］宇文所安：《他山的石头记》，田晓菲译，江苏人民出版社2006年版，第244—245页。

② ［美］宇文所安：《晚唐：九世纪中叶的中国诗歌·导言：后来者》，贾晋华、钱彦译，生活·读书·新知三联书店2011年版，第11页。

第七章　方法：宇文所安如何研究唐诗史　175

我们：《诗经》不属于文学史中任何一个特殊的时刻,而属于一个漫长的时期"①。又如,对于屈原的《怀沙》,一般认为它是屈原在自沉汨罗江之前所写的。但是,宇文所安认为,我们很难判断它是屈原的书面创作还是口头创作,而"'写'一个文本与'写下来'一个口头流传的文本之间,存在着非常重要的差别"。② 如果《怀沙》是口头创作、经口头流传后被写下来的,那么它也只是一个流动的文本。因此,宇文所安认为,中国古代早期的文本具有流动性、不确定性的特点,"我们没有固定的文本,没有可靠的源头,只有一部充满了变化和再解读的历史"。③

即便是对于后来的手抄本文化时代——大致在公元2世纪的东汉至公元11世纪的宋代④,文本也不可避免地存在流动性、不确定性的本质特点。宇文所安在一篇涉及手抄文本理论研究的论文《"汉诗"与六朝》中,提出了关于文本流动性的较早时代的证据。宇文所安认为,我们现在所读到的汉魏时期的五言和杂言体的诗歌文本早已不是"原本",因为"漫长的历史岁月横亘于我们和那个时代之间,而充当中介的,则是五世纪末和六世纪初那个特殊的文人群体"⑤,即六朝文人,也就是说,在经历了公元317年西晋灭亡的巨大变乱之后,魏和西晋的藏书损失巨大,之后,所保存下来的汉魏诗歌文本又几经辗转抄写,及至到了六朝时代,选家们又对这些手抄文本重新选择、整理与加工,这使得这些材料虽不能说被抄写者、编选者弄得面目全非,至少已不是原初意义上的汉魏诗歌了。即便保存得比较好的宫廷诗歌手抄文本《宋书·乐志》,在流传过程中也出现了许多常见的问题,诸如借字、错字、错置、脱漏、衍文等现象。⑥

宇文所安又对萧统的《文选》、徐陵的《玉台新咏》、虞世南的《北

---

① ［美］宇文所安：《他山的石头记》,田晓菲译,江苏人民出版社2006年版,第9—10页。
② ［美］宇文所安：《他山的石头记》,田晓菲译,江苏人民出版社2006年版,第8页。
③ ［美］宇文所安：《他山的石头记》,田晓菲译,江苏人民出版社2006年版,第10页。
④ 在中国,手抄本使用的媒介是纸,而纸的发明、广泛使用是在东汉蔡伦改进造纸术（公元105年）之后。及至到了11世纪中期的宋代,毕昇发明了活字印刷术,才使印刷术得到普遍推广。印刷术的推广和纸张的大量使用标志着印刷文化时代的来临。我们现有的印刷版本也大都是从宋代开始的。那么,中国的手抄本文化时期应该大致在公元2世纪的东汉至公元11世纪的宋代,而此后便是印刷文化时代。
⑤ ［美］宇文所安：《"汉诗"与六朝》,《中国学术》2004年第1期。
⑥ Stephen Owen. *The Making of Early Chinese Classical Poetry*. New York：Harvard University Press，2006，p.26.

堂书钞》、欧阳询的《艺文类聚》、徐坚的《初学记》以及唐代无名氏所辑录的《古文苑》等文本中相关汉诗的资料来源进行了考察，他认为，"作为一个整体，这些不同的资料来源是对保存六朝晚期及其后的抄本传统所作的不同'处理'"，因此，"我们可以说，后来的一千五百年之间人们所谓的'汉诗'并不存在"。①

宇文所安对中国古代早期文本的考察，是受了西方近二十年来欧美文学领域里的所谓"新考证派"（New Philology）的影响。"新考证派"认为，每一个抄本和版本，都是一场独一无二的、具有历史性和时间性的表演，参与表演的有抄写者、编者、评点者、刻工、藏书家，他们一个个在文本上留下了他们的痕迹，从而改变了文本。比如，里亚·马尔科斯（Leah Marcus）的著作《化解对文艺复兴时代的编校整理：莎士比亚，马洛，弥尔顿》特别指出了手抄文本的流动性和不确定性的特点。② 宇文所安把这种发生在欧洲中世纪之后手抄本的流传现象与唐代中国的诗歌文本的流传做了一个有趣的类比。他认为，唐代的诗歌犹如中世纪法国普罗旺斯行吟诗人的歌曲一样，一首诗或一首歌不是一个单独的文本，而是一个由许多不同的版本交织组成的家族。他以杜甫诗作的流传作为例子进行了分析。杜甫的诗作全集是在杜甫死后才开始流行的。根据现有资料看，杜甫生前并没有全面校勘、保存自己的原始手抄本，因此，无论在杜甫生前还是死后，都有各式各样的杜诗抄本在流传。这些手抄本经历了五代十国的战火焚毁，及至到了北宋，编者试图把杜诗的残余收集起来时，结果才发现了一堆不同的手抄本。杜甫诗作流传的历史事实，有力地说明了在手抄本文化时代，文本所呈现的流动性和不确定性的特点。因此，宇文所安推而论之，"我们现有的杜诗——以及所有其他手抄本文化留传下来的文本（除了儒家经典之外）——永远都不可能准确地代表作品的'原始面目'了"。③

宇文所安对流传至今的中国古代文学文本的确定性产生质疑——"其实根本没有什么'原文'或'异文'，因为'原文'也只是'异文'，是许多流传的版本之一种而已。"④这种质疑的声音具有明显的启示意义：

---

① ［美］宇文所安：《"汉诗"与六朝》，《中国学术》，《中国学术》2004年第1期。
② 田晓菲：《尘几：陶渊明与手抄本文化问题初探》，《中国学术》2004年第1期。
③ ［美］宇文所安：《他山的石头记》，田晓菲译，江苏人民出版社2006年版，第14—15页。
④ ［美］宇文所安：《他山的石头记》，田晓菲译，江苏人民出版社2006年版，第14页。

古代留存的材料从源头上看已不够纯粹、不尽完全准确,它所映照的是一部充满变化的文本历史。

以上对古代文本的流动性、不确定性特点的分析论证,还表明了宇文所安对历史语境的重视和强调,而这又与他对文本产生的外部条件的重视是一脉相承的。所谓"文本产生的外部条件",一般指的是作者的生平、文本产生的历史背景、作者的创作意图、读者的参与创造等方面。新批评派的文本细读强调文本的形式、语言、语义等"内部研究"的重要性,在一定程度上忽视了对文本产生的外部条件的研究。新批评派代表人物维姆萨特和比尔兹利认为,"诗歌不是批评家本人的,但也不是作者的(他一出生,就脱离了作者而来到世界上,已经超出了作者意图的力量,作者不能控制它)"①。他们认为,诗歌是自给自足的存在,自身可以解释一切,作品的意义和价值存在于其内在模式,与作者的生平、作者的创作意图、作品的历史背景等无关。显然,新批评派的文本细读着力于文本的"内部研究",在一定程度上消解了文本产生的外部因素对文本阐释的影响。

然而,宇文所安在采用文本细读法研读、阐释唐代诗歌文本时,非常注重文本产生的外部因素。宇文所安认为,唐诗在当时的社会环境中具有无可替代的崇高地位,比如,诗歌被作为科举取士的资格考试,作为引荐信,作为求官书,或作为申冤的倾诉等不一而足,所以,"诗歌的功用是使诗人被理解,包括他的内在本性,以及这一本性在对生活情境的特殊反应上的体现"。②在《初唐诗》《盛唐诗》《晚唐:九世纪中叶的中国诗歌(827—860)》中,宇文所安对诗歌文本的解读无不与诗人的生平以及文本产生的历史背景相联系。事实上,宇文所安对重要诗人代表性诗歌的阐释几乎是以诗人的生平作为线索、作为参照物的。在这样的结构框架中,宇文所安细致地分析文本的形式,研究语音、语法、语义、格律等语言技巧,关注隐喻、反讽、悖论、复义等修辞手法。如此一来,宇文所安巧妙地把文本的"内部研究"与"外部研究"结合起来,比较全面、准确地把握和阐释了诗歌文本的意蕴以及诗人的风格特点。因此,重视历史语境,注重文本的形式、语言、语义等"内部研究"与文本产生的外部条件相

---

① 朱刚:《二十世纪西方文论》,北京大学出版社2006年版,第67页。
② [美]宇文所安:《盛唐诗》,贾晋华译,生活·读书·新知三联书店2004年版,第28—29页。

结合的研读、阐释文本的特点,体现了宇文所安对新批评派文本细读法超越的另一方面。

三 结 语

宇文所安对唐诗文本的分析所采用的文本细读法,无疑为其唐诗研究提供了一套文本分析的策略与手段。不过,宇文所安唐诗研究中的文本细读实践独树一帜,既有对英美新批评文本细读方法继承的一面,也有对其超越的一面。宇文所安对诗歌文本的形式、语言、语义等"内部研究"的重视体现了宇文所安对文本细读法继承的一面,而宇文所安对古代文本流动性、不确定性特点的考察,对历史语境的重视,以及注重文本的形式、语言、语义等"内部研究"与文本产生的外部条件相结合的研读、阐释文本的特点,体现了宇文所安对新批评派文本细读法超越的一面。

宇文所安对中国古代文本流动性、不确定性特点的考察和把握,有助于从整体上了解文本产生的复杂性,了解文本的内在因素和外部产生条件的变化过程,同时,它也十分契合中国传统学术中的校勘学、版本学以及训诂学的研究主旨。因此,对中国古代文本不确定性特点的考察,是宇文所安深入研究中国古代文学的必要的前提条件,因为只有了解古代文本的这一特性,宇文所安才能真正有效地结合文本的内部因素和文本产生的外部条件——诸如文本产生的文化历史背景、作者的创作意图、读者的参与创造等,积极地建构历史想象力,以科学的态度充分剖析文本,探索文本诠释、解读的多重可能性。

第四节 译释并举与文史互征

一 译释并举

宇文所安编著的《中国文论:英译与评论》一书较为集中地展现了他对中国古代文论的翻译与阐释,主要论及从《尚书》《论语》等早期经典中涉及文论的文字,中经《诗大序》《文赋》《文心雕龙》《二十四诗品》《沧浪诗话》等核心文本,迄于清代叶燮的《原诗》。该书用来向"希望理解一点非西方文学思想传统的西方文学学者"和"初学传统中国

第七章 方法：宇文所安如何研究唐诗史

文学的学生"讲述中国古代文学思想。[①]

宇文所安编译的《中国文论》一书摘选了中国传统文学经典的主要选本相关文论的段落，采用翻译加解说的形式，以文本为载体，梳理并论述了传统文学理论与文学批评在广阔的文化史背景下的历史性变迁。这种通过对原典翻译与解说的方式来讲述文学思想的方法，我们权且称之为"译释并举"。这种方法在该书中的运用大致表现为两种模式。第一，首先呈现出一段原文，再是一段译文，然后是一段解说——对若干问题的讨论，最后是相关注释。比如，在第一章"早期文本"中，对《论语》《孟子》《尚书》《左传》《易经》和《庄子》等选文的翻译与解说。在《中国文论》中，原典中的一句文言文被译成英语往往需要几句话才能表达清楚，而解说的文字大多是一篇并不简短的文字。第二，首先概略性地介绍所选原典产生的历史文化背景、原典的主要内容以及后世对该原典的认知与评价，然后依次是原文、译文、解说与相关注释。比如，除了第一章外，其他十章分别对《诗大序》、曹丕《典论·论文》、陆机《文赋》、刘勰《文心雕龙》、司空图《二十四诗品》、欧阳修《六一诗话》、严羽《沧浪诗话》、南宋和元代的通俗诗学、王夫之《夕堂永日绪论》与《诗绎》以及叶燮《原诗》中的选文——做出介绍、翻译与解说。值得注意的是，在第四章"陆机《文赋》"与第六章"司空图《二十四诗品》"中，宇文所安对选文的解说更加细致，除了对字词和诗行的精确讨论外，还充分地照顾中国的注疏传统，大量征引后世中国学者对两部作品中字词含义的解释。

这种通过对文本进行翻译与解说的方法来讲解中国古代文论看似不太复杂，却极富创造性。首先，通过文本来讲述中国文论思想史的方法本身就是一种大胆的创新。在研究中国文论不多的海外汉学家中，刘若愚（James J. Y. Liu）、魏世德（John Timothy Wixted）、余宝琳（Pauline Yu）都曾用不同的方法阐释中国文学理论。刘若愚所著《中国文学理论》，把中国文学理论按西方的文论体系划分为形而上理论、表现理论、技巧理论、审美理论和实用理论几个框架，再选择若干原始文本分别举例加以说明；魏世德所著《论诗诗：元好问的文学批评》，详细讨论了元好问三十首绝句的背景，并一直追溯到它们在诗歌和文学讨论上的源头；余宝琳所著《中国传统的意象阅读》，选择一个核心问题，广泛联系各种文

[①] [美] 宇文所安：《中国文论：英译与评论》，王柏华、陶庆梅译，上海社会科学院出版社 2003 年版，第 11 页。

论来进行深入讨论。宇文所安认为,余宝琳所提供的方法是最好的也是最有洞见的,而自己发明的这种翻译加解说的方法则是对以上三种方法的有益补充。①刘若愚先生用西方文学理论的体系与方法来分析、阐释中国古代文论这种研究方法,在学界普遍被称作"以西释中"的方法,在中国古代文论向现代文论转化过程中,这仍然不失为行之有效的一种方法,但同时它在某种程度上也构成了西方文论话语的霸权,造成大量具有中国文化特色的古代文论话语流失或被遮蔽的结果。乐黛云先生指出:"如果只用外来话语构成的模式来诠释和截取本土文化,那么,大量最具本土特色和独创性的文化现象,就有可能因不符合这套模式而被摈弃在外,结果,所谓世界文化对话也仍然只是一个调子的独白,而不能达到沟通和交往的目的。"②

宇文所安这种通过对文本的翻译与解说来讲述中国古代文论思想的方法看似笨重、烦冗,却是建构在文本的基础之上,避免了理论的先入为主,避免了脱离古人的文本语境,为追求新的学术范式而产生的空疏之争——诸如中国古代文论的现代转化、中西文论之争、史论之争等,也避免了直接从文本中抽取"观念"而又排除与所抽出的"观念"不完全吻合的大量相异文本的现象。这种"译释并举"的方法从文本出发,从产生中国文论思想之源头的早期文本——《尚书》《易经》《左传》《论语》《孟子》《庄子》等开始,一直到清代文论思想成熟时期的文本叶燮的《原诗》为止,宇文所安在翻译与解说的过程中,融入了西方文论的视角,对相似或相对的文学理论话语进行了全面的对比,提出了大量新的命题、建构了许多新的思想,为从事中国古代文论研究的中外学者提供了可资借鉴的新颖视角和持续性研究的话题。这种方法也深受乐黛云先生的激赏,乐先生认为,这种方法使她找到了一条可以"突破中西文论体系,在互动中通过'双向阐发'而产生新思想、新建构的门径"。③

其次,中国古代文论文字深奥、语境复杂,任何试图单纯通过文本的翻译来呈现中国古代文学思想的做法都是不切合实际的。因为中国古代文

---

① [美]宇文所安:《中国文论:英译与评论》,王柏华、陶庆梅译,上海社会科学院出版社 2003 年版,第 11—12 页。
② 乐黛云:《展望九十年代——以特色和独创进入世界文化对话》,《文艺争鸣》1990 年第 3 期。
③ 乐黛云:《中国文论·序言》,见宇文所安《中国文论:英译与评论》,王柏华、陶庆梅译,上海社会科学院出版社 2003 年版,第 2—3 页。

论一旦译成英语，往往不知所云，非得有解释不可。比如，《文论》第一章为了描述中国文学思想形成的背景，宇文所安开篇就选择了《论语·为政》里孔子所说的一句话"子曰：'视其所以，观其所由，察其所安，人焉廋哉？人焉廋哉？'"这是孔子关于通过观察一个人的行为、动机进而认识他的道德品质和性格特征的一句话。宇文所安的英文译文是彻头彻尾的"直译"，因为译文不长，笔者把它原文录下，供读者比照。

He said, "Look to how it is. Consider from what it comes. Examine in what a person would be at rest. How can a person remain hidden? ——how can someone remain hidden?"

且不说英文译文能否让西方读者通过了解孔子的"知人"的观念进而联想到"知言"或"知文"的路径上来，恐怕就连这表层的意思是否能触摸得到还是个未知数呢。钱锺书先生说过："某一国的诗学对于外国人总是本禁书，除非他精通该国语言。翻译只像开水煮过杨梅，不够味道。"[1] 确实，古汉语诗学的翻译更像开水煮过的杨梅，可能原味尽失，又怎么可能要求读者品出其中真味呢。宇文所安更是深有体会，他说："在中文里原本深刻和精确的观点，一经译成英文，就成了支离破碎的泛泛之谈。唯一的补救之策就是注释，如果不附加解说文字，那些译文简直不具备存在的理由。"[2] 如此看来，把文字深奥、语境复杂的中国古代文论话语转化成现代英语表述，翻译之外再配以解说的文字就变得非常必要了。

宇文所安认为，"完全通过文本来讲述文学批评史就意味着尊重那些种类不一的文本"。[3] 宇文所安运用"译释并举"的方法通过文本来讲述中国古代文学思想，体现了他对文本的多样性、客观性的考虑，体现了他对来自异域的古老文明的尊重，体现了他对中国传统文化的尊重。正是基于这样的考虑与认知，宇文所安在运用"译释并举"这种方法的过程中，又衍生出种种具体的办法尽量客观地再现文本所蕴含的文学观念，诸如

---

[1] 钱锺书：《谈中国诗》，见《钱锺书散文》，浙江文艺出版社1997年版，第530页。

[2] ［美］宇文所安：《中国文论：英译与评论》，王柏华、陶庆梅译，上海社会科学院出版社2003年版，第14页。

[3] ［美］宇文所安：《中国文论：英译与评论》，王柏华、陶庆梅译，上海社会科学院出版社2003年版，第12页。

"直译"的笔法、对术语翻译与释义的灵活处理、比较的视野、追求文论表达方式的真正旨趣所在等。下面举隅说明宇文所安运用"译释并举"方法的特点。

首先，注重"直译"笔法。为了展示汉语原文的风貌，宇文所安在多数情况下都采用"直译"的笔法。宇文所安认为，"一个有心了解一种确乎不同的文学思想传统的西方文学学者肯定不希望看到这样的翻译：也就是让本来大不相同的东西看起来相当熟悉，一点不别扭"①。为了尊重文本的客观性，求其真，宇文所安宁愿牺牲形式上的文雅。不过，解说和注释在一定程度上弥补了"直译"的不足。

其次，对术语的翻译与释义的灵活处理。术语，一般是文学理论的一些核心观念，是构建文学理论基本范畴和重要命题的基石。与论说西方文学思想一样，讲述中国古代文学思想，首先不能回避的是其复杂的术语系统。比如，"诗言志"这个开创性的命题在《尚书·舜典》中一经提出，就成为中国古代文学理论两千多年历史中极富代表性的一个命题；如果要理解"诗言志"这个命题的含义，就必须先解释好"志"这个术语的内涵。宇文所安所著《中国文论》一书是译介给西方读者看的，那么，如何把富于中国本土特色的文论思想说得清楚，关键在于对重要术语的翻译与解说了。宇文所安对中国古代文论中的术语的重要性与复杂性有着异常清醒的认识，他认为："正如西方文学思想的情况一样，离开其复杂的术语系统，中国文学思想的叙述性和说明性力量就难以维系，因为那些术语处在一个随历史而不断沿革的结构之中，在不同阶段发生不同程度的变形……既然它们的意义来自它们在各种具体语境中的用法以及它们与其他术语的一整套关系，所以，在西方诗学的术语中，不可能找到与之完全对等的术语。"② 基于这样的认识，宇文所安对待古代文论中术语的翻译异常审慎，同时，也非常灵活。其审慎性主要体现以下几个方面：第一，重要术语在翻译成英文的同时都附有汉语拼音，比如，"文"——literary patterning（wén）；"文骨"——the bone of writing（wén-gǔ）；"文风"——the wind of writing（wén-fēng）等。第二，在译文与解说中，有些最重要的术语的汉语原文与它的汉语拼音以及一个固定的英文翻译一起

---

① ［美］宇文所安：《中国文论：英译与评论》，王柏华、陶庆梅译，上海社会科学院出版社2003年版，第14页。

② ［美］宇文所安：《中国文论：英译与评论》，王柏华、陶庆梅译，上海社会科学院出版社2003年版，第15页。

出现。第三，有些重要的术语，特别是含义总随语境的不同而变化的术语，一般在其汉语拼音上标有星号，表明它已被收入文后的"术语集释"中，在"术语集释"中有较详尽的解释。宇文所安翻译术语又具有很大的灵活性。对于有些术语，他会根据语境给出多种翻译，比如，"意"通常被译为"concept"，而在不同的语境中又被译为"thoughts"/"idea"/"meaning"等；"文"在不同语境中被分别译为"pattern"/"literature"/"the written word"等。而对于有些术语，他却总保持一个固定的英文翻译不变。比如，对于"变"这个词，宇文所安总是把它译成"mutation"；对于"气"这个词的处理，宇文所安在译文与解说中总是以汉语拼音的形式出现（当然，文后的"术语集释"中有"气"的释义）。在翻译与解说中，无论为术语做出何种形式的译介，宇文所安总是尽可能多地为这些术语提供一个范围广阔、各式各样的文本，让英文读者在文本中，在一次又一次地与术语的碰面中，去领悟它们的某些功用及意义。宇文所安在《中国文论·导言》中曾对自己的翻译做出这样的评价："我尝试一个词一个词、一段文本一段文本地做出决定，我的首要目标是给英文读者一双探索中国思想的慧眼，而非优雅的译文。"[①] 由此我们可以看出，宇文所安对中国古代文论术语的翻译和解说既体现了宇文所安对中国传统文化的尊重，也体现了他对具有西方文化学术背景的读者的尊重。

二 文史互征

宇文所安所著《中国文论》并非一部完全以西方观念阐释中国文论的著作，而是把中国古代文论置于中国文化史的大背景下，以西方的视角去观察，以他者的眼光去审视，并在某些层面上（术语的内涵、命题的意义等）把它与西方的文论相比照，进行对比分析，从而彰显中国古老文论的现代活力。

"文史互征"在此并非是指文学与历史的相互征引，而是指文本与文本产生的历史以及文本诠释的历史互相征引，相互比照，以合乎逻辑的历史想象力去重新诠释文本，并把文本置放在一个更广阔的范围内，以比较的视野突破中西文论体系各自为政的拘囿，揭示文本所具有的现实意义。

在《中国文论》中，宇文所安对古代文论选本的解说采用了这种方

[①] ［美］宇文所安：《中国文论：英译与评论》，王柏华、陶庆梅译，上海社会科学院出版社 2003 年版，第 15 页。

法，具体而言，这种方法大致呈现以下几种特点。首先，从篇章结构上来看，《中国文论》以文本形成的时间为线索，重点选择中国文学思想从萌芽、形成、发展乃至成熟时期的代表性作品，通过翻译与解说文本内容的形式，比较系统地梳理了中国古代文学批评的历史。因此，以古代文论的经典文本为核心，历时性地考察古代文学理论，与潜在地梳理中国文学批评史相结合，这种结构本身就含有了"文史互征"的因子。其次，除去第一章"早期文本"之外，其余十章都是在正式翻译解说文本内容之前，宇文所安以概说的形式，揭示文本产生的特定社会文化历史背景、文本的特点以及文本在中国文学批评史上的地位与价值，这些都与文本本身形成一个前后呼应的关系。因为在分析、解说文本具体内容时，宇文所安总是联系文本作者生活的时代、联系文本的读者接受史以及联系文本的诠释史而言说，在辨析了术语、阐释了古老的命题之后，其指向依然是该文本在文学批评史上的地位和价值。这里应该特别指出的是，宇文所安在解说古代文论思想时，特别注重中国古代文学批评的注疏传统。他从《论语·为政》中"子曰：'视其所以，观其所由，察其所安，人焉廋哉？人焉廋哉？'"所引发出的对"知人"或"知世"的"知"的讨论，大发感慨，认为"中国传统诗学产生于中国人对这种解释学的关注，而西方文学解释学则产生于它的'诗学'"①。进而，宇文所安把西方《诗学》的解释历史拿来与《诗大序》《文赋》《文心雕龙》《二十四诗品》《沧浪诗话》的注疏传统相提并论，并认为，"像《诗学》一样，这些作品无法从它们的解释历史中孤立出来"②。宇文所安还认为，"中国文学话语传统中固然也有论文，但其权威性和魅力直到近年仍然比不上以具体文本的感发为基础的评点式批评"③。因此，宇文所安在讨论某一个术语、某一个命题时，他总乐于把历史上的注疏家与现代的注疏家——请来参与讨论，对所给出的不同答案进行辨析，探究其"原本"的含义。比如，在第四章"陆机《文赋》"中，对于句41、42一个对句"或虎变而兽扰，或龙见而鸟澜"的理解，在解说和后文的注释中，排列了李善、钱锺书、朱群生的笺注进

---

① ［美］宇文所安：《中国文论：英译与评论》，王柏华、陶庆梅译，上海社会科学院出版社2003年版，第18页。

② ［美］宇文所安：《中国文论：英译与评论》，王柏华、陶庆梅译，上海社会科学院出版社2003年版，第13页。

③ ［美］宇文所安：《中国文论：英译与评论》，王柏华、陶庆梅译，上海社会科学院出版社2003年版，第39页。

第七章 方法：宇文所安如何研究唐诗史　185

行对比，最后，宇文所安认为钱锺书的解释最好——"面对老虎显其本色，……龙一露面，成群的海鸟便惊飞而起。"① 这样的例子在书中俯拾皆是，尤以第四章"陆机《文赋》"和第六章"司空图《二十四诗品》"为最。据统计，在整个文论的翻译与解说中，宇文所安用作例证最多的古代注家是李善（著《文选注》），用作例证最多的现代注家当推钱锺书（著《谈艺录》《管锥编》）。从这一点可以看出，宇文所安讲述文本所蕴含的文学思想，总是把文本与文本诠释的历史互相征引，相互比照，再以合理的历史想象力去建构文本的"原意"，使之焕发出生机和活力。

最后，除了把古代文论中的术语和命题放在中国文化史的大背景下作出纵向的历时性考察之外，宇文所安还极其善于把那些核心的术语和命题放在以中西文论比较的视野下进行横向的共时性考察，他在书中所列举的大量实例无一不具有跨文化的性质，以下本书将试列举一些例证加以说明。

例一，宇文所安在阐释"诗言志"这个中国诗学传统中开创性的命题时，先从词源学的角度，考察了中西方对"诗"不同定义的内涵。"诗言志"这个定义和"a poem is something made"（诗是某种制作）都是重言式，但是"诗"不是"poem"，因为"诗"不是人们制作一张床或作一张画或做一只鞋子那种意义上的"制作"。西方的"Poem"可以制作，与中国的"诗"本质上"是"什么没有关系。"Poem"和"诗"不是完全对等的翻译，这一差异直接"影响到中西传统怎样理解和讲授人与文本的关系"，因为"按照中国文论的说法，'诗'的作者不能宣称他对自己的文本具有西方文论中的诗人对他的'poem'那样的控制权"。② 自然，宇文所安得出了类似这样的结论：对于西方诗学体系而言，"Poem"是其作者的"客体"，而对于中国古代诗学而言，"'诗'不是作者的'客体'，它就是作者，是内在之外在的显现"。③

例二，在第一章"早期文本"中，宇文所安节选了《庄子·天道》中一则故事——"反题"。故事讲述了善于斫轮之术的轮扁嘲弄桓公所读

---

① ［美］宇文所安：《中国文论：英译与评论》，王柏华、陶庆梅译，上海社会科学院出版社2003年版，第111页。
② ［美］宇文所安：《中国文论：英译与评论》，王柏华、陶庆梅译，上海社会科学院出版社2003年版，第27页。
③ ［美］宇文所安：《中国文论：英译与评论》，王柏华、陶庆梅译，上海社会科学院出版社2003年版，第26—27页。

"圣人之言"乃"古人之糟魄",因为语言不好使,它无法传达人内心中最重要的东西,何况圣人已经死了呢?庄子通过轮扁之口表达了中国的文学传统中"书不尽言,言不尽意"① 的思想。宇文所安将庄子在文本中借轮扁之口对"圣人之言"的嘲弄与柏拉图对文学的攻击②作类比,认为,"庄子的嘲弄驱动了中国的文学思想传统,正如柏拉图对文学的攻击驱动了西方的文学理论传统",进而发现中西方两大文学传统中全部文学理论之作都像《庄子·天道》一样包含一种强烈的辩护性。③

例三,在第八章"严羽《沧浪诗话》"中,宇文所安在解说严羽诗学思想时,把古罗马文论家朗吉努斯的文学批评名著《论崇高》拿来与《沧浪诗话》做比较,认为严羽崇尚盛唐诗歌的宏大叙事与辉煌成就,试图回归古代作家的伟大,在《沧浪诗话》中弥漫着深深的危机感与失落感,这种对崇高的推崇以及怀旧与忧郁的思想与《论崇高》别无二致。④

除了对选本中的重要命题的内涵加以比较分析外,宇文所安还在对术语的译介与阐释过程中大量地征引西方文论中的术语,进行对照,互释互证,互相阐发。这样的例子在《中国文论》中随处可见。比如,在讨论《文心雕龙》中"体性"一词时,宇文所安把英语中的"style"一词拿来与之对比,认为英语中的"style"包含了汉语中"体"所指称的"文体"和"风格"两层含义。因此,为了更忠实于原文的内涵,宇文所安选择了一个笨拙的词"normative form"来译"体"。⑤ 又如,在讨论《文心雕龙》中"定势"一词时,分析为什么译作"Determination of Momentum",而不是"tendency"或其他什么词。⑥

---

① 出自《易经·系辞传》,"子曰:'书不尽言,言不尽意',然则圣人之意其不可见乎?"
② 柏拉图曾借苏格拉底之口攻击诗人说:"诗人写诗并不是凭智慧,而是凭一种天才或灵感;他们就像那种占卦或卜课的人似的,说了很多很好的东西,但并不懂得究竟是什么意思。"参见《古希腊罗马哲学》,商务印书馆1982年版,第147页。
③ [美]宇文所安:《中国文论:英译与评论》,王柏华、陶庆梅译,上海社会科学院出版社2003年版,第36页。
④ [美]宇文所安:《中国文论:英译与评论》,王柏华、陶庆梅译,上海社会科学院出版社2003年版,第432、438页。
⑤ [美]宇文所安:《中国文论:英译与评论》,王柏华、陶庆梅译,上海社会科学院出版社2003年版,第216页。
⑥ [美]宇文所安:《中国文论:英译与评论》,王柏华、陶庆梅译,上海社会科学院出版社2003年版,第238页。

钱锺书先生曾指出："如何把中国传统文论中的术语和西方的术语加以比较和互相阐发，是比较诗学的重要任务之一。"① 美国比较文学家厄尔·迈纳也认为，"所论证的一切无非是比较诗学要求的两点，即令人满意的概念和实实在在的比较与对建立在翔实史料基础之上的诗学（文学概念）的重视"②。很显然，从上述宇文所安对中国古代文论一些重要术语、命题的翻译与阐释的案例来看，他对中国古代文论术语的翻译和解说可以说是一次大胆而有益的尝试，同时也称得上是中西诗学比较研究的一项重大研究成果。

三 结 语

宇文所安把中国古代文论的术语和命题置放在中国文化史的大背景下，实现了古今术语、命题注释的对照，同时，又把它们置放在中西文论比较的视野下，相互阐发，因此，在一定程度上，宇文所安的《中国文论》突破了中西文论体系各自为政、自说自话的拘囿，形成了中西文论的对话。当代文学批评家童庆炳曾指出："中西文论对话是有目的的，不是为了对话而对话。中西对话和对话式的比较，都不是牵强附会的生硬比附对应，我们的目的不是给中国古老的文论穿上一件洋式的西装，也不是给西方的文论穿上中国的旗袍，而是为了中国现代形态的文学理论的建设。就是说，通过这种对话，达到古今贯通，中西汇流，让中国文论再次焕发出青春活力，实现现代转化，自然地加入到中国现代的文论体系中去。"③

综上所述，宇文所安在某种程度上非常成功地建构了一个中西文论对话的平台，也为中西诗学比较研究续写了一个成功的范例。具体而言，宇文所安所著《中国文论》对中国古代文学思想的翻译与阐释的重大意义主要体现在以下几个方面。

首先，扩大了中国传统文化典籍西播的途径，为中国古典文论走向世界迈出了可喜的一步。其次，增进了中外学术、文化交流。在全球化的背景下，随着西方汉学家对中国传统文化、学术的研究的深入，中外学术交流会更加密切，在互识、互补中势必会带来新的学术增长点，促进学术的

---

① 钱锺书：《谈中国诗》，见《钱锺书散文》，浙江文艺出版社1997年版，第530页。
② ［美］厄尔·迈纳：《比较诗学》，中央编译出版社2004年版，第44页。
③ 童庆炳：《中华古代文论研究的现代视野》，《东方丛刊》2002年第1期。

繁荣，正如钱锺书先生所言"东海西海，心里攸同；南学北学，道术未裂"。① 美国汉学家、耶鲁大学孙康宜教授在《谈谈美国汉学的新方向》一文中指出，"近年来由于中西方深入交流的缘故，人们所谓的美国'汉学'，已与大陆和台湾（或香港）的中国文学文化历史研究越走越近了。可以说，它们目前已属于同一学科的范围（field）"。② 再次，提供了一种新颖、独特的研究视角：注重把文学理论放在更大的历史文化背景下去研究，形成一种更加开阔的视角，正如宇文所安所言："对于今天的学者，一个有前景的方向似乎是站在该领域外面，把它跟某个具体地点和时刻的文学和文化史整合起来。"③ 最后，宇文所安译介、阐释中国古代文论采用译释并举、文史互征、贯通古今、中西汇流的方法，十分有助于读者理解过去，理解一个变动中的中国文化传统，使中国古代文学思想得以焕发青春的活力，以崭新的面目进入现代学人的视野，也许我们也可以视之为对"中国古代文论向现代文论转换"的一大贡献。

---

① ［美］钱锺书：《谈艺录·序》，中华书局1984年版，第1页。
② ［美］孙康宜：《谈谈美国汉学的新方向》，《书屋》2007年第12期。
③ ［美］宇文所安：《中国文论：英译与评论·中译本序》，王柏华、陶庆梅译，上海社会科学院出版社2003年版，第2页。

第八章　文化：宇文所安英译唐诗里的"文化唐朝"[①]

文化本质上具有延续性的属性，尤其是优秀的文化，它不会轻易随着朝代的更迭断裂开来。公元前146年，罗马在军事上征服了希腊，但在文化上反而被希腊所征服，"希腊的思想，希腊的物品，以及希腊的素材已经流入罗马"，"希腊化世界所经历的政治上的罗马洗礼，同罗马所受到的艺术上的希腊化改造并驾齐驱"。[②] 宇文所安提出"文化唐朝"的概念，一定程度上也是秉持了这种文化延续性的观念。他认为，从文学史与文化史的视角来看，文化唐朝与政治朝代并不呈现完全对应的关系，"我们所言的文化唐朝始于7世纪50年代武则天登上权力宝座，直至11世纪的最初几十年，其中包括宋代建立后的半个多世纪。这一时期之前是唐太宗（627—649年在位）的统治，这是北方宫廷文化的最后阶段，也是全面吸收南方精致文化遗产的时刻。在这一时期的后端，标志其结束的是11世纪重要的政治、文化人物的崛起，如范仲淹（989—1052）和其中重要的欧阳修（1007—1072），这些作家为宋代文人文化赋予了独特的标志"，"宋朝的最初半个世纪延续了唐代的文学和思想传统"[③]。

唐朝的社会是一个文学化的社会。文学化社会的形成，无疑与它的科举取士的官员选拔制度有很大的关系。著名学者龚鹏程指出："唐代的进士制度，就不再只是一项仅对个人有意义的能力测验，也不再只是附属于

[①] The Cultural Tang，即"文化唐朝"，它是宇文所安在其主编并撰写《剑桥中国文学史·第1卷：至1375年》唐代部分时提出的一个概念。参见 Stephen Owen, *The Cambridge History of Chinese Literature Volume I: To 1375*. Cambridge University Press. 2010. p. 286.

[②] [美] 约翰·格里菲思·佩德利：《希腊艺术与考古学》，李冰清译，广西师范大学出版社2005年版，第386页。

[③] [美] 孙康宜、宇文所安主编：《剑桥中国文学史》（上卷，1375年之前），刘倩等译，生活·读书·新知三联书店2013年版，第325、412页。

政治体制之下的抡才办法，而是具有社会仪式化的典礼。"① 因为进士放榜后，有一系列繁复的文化仪式，先有政府主办官员派人给登第者送报喜的"榜帖"，登第者获知消息后一面将喜帖寄回家，一面要诣主司谢恩，再进谒宰相；随后等着开曲江宴，去慈恩塔题名。作为进士登第后的曲江盛宴，"不仅是进士们的荣宠，更是长安城人民狂欢的佳节"，龚鹏程先生称之为"整个过程充满了嘉年华般的气氛"，因此，"新科进士，本身即为一'文学奖'的优胜者，他们可获得群众的仰慕、欢呼、官爵和美女"，"这是一种文学崇拜，具有宗教庆典般的性质，属于社会群体的崇拜"，"文学就是这个社会集体认可的价值"。② 诚然，宇文所安提出"文化唐朝"的概念，一定程度上向读者传递着大唐时代文学崇拜的意涵。

唐代社会文学崇拜主要是以诗歌为主体的。"盖唐世以诗取士，士之生斯世也，孰不以诗鸣？其精深宏博，穷极兴致，而瑰奇雅丽者，往往震发散落天地间，篇什之多，莫可限量。"③

诗歌的解读存在多种视角，唐诗的解读也是如此。我们可以从政治、经济、文化、艺术等不同的视角解读唐诗，在不同的视角下唐诗呈现出不同的风貌。著名唐代文学研究专家罗宗强先生说，"我对唐诗的解读，更侧重于它艺术上的成就。我认为，没有艺术上的成就，就没有诗"④，其《唐诗小史》主要探讨唐代各个时期的诗人群落和主要诗人诗作的艺术成就，并从中展示唐诗发展的历史风貌。而宇文所安更多的是从思想、文化的角度出发，展现唐诗的发展与诗人自身人生经历及社会环境变化的关系，揭示唐诗背后所蕴含的思想与文化特点。因此，下文我们分析与解读的重点在于作为文学经典的唐诗所体现的文化意涵。

第一节 唐朝的"文学文化"⑤

宇文所安提出的"文学文化"（literary culture），主要是指文学中所

---

① 龚鹏程：《唐代思潮》，商务印书馆 2007 年版，第 220 页。
② 龚鹏程：《唐代思潮》，商务印书馆 2007 年版，第 221—222 页。
③ 高棅：《唐诗品汇·唐诗拾遗序》，见陈伯海主编，张寅彭、黄刚编撰《唐诗论评类编》（增订本，上册），上海古籍出版社 2015 年版，第 117 页。
④ 罗宗强：《唐诗小史·再版后记》，百花文艺出版社 2008 年版，第 271 页。
⑤ 宇文所安常用"文学文化"这个词指称"关于文学出现的整个文化世界"，参见钱锡生、季进《探寻中国文学的'迷楼'——宇文所安教授访谈录》，《文艺研究》2010 年第 9 期。

第八章 文化：宇文所安英译唐诗里的"文化唐朝"

反映的社会文化。唐朝的"文学文化"，主要存在于包括唐诗在内的各种文学体裁的创作中，而此处我们主要指的是宇文所安所描绘的唐诗中的"文学文化"。宇文所安通过对唐诗的翻译与阐释，构建了一个独特的唐代文学文化世界，鲜活、灵动地再现了中华民族封建王朝盛世时期的特有的"文学文化"景观。

唐朝是一个宽松、自由的时代，其文化恢宏博大，包罗万象，具有开放性、包容性的特点。陈寅恪先生说："隋唐之制度虽极为广博纷复，然究析其因素，不出三源：一曰（北）魏、（北）齐，二曰梁、陈，三曰（西）魏、周。"① 这是从政治制度、体制的角度而言说隋唐文化之开放性、包容性特点。

同样，就文学创作而言，唐诗的创作也反映了唐代文化开放性、包容性的特点。在诗文的创作方面，正如贞观时代之重臣魏征所倡导："江左宫商发越，贵于清绮；河朔词义贞刚，重乎气质。气质则理胜其词，清绮则文过其意。理深者便于时用，文华者宜于咏歌，此其南北词人得失之大较也。若能掇彼清音，简兹累句，各去所短，合其两长，则文质彬彬，尽美尽善矣。"（《隋书·文学传序》）这是魏征对初唐文学发展方向所做的极富预见性的引导。后来的文学实践也证明了魏征预见的正确性，初唐诗文的创作，确实主体上融合了南方文学与北方文学的长处，"文质结合以达到完美平衡不是什么新鲜的观点，但是在初唐的历史语境下，这样的融合代表了一个统一帝国的诗学理想。"② 比如，初唐文坛上的杨师道和李百药，作为贞刚气质的北方文人，他们后来由隋入唐后的诗作积极地吸收南朝诗歌的艺术技巧。比如，李百药在隋末写的诗篇《途中述怀》，北方"词义贞刚"的诗风是显而易见的，其"语调和风格都与魏征的《述怀》及炀帝的《饮马长城窟行》十分接近"③：

伯喈迁塞北，亭伯之辽东。
伊余何为客，独守云台中。
途遥已日暮，时泰道斯穷。

---

① 陈寅恪：《隋唐制度渊源论稿》，商务印书馆 2011 年版，第 89 页。
② [美] 孙康宜、宇文所安主编：《剑桥中国文学史》（上卷，1375 年之前），刘倩等译，生活·读书·新知三联书店 2013 年版，第 315 页。
③ [美] 宇文所安：《初唐诗》，贾晋华译，生活·读书·新知三联书店 2004 年版，第 29 页。

拔心悲岸草，半死落岩桐。
目送衡阳雁，情伤江上枫。
福兮良所伏，今也信难通。
丈夫自有志，宁伤官不公。

但后来"他的应制诗与太宗及其他朝臣的作品实际上无法区别。诗人消失于宫廷出游的赞美声中"：

奉和初春出游应令
鸣筇出望苑，飞盖下芝田。
水光浮落照，霞彩淡轻烟。
柳色迎三月，梅花隔二年。
日斜归骑动，馀兴满山川。

宇文所安认为，"诗中把外界的零碎景物东拼西凑成一幅相互联系的景象，这正是宫廷诗的特点，而与他的早期诗作形成鲜明的对照"①。

第二节　初唐诗中宫廷文化的变迁②

宇文所安在撰写《剑桥中国文学史》"文化唐朝"一章时，认为唐太宗统治时期（627—649）是北方宫廷文化的最后阶段。"任何国家的宫廷文化都曾利用作家歌颂统治者及其功绩。中国的特色是建立起一种制度化机构来提供官阶和相应的固定俸禄。"③ 彰显宫廷文化的最初办公机构是门下省的弘文馆和太子麾下的崇文馆。弘文馆设于唐初高祖武德四年（621），精选天下贤良文学之士褚遂良、虞世南、褚亮、姚思廉、欧阳询等以本官兼学士。崇文馆设于唐太宗贞观十三年（639），属东宫系统，

---

① ［美］宇文所安：《初唐诗》，贾晋华译，生活·读书·新知三联书店 2004 年版，第 30 页。

② "Court cultures", see Stephen Owen, *The Cambridge History of Chinese Literature Volume I*: *To 1375*. Cambridge University Press. 2010. p. 295.

③ ［美］宇文所安：《剑桥中国文学史》（上卷，1375 年之前），刘倩等译，生活·读书·新知三联书店 2013 年版，第 336 页。

其文学侍臣也是政府的高级智囊。"七世纪早期最重要的文学活动都是在宫廷之中进行的。太宗和群臣经常在公开场合集体赋诗。幸运的是，与之前的任何时期相比，有更多在同一场合下创作的诗歌被保存下来，这使我们对这些公开场合下集体赋诗的活动得以产生一个比较清晰完整的印象。这些诗歌措辞典雅，对仗精工，但是缺乏个性；它们往往赞美新王朝的辉煌并确认太宗统治的合法性。"①

在民间的文人墨客们同样参与了宫廷文化的建设，因为他们"常常要把他们的作品献给皇帝，以便得到宫廷的认可和获得个人的声名"②。

宇文所安从宫廷诗（Court Poetry）中发现了宫廷文化及其对立的市井文化。"宫廷诗"是宇文所安的创造出的概念，"'宫廷诗'这一术语，贴切地说明了诗歌的写作场合；我们这里运用这一术语松散地指一种时代风格，即五世纪后期、六世纪及七世纪宫廷成为中国诗歌活动中心的时代风格。现存的诗歌集子中，大部分或作于宫廷，或表现出鲜明的、演变中的宫廷风格。'宫廷诗'必须明确地与'宫体诗'（Palace-style poetry）区别开来"③。

宇文所安之所以发明"宫廷诗"这一术语，并且强调它与"宫体诗"的不同，无疑是想突出宫廷诗背后所彰显的宫廷文化，而有意避开读者对宫体诗通常意义上的理解："宫体诗就是宫廷的，或以宫廷为中心的艳情诗，它是个有历史性的名词，所以严格地讲，宫体诗又当指以梁简文帝为太子时的东宫及陈后主、隋炀帝、唐太宗等几个宫廷为中心的艳情诗。"④宫体诗在形式上或体裁上讲究辞采的华丽，而表现内容非常狭窄，以描写贵族妇女的病态美为主，这是我们对宫体诗最基本的认知。闻一多甚至认为，宫体诗所制造的艳情是"堕落"是"变态"，是"一个污点"，⑤他还举出上官仪的《八咏应制》作为例证：

---

① 参见田晓菲撰写的第三章"从东晋到初唐（317—649）"，见孙康宜、宇文所安主编《剑桥中国文学史》（上卷，1375年之前），刘倩等译，生活·读书·新知三联书店2013年版，第323页。
② 孙康宜、宇文所安主编：《剑桥中国文学史》（上卷，1375年之前），刘倩等译，生活·读书·新知三联书店2013年版，第336页。
③ ［美］宇文所安：《初唐诗》，贾晋华译，生活·读书·新知三联书店2004年版，第5页注释第3条。
④ 闻一多：《唐诗杂论·宫体诗的自赎》，中华书局2009年版，第9页。
⑤ 闻一多：《唐诗杂论·宫体诗的自赎》，中华书局2009年版，第10—11页。

罗荐已掰鸳鸯被，绮衣复有蒲萄带。
残红艳粉映帘中，戏蝶流莺聚窗外。

但宇文所安却持相反意见，"虽然常常被简单化并被误解为形式浮华、描述闺情之作，宫体诗实则是一种富于想象力和创新性的诗歌，为中国后来的诗人们开创了很多新的可能性；它的主题则涵盖了贵族生活的方方面面"①。显然，这种对宫体诗内涵的新颖见解，与传统意义上的解释是完全不同的。这也许是他重起炉灶，再造"宫廷诗"这个术语的原因。

宇文所安在《初唐诗》中花费大量的篇幅对宫廷诗的形式和题材的各种惯例进行全面的探讨②，他认为宫廷诗极具程式化的特点，它有既定的题目，有典雅的词汇，有"三部式"的结构模式——主题、描写式的展开和反应或评论式的结尾等。而宫廷诗在内容上多是歌功颂德、娱乐消遣一类的作品，表现的是一种程式化的、矫饰的感情。宫廷诗在形式上虽有矫揉造作之嫌，却代表着当时流行的雅致、华彩的宫廷趣味。比较常见的宫廷诗有宫廷宴会诗、宫廷咏物诗、科举考场中的应试诗、朝臣之间的酬赠诗以及包括朝臣"奉和"皇帝、公事送别等涉及各种礼仪活动而制作的应制诗。

在初唐诗坛上，善于创作宫廷诗的诗人大都是朝廷重臣，如李百药、杨师道、虞世南、许敬宗和上官仪等人。而7世纪三四十年代的诗歌新星上官仪和许敬宗，被宇文所安认为代表了宫廷诗的复兴。

许敬宗的《奉和过旧宅应制》即是奉和唐太宗《过旧宅》的诗篇。

飞云临紫极，出震表青光。自尔家寰海，今兹返帝乡。
情深感代国，乐甚宴谯方。白水浮佳气，黄星聚太常。
岐凤鸣层阁，鄘雀贺雕梁。桂山犹总翠，蘅薄尚流芳。
攀鳞有遗皓，沐德抃称觞。

又如，杨师道的《奉和夏日晚景应诏》：

---

① [美]宇文所安：《剑桥中国文学史》（上卷，1375年之前），生活·读书·新知三联书店2013年版，第29页。

② 参见《初唐诗》第一章"宫廷诗的时代"，第十五章"在708年怎样写宫廷诗：形式、诗体及题材"，第十六章"宫廷生活中的诗歌"以及附录一"宫廷诗的'语法'"。

第八章　文化：宇文所安英译唐诗里的"文化唐朝"　195

辇路夹垂杨，离宫通建章。日落横峰影，云归起夕凉。
雕轩动流吹，羽盖息回塘。薙草生还绿，残花落尚香。
青岩类姑射，碧涧似汾阳。幸属无为日，欢娱尚未央。

上官仪是贞观诗坛后期出现的一位典型的宫廷诗人，《旧唐书·上官仪传》说他，"工五言，好以绮错婉媚为本，仪既贵显，故当时颇有学其体者，时人谓之上官体"。其诗风"绮错婉媚"，无疑是指辞藻的绮丽华美，内容上歌功颂德，点缀升平，充溢着博取最高统治者欢心的温婉柔媚之态。如他的《早春桂林殿应诏》：

步辇出披香，清歌临太液。
晓树流莺满，春堤芳草积。
风光翻露文，雪华上空碧。
花蝶来未已，山光暖将夕。

宫廷诗题材与内容一般仅局限于表现宫廷生活，而在声律辞藻的运用方面日趋精妙，诗风呈现出浓郁的贵族化和宫廷化色彩。宫廷诗在初唐的诗坛上主要以唐太宗及其群臣为中心展开，以奉和、应制为创作目的，如此君臣之间的引领、示范意义非凡，以至于宫廷诗日益成为文人雅士交往中唱和应酬的工具，而其表现内容也因此扩大到了宫廷之外。宇文所安认为，初唐宫廷诗的文化意义还在于："宫廷诗在应试诗中被制度化，而终唐一世它一直是干谒诗的合适体式。"①

宫廷诗所表现的宫廷文化，实质上是一种虚无主义的文化，因为它内容上除歌功颂德之外，空洞无物，苍白无力，缺乏真情实感，而形式上辞藻的华丽与声律的谐和更加衬托出作者矫揉造作、无病呻吟的创作情态。

"初唐四杰"中除了杨炯之外，他们的创作背景都是置身于宫廷之外，因此他们享有极大的创作自由。他们视野开阔，自然扩大了创作的题材，他们写羁旅行役、写怀友送别、写戍边塞上、写山川物美、写世道人生……闻一多先生曾说过："正如宫体诗在卢、骆手里从宫廷走到

---

①　[美] 宇文所安：《初唐诗》，贾晋华译，生活·读书·新知三联书店2004年版，第11页。

市井，五律到王、杨的时代是从台阁移至江山与塞漠。"① 宇文所安也是顺着这条线索，寻觅着宫廷诗如何从宫廷走向市井的。卢照邻的《长安古意》就是"放开了粗豪而圆润的嗓子"，唱出"生龙活虎般腾踔的节奏"②：

  长安大道连狭斜，青牛白马七香车。玉辇纵横过主第，金鞭络绎向侯家。龙衔宝盖承朝日，凤吐流苏带晚霞。百丈游丝争绕树，一群娇鸟共啼花。啼花戏蝶千门侧，碧树银台万种色。复道交窗作合欢，双阙连甍垂凤翼。

  梁家画阁天中起，汉帝金茎云外直。楼前相望不相知，陌上相逢讵相识。借问吹箫向紫烟，曾经学舞度芳年。得成比目何辞死，愿作鸳鸯不羡仙。比目鸳鸯真可羡，双去双来君不见。生憎帐额绣孤鸾，好取门帘帖双燕。

  双燕双飞绕画梁，罗纬翠被郁金香。片片行云著蝉鬓，纤纤初月上鸦黄。鸦黄粉白车中出，含娇含态情非一。妖童宝马铁连钱，娼妇盘龙金屈膝。御史府中乌夜啼，廷尉门前雀欲栖。隐隐朱城临玉道，遥遥翠幰没金堤。

  挟弹飞鹰杜陵北，探丸借客渭桥西。俱邀侠客芙蓉剑，共宿娼家桃李蹊。娼家日暮紫罗裙，清歌一啭口氛氲。北堂夜夜人如月，南陌朝朝骑似云。南陌北堂连北里，五剧三条控三市。弱柳青槐拂地垂，佳气红尘暗天起。

  汉代金吾千骑来，翡翠屠苏鹦鹉杯。罗襦宝带为君解，燕歌赵舞为君开。别有豪华称将相，转日回天不相让。意气由来排灌夫，专权判不容萧相。专权意气本豪雄，青虬紫燕坐春风。自言歌舞长千载，自谓骄奢凌五公。

  节物风光不相待，桑田碧海须臾改。昔时金阶白玉堂，即今唯见青松在。寂寂寥寥扬子居，年年岁岁一床书。独有南山桂花发，飞来飞去袭人裾。

《长安古意》通过描绘古都长安的繁华以及世道的变迁，融入了诗人对人生与历史的思考："节物风光不相待，桑田碧海须臾改"，岁月无情

---

① 闻一多：《唐诗杂论·四杰》，中华书局2009年版，第26页。
② 闻一多：《唐诗杂论·宫体诗的自赎》，中华书局2009年版，第13页。

第八章 文化：宇文所安英译唐诗里的"文化唐朝"　　197

流逝，人生的盛衰、荣辱无法把握，唯有当下"寂寂寥寥扬子居，年年岁岁一床书。独有南山桂花发，飞来飞去袭人裾"，这才是真实的存在，是值得拥有的精神享受。它不仅从题材、内容上完全脱离了狭隘的宫廷生活经验，而且注入了强烈的个性化的情感和哲思。

骆宾王的《帝京篇》与《长安古意》堪称姊妹篇，因为二者不仅在题材和描写内容上有很多相似之处，而且在对人生、历史的思索上存在高度的一致性，只不过前者的内在气势更加激越昂扬，因为个性化的抒情与议论更加浓烈，更于"那一气到底而又缠绵往复的旋律之中，有着欣欣向荣的情绪"[1]。

> 古来荣利若浮云，人生倚伏信难分；始见田窦相移夺，俄闻卫霍有功勋。未厌金陵气，先开石椁文。朱门无复张公子，灞亭谁畏李将军。相顾百龄皆有待，居然万化咸应改。桂枝芳气已销亡，柏梁高宴今何在？春去春来苦自驰，争名争利徒尔为。……已矣哉，归去来，马卿辞蜀多文藻，扬雄仕汉乏良媒。三冬自矜诚足用，十年不调几遭回。汲黯薪逾积，孙弘阁未开，谁借长沙傅，独负洛阳才！

宇文所安认为，宫廷诗基本上反映一种无个性差别的活动，而像《长安古意》《帝京篇》这样的"个人诗"[2]却是注重表现诗作者个人生活和内心情感。程式化的宫廷诗以应制、咏物为题材，以歌功颂德、颂美附和、虚应故事为能事，毫无真情实感，而卢、骆诗篇里流动着一种浓烈而真实的情感与哲思，洋溢着开阔的胸襟和勃发的气势。王勃的《滕王阁诗》恰似对前述两部诗作的艺术化的总结：

> 滕王高阁临江渚，佩玉鸣鸾罢歌舞。
> 画栋朝飞南浦云，珠帘暮卷西山雨。
> 闲云潭影日悠悠，物换星移几度秋。
> 阁中帝子今何在？槛外长江空自流。

杨炯的《从军行》以边塞为创作题材，完全超越了宫廷诗所表现的

---

[1] 闻一多：《唐诗杂论·四杰》，中华书局 2009 年版，第 115 页。
[2] ［美］宇文所安：《初唐诗》，贾晋华译，生活·读书·新知三联书店 2004 年版，第 8 页。

内容：

> 烽火照西京，心中自不平。牙璋辞凤阙，铁骑绕龙城。
> 雪暗凋旗画，风多杂鼓声。宁为百夫长，胜作一书生。

诗中表现的立功边塞的志向和慷慨情怀，已非书生意气，着实壮怀激烈。诗中洋溢着昂扬的斗志和冲天的激情，体现着一种刚健有力的诗风，一种与温婉柔美的"宫廷诗"迥然不同的审美情趣。杨炯曾在《王勃集序》中批评龙朔初年文风"骨气都尽，刚健不闻"。《从军行》这首诗恰好佐证了杨炯是提倡"骨气""刚健"诗风的。宇文所安注意到，杨炯的这种潜在的、激进的文学革新理念并没有得到广泛的推广，仅限于极小的文学圈子。①

"王杨卢骆当时体"的"初唐四杰"以率真、刚健的朴素美超越了"宫廷诗"的那份雅致与柔弱。但是，王、杨、卢、骆并没有完全超出宫廷诗的局囿，比如王勃，尽管他的多数诗篇不事雕琢，具有一种朴素的美，而且整体上而言有一种壮大的气势，如王勃《游冀州韩家园序》所言"高情壮思，有抑扬天地之心；雄笔奇才，有鼓怒风云之气"，但是，有时候他的诗作中又极尽雕琢之能事，从中看不出任何革新的因素，如其《怀仙》诗：

> 鹤岑有奇径，麟洲富仙家。紫泉漱珠液，玄岩列丹葩。
> 常希披尘网，眇然登云车。鸾情极霄汉，凤想疲烟霞。
> 道存蓬瀛近，意惬朝市赊。无为坐惆怅，虚此江上华。

陈子昂是唐诗发展史上具有重大影响的诗人。宇文所安在《初唐诗》五个部分中的第三部分开列两章的篇幅书写"陈子昂的诗歌生涯"，并深入分析他的组诗《感遇》。宇文所安认为，韩愈盛赞陈子昂"国朝盛文章，子昂始高蹈"，恰恰是因为"韩愈急于忘却近乎一个世纪的唐代宫廷诗"。② 作为武则天女皇时期杰出的诗人与文学批评家的陈子昂来自蜀地，

---

① Stephen Owen, *The Cambridge History of Chinese Literature Volume I: To 1375*. Cambridge University Press. 2010. p. 299.

② [美] 宇文所安：《初唐诗》，贾晋华译，生活·读书·新知三联书店 2004 年版，第 120 页。

第八章　文化：宇文所安英译唐诗里的"文化唐朝"　199

与沈佺期、宋之问同属于登进士第的庶族士人。政治上，陈子昂以敢于直陈时弊而闻名；在文学创作与批评方面，他明确地提出"兴寄""风骨"说，并借此理论创作了 38 首《感遇》诗，践行了他的诗学主张。陈子昂在《与东方左史虬修竹篇序》里说：

> 文章道弊五百年矣。汉魏风骨，晋宋莫传，然而文献有可征者。仆尝暇时观齐、梁间诗，彩丽竞繁，而兴寄都绝，每以永叹。思古人，常恐逶迤颓靡，风雅不作，以耿耿也。一昨于解三处，见明公《咏孤桐篇》，骨气端翔，音情顿挫，光英朗练，有金石声。遂用洗心饰视，发挥幽郁。不图正始之音，复睹于兹，可使建安作者，相视而笑。

在这篇诗序里，陈子昂第一次将汉魏风骨与风雅兴寄联系起来，倡导在传统的风雅兴寄中展示士人的壮伟之情和豪侠之气，实质上这既是陈子昂诗歌创作的个性风采，也是后来归结为能反映唐代士人精神风貌的"唐诗风骨"。

在陈子昂的《感遇》诗中，他直面现实与人生，直抒胸臆，抒写人情世态，直陈时政之弊，胆识过人。比如《感遇·第十九首》严厉批评武则天耗费巨大财力大造佛寺：

> 圣人不利己，忧济在元元。黄屋非尧意，瑶台安可论。
> 吾闻西方化，清净道弥敦。奈何穷金玉，雕刻以为尊。
> 云构山林尽，瑶图珠翠烦。鬼工尚未可，人力安能存。
> 夸愚适增累，矜智道逾昏。

又如《感遇·第二十九首》直接对建言用兵生羌者予以抨击，认为"肉食者"谋议失策将给百姓带来重大灾难：

> 丁亥岁云暮，西山事甲兵。赢粮匝邛道，荷戟争羌城。
> 严冬阴风劲，穷岫泄云生。昏曀无昼夜，羽檄复相惊。
> 拳踢竞万仞，崩危走九冥。籍籍峰壑里，哀哀冰雪行。
> 圣人御宇宙，闻道泰阶平。肉食谋何失，藜藿缅纵横。

"肉食谋何失，藜藿缅纵横"，诗人如此冒险直言的远见卓识，不仅

"在唐诗的发展史上具有重大意义，后来李白的《古风》、杜甫和白居易的一些诗，都从这里接受了明显的影响"①，而且其心系国事民生的呐喊穿越了历史的时空，指向了陈子昂无法望见的未来，却对未来的人们、未来的社会产生深远的、永恒的警示意义。难怪后来者杜甫高度评价《感遇》诗说："千古立忠义，《感遇》有遗篇。"②

在宇文所安看来，陈子昂《感遇》诗的诗歌模式，源于三国曹魏末年一代名士阮籍的 82 篇《咏怀》诗。③ 不过，二者相比较而言，《咏怀》曲折隐晦，发言玄远，远没有《感遇》直抒胸臆的抒情、说理来得畅快。将陈子昂的《感遇》与阮籍的《咏怀》联系起来看，此论并非宇文所安的创见。宇文所安想要强调的是，对于陈子昂之后的唐代诗人及读者而言，《感遇》诗的样式就演变成了"古代"的诗型，从而有效地避免了宫廷诗所遵循的声律规则，并且还能相应地提出更多的道德判断和个性化思考。④

在文学史上真正让陈子昂达到不朽的诗作，是那首千古绝唱《登幽州台歌》：

> 不见古人，后不见来者。
> 念天地之悠悠，独怆然而涕下。

这首诗感叹宇宙浩瀚无垠，岁月无痕，悠悠天地间，历史上的英雄豪杰俱往矣，未来的也永远见不到，而今天的"我"却空怀凌云壮志、满腹经纶，无法像过去的、未来的英雄那样建功立业，在这苍茫的大地上，只能独自怀着无限的悲怆之情与孤独之感，慷慨悲歌，怆然涕下。诗作不单单表现诗人自身阔大的襟怀、充沛的情感世界，也体现了大唐国力强盛所彰显的宏大气势。无疑，陈子昂提出"兴寄""风骨"说的诗学主张和他的诗歌创作，是伟大的盛唐诗歌行将到来的序曲。

---

① 罗宗强：《唐诗小史》，百花文艺出版社 2008 年版，第 24 页。
② 杜甫：《陈拾遗故宅》，见《全唐诗》（增订版，第四册），中华书局 1999 年版，第 2319 页。
③ Stephen Owen, *The Cambridge History of Chinese Literature Volume I*：To 1375. Cambridge University Press. 2010，p. 303.
④ Stephen Owen, *The Cambridge History of Chinese Literature Volume I*：To 1375. Cambridge University Press. 2010，p. 303.

第三节　盛唐诗中京城文化的变迁

　　宇文所安在研究初、盛唐诗时，又拈出一个术语"京城诗"，他认为，京城诗是由初唐宫廷诗发展而来的，是盛唐时期京城长安贵族文人以社交活动为背景形成的，它们没有程式化的诗歌标准，也不像宫廷诗那样形式刻板、内容狭窄，诗人可以有很大的自由表现生活，形成个性化的创作风格。但是，"京城诗很少被看成一门独立的'艺术'，而是主要被当作一种社交实践"，"京城诗涉及京城上流社会所创作和欣赏的社交诗和应景诗的各种标准"，"此类诗（指社交诗和应景诗）无一例外地构成京城诗人集子的很大部分"。① 诚然，这是一个很好的参照点。围绕着这种主流社会的诗歌欣赏趣味和标准，我们更能看清楚整个时代的唐诗风貌。正如宇文所安所言，"这一时代最伟大的诗歌却是由京城外部的诗人写出来的"。②

　　宇文所安说的"京城诗人"主要指的是京城长安最著名、最引人注目、最具有诗歌才能的人，这些诗人由于诗歌活动的联系，形成一个较为密切的集团。"虽然他们有共同的诗歌趣味和美学标准，但是没有推尊某一位大师或者某一种诗歌理论，远非真正意义上的'文学流派'。"③

　　根据宇文所安的梳理与分析，开元时期（713—741）京城诗人的核心人物是王维、王昌龄、储光羲、卢象及崔颢，他们的诗歌趣味和共同的风格大致产生于应景诗和隐士诗两种题材，其创作一直持续到天宝时期（742—755）甚至更晚。卢象被宇文所安视作"可以用来作为众多开元京城诗人的代表"，其诗《同王维过崔处士林亭》代表着开元京城诗人应景诗的共同风格。

　　　　映竹时闻转辘轳，当窗只见网蜘蛛。
　　　　主人非病常高卧，环堵蒙笼一老儒。

　　"这首诗的前两句，以在与不在的迹象巧妙对比，这是从宫廷诗传入

---

① ［美］宇文所安：《盛唐诗》导言，生活·读书·新知三联书店2004年版，第4页。
② ［美］宇文所安：《盛唐诗》导言，生活·读书·新知三联书店2004年版，第5页。
③ ［美］宇文所安：《盛唐诗》，生活·读书·新知三联书店2004年版，第63页。

盛唐访问隐士诗的惯例"；此外，从殷璠《河岳英灵集》中对卢象的评价"雅而不素，有大体，得国士之风"中，宇文所安认为殷璠对卢象风格的描述指明了京城诗法的一个共同方面："雅"与"俗"相对，表示情感的节制，措辞的雅致，以及避免某些"俗"的题材和语词。宇文所安还从中唐大诗人刘禹锡为卢象写的一篇序文中，证实了卢象在9世纪初仍然受到赞赏。① 无怪乎宇文所安发出慨叹，"结果无论诗人们的当代声名如何，具有个性声音的诗人一般要比共同风格的大师更能流传后世"，历史事实的依据是：在开元中，卢象和储光羲可能享有同样的声誉，但由于储光羲较有个性，存留了较大的诗集；而卢象却只有28首诗存世，其中还有几首在归属上存有疑问。② 再看一首被宇文所安认为是"显示了京城诗人那共同的、实际上无区别的风格所能达到的高度"的诗作：綦毋潜的《春泛若耶溪》。

    幽意无断绝，此去随所偶。晚风吹行舟，花路入溪口。
    际夜转西壑，隔山望南斗。潭烟飞溶溶，林月低向后。
    生事且弥漫，愿为持竿叟。

  宇文所安认为，这是中国山水诗最古老的主题模式：诗人穿过风景，获得启发或领悟仕宦生涯的徒劳无益；同时他也肯定了其中属于京城诗的创新元素："从王维的《桃园行》借来了非人称的叙述方式""隐含的桃源主题"和"鱼叟"意象。③

  从上述征引的代表开元京城诗风的卢象与綦毋潜的应景诗和隐士诗来看，所谓的京城诗的风格确实存在着共同的审美趣味，但其缺乏个性的风格与比较狭窄的题材注定了被超越：属于京城诗人社交圈里的王昌龄和李颀，他们突破了原有的应景诗与隐士诗的模式，创造了新的审美趣味；还有作为京城诗人群体的最早成员之一的崔颢，将初唐的七言歌行改造得适合新的盛唐美感；而储光羲，这一群体中除了王维和王昌龄外最具个性的

---

① ［美］宇文所安：《盛唐诗》，贾晋华译，生活·读书·新知三联书店2004年版，第66—67页。
② ［美］宇文所安：《盛唐诗》，贾晋华译，生活·读书·新知三联书店2004年版，第66页。
③ ［美］宇文所安：《盛唐诗》，贾晋华译，生活·读书·新知三联书店2004年版，第70—71页。

第八章　文化：宇文所安英译唐诗里的"文化唐朝"

诗人，在陶潜模式的基础上创造出了自己的质朴的田园诗。①

此外，从整体上而言，京城诗的格局不大，京城诗人群体所创作的诗歌不足以反映帝都长安的文化，更不用说统摄整个庞大帝国的势力范围。而京城外部的诗人却写出了这个时代最伟大的诗篇，"外地诗人孟浩然和常建，写出了比京城诗人更为活泼动人的山水诗"，写出了异域风情的边塞诗人高适和岑参，从九世纪起就占据了读者想象中心的李白和杜甫，因此，在京城诗背景的衬托下，大多居于京城外部的诗人成了真正有"个人风格的诗人"。② 所以，没有京城外部诗人的参与，单凭京城诗人群体是无法撑起盛唐气象的文化天空的。

唐代社会经过初唐近百年的休养生息，经济得到极大的发展，到开元年间及天宝前期，达到全盛。"以至于开元、天宝之中，上承高祖、太宗之遗烈，下继四圣治平之化，贤人在朝，良将在边，家给户足，人无苦窳，四夷来同，海内晏然。虽有宏猷上略无所措，奇谋雄武无所奋。百余年间，生育长养，不知金鼓之声，爟燧之光，以至于老。"③ 但是到了天宝后期，晚年的玄宗荒淫无度，好大喜功，穷兵黩武，任用奸相李林甫，使大唐帝国逐渐走向巨大的灾难边缘，"（天宝十一载）上（玄宗）晚年自恃承平，以为天下无复可忧，遂深居禁中，专以声色自娱，悉委政事于（李）林甫。林甫媚事左右，迎会上意，以固其宠。杜绝言路，掩蔽聪明，以成其奸；妒贤疾能，排抑胜己，以保其位；屡起大狱，诛逐贵臣，以张其势。自皇太子以下，畏之侧足。凡在相位十九年，养成天下之乱，而上不之寤也"。④

京城诗表现帝都长安的"京城趣味"（capital taste）⑤，及外地诗人诗作表现的乡村野趣，一起展现了从京城长安到整个大唐帝国，从繁盛走向衰落的文化变迁史。

伟大的诗人王维是京城诗人社交圈的核心人物，"只有王维从这一模式中获得巨大成就；在他的诗中，平淡流利的共同风格成为理性情感的谨

---

① ［美］宇文所安：《盛唐诗》，贾晋华译，生活·读书·新知三联书店2004年版，第72页。

② ［美］宇文所安：《盛唐诗》，贾晋华译，生活·读书·新知三联书店2004年版，第5页。

③ （唐）杜佑：《通典（卷十五）》，中华书局1988年版，第35页。

④ （宋）司马光：《资治通鉴》，中华书局1997年版，第175页。

⑤ Stephen Owen, *The Great Age of Chinese Poetry: the High T'ang*. New Haven: Yale, 1980. p. 52.

严面纱。不过,这一标准的变体往往能产生较为有趣的诗"。① 仅从宇文所安所引王维的一些诗作,我们就可以瞥见其中的文化情趣与别样的风貌。比如,青年诗人王维所作《九月九日忆山东兄弟》:

> 独在异乡为异客,每逢佳节倍思亲。
> 遥知兄弟登高处,遍插茱萸少一人。

重阳节是中国传统文化佳节。题材中所含的文化习俗,增添了诗作的文化魅力,引发一代一代读者的情感共鸣,使这首诗成为千古传唱的永恒经典。此外,"首句的词语重复,以及异乡、加倍及缺席的巧妙构思,显示了对宫廷诗人修辞技巧的熟练掌握。然而,少年王维已经在修辞技巧中注入某些更深刻的东西,这就是心理的真诚和想象的能力,这些明确地属于盛唐"。②

再如,宇文所安所引王维的《敕借岐王九成宫避暑应教》:

> 帝子远辞丹凤阙,天书遥借翠微宫。
> 隔窗云雾生衣上,卷幔山泉入镜中。
> 林下水声喧语笑,岩间树色隐房栊。
> 仙家未必能胜此,何事吹笙向碧空。

此诗采用宫廷风格描绘、赞美王子的雅致优美。对皇帝与王子的赞美就是对帝国的颂扬,也是表现盛唐气象的应有之义。除此之外,表现盛唐气象还体现在对帝国都城长安的描绘。"伟大的城市很容易被当成国家的象征","壮丽的长安城是一统帝国的力量和财富的最直观见证"。③ 对强盛帝国的赞美,对巍峨连绵的宫殿、恢宏雄壮的帝都和尊贵威严的天子的颂扬,以及对丰富多彩的庙堂文化的歌唱,展示了大唐帝国独一无二的盛世气象,也体现了唐代子民对京城繁华的自豪感。盛唐诗人面对当时国势

---

① Stephen Owen, *The Great Age of Chinese Poetry: the High T'ang*. New Haven: Yale, 1980. p. 72.
② Stephen Owen, *The Great Age of Chinese Poetry: the High T'ang*. New Haven: Yale, 1980. p. 34.
③ [美] 宇文所安:《初唐诗》,贾晋华译,生活·读书·新知三联书店2004年版,第46页。

第八章 文化：宇文所安英译唐诗里的"文化唐朝" 205

强大、经济文化繁荣的大唐帝国，大抵胸襟开阔，意气昂扬，充满了自豪。他们热烈颂扬大唐帝国的强盛，满足于帝国雄视四海的非凡气度。如王维的《奉和圣制暮春送朝集使归郡应制》：

> 万国仰宗周，衣冠拜冕旒。玉乘迎大客，金节送诸侯。
> 祖席倾三省，襃帷向九州。杨花飞上路，槐色荫通沟。
> 来预钧天乐，归分汉主忧。宸章类河汉，垂象满中州。

诗人写出四方朝拜大唐天子的庞大阵容和浩荡气魄，"迎"和"送"二字点明题旨，天子以"玉乘"迎请朝集使入宫，大摆筵席"倾"满朝官员送别朝集使，足见唐王朝雄伟的气魄。"仰"与"拜"则凸显大唐王朝的威仪，将帝国一统天下的气势表现得酣畅淋漓，而"归分汉主忧"体现出唐人具有的"居庙堂之高，则忧其民"的安邦济世之志。

又如王维的《和贾舍人早期大明宫之作》：

> 绛帻鸡人送晓筹，尚衣方进翠云裘。
> 九天阊阖开宫殿，万国衣冠拜冕旒。
> 日色才临仙掌动，香烟欲傍衮龙浮。
> 朝罢须裁五色诏，佩声归向凤池头。

诗人以"九天""万国"这类典型词汇展现大唐鼎盛之气象，"阊阖"点明皇宫的雍容伟丽、气势非凡，"拜"字则写出四方诸国依然对唐王朝充满敬畏之态。当天空刚刚露出一丝光芒时，形如扇状的仪仗"仙掌"便立即行动起来，为天子挡风遮日，不敢有一点怠慢，"临"和"动"前后呼应，恰到好处地凸显皇帝的骄贵威严。顾璘曰："右丞此篇，盖气概阔大，音律雄浑，句法典重，用字清新，无所不备故也。"[1]

岑参的《奉和中书舍人贾至早朝大明宫》也将宫廷的雍容华贵尽显无遗：

> 鸡鸣紫陌曙光寒，莺啭皇州春色阑。
> 金阙晓钟开万户，玉阶仙仗拥千官。
> 花迎剑佩星初落，柳拂旌旗露未干。

---

[1] （明）顾璘：《批点唐音》，见陈铁民《王维集校注》，中华书局1997年版，第490页。

独有凤凰池上客，阳春一曲和皆难。

随着金钟的鸣响，整个宫廷开始迎接新的一天，"开万户"足显宫廷布局之大、气势之伟，"拥千官"则慨叹帝王无可匹敌的气概。从物到人尽显大唐帝都之盛，写尽大唐帝国宫廷的宏大气势、帝王的尊贵乃至群臣的显要。

王维《奉和圣制重阳节宰臣及群官上寿应制》则颂扬大唐帝国的太平和富庶：

四海方无事，三秋大有年。
百生无此日，万寿愿齐天。

大唐帝国边疆无战事，国泰民安，老百姓也连年丰收，呈现出一派升平祥和之况。李白《君子有所思行》则热情歌唱长安城的雄伟辽阔：

紫阁连终南，青冥天倪色。
凭崖望咸阳，宫阙罗北极。
万井惊画出，九衢如弦直。
渭水银河清，横天流不息。
朝野盛文物，衣冠何翕赩。
厩马散连山，军容威绝域。
伊皋运元化，卫霍输筋力。
歌钟乐未休，荣去老还逼。
圆光过满缺，太阳移中昃。
不散东海金，何争西飞匿。
无作牛山悲，恻怆泪沾臆。

长安城的宫网朝向北极，城内街道纵横，布局齐整，九条主街像弦一样笔直，而渭河如同银河那样横天而流，永不止息。朝廷内礼乐制度繁盛，文臣武将众多，既有伊尹、皋陶那样的大臣运筹帷幄，辅佑唐王朝政治开明，又有卫青、霍去病那样的大将保卫边疆，宣扬大唐军威远及绝域。整首诗充满了作者对帝国繁荣强盛的自豪之情。

王维《奉和圣制从蓬莱向兴庆阁道中留春雨中春望之作应制》描写帝都的明丽雄伟："云里帝城双凤阙，雨中春树万人家。"云雾之间依稀可见壮伟的宫殿，千家万户沐浴在春雨中，诗人以明朗的格调透露出其欣喜之情。

王维《奉和圣制登降圣观与宰丞等同望应制》颂扬帝国政治清明：

凤扆朝碧落，龙图耀金镜。
维岳降二臣，戴天临万姓。
山川八校满，井邑三农竟。
比屋皆可封，谁家不相庆。
林疏远村出，野旷寒山静。
帝城云里深，渭水天边映。
佳气舍风景，颂声溢歌咏。
端拱能任贤，弥彰圣君圣。

唐帝王圣明，国多贤才，即使是普通百姓，只要具备辅国之才能，便可得到任用，老百姓怎能不弹冠相庆呢？又如王维的《奉和圣制天长节赐宰臣歌应制》：

太阳升兮照万方，开阊阖兮临玉堂，俨冕旒兮垂衣裳。
金天净兮丽三光，彤庭曙兮延八荒。德合天兮礼神遍，
灵芝生兮庆云见。唐尧后兮稷契臣，匡宇宙兮华胥人。

唐王朝君圣如唐尧，臣贤如后稷，他们将国家治理得井井有条，遍天下都是道德高尚的臣民。王维在《奉和圣制与太子诸王三月三日龙池春禊应制》里展示了帝国丰富的庙堂文化，如宫廷祭祀、节序游宴等大型活动时的盛大场景：

故事修春禊，新宫展豫游。明君移凤辇，太子出龙楼。
赋掩陈王作，杯如洛水流。金人来捧剑，画鹢去回舟。
苑树浮宫阙，天池照冕旒。宸章在云表，垂象满皇州。

上巳节是每年的三月三日，古代习俗多在此日到水边祭祀洗濯，以除灾求福。据《后汉书·礼仪志》载：

是月（三月）上巳，官民皆絜（洁）于东流水上，曰洗濯祓除，

去宿垢痰为大絜（洁）。①

上巳节时皇宫会举行一系列游春、宴饮等活动，以达到除灾祈福的目的，此诗即记载当时君臣于龙池边畅饮赋诗的场景，显现出大唐帝国蒸蒸日上的势头。

表现市井百姓的生活也是京城诗所反映的京城文化的一个重要内容。也可以说，市井文化是京城文化的一个重要组成部分。

如果说京城庙堂趣味着眼点在于辉煌气派的皇宫禁院、尊贵威严的帝王贵族，那么京城市井趣味则开始走出宫殿和帝王的光环，"京城诗人"开始将目光转移至里间巷陌和普通百姓身上。他们在创作时已经有意识地将视野放得更远，尝试揭开现实生活的面纱，全方位、多层次地展现京城长安的社会风貌。如王维的《同比部杨员外十五夜游有怀静者季》：

承明少休沐，建礼省文书。
夜漏行人息，归鞍落日馀。
悬知三五夕，万户千门辟。
夜出曙翻归，倾城满南陌。
陌头驰骋尽繁华，王孙公子五侯家。
由来月明如白日，共道春灯胜百花。
聊看侍中千宝骑，强识小妇七香车。
香车宝马共喧阗，个里多情侠少年。
竞向长杨柳市北，肯过精舍竹林前。
独有仙郎心寂寞，却将宴坐为行乐。
倪觉忘怀共往来，幸沾同舍甘藜藿。

处于帝都长安的盛唐文人，在诗歌中往往表现出时代赋予他们的狂放、豪爽、乐观和自信，即使是市井生活也洋溢着昂扬振奋的情调。如李白的《少年行二首》其二：

五陵少年金市东，银鞍白马度春风。

---

① 转引自陈铁民《王维集校注》，中华书局1997年版，第208页。

第八章 文化：宇文所安英译唐诗里的"文化唐朝" 209

落花踏遍游何处，笑入胡姬酒肆中。

长安金市之东，豪门贵公子骑着银鞍白马，满面春风，游春赏花之后，常常到胡姬的酒肆中寻欢作乐，这是盛唐人豪放不羁的一个剪影。而胡姬卖酒在当时也是市井上司空见惯的现象，它证明长安早已是一个国际化程度很高的大都市。

杜甫的《饮中八仙歌》则展现了当时唐人嗜酒如命的特点：

知章骑马似乘船，眼花落井水底眠。
汝阳三斗始朝天，道逢麴车口流涎，恨不移封向酒泉。
左相日兴费万钱，饮如长鲸吸百川，衔杯乐圣称世贤。
宗之潇洒美少年，举觞白眼望青天，皎如玉树临风前。
苏晋长斋绣佛前，醉中往往爱逃禅。
李白一斗诗百篇，长安市上酒家眠。
天子呼来不上船，自称臣是酒中仙。
张旭三杯草圣传，脱帽露顶王公前，挥毫落纸如云烟。
焦遂五斗方卓然，高谈雄辩惊四筵。

据《杜诗详注》，此诗是杜甫天宝年间追忆旧事而作。[①] 诗人以幽默风趣的笔触、欢快的情调展现了唐人与酒的亲密关系，如焦遂喝了五斗酒后便神情高涨，高谈阔论，滔滔不绝，使满座皆惊叹，唐袁郊在《甘泽谣》中称其为布衣[②]，显然代表着普通百姓嗜酒之态。而李白一斗酒下肚，无尽诗篇涌上笔端，酒醉后就在长安街市的酒馆里大睡，这是文人醉酒之狂态。无论是文人雅士还是王公大臣，他们皆因酒而与市井趣味发生了联系，或醉后在"酒家眠"，或在街市上看到酒车而"口流涎"。由于盛唐时真正意义上的市民阶层尚未形成，与宋代市民阶层通俗化的审美情趣相比，盛唐"京城诗人"笔下的市井趣味仍具有"雅"化倾向。但此诗具有鲜明的时代感，将盛唐时期人们旷达、豪放的精神风貌表现得淋漓尽致。

王维比较擅长铺写京城热闹的街市，既展现帝都的繁华，又道出百姓生活的丰富多彩，如《奉和圣制十五夜然灯继以酺宴应制》：

[①] （清）仇兆鳌：《杜诗详注》，中华书局1979年版，第81页。
[②] （清）仇兆鳌：《杜诗详注》，中华书局1979年版，第85页。

> 上路笙歌满，春城漏刻长。游人多昼日，明月让灯光。
> 鱼钥通翔凤，龙舆出建章。九衢陈广乐，百福透名香。
> 仙伎来金殿，都人绕玉堂。定应偷妙舞，从此学新妆。
> 奉引迎三事，司仪列万方。愿将天地寿，同以献君王。

诗写天子诏赐臣民聚欢的宏大场景，再现了当时夜幕之下繁华的长安城：四通八达的大街上人流摩肩接踵，丝毫不逊于白日，再加上鼎沸的歌乐、喧闹的车马、明亮的街市，最直接印证了帝都的热闹和富庶——一个泱泱大国的盛景呼之欲出。而"偷妙舞""学新妆"这一细节则表现了当时女性追求时尚的特征，使市井趣味与时代紧密结合。王维另有诗句"月明如白日，共道春灯胜百花"（《同比部杨员外十五夜游有怀静者季》）同样展现了长安城灯火通明的繁华景象。

但是当杜甫沦落于社会下层，他开始接触最真实的下层人民的生活，他的歌咏揭开现实生活帷幕的另一角，这里有的是太平盛世遮掩下的另一番景象。京城市井趣味开始转向另一侧面，如《奉赠韦左丞丈二十二韵》：

> 骑驴十三载，旅食京华春。朝扣富儿门，暮随肥马尘。
> 残杯与冷炙，到处潜悲辛。主上顷见征，欻然欲求伸。

又如《奉寄河南韦尹丈人》：

> 浊酒寻陶令，丹砂访葛洪。江湖漂短褐，霜雪满飞蓬。
> 牢落乾坤大，周流道术空。谬惭知薊子，真怯笑扬雄。

屈辱的生活使诗人十分落魄，"骑驴""旅食""残杯""冷炙"四词即刻勾勒出一个乞食京城的文人形象。诗人很注意炼字，往往一个字即可浓缩丰富内容，如"扣"和"随"二字，虽极其简单而平易，但用在此处十分恰当，将诗人既不甘心而又无可奈何的矛盾心情尽显无遗；又如"漂"字也用得生动，将诗人漂泊不定的生活状态以动态方式展现出来，可见安定的生活与诗人是无缘的。

杜甫《醉时歌》揭示了诗人贫穷度日的无奈与凄惨：

> 杜陵野客人更嗤，被褐短窄鬓如丝。

第八章　文化：宇文所安英译唐诗里的"文化唐朝"　211

日籴太仓五升米，时赴郑老同襟期。

诗人身穿又短又窄的粗布衣，两鬓早已斑白，为了活命，每天不得不去太仓排队买米糊口。他苦于病魔缠身，身体欠佳："酷见冻馁不足耻，多病沉年苦无健。王生怪我颜色恶，答云伏枕艰难遍。疟疠三秋孰可忍？寒热百日相交战。头白眼暗坐有胝，肉黄皮皱命如线。"（《病后过王倚饮赠歌》）连宴请客人也是捉襟见肘，弄得他狼狈不堪：

远林暑气薄，公子过我游。贫居类村坞，僻近城南楼。
帝舍颇淳朴，所愿亦易求。隔屋唤西家，借问有酒不。
墙头过浊醪，展席俯长流。清风左右至，客意已惊秋。
巢多众鸟斗，叶密鸣蝉稠。苦道此物聵，孰谓吾庐幽。
水花晚色静，庶足充淹留。预恐尊中尽，更起为君谋。

——《夏日李公见访》

诗人述说着困居时宴客的窘况：贫寒的居室像农家房舍，靠近城南楼，"我"隔着墙壁呼唤西邻，问问他家是否有酒，邻居从墙头递过来一坛浊酒，酒宴得以开始。破旧的茅屋四处透风，客人十分惊讶以为到了初秋，檐下的鸟儿、院中蝉争鸣不休，这繁杂的噪声使人苦恼，谁说"我"的茅屋清幽呢？当然杜甫不只是停留在自己的狭小世界里，他的"京城诗"开始涉足广大老百姓的艰辛生活，如《秋雨叹三首》其二写道：

阑风伏雨秋纷纷，四海八荒同一云。
去马来牛不复辨，浊泾清渭何当分？
禾头生耳黍穗黑，农夫田父无消息。
城中斗米换衾裯，相许宁论两相值？

持续的水灾使庄稼霉烂变质，但是灾情却传不到朝廷上，长安城内发生了饥荒，百姓生活在水深火热之中，一斗米可以换得一床被褥。天下笼罩在阴云之中，泾渭难辨，诗人以阴云喻奸臣，尖锐地抨击帝王受蒙蔽致使老百姓遭殃。据《资治通鉴》载：

自去岁水旱相继，关中大饥，上忧雨伤稼，国忠取禾之善者献之，曰："雨虽多，不害稼也。"上以为然。扶风太守房琯，言所部灾情，国忠使御史推之。是岁，天下无敢言灾者。①

天宝十三年（754），水灾引发歉收，杨国忠却拿着好的禾苗给唐玄宗看，玄宗便相信了，房琯据实察告灾情却遭谗，那一年没人敢向上陈述灾情了。

从整体上看，杜甫与王维所表现的市井文化迥然不同，杜甫的晚年生活已在"安史之乱"之后，身在市井最底层，他代表着最底层百姓的生活情状，而王维诗中所写仍然是上流社会中的市井百态。

上述所引盛唐诗表现的有帝都长安城市生活的繁华喧嚣，也有乡野民间底层百姓的贫困凄惨，它们一定程度上反映了当时京城及帝国境内百姓生活的真实境遇。

第四节　唐诗中丰富多彩的诗酒文化

宇文所安书写唐诗史，在对"宫廷诗""京城诗"的研究中，非常重视描述其背后散发的文化气息，探讨其蕴含的文化特点。除此之外，我们还发现唐诗史写作过程中还埋藏着一条隐藏的线索，那便是宇文所安对唐诗中酒文化的阐述，这种诗的形态与酒的文化内涵相结合的背后有着深刻的思想意涵与审美观照。

首先开启唐诗诗酒文化风气的是承继陶潜的诗酒风流与隐士气质的初唐诗人王绩。在《初唐诗》里，宇文所安安排了一个专章去写王绩，因为他认为"王绩的诗歌在他的时代是独一无二的现象。他的诗措辞朴素，句法直率，不讲修饰，在当时宫廷诗的精英氛围下，就像是一阵清风"②。宇文所安认为，"在宫廷诗的时代，魏代后期及晋代诗歌中占上风的隐逸主题全部消失了。在宫廷诗人的高雅世界里，几乎没有空间容纳怪诞的醉汉、固执的隐士及自足的农夫"③。但是，王绩（约590—644）却另辟蹊径，"既抛开柔弱的宫廷风格，也脱离对立诗论的枯燥诗歌，扮演起陶潜

---

① （宋）司马光：《资治通鉴》，中华书局1997年版，第176页。
② ［美］宇文所安：《初唐诗》，贾晋华译，生活·读书·新知三联书店2004年版，第50页。
③ ［美］宇文所安：《初唐诗》，贾晋华译，生活·读书·新知三联书店2004年版，第48页。

第八章　文化：宇文所安英译唐诗里的"文化唐朝"　　213

嗜酒而怪诞的诗人兼农夫的角色"①。

诗人王绩嗜酒如命，其咏酒或涉及酒的诗作有四十多首，约占其全部现存诗作120首中的三分之一。宇文所安所引《过酒家五首之一》：

此日长昏饮，非关养性灵。
眼看人尽醉，何忍独为醒。

"眼看人尽醉，何忍独为醒"背后颇有深意："说明真正清醒隐藏在表面的糊涂之后，反对隐藏于看似正常的世界之后的真正昏乱"②，换句通俗点的话说，就是不忍心"众人皆醉我独醒"，所以我才饮酒至醉，当然，这里含有比喻的意思是说，眼看着世人都像喝醉酒一样浑浑噩噩地苟活着，所以我要饮酒喝醉忘记自我的清醒存在，像他们那样成为糊涂虫。王绩嗜酒的原因类似于陶渊明"寄酒为迹"③，也就是借酒以寄意或抒情。《醉后》更是验证并表达了他"寄酒为迹"的诗酒人生观。

阮籍醒时少，陶潜醉日多。
百年何足度，乘兴且长歌。

第二句被宇文所安诠释为"饮酒是避免感知人生短暂的方法"④，语调略显悲观而消极。也许读者可以把它想象成一种更加积极、乐观的生活态度：人生百年，如白驹过隙，不如像阮籍、陶潜那样过着饮酒赋诗般的快意人生。而《田家三首》其一更表明王绩"以闲散的、实际的现世生活取代求仙"⑤的积极、健康的人生观。

---

① ［美］宇文所安：《初唐诗》，贾晋华译，生活·读书·新知三联书店2004年版，第48—49页。
② ［美］宇文所安：《初唐诗》，贾晋华译，生活·读书·新知三联书店2004年版，第51页。
③ 梁太子萧统说："有疑陶渊明诗篇篇有酒，吾观其意不在酒，亦寄酒为迹焉。"参见逯钦立《陶渊明集·序》，中华书局1979年版。
④ ［美］宇文所安：《初唐诗》，贾晋华译，生活·读书·新知三联书店2004年版，第51页。
⑤ ［美］宇文所安：《初唐诗》，贾晋华译，生活·读书·新知三联书店2004年版，第52页。

阮籍生涯懒，嵇康意气疏。
相逢一醉饱，独坐数行书。
小池聊养鹤，闲田且牧猪。
草生元亮径，花暗子云居。
倚床看妇织，登垄课儿锄。
回头寻仙事，并是一空虚。

这首诗很容易让人联想起白居易的《与梦得沽酒闲饮且约后期》：

少时犹不忧生计，老后谁能惜酒钱。
共把十千沽一斗，相看七十欠三年。
闲征雅令穷经史，醉听清吟胜管弦。
更待菊黄家酝熟，共君一醉一陶然。

诗中所反映的唐代社会文人诗酒唱和的艺术人生，在今天看来这种既高雅又日常的生活聚会是何其难能可贵。其中的诗友的情谊，犹如浓郁芬芳的美酒难以化开。读者更能体会到诗篇里两位诗友乐在其中的生活态度，有酒达醉、有诗可唱、有友相伴，在"共君一醉一陶然"中，自然是"与尔同销万古愁"。从诗酒人生的艺术视角来窥斑见豹，读者看到的也许是积极的、乐观的一面，而不是相反。

王绩咏酒诗中的嗜酒、醉酒的自我形象，细节逼真，憨态可掬：

过酒家五首之一

洛阳无大宅，长安乏主人。
黄金销未尽，只为酒家贫。
……
竹叶连糟翠，蒲萄带曲红。
相逢不令尽，别后为谁空。
对酒但知饮，逢人莫强牵。
倚炉便得睡，横瓮足堪眠。
有客须教饮，无钱可别沽。
来时长道贳，惭愧酒家胡。

题酒店壁

昨夜瓶始尽，今朝瓮即开。

梦中占梦罢,还向酒家来。
独酌
浮生知几日,无状逐空名。
不如多酿酒,时向竹林倾。

诚然,如果读者一边阅读着诗句,一边想象着王绩自我陶醉、自我欣赏诗中的醉鬼模样,一定会发出会心的微笑。"在他的作品中,他塑造了一种放达、好酒、特立独行的自我形象,有意与京城贵族圈子相区别。"①

诗篇中"寄酒于迹",可以抒发的情感多种多样,其中之一是赞美、颂扬之情。王维在《少年行四首》(其一)中记录了那些长安少年浪漫的生活和豪爽的情怀:

新丰美酒斗十千,咸阳游侠多少年。
相逢意气为君饮,系马高楼垂柳边。

"与七世纪的王绩一样,李白发现酒是获得精神自由和直率行为的工具。也与王绩一样,李白的诗所主要关注的是饮者而不是饮酒。"② 宇文所安在《盛唐诗》中"李白:天才的新观念"一章,以杜甫《饮中八仙歌》中的诗句开篇:"李白斗酒诗百篇,长安市上酒家眠。天子呼来不上船,自称臣是酒中仙。"他认为,"包括杜甫在内的其他唐代诗人,没有人像李白这样竭尽全力地描绘和突出自己的个性,向读者展示自己在作为诗人和作为个体两方面的独一无二"③。依此逻辑,李白是如何在自己的诗作中"竭尽全力地描绘和突出自己的个性,向读者展示自己在作为诗人和作为个体两方面的独一无二"呢?

宇文所安对唐诗中所表现的自我的多面性感到纳闷④,很多唐代诗人

---

① 参见田晓菲撰写的第三章"从东晋到初唐(317—649)",见孙康宜、宇文所安主编《剑桥中国文学史》(上卷,1375年之前),刘倩等译,生活·读书·新知三联书店2013年版,第324页。
② [美]宇文所安:《盛唐诗》,贾晋华译,生活·读书·新知三联书店2004年版,第162页。
③ [美]宇文所安:《盛唐诗》,贾晋华译,生活·读书·新知三联书店2004年版,第130页。
④ [美]宇文所安:《中国传统诗歌与诗学》,陈小亮译,中国社会科学出版社2013年版,第122页。

依然遵循古训：让而不争，这是他们面对失意、落魄所做的不争之争，做个隐居遁世的隐士。但是，有时候做隐士并非真的归隐山林，而是为了走"终南捷径"——以表面的"隐"来作秀，达到扬名立万，好被朝廷当作隐匿山林的英雄豪杰收入彀中。宇文所安认为，李白算是其中最典型者。他说："像李白一类诗人的自我，是凭其狂放不羁的伪装来打动读者的。诗人渴望羽化登仙，渴望挥戈驻景，渴望抽刀断水。但夸张的喧嚣之声，无形中也损害了夸张者意绪的严肃性，从而嘲弄了这份激情。在大部分诗中，自我仿佛生活在一个只有不幸而绝无悲剧的世界里。这个世界绝不存在于人类的意志与死亡的偶然变故之间，或是存在于仅属于人类的道德规范与某些破坏人类伦理秩序的超自然法则之间那种不可调和的冲突。欧里庇得斯的《酒神的伴侣》在这方面也甚少描写。神秘的和神圣的毁灭性力量的突然爆发，汹涌冲击人类伦理世界，那是不可思议的。"① 条条道路通罗马。李白是否伪装自己，是否靠走"终南捷径"这条路来实现自己的雄大抱负呢。宇文所安沿着这条线索分析，增加了"酒"这个元素的分量。"李白：天才的新观念"一章，宇文所安引用的李白的饮酒诗有《将进酒》《少年行》《月下独酌》与《行路难》。诚然，李白咏酒的诗篇非常能表现诗人的个性和诗歌的风格。

从题材的角度看，李白的饮酒诗可追溯初唐的王绩，甚至更远的陶潜，乃至古诗十九首中的饮酒诗②。"虽然李白基本上是一位独立的诗人，他的多彩作品的不同方面，仍可追溯至几种诗歌传统。醉酒狂士的模式，在张旭、贺知章及王翰一类人物哪里已可见到。"③ 首先，作为"醉酒狂士"的李白形象。除了上述所引的杜甫《饮中八仙》中的李白形象之外，宇文所安首先引用的是李白的《将进酒》：

> 君不见黄河之水天上来，奔流到海不复回。
> 君不见高堂明镜悲白发，朝如青丝暮成雪。
> 人生得意须尽欢，莫使金樽空对月。

---

① ［美］宇文所安：《中国传统诗歌与诗学》，陈小亮译，中国社会科学出版社 2013 年版，第 122、123 页。

② 古诗十九首其一《驱车上东门》中有："服食求神仙，多为药所误。不如饮美酒，被服纨与素。"

③ ［美］宇文所安：《盛唐诗》，贾晋华译，生活·读书·新知三联书店 2004 年版，第 169 页。

第八章 文化：宇文所安英译唐诗里的"文化唐朝" 217

天生我材必有用，千金散尽还复来。
烹羊宰牛且为乐，会须一饮三百杯。
岑夫子，丹丘生，将进酒，杯莫停。
与君歌一曲，请君为我倾耳听。
钟鼓馔玉不足贵，但愿长醉不复醒。
古来圣贤皆寂寞，惟有饮者留其名。
陈王昔时宴平乐，斗酒十千恣欢谑。
主人何为言少钱，径须沽取对君酌。
五花马，千金裘，呼儿将出换美酒，
与尔同销万古愁。

宇文所安认为，这首饮酒诗高妙之处在于诗人以豪迈激昂的语言表达了习见的思想，"中国诗歌传统中并不缺少及时行乐诗和饮酒诗，但此前从未有过一首诗以如此蓬勃的活力向读者述说。诗中说的是一件事：'人应该饮酒以忘记世上和死亡的忧愁'，它还说了另一件事：'与我同醉，不要吝惜金钱。'但诗人近乎疯狂的呼喊淹没了这种对社会礼法的极大违抗"[1]。的确，一如"古来圣贤皆寂寞，惟有饮者留其名"这句诗，无非是以夸张而又狂放的语调表达一种怀才不遇、壮志未酬的激愤情绪，隐含着对儒家礼教秩序的一种抗议，因为只有醉酒后神智不清醒的人才会这样：竟然口出狂言嘲笑古往今来的圣贤们，说他们都是寂寞的，远不如"我"活得潇洒，将来名扬青史的只有像"我"这样豪迈超拔的饮者。这显然是对上面"天生我材必有用"的内在呼应。寥寥几句，勾勒出一个活脱脱的醉酒狂士的形象。

王昌龄诗笔下的唐代大书法家张旭如同李白一样，酒后狂放不羁，"他的行为在今天看来似乎更像喜剧演员，而不像狂士"[2]，如《赠张旭》所示：

张公性嗜酒，豁达无所营。
皓首穷草隶，时称太湖精。

---

[1] [美]宇文所安：《盛唐诗》，贾晋华译，生活·读书·新知三联书店 2004 年版，第 149 页。

[2] [美]宇文所安：《盛唐诗》，贾晋华译，生活·读书·新知三联书店 2004 年版，第 128 页。

> 露顶据胡床，长叫三五声。
> 兴来洒素壁，挥笔如流星。
> 下舍风萧条，寒草满户庭。
> 问家何所有，生事如浮萍。
> 左手持蟹螯，右手执丹经。
> 瞪目视霄汉，不知醉与醒。
> 诸宾且方坐，旭日临东城。
> 荷叶裹江鱼，白瓯贮香粳。
> 微禄心不屑，放神于八纮。
> 时人不识者，即是安期生。

  唐代诗人抒发自我的情感，更多的是展现儒家的温柔敦厚，这才能让诗人自我的情感和读者的情感都获得净化。但诗人抒发的情感"也有极为重要的而又含糊隐约的、不得体的一面"，其中一类就是"有少量诗歌公然表示要砸碎保守的枷锁"①。封建社会至高无上的"礼"的规约无处不在，竟然会"有少量诗歌公然表示要砸碎保守的枷锁"，这是多么令人震惊而又不可思议的事啊。此时，读者不难想象，酒何以能进入诗篇以"寄酒为迹"借以抒情或寄意。

  酒不仅可以借来"浇愁"，而且还可以借来斗胆嘲笑礼法。美酒可以引发"叛逆"的思想。这里的"叛逆"，并非狭义所指对皇帝代表的家国的不忠，而是广义上指诗人对温柔敦厚的传统礼教的暂时的背离或越轨。有了美酒的媒介，李白"斗酒诗百篇"，斗胆呼出"天子呼来不上船，自称臣是酒中仙"，"古来圣贤皆寂寞，惟有饮者留其名"，一如饮酒的王绩敢于吟出"礼乐囚姬旦，诗书缚孔丘"②，又如杜甫斗胆吟出"儒术于我何有哉，孔丘盗跖俱尘埃"③。宇文所安认为，酒使我们敢于破坏礼法，为所欲为——心若古井或狂似暴君，抑郁不乐或是欢呼雀跃。在举杯欲饮的短暂瞬间，酒便揭示了约束社会存在的那些陈规陋习的无聊。再多喝一

---

① [美]宇文所安：《中国传统诗歌与诗学》，陈小亮译，中国社会科学出版社2013年版，第124页。
② 王绩《赠程处士》："百年长扰扰，万事悉悠悠。日光随意落，河水任情流。礼乐囚姬旦，诗书缚孔丘。不如高枕枕，时取醉消愁。"见《全唐诗》（增订本，第一册），中华书局1999年版，第485页。
③ 杜甫《醉时歌》，见《全唐诗》（增订本，第四册），中华书局1999年版，第2257页。

第八章 文化：宇文所安英译唐诗里的"文化唐朝" 219

些，酒甚至会使我们意识到生命的限制也是可笑的，并产生一种一醉的幻觉，以为我们可以摆脱自然的束缚。①

唐诗中"寄酒于迹"般地抒情或寄意，实在是酒壮了诗歌的胆魄，任由才情挥洒化作艺术化的诗篇。读者往往阅读诗人自酌而成的诗篇时，更能体会到诗人内心难以名状的孤独、深刻的思想意涵及优美的意境。比如，杜甫的《独酌成诗》：

> 灯花何太喜，酒绿正相亲。
> 醉里从为客，诗成觉有神。
> 兵戈犹在眼，儒术岂谋身。
> 共被微官缚，低头愧野人。

再如，李白的《月下独酌》其一：

> 花间一壶酒，独酌无相亲。
> 举杯邀明月，对影成三人。
> 月既不解饮，影徒随我身。
> 暂伴月将影，行乐须及春。
> 我歌月徘徊，我舞影零乱。
> 醒时相交欢，醉后各分散。
> 永结无情游，相期邈云汉。

"在这首诗中，以及在大多数李白的作品中，孤立并不是孤独，也不是宁静的隐逸，而是为诗人提供了机会，显示创造性、丰富的自我，以及以自己的想象控制周围环境的能力。"② 一般读者不会像宇文所安这样认为李白是"孤立并不是孤独"，李白当然是孤独的，只不过在这首诗里诗人的才思超越了孤独，醉后更加凸显了诗人天马行空般的想象力及清醒的哲思凝结。

宇文所安写到复古诗人元结的时候，引用了诗人晚年写的一首诗

---

① ［美］宇文所安：《中国传统诗歌与诗学》，陈小亮译，中国社会科学出版社2013年版，第127—128页。

② ［美］宇文所安：《盛唐诗》，贾晋华译，生活·读书·新知三联书店2004年版，第163页。

《宎樽诗》，论证其晚期所喜爱的事物相对性的主题。原诗如下：

> 巉巉小山石，数峰对宎亭。
> 宎石堪为樽，状类不可名。
> 巡回数尺间，如见小蓬瀛。
> 尊中酒初涨，始有岛屿生。
> 岂无日观峰，直下临沧溟。
> 爱之不觉醉，醉卧还自醒。
> 醒醉在尊畔，始为吾性情。
> 若以形胜论，坐隅临郡城。
> 平湖近阶砌，近山复青青。
> 异木几十株，林条冒檐楹。
> 盘根满石上，皆作龙蛇形。
> 酒堂贮酿器，户牖皆罂瓶。
> 此尊可常满，谁是陶渊明。

宇文所安认为，"这种视觉的相对性与《庄子》中价值观的相对性难以分离地联系在一起。这一主题显然是在为他的放弃社会责任作辩护，庄子的道德相对性于此可以作为方便的理由"[1]。"酒"的意象又成了某种象征，醉里乾坤，大与小都是相对的，如孙悟空的"金箍棒"，判清了大与小又能怎样，只要"此尊可常满"，"谁是陶渊明"又于我有何干。这首诗充满禅意与哲思，读者从中可一睹诗人醉眼蒙眬中的无限遐思。

李商隐（812—858）在一次酒宴上落入歧途，大概就属于这种情况，它的结果就是《花下醉》："寻芳不觉醉流霞，倚树沉眠日已斜。客散酒醒深夜后，更持红烛赏残花。""在李商隐的诗的背后，我们辨认出了李白的《自遣》诗中的那个孤独的饮酒者：对酒不觉暝，落花盈我衣，醉起步溪月，鸟还人亦稀。"[2]

有些诗歌呈现碎片化特征，从一个意象断片飞向另一个意象，逻辑迷离恍惚，像是一个醉汉的作品。宇文所安挑拣出李贺的《秦王饮酒》，意

---

① [美]宇文所安：《盛唐诗》，贾晋华译，生活·读书·新知三联书店2004年版，第267页。

② [美]宇文所安：《追忆：中国古典文学中的往事再现》，郑学勤译，生活·读书·新知三联书店2004年版，第91页。

第八章　文化：宇文所安英译唐诗里的"文化唐朝"　221

图证明李贺醉眼蒙眬地为我们描绘出的、不同于李白笔下的秦始皇形象：

> 秦王骑虎游八极，剑光照空天自碧。
> 羲和敲日玻璃声，劫灰飞尽古今平。
> 龙头泻酒邀酒星，金槽琵琶夜枨枨。
> 酒酣喝月使倒行，洞庭雨脚来吹笙。
> 银云栉栉瑶殿明，宫门掌事报一更。
> 花楼玉凤声娇狞，海绡红文香浅清。
> 黄鹅跌舞千年觥，仙人烛树蜡烟轻。
> 清琴醉眼泪泓泓。

在宇文所安看来，李贺笔下"骑虎游八极""剑光照空天自碧"的秦始皇，远比李白笔下"挥剑决浮云"的秦始皇更加张狂，"辉煌的诗句分离断续，有效地体现了秦始皇欲控制宇宙和时间的梦幻、酒醉和疯狂的状态"[①]。这诗酒的国度，诗醇、酒美，文化化人，江山代有诗仙、鬼才出。

唐代诗人在饮酒诗里创造了艺术化的诗酒人生，显示了大唐文化的开放气度，充溢着浓郁的浪漫主义文化色彩。在中国文化史上，大唐时代杜甫与李白这两位伟大诗人的相遇，发出的耀眼光辉堪比日月，映照千秋。"痛饮狂歌空度日，飞扬跋扈为谁雄"（杜甫《赠李白》）、"性豪业嗜酒，嫉恶怀刚肠""饮酣视八极，俗物都茫茫"（杜甫《壮游》），他们的诗酒人生更富有代表性，更能彰显大唐文人诗酒风流、慷慨豪放的人生气象。

[①] ［美］宇文所安：《晚唐：九世纪中叶的中国诗歌（827—860）》，贾晋华、钱彦译，生活·读书·新知三联书店2011年版，第173页。

第九章　断片：宇文所安关于唐诗学的美学思想

"断片"是宇文所安在其散文化的文学批评论著《追忆：中国古典文学中的往事再现》中的一篇文章①。宇文所安认为我们同过去建构联系的媒介，往往是某种形式的"断片"："片段的文章，零星的记忆，某些残存于世的人工制品的碎片。"② 即便是一部完整的文学作品，也可以视之为"断片"，因为"在某种程度上，我们又可以说，任何文学作品自身并不是真正完整的，它更多地根植在超出作品之外的生活中和继承得来的世界里"，比如西方的《圣经》、中国的《论语》，它们"作品本身是不完整的；只有在我们面向那些失落的同外部的关系时——同作者、环境和时代的关系，它才变得完满了"。③ 诚然，依照这样的逻辑，一首诗歌在宇文所安的眼里，只能是一个更小的"断片"："写成的诗歌是丰富的生活世界的一个断片"。④ 因此，我们就能更好地理解，无论宇文所安解读一首唐诗，还是对唐诗史的书写与建构都特别重视与之相联系的、根植其中的那个鲜活的时代。这里，我们把宇文所安书写与重构唐诗史所蕴含的一些美学观点和思想比拟成"断片"，类似于上述宇文所安指称作品与生成作品的那个世界之间的关系，因为他的这些美学观点和思想的火花也完全根植于他所有与唐诗史书写有关的著述中。

宇文所安对唐诗的翻译与研究取得了很大的实绩，但他对唐诗的研

---

① ［美］宇文所安：《追忆：中国古典文学中的往事再现》，郑学勤译，生活·读书·新知三联书店2004年版，76—93页。

② ［美］宇文所安：《追忆：中国古典文学中的往事再现》，郑学勤译，生活·读书·新知三联书店2004年版，第76页。

③ ［美］宇文所安：《追忆：中国古典文学中的往事再现》，郑学勤译，生活·读书·新知三联书店2004年版，第77页。

④ ［美］宇文所安：《追忆：中国古典文学中的往事再现》，郑学勤译，生活·读书·新知三联书店2004年版，第88页。

究，并没有在某种系统理论的大旗下，从某些抽象的概念或术语出发，自行建构一套诗学体系或阐释范式。他的诗学观点散见于其有关中国古代文学研究的论著中，诸如"唐诗史三部曲"：《初唐诗》《盛唐诗》《晚唐：九世纪中叶的中国诗歌（827—860）》，《中国早期古典诗歌的生成》《诺顿中国古典文学作品选》以及散文化的文学批评论著《追忆》《迷楼》《他山的石头记》《中国"中世纪"的终结：中唐文学文化论集》《中国传统诗歌与诗学：世界的征象》等。宇文所安的学术论著，基本上是对文本细节中包含的具体思想做出评析，提出具体的问题或得出具体的结论。《追忆》《他山的石头记》两部散文化的批评与鉴赏性著述，由于缺乏基本的学术规范甚至不能算作严肃的学术著作，只能被视作带有思想性与学术性的鉴赏性散文。①

没有形成系统的诗学理论，并不等于没有诗学思想的凝结，"离了系统而遗留的片段思想和萌发而未构成系统的片段思想，两者同样是零碎的。眼里只有长篇大论，瞧不起片言只语，甚至陶醉于数量，重视废话一吨，轻视微言一克，那是浅薄庸俗的看法——假使不是懒惰粗浮的借口"。② 系统化的理论可能存在有失缜密的漏洞，片段的思想也未必完全正确。因此，以下我们将从宇文所安唐诗史书写的主要著述中检视、观察那些"萌发而未构成系统的片段思想"，加以评析，探讨它们背后所蕴含的价值，抑或存在的问题。

第一节 抒情文本的碎片化与非虚构性

宇文所安喜欢把诗歌比喻成"碎片"，他认为"诗歌，散落在博物馆地板上的碎片，是在某种人类交流中使用的古老的符号。拾起这些碎片，我们就陷入了这种交流"③。如何利用这些"碎片"进行交流呢？

---

① 宇文所安在这两篇论文集的序言中也对所收论文的性质做出过如下界定："《追忆》是尝试把英语'散文'（essay）和中国式的感兴进行混合而造成的结果"（《他山的石头记》）；"与其说它们是'论文'，不如说它们是'散文'。'论文'是一篇学术作品，点缀着许多脚注；'散文'则相反，它既是文学性的，也是思想性的、学术性的。"
② 钱锺书：《中国诗与中国画》，见《七缀集》，上海古籍出版社1994年版，第34页。
③ ［美］宇文所安：《迷楼：诗与欲望的迷宫》，生活·读书·新知三联书店2003年版，第14页。

宇文所安认为,"作品本身是不完整的;只有在我们面向那些失落的同外部的关系时——同作者、环境和时代的关系,它才变得完满了"①。换言之,读者捡拾起这诗歌的"碎片",即阅读诗歌文本时,必须建构自己的历史想象力,去填补诗歌"碎片"与其他"碎片"——"作者""环境"以及"时代"之间的鸿沟,正如宇文所安研究初唐诗时说过:"孤立的阅读,许多初唐诗歌似乎枯燥乏味,生气索然;但是,当我们在它们自己时代的背景下倾听它们,就会发现它们呈现出了一种独特的活力:从公主宴会上洋洋得意地呈献的包含完美对句的一首诗,到陈子昂的大胆论辩。在阅读作品时补上这个背景,既需要学识,也需要一种想象的行动,一种'它在当时应该是什么样'的强烈感觉。当我们确实在阅读中补充了这样的背景,初唐诗就不再仅仅是盛唐的注脚,而呈现出了自己特殊的美。"②

读者填补了诗歌文本与"作者""环境"以及"时代"之间的鸿沟,由此建立起彼此之间必要的关联,诗歌文本就会与之形成一个完整的世界,很显然,这个所谓的"完整的世界"是依赖读者的阐释才得以重建的。宇文所安把"读者"推到了"前台",是借用了读者接受理论的视角:诗歌文本不再是仅与作者有关的文本,它必须与读者建立同谋的关系,重新建构诗歌文本与外部世界的关联。但是,要做到真正理解这诗歌的"碎片",须有非凡能力的读者方可,因为"理解断片和不完整的事情的能力,是同一种卓越的特殊个性联结在一起的"③。这种具有"卓越的特殊个性"的读者,在宇文所安解读《诗经·王风》中怀古诗《黍离》时,又称作"独具慧眼的读者"或"智慧的读者"④。《王风·黍离》诗云:

  彼黍离离,彼稷之苗。
  行迈靡靡,中心摇摇。

---

 ① [美]宇文所安:《追忆:中国古典文学中的往事》,生活·读书·新知三联书店2004年版,第80页。

 ② [美]宇文所安:《初唐诗·致中国读者》,贾晋华译,生活·读书·新知三联书店2004年版,第2—3页。

 ③ [美]宇文所安:《追忆:中国古典文学中的往事》,生活·读书·新知三联书店2004年版,第92—93页。

 ④ [美]宇文所安:《追忆:中国古典文学中的往事》,生活·读书·新知三联书店2004年版,第26页。

第九章 断片:宇文所安关于唐诗学的美学思想

知我者谓我心忧,不知我者谓我何求。

宇文所安认为,"这首诗在独具慧眼的观察者/读者同懵然无知的观察者/读者之间划出了一条界线,后者不能理解为什么游客要在此地徘徊不忍离去"①。诗中的"知我者"被宇文所安引申为"独具慧眼"的读者。而这"独具慧眼"的读者,明白诗中的游客徘徊不忍离去的缘由:"游客在这里看到的,与其说是一片青葱的黍子,不如说是湮灭的古周都的废墟和它衰落的历史;同样,我们这些后来的读这首诗的人,也应当深入到这首诗的内部,不仅要看到它表面的东西,而且要看到它内在的东西——不是一个人走过一片黍地这种外在现象,而是它所说的'中心',是面对遗迹而产生的对往事的忧思,这种往事埋藏在表面的、给人以假象的黍子之下。"② 宇文所安这种以"独具慧眼"的读者的眼光,与《毛诗·序》的解释大体一致:见"黍离之悲"而怀"亡国之痛"是诗人写诗的本意。③ 不过,宇文所安将这种"知我者"的读者所具备的视野与能力推而广之,"这是一种透过给人以幻象的表面而深入到隐藏在它下面的复杂事象的能力,不但欣赏怀古诗需要这种能力,欣赏所有的古诗都需要这种能力"④。这里,宇文所安既受到接受美学和读者反映批评理论的启发,同时也深得西方阐释学的精髓。不难看出,依宇文所安所见,读者,尤其是作为"智慧的读者"以积极的姿态进入诗歌文本的世界,必将实现读者的视野与文本世界固有的视野融为一体的结合。显然,宇文所安吸收了西方阐释学大师伽达默尔所提出的"视野融合"的思想,"理解总是视野融合的过程,而平时这些视野是彼此分离的"⑤。此处伽达默尔所谓的视野融合是指"解释主体的视野与解释对象既有的视野融为一体的结合;只有在解释者的成见和被解释者的内容能够融合在一起产生新的意义

---

① [美] 宇文所安:《追忆:中国古典文学中的往事》,生活·读书·新知三联书店 2004 年版,第 26 页。

② [美] 宇文所安:《追忆:中国古典文学中的往事》,生活·读书·新知三联书店 2004 年版,第 26、27 页。

③ 《毛诗·序》解释:"《黍离》,闵宗周也。周大夫行役至于宗周,过宗庙公室,尽为黍离。闵宗周之颠覆,彷徨不忍去而作是诗也。"

④ [美] 宇文所安:《追忆:中国古典文学中的往事》,生活·读书·新知三联书店 2004 年版,第 27 页。

⑤ [德] 伽达默尔:《真理与方法》,转引自王先霈、王又平《文学理论批评术语汇释》,高等教育出版社 2006 年版,第 480 页。

时，才会出现真正的理解"①。

在《碎片》②一文中，宇文所安提到了多种形式的"碎片"：有片段的文章、零星的记忆、某些残存于世的人工制品的碎片，比如，中国的古典诗歌是一块块的"碎片"，它的更大的世界可以追溯到作为诗歌源流的《诗经》，而《诗经》与作为碎片的汇集的《论语》之间有着明显的血缘关系。③ 宇文所安认为，"诗人的用语同孔夫子的用语一样，都是为了把读者领向某种隐而不露的深处；它们只不过是一个已经作古的、生活在他自己时代的、性格和社会关系丰富的人身上残留下的断片。虽然古典诗歌有整一的形式，它还是把自己作为更大的、活动的世界中的一个部分。由于这样，它断言自己的内容是有省略而不完整的，断言它的界限隔断了它的延续性；这就提醒了读者，告诉他们有鸿沟等待他们去填补"④。"中国文学作为一门艺术，它最为独特的属性之一就是断片形态：作品是可渗透的，同作诗以前和作诗以后的活的世界联结在一起。诗也以同样的方式进入它的读者生活的那个时代……"⑤ 因此，宇文所安断言中国古典诗歌是一块块的"碎片"，但是它一经读者的阅读与重构，不仅与《诗经》《论语》等作为诗歌之源的过去文本形成一个历时性的相关联的世界，与诗歌的作者及其生活的时代、环境形成一个共时性的相关联的世界，而且还将延续到读者所生活的那个时代。随后，宇文所安选取了李贺的《长平箭头歌》、白居易的《舟中读元九诗》和李商隐的《花下醉》作为范例，进行细致的分析，验证了这样的"碎片"所具有的上述功能：诗歌文本既是作者生活世界的一个"碎片"，同时还把读者引领到历史和未来的历时性情状中。这种诗歌观念，宇文所安在先前出版的《传统中国诗歌和诗学》中也有类似的表述，他认为，中国古代的诗本身就是历史或历史

---

① 王先霈、王又平：《文学理论批评术语汇释》，高等教育出版社 2006 年版，第 480 页。
② Stephen Owen, *Remembrances: the Experience of the Past in Classical Chinese Literature*. Cambridge: Harvard University Press, 1986, pp. 66 - 79. 郑学勤先生把"fragments"译成"断片"，《追忆：中国古典文学中的往事》，生活·读书·新知三联书店 2004 年版，第 76 页。
③ [美] 宇文所安：《追忆：中国古典文学中的往事》，生活·读书·新知三联书店 2004 年版，第 80 页。
④ [美] 宇文所安：《追忆：中国古典文学中的往事》，生活·读书·新知三联书店 2004 年版，第 88—89 页。
⑤ [美] 宇文所安：《追忆：中国古典文学中的往事》，生活·读书·新知三联书店 2004 年版，第 81 页。

的真实记录,中国读者看一首诗的时候也总是抱着一种"信念",即认为诗是"历史经验的实录"。①

不过,我们发现,宇文所安把诗歌视为"碎片"的观念,是对比了西方的文学传统之后,专门指称中国古典诗歌的。宇文所安认为,"西方的文学传统往往使文本的界限绝对化,就像《伊利亚特》中阿喀琉斯之盾自成一个世界。……中国文学传统则往往注重文本与现实世界的连续性"②。为此,宇文所安举出了《圣经》的自身完整作为例证:"它是有型的、可以随身携带的万物之道,相当于上帝心目中的生活世界。……《圣经》的自身完整同亚里士多德强调内部整一性和必然性的主张融合在一起,形成了西方文学思想中占主导地位的观念。"③ 甚至宇文所安还举出了一个西方诗歌中的"假断片"的例子,即德国浪漫主义者诺瓦利斯(Novalis)的《诗人圣殿》。因此,我们不妨对宇文所安比较中西古典文学之后所得出的结论加以概括:西方的文学作品包括诗歌,是一个自足的世界,具有相对的完整性,并且是虚构的,与历史无关;而中国的古典诗歌是"碎片",与历史真实保持着根本的连续性,因为它们反映了历史,或者说本身就是历史的真实记录。作为汉学家的余宝琳先生同样持这种观点,她认为中国人"不是把诗作为虚构的作品来读,写诗也不是为了随意创造或者应和某种历史现实或哲学的真理,而是从那现实取出来的真实的片段剪影"④。

在《世界的征象:中国抒情诗的意义》一文中,宇文所安对杜甫《旅夜书怀》和英国19世纪浪漫主义诗人华兹华斯《威斯敏斯特桥即景》(*Composed upon Westminster Bridge*, September 3, 1802)两首诗作进行了比较研究。原诗如下:

---

① Stephen Owen, *Traditional Chinese Poetry and Poetics: an Omen of the World*. Madison: the University of Wisconsin Press, 1985, p. 57. 转引自张隆溪《走出文化的封闭圈》,生活·读书·新知三联书店2004年版,第34页。

② Stephen Owen, *Remembrances: the Experience of the Past in Classical Chinese Literature*. Cambridge: Harvard University Press, 1986, p. 67.

③ [美]宇文所安:《追忆:中国古典文学中的往事》,生活·读书·新知三联书店2004年版,第78页。

④ Paulin Yu, *The Reading of Imagery in the Chinese Poetic Tradition*, Princeton: Princeton University Press, 1987, p. 76. 转引自张隆溪《走出文化的封闭圈》,生活·读书·新知三联书店2004年版,第35页。

旅夜书怀
杜甫

细草微风岸，危樯独夜舟。
星垂平野阔，月涌大江流。
名岂文章著，官应老病休。
飘飘何所似，天地一沙鸥。

威斯敏斯特桥即景，1802 年 9 月 3 日
华兹华斯

大地再没有比这儿更美的风貌：
若有谁，对如此壮丽动人的景物
竟无动于衷，那才是灵魂麻木；
瞧这座城市，像披上一领新袍，
披上了明艳的晨光；环顾周遭：
船舶，尖塔，华屋，剧院，教堂，
都寂然、坦然，向郊野、向天穹赤露，
在烟尘未染的大气里粲然闪耀。
旭日金挥洒布于峡谷山陵，
也不比这片晨光更为奇丽；
我何尝见过、感受过这深沉的宁静！
河上徐流，由着自己的心意；
上帝呵！千门万户都沉睡未醒，
这整个宏大的心脏仍然在歇息！①

宇文所安认为，"杜甫的诗句可能是一种特殊的日记，不同于一般日记的地方在于它的情感强度与及时性，在于对发生在特定时刻的经验的表达"，"对杜甫的读者来说，这首诗不是虚构：它是对一特定历史时刻的经验的特殊的、实际的描述，诗人的遭遇、诠释和回应的世界"；② 而华

---

① Owen, Stephen. Traditional Chinese Poetry and Poetics: omen of the world [M]. The University of Wisconsin Press, 1985. p. 14. 中译文选自杨德豫译《威斯敏斯特桥》http://www.shigeku.org/shiku/ws/wg/wordsworth.htm#6。

② [美] 宇文所安：《中国传统诗歌与诗学：世界的征象》，陈小亮译，中国社会科学出版社 2013 年版，第 2、4 页。

第九章 断片:宇文所安关于唐诗学的美学思想 229

兹华斯写威斯敏斯特桥上即景的这首十四行诗,诗题上明确标上了日期:1802年9月3日,但是在宇文所安看来"华兹华斯是否真的在1802年9月3日站在威斯敏斯特桥上凝视伦敦城,根本无关紧要","它只是一个虚构——这个装模作样诉说他的发现的抒情主体'我'",言下之意,诗中的抒情主人公"我"是诗人的虚构,不能代表华兹华斯自己:"对华兹华斯的读者来说,所有皆为隐喻和虚构。对时间、地点关注的引导是一种难堪、一种多余的干扰。文学语言被认为根本不同于日记和经验观察的语言;它的语言意味着别样的东西,某种隐藏的、丰富的、无限地令人更为充实的东西。"①

即便宇文所安事先声明"我们有两种截然不同的读诗方式"②——这指的是针对中西方诗歌不同的读诗方式,我们依然不太明白为什么会有这样两种不同的解读方式和评诗标准。至于他由此得出的整体性的结论:"在中国文学传统中,诗歌通常被假定为非虚构:它的表述被当作绝对真实",实在令人觉得有点"强制阐释"③的意味。读者为什么不可以反问:杜甫的《旅夜书怀》中为什么不可以创造出一个抒情主人公"我",为什么不可以认定那个"我"在抒发内心强烈的感受:"我"就像"天地一沙鸥"。更何况华兹华斯写《威斯敏斯特桥上即景》这首十四行诗的完整标题是"1802年9月3日作于威斯敏斯特桥上",是特意加上具体时间与空间的,根据华兹华斯的创作背景提示:附在标题上的日期意在提示读者,这首诗再现的是一次转瞬即逝的特殊经历。

按宇文所安对中国古代诗歌的理解,他之所以认为中国传统抒情诗是非虚构性的,是因为追本溯源这种因果关系的源头在于中国古老的"作"诗观上,即《尚书》中所标举的"诗言志"的传统。言志,即是内在心境的文学呈现。因此,宇文所安认为,"在总是针对诗人的解读传统中,诗人从诗中隐遁是不可能的。事实上,诗人常通过隐退来唤起人们对他更

---

① [美]宇文所安:《中国传统诗歌与诗学:世界的征象》,陈小亮译,中国社会科学出版社2013年版,第3、4页。
② [美]宇文所安:《中国传统诗歌与诗学:世界的征象》,陈小亮译,中国社会科学出版社2013年版,第3页。
③ 从哲学上来说,强制阐释的发生根据源起于古希腊,后被莱布尼兹—沃尔夫推向极端,再由康德给予颠覆性批判。特别是因为场外理论的征用,阐释者从既定理论目的出发,利用文本证明理论,强制或暴力的阐释就成为必然,否则难以实现阐释的目的。参见张江(Zhang Jiang): *The Dogmatic Character of Imposed Interpretation*, Social Sciences in China, 2016 Vol. 37, No. 3, pp. 132–147。

强烈的注目。绝大多数唐宋山水诗并不是关于'世界'的,而是关于'对世界的特殊体验'的"①。诚然,诗人的这种'对世界的特殊体验'的情感是真实的,是非虚构的。

宇文所安与余宝琳一样强调中国和西方文学传统的差异,认为西方文学是一个创造性虚构的自足的世界,而中国文学文本则与现实世界连成一体,体现了历史真实。对此,张隆溪先生提出强烈的质疑与批评,他认为,"凡用中文来读中国诗的人大概都相信,在创造性或想象力方面,我们的李白、杜甫并不一定就亚于他们的但丁、弥尔顿或者荷尔德林,也就是说,中国诗人也能在诗中创立一个虚构而自足的世界。……他们在中国和西方、中国的实录和西方的虚构之间划出一道严格界限,对于中国文学研究非但无益,而且有害,他们很可能关上了中国文学研究的大门,把它更深地推进文化的封闭圈里,把中国文学变成实际上在文化方面提供异国情调的西方的'他者'"②。的确,两位汉学家不约而同地将中国文学文本视为西方文学的"他者",从某种意义上说,他们在主观上犯了绝对化、片面化的错误。

从整体上而言,宇文所安书写的唐诗史,存在着一个跨文化的视角,即中西诗歌比较的文化背景,它隐含着一种诗学观点,即中国古诗具有非虚构性或自传性。宇文所安说:"诗(这里仅仅是"诗",中文的诗)是内心生活的独特的数据,是潜含着很强的自传性质的自我表现。由于它的特别的限定,诗成为内心生活的材料,成为一个人的'志',与'情'或者主体的意向。"③ 对于这种诗学观点的理解,我们想借用张隆溪先生在《记忆、历史、文学》一文中的一种观点来体会:"文学的确可以是一种虚构,但那种虚构性往往有现实和现实经验作为基础,和我们的生活体验和记忆相关,也可以帮助我们记忆个人和集体的历史。"④ 如果我们进一步审思张先生的这句话,不难看出,文学"虚构"的背后存在着"非虚构"的因素,其实这与上文宇文所安《自我的完整映像——自传诗》一文所言称的"精神真实"具有异曲同工之妙:基于"诗言志"文学传统

---

① [美]宇文所安:《中国传统诗歌与诗学:世界的征象》,陈小亮译,中国社会科学出版社2013年版,第36页。
② 张隆溪:《走出文化的封闭圈》,生活·读书·新知三联书店2004年版,第36页。
③ [美]宇文所安:《自我的完整映像——自传诗》,陈跃红、刘学慧译,见乐黛云、陈珏编选《北美中国古典文学研究名家十年文选》,江苏人民出版社1996年版,第111页。
④ 张隆溪:《一毂集》,复旦大学出版社2011年版,第245页。

第九章 断片：宇文所安关于唐诗学的美学思想

的前提下，中国诗传达了诗作者自己行为所包含的精神真实。① 诗歌作为文学的一种主流样式，无疑是具有这种特质的，中国古典诗歌更是题中应有之义。

综观以上两节内容，我们可以看出，宇文所安在对包括唐诗在内的中国伟大诗歌的阐释中，形成了如下的诗学观：首先，中国古典诗歌文本从源头上讲具有不固定性的特质。"我们现有的唐朝文学文本，是从存留下来的手抄本变成印刷文本的结果。有一些版本可能比其他版本更可靠。"② 这种从源头上对留传下来的古代文本材料的准确性的消解，无疑表明作为国际中国学的研究者，宇文所安所怀有的现代文学批评家的眼光——后现代主义的解构意识。其次，宇文所安认为，包括唐诗在内的中国古典诗歌文本具有"碎片化""自传性"的特质。它为读者（包括宇文所安之类的文学研究者）提供了一个开放性的文本世界。正是沿着如此"碎片化""自传性"的路径，经过读者的再阐释，可上承《诗经》《论语》等作为诗歌之源的过去的古代文本，下启读者所生活的"现代"的当下世界。恰如美国哲学家理查德·罗蒂对书写文本的总结："文字乃不幸之需。哲学文字，在海德格尔和康德等人看来，其真正目的是终结文字。可在德里达看来，文字总是导向更多、更多乃至更多的文字。"③ 再次，阅读、阐释中国古典文学经典作品本身，使作为西方汉学家的宇文所安天然地具备了比较的眼光和跨文化的视野，这一点在其研究唐诗的过程中表现得极为明显。无疑，这种跨文化的、比较的眼光，时常会产生一种令人耳目一新的研究效果，这种效果恰是"不识庐山真面目，只缘身在此山中"的中国学者所不太具备的。最后，将读者视为诗歌文本积极的阐释者、建构者，提升了读者作为阐释主体的地位，不过，此处的读者乃是上文宇文所安所言称的"智慧的读者"。"智慧的读者"可以将诗歌在所省略的、隐含的内容填补出来，可以将断裂的时间"碎片"缝合、连接起来，从而以穿越的姿态将时空对接，将历史与现实、传统与当代融合在读者的视阈里。

如此，循着"碎片化"的路径，对包括唐诗在内的中国伟大诗歌的

---

① [美] 宇文所安：《自我的完整映像——自传诗》，陈跃红、刘学慧译，见乐黛云、陈珏编选《北美中国古典文学研究名家十年文选》，江苏人民出版社1996年版，第111页。
② [美] 宇文所安：《他山的石头记》，田晓菲译，江苏人民出版社2006年版，第15页。
③ [美] 理查德·罗蒂：《作为文字的哲学》，转引自赵一凡《西方文论讲稿：从胡塞尔到德里达》，生活·读书·新知三联书店2007年版，第359页。

阐释，也许会将我们渐趋锻造成宇文所安一样"智慧的读者"，对此而言，宇文所安无疑提供了一个对话的平台：它增进了一般读者与经典文本之间，以及与研究者宇文所安之间的对话与交流。更为重要的意义还在于研究者与读者一道通过对传统诗歌的阐释与再阐释，既传承了传统文化中的优秀质素，又挖掘出古代经典所包蕴的现代性因素，对我们现代文化的建构势必贡献出一份力量，因为我们承接了伟大的李白、杜甫诗歌文本世界所再现的那个精神时空："飘飘何所似，天地一沙鸥"①；"永结无情游，相期邈云汉"。②

第二节　宇文所安唐诗英译与阐释中的接受美学观照

上述两节分析了宇文所安在唐诗史的书写研究中提出的唐诗作为抒情文本的流动性和不确定的特点，并就宇文所安提出的抒情文本的碎片化与非虚构性或自传性美学思想，结合案例进行了深入比较分析。除此之外，宇文所安的唐诗史的书写中受到接受美学理论的影响，处处以读者接受的视角对唐诗及其产生的社会加以尽量客观、合理的诠释。"文本向读者的意向开放。意义在阅读中得以成立。不像诗人，读者是后天培养的，不是天生的。"③ 宇文所安认为，"在非虚构性的中国抒情诗中，作品本身就是完满世界的一个窗口，从远处看'晦暗不明'，但一旦趋近则变得'清晰明了'了。在这一解读过程中，有两个基本的观察对象——诗人和诗境"④。追根溯源，这种读者与作者及文本世界互动联系的思想一定程度上与"夫缀文者，情动而辞发；观文者，披文而入情；沿波讨源，虽幽必显，世远莫见其面，觇文辄见其心"（《文心雕龙·知音》）的表达高度一致。

从读者的角度，观察诗人的创作意图、揣摩诗意内涵。宇文所安说：

---

① 杜甫：《旅夜书怀》一诗，见（清）彭定求等编《全唐诗》（第四册），中华书局 1999年版，第 2490 页。

② 李白：《月下独酌》其一，见（清）彭定求等编《全唐诗》（第三册），中华书局 1999年版，第 1859 页。

③ ［美］宇文所安：《中国传统诗歌与诗学》，陈小亮译，中国社会科学出版社 2013 年版，第 3 页。

④ ［美］宇文所安：《中国传统诗歌与诗学》，陈小亮译，中国社会科学出版社 2013 年版，第 35 页。

"解释任何作品主要依赖读者的期待，特别是解释中国诗，人们理解一首诗，是通过了解诗人应该说的话，相应地解释词语的意义。"[1] 比如，对于张说的《灉湖山寺》，他做出如下充满趣味性的释读：

空山寂历道心生，虚谷迢遥野鸟声。
禅室从来尘外赏，香台岂是世中情。
云间东岭千寻出，树里南湖一片明。
若使巢由知此意，不将萝薜易簪缨。

宇文所安的释读："萝薜象征隐士生活，正像簪缨象征官场生活。诗人觉得自己还缺乏弃官的勇气，否则这一勇气本应借古代隐士巢父和许由明确表白出来。这是大部分读者对诗人的期待，事实上许多注释者采用了这一说法。但是，如果我们抛开这些固定的期待，就会对诗句做出完全相反的解释：如果隐士巢父和许由分享我的感受，他们将不会拿萝薜换簪缨。或者保留疑问的口气：他们怎么会不把萝薜换簪缨呢？"[2]

第三节 宇文所安的英译唐诗及唐诗史书写的价值

综上，我们对宇文所安的英译唐诗及唐诗研究的价值与意义做出如下的概括：

第一，进一步促进了唐诗在世界文学中的经典化，同时为中国优秀的传统文学与文化在国际上的传播做出了巨大贡献。宇文所安的英译唐诗，除了第一部世界上完整的英译杜甫诗全集《杜甫诗》（2016），还包括在《孟郊与韩愈的诗》（1975）、《初唐诗》（1977）、《盛唐诗》（1980）、《晚唐：九世纪中叶的中国诗歌（827—860）》（2006）和《诺顿中国文学选集：从初始到1911年》（1996）中选译的唐诗。

---

[1] [美]宇文所安：《初唐诗》，贾晋华译，生活·读书·新知三联书店2004年版，第303页。
[2] [美]宇文所安：《初唐诗》，贾晋华译，生活·读书·新知三联书店2004年版，第303页。

《诺顿中国文学选集：从初始到 1911 年》① 这部由宇文所安编译的皇皇巨著，率先在西方翻译界、汉学界、文学界与文化界产生了巨大影响，该书出版次年即获得由美国文学翻译协会颁发的"杰出翻译奖"。"宇文所安的研究与翻译成就是英译汉诗在英语世界经典化（canonization）的一个重要标志。英语世界的'诺顿文学书系'历来是西方的权威经典文学文本。过去在'欧美中心主义'强权文化的制约下，基本只选收源自希腊罗马文明传统的经典文学作品，对源自其他地域和文化的文学作品多有忽视或歧视。宇文所安编译的《选集》选入具代表性的中国古代诗人及作品，使大量英译汉诗首次被置于与西方经典文学并列的地位。他的译诗还被收入多种经典文学选集如梅纳德·迈克（Maynard Mack）主编的《诺顿世界文学杰作选集》等。"②

第二，宇文所安对包括唐诗在内的中国古典文学的翻译与研究，为美国文学提供了宝贵的文学资源，也为当代美国文化的建设做出了积极的贡献。毋庸置疑，宇文所安的唐诗英译与唐诗史的书写，是"拿来主义"的文化策略，因为它面对的受众主要是西方读者，客观上为包括美国在内的西方国家提供了丰富的文学、文化资源，有利于全球化时代世界文学与文化的发展与繁荣。20 世纪 90 年代末期，宇文所安接受访谈时就谈到，"其实在美国研究中国文化，主要是为了美国的文化建设，而不完全是为了对中国文化发言"③。这也是宇文所安从事汉学研究的初衷，真可谓"不忘初心方得始终"。

第三，宇文所安的唐诗翻译与研究在西方当代文学界、学术界和文化界产生了巨大影响，其取得的实绩既体现了海外汉学研究的辉煌，同时也为中西比较文学研究做出了积极的贡献。

宇文所安的唐诗翻译与研究在西方当代文学界、学术界和文化界产生了巨大影响，其取得的实绩既体现了当代海外汉学研究的辉煌成果，同时也为中西比较文学研究做出了积极的贡献。

此外，与 16 世纪意大利传教士汉学家利玛窦及其之后的传教士汉学

---

① *An Anthology of Chinese Literature：Earliest to 1911*. New York：W. W. Norton & Company，1996.
② 钱林森、周宁主编，周宁、朱徽、贺昌盛、周云龙：《中外文学交流史·中国–美国卷》，山东教育出版社 2015 年版，第 326 页。
③ 张宏生：《对传统加以再创造，同时又不让它失真——访哈佛大学东亚语言与文明系斯蒂芬·欧文教授》，《文学遗产》1998 年第 1 期。

家不同的是，传教士汉学所研究中国文化主要肇始于儒家经典的译介，他们基于传教为目的，采取与中国文化相"妥协"的策略，"以利玛窦等人为代表的耶稣会士对中国文化的宽容性的解释和赞许性的介绍，在客观上无疑为西方启蒙思想家借用中国哲学的前提"①。而宇文所安对唐诗的译介与研究，首先是基于对中国文化的热爱，他说，"我真正喜欢中国文化，是因为中国文化非常丰富，没有什么本质或者中心点，有很多内在的矛盾，不同的声音，所以才有意思。"② 无疑，宇文所安的唐诗英译与唐诗史书写，就是从花团锦簇的唐诗王国里深刻感知、体会中国古典文学中直抵人心的心灵表达。

---

① 钱林森、周宁主编，张西平、马西尼：《中外文学交流史·中国—意大利卷》，山东教育出版社2015年版，第133页。
② 汪涌豪：《让"诗礼教化"的民族文化基因传承下去》，《文汇报》2014年9月18日第005版。

参考文献

一 宇文所安原著

The Poetry of Meng Chiao and Han Yü. New Haven：Yale，1975.

The Poetry of the Early Tang. New Haven：Yale，1977.

The Great Age of Chinese Poetry：the High T`ang. New Haven：Yale，1980.

Traditional Chinese Poetry and Poetics：an Omen of the World. Madison：the University of Wisconsin Press，1985.

Remembrances：the Experience of the Past in Classical Chinese Literature. Cambridge：Harvard University Press，1986.

Mi－lou：Poetry and the Labyrinth of Desire. Cambridge：Harvard University Press，May 1989.

Readings in Chinese Literary Thought. Cambridge：Harvard University Press，1992.

An Anthology of Chinese Literature：Earliest Times to 1911. New York：W. W. Norton，1996（chosen in 1997 as outstanding translation of the year by American Literary Translators Association）.

The End of the Chinese "Middle Ages"：Essays in Mid-Tang Literary Culture. Stanford：Stanford University Press，1996.

Borrowed Stone：Selected Essays of Stephen Owen.

The Making of Early Chinese Classical Poetry. Cambridge：Harvard Asia Center，2006.

The Late Tang：Chinese Poetry of the Mid－Ninth Century（827－860）. Cambridge：Harvard Asia Center，2006.

The Poetry of DuFu，Volume 3，Walter de Gruyter Inc.，Boston/Berlin，2016.

二 宇文所安中文译作

《中国文论：英译与评论》，王柏华、陶庆梅译，上海社会科学院出版社2003年版。

《迷楼：诗与欲望的迷宫》，程章灿译，生活·读书·新知三联书店2003年版。

《韩愈和孟郊的诗歌》，田欣欣译，天津教育出版社2004年版。

《追忆：中国古典文学中的往事》，郑学勤译，生活·读书·新知三联书店2004年版。

《初唐诗》，贾晋华译，生活·读书·新知三联书店2004年版。

《盛唐诗》，贾晋华译，生活·读书·新知三联书店2004年版。

《他山的石头记：宇文所安自选集》，田晓菲译，江苏人民出版社2006年版。

《中国"中世纪"的终结：中唐文学文化论集》，陈引驰、陈磊译，生活·读书·新知三联书店2006年版。

《晚唐：九世纪中叶的中国诗歌：827—860》，贾晋华、钱彦译，生活·读书·新知三联书店2011年版。

《中国早期古典诗歌的生成》，胡秋蕾、王宇根、田晓菲译，生活·读书·新知三联书店2012年版。

《中国传统诗歌与诗学：世界的征象》，陈小亮译，中国社会科学出版社2013年版。

《剑桥中国文学史》（上），刘倩等译，生活·读书·新知三联书店2013年版。

《诗歌及其历史背景》，陈磊译，《文艺理论研究》1993年第1期。

《传统的叛逆》（为程章灿译自《传统的中国诗歌与诗论：世界的预言》第6章），载莫砺锋编《神女之探寻——英美学者论中国古典诗歌》，上海古籍出版社1994年版。

《自我的完整映像——自传诗》，陈跃红、刘学慧译，载乐黛云、陈珏编选《北美中国古典文学研究名家十年文选》，江苏人民出版社1996年版。

《地：金陵怀古》，陈跃红、王军译，载乐黛云、陈珏编选《北美中国古典文学研究名家十年文选》，江苏人民出版社1996年版。

《情投"字""合"——词的传统里作为一种价值的真》，宋伟杰译，载乐黛云、陈珏编选《北美中国古典文学研究名家十年文选》，江苏人民出版社 1996 年版。

《环球影响的忧虑：什么是世界诗?》，文楚安译，《中外文化与文论》（辑刊）1997 年 12 月 31 日。

《唐代别业诗的形成》（上），《古典文学知识》1997 年第 6 期。

《唐代别业诗的形成》（下），《古典文学知识》1998 年第 1 期。

《瓠落的文学史》，《中国学术》2000 年第 3 辑，商务印书馆 2000 年版。

《过去的终结——民国初年对文学的重写》，《中国学术》2000 年第 4 辑，商务印书馆 2001 年版。

《9 世纪早期诗歌与写作之观念》，郭茜、陈引驰译，《古代文学理论研究》（第二十辑）2002 年 12 月 1 日。

《"汉诗"与六朝》，王宇根译，载《中国学术》2004 年第 1 辑（总第 17 辑），商务印书馆 2004 年版。

《拯救诗歌：有清一代的"诗意"》，秋水译，载《比较文学与世界文学》（第一辑），商务印书馆 2004 年版。

《学会惊讶：对王维〈辋川集〉的重新思考》，《中国中古文学研究》（辑刊），中国中古（汉—唐）文学国际学术研讨会论文集，2004 年 8 月 1 日。

《华宴：十一世纪的性别与文体》，《学术月刊》2008 年第 11 期。

《史中有史（上）——从编辑〈剑桥中国文学史〉谈起》，《读书》2008 年第 5 期。

《史中有史（下）——从编辑〈剑桥中国文学史〉谈起》，《读书》2008 年第 6 期。

《中国文论的传统性与现代性》，《江苏大学学报》（社会科学版）2010 年第 2 期。

《唐人眼中的杜甫：以〈唐诗类选〉为例》，《国际汉学研究通讯》2011 年第 3 期。

《唐代的手抄本遗产：以文学为例》，《古典文献研究》2012 年 11 月 30 日。

《在 708 年怎样写宫廷诗：形式、诗体及题材》（一），《国学》2013 年第 10 期。

《在 708 年怎样写宫廷诗：形式、诗体及题材》（二），《国学》2013 年第 11 期。

《快乐，拥有，命名——对北宋文化史的反思》（上），卞东坡译，

《古典文学知识》2015 年第 1 期。

《快乐，拥有，命名——对北宋文化史的反思》（中），卞东坡译，《古典文学知识》2015 年第 2 期。

《快乐，拥有，命名——对北宋文化史的反思》（下），卞东坡译，《古典文学知识》2015 年第 3 期。

《桃花源的长官》，叶杨曦、卞东坡译，《铜仁学院学报》2015 年第 1 期。

《晚期古典诗歌中的彻悟与忏心》，张治译，《当代文坛》2019 年第 6 期。

《佛教如何影响唐代诗歌》，左丹丹译，《长江学术》2020 年第 4 期。

三　基本古籍文献

（宋）范祖禹：《唐鉴》，刘韶军、田君、黄河译注，中华书局 2008 年版。

（宋）欧阳修、宋祁：《新唐书》，中华书局 2000 年版。

（清）彭定求等编：《全唐诗》（增订本，全 15 册），中华书局 1999 年版。

（清）钱牧斋、何义门评注：《唐诗鼓吹评注》，河北大学出版社 2000 年版。

（清）金圣叹：《金圣叹评唐诗全编》，陈德芳校点，四川文艺出版社 1999 年版。

（清）叶燮：《己畦集·百家唐诗序》，齐鲁书社 1997 年版。

（清）王琦注：《李太白全集》，中华书局 1999 年版。

（清）仇兆鳌：《杜诗详注》，中华书局 1999 年版。

（清）浦起龙：《读杜心解》（上下），中华书局 1961 年版。

（清）钱谦益：《钱注杜诗》（上下），中华书局 2009 年版。

傅璇琮、陈尚君、徐俊编：《唐人选唐诗新编》（增订本），中华书局 2014 年版。

陈伯海主编：《唐诗论评类编》（全二册，增订本），上海古籍出版社 2015 年版。

陈伯海主编：《唐诗汇评》（全六册，增订本），上海古籍出版社 2015 年版。

四　研究专著

卞孝萱、张清华编选：《韩愈集》，凤凰出版社 2006 年版。

查屏球：《唐学与唐诗：中晚唐诗风的一种文化考察》，商务印书馆 2000 年版。

陈伯海：《唐诗学引论》，东方出版中心 1988 年版。

陈伯海：《中国诗学之现代观》，上海古籍出版社 2006 年版。

陈伯海主编：《唐诗学史稿》，河北人民出版社 2004 年版。

陈良运：《中国诗学批评史》，江西人民出版社 2007 年版。

陈尚君：《唐代文学丛考》，中国社会科学出版社 1997 年版。

陈贻焮：《杜甫评传》（上中下），北京大学出版社 2011 年版。

陈允锋：《中唐文论研究》，中国社会科学出版社 2010 年版。

丛滋杭：《中国古典诗歌英译理论研究》，国防工业出版社 2007 年版。

戴伟华：《地域文化与唐代诗歌》，中华书局 2006 年版。

戴伟华：《唐代文学综论》，商务印书馆 2006 年版。

党圣元、夏静选编：《文学史理论》，中国社会科学出版社 2011 年版。

邓小军：《诗史释证》，中华书局 2004 年版。

邓新华：《中国古代诗学解释学研究》，中国社会科学出版社 2008 年版。

董乃斌：《近世名家与古典文学研究》，上海大学出版社 2005 年版。

董乃斌：《李商隐的心灵世界》（增订本），上海古籍出版社 2012 年版。

杜晓勤：《隋唐五代文学研究》（上、下册），北京出版社 2001 年版。

法国汉学丛书编辑委员会：《法国汉学》（第四辑），中华书局 1999 年版。

方坚铭：《牛李党争与中晚唐文学》，中国社会科学出版社 2009 年版。

房日晰：《唐诗比较研究》，安徽大学出版社 2000 年版。

冯至：《杜甫传》，百花文艺出版社 2007 年版。

傅璇琮：《唐代科举与文学》，陕西人民出版社 1986 年版。

傅璇琮：《唐代诗人丛考》，中华书局 1980 年版。

傅璇琮：《唐诗论学丛考》，京华出版社 1999 年版。

傅璇琮主编：《唐才子传校笺》（全5册），中华书局1987年版。
傅璇琮主编：《唐翰林学士传论》（晚唐卷），中华书局2011年版。
高阳：《高阳说诗》，辽宁教育出版社1998年版。
高玉昆：《唐诗比较研究新篇》，香港天马图书有限公司2003年版。
葛晓音：《杜甫诗选评》，上海古籍出版社2002年版。
龚鹏程：《唐代思潮》，商务印书馆2007年版。
龚鹏程：《中国诗歌史论》，北京大学出版社2008年版。
顾学颉校点：《白居易集》（全四册），中华书局1979年版。
韩成武、张志民：《杜甫诗全译》，河北人民出版社1997年版。
何林天：《李义山年谱考证》，吉林大学出版社2006年版。
洪业：《杜甫：中国最伟大的诗人》，上海古籍出版社2014年版。
胡安江：《寒山诗：文本旅行与经典建构》，清华大学出版社2011年版。
胡可先：《唐代重大历史事件与文学研究》，浙江大学出版社2007年版。
胡可先：《中唐政治与文学》，安徽大学出版社2000年版。
胡遂：《佛教与晚唐诗》，东方出版社2005年版。
黄炳辉：《唐诗学史述论》，上海古籍出版社2008年版。
黄鸣奋：《英语世界中国古典文学之传播》，学林出版社1997年版。
霍松林：《唐诗鉴赏举隅》，中国青年出版社2011年版。
江枫：《江枫论文学翻译自选集》，武汉大学出版社2009年版。
江枫：《论文学翻译与汉语汉字》，华文出版社2009年版。
江岚：《唐诗西传史论：以唐诗在英美的传播为中心》，学苑出版社2009年版。
蒋向艳：《程抱一的唐诗翻译和唐诗研究》，华东师范大学出版社2008年版。
蒋勋：《蒋勋说唐诗》，中信出版社2012年版。
蒋寅：《百代之中：中唐的诗歌史意义》，北京大学出版社2013年版。
蒋寅：《大历诗人研究》，中华书局1995年版。
蒋寅：《古代诗学的现代诠释》，中华书局2009年版。
蒋寅编译：《日本学者中国诗学论集》，凤凰出版社2008年版。
蒋寅编译：《日本学者中国诗学论集》，凤凰出版社2008年版。
金滢坤：《中晚唐五代科举与社会变迁》，人民出版社2009年版。

乐黛云、阿兰·勒·比雄主编：《独角兽与龙：在寻找中西文化普遍性中的误读》，北京大学出版社 1995 年版。

乐黛云、陈珏编选：《北美中国古典文学研究名家十年文选》，江苏人民出版社 1996 年版。

李浩：《诗史之际：唐代文学发微》，商务印书馆 2000 年版。

李浩：《唐诗美学阐释》，安徽大学出版社 2000 年版。

李建盛：《理解事件与文本意义：文学诠释学》，上海译文出版社 2002 年版。

林庚：《林庚推荐唐诗》，清华大学出版社 2006 年版。

林庚：《唐诗综论》，人民文学出版社 1987 年版。

刘明华等：《文化视野下的中国古代文学阐释》，中华书局 2008 年版。

刘象愚：《外国文论简史》，北京大学出版社 2005 年版。

刘学锴：《唐诗选注评鉴》（上、下卷），中州古籍出版社 2013 年版。

刘学锴：《温庭筠传论》，安徽大学出版社 2000 年版。

吕明涛评注：《李商隐》，中华书局 2011 年版。

吕叔湘：《吕叔湘全集》（第十四卷），辽宁教育出版社 2002 年版。

吕叔湘：《中诗英译比录》，中华书局 2002 年版。

罗敏中、肖希凤选注：《初唐四杰》，岳麓书社 2000 年版。

罗时进：《唐诗演进论》，江苏古籍出版社 2001 年版。

罗时进编选：《杜牧集》，凤凰出版社 2007 年版。

罗宗强：《隋唐五代文学思想史》，中华书局 2005 年版。

罗宗强：《唐诗小史》，百花文艺出版社 2008 年版。

马茂元：《唐诗选》，上海古籍出版社 1999 年版。

马祖毅、任荣珍：《汉籍外译史》，湖北教育出版社 2003 年版。

孟二冬：《中唐诗歌之开拓与新变》，北京大学出版社 2006 年版。

孟华主编：《比较文学形象学》，北京大学出版社 2001 年版。

莫砺锋：《莫砺锋诗话》，北京大学出版社 2006 年版。

莫砺锋：《唐宋诗歌论集》，凤凰出版社 2007 年版。

莫砺锋编：《神女之探寻》，上海古籍出版社 1994 年版。

莫砺锋编：《谁是诗中疏凿手：中国诗学研讨会论文集》，凤凰出版社 2007 年版。

聂石樵：《唐代文学史》，中华书局 2007 年版。

彭梅芳：《中唐文人日常生活与创作关系研究》，人民出版社 2011

年版。

启功：《启功说唐诗》，人民文学出版社 2009 年版。

钱林森：《光自东方来：法国作家与中国文化》，宁夏人民出版社 2004 年版。

钱林森：《中国文学在法国》，花城出版社 1990 年版。

钱林森、周宁主编，张西平、马西尼著：《中外文学交流史·中国—意大利卷》，山东教育出版社 2015 年版。

钱林森、周宁主编，周宁、朱徽、贺昌盛、周云龙著：《中外文学交流史·中国—美国卷》，山东教育出版社 2015 年版。

钱锺书：《七缀集》，上海古籍出版社 1985 年版。

钱锺书：《钱锺书散文》，浙江文艺出版社 1997 年版。

钱锺书：《谈艺录》，中华书局 1984 年版。

屈守元、常思春：《韩愈全集校注》，四川大学出版社 1996 年版。

尚永亮、洪迎华编选：《柳宗元集》，凤凰出版社 2007 年版。

尚永亮等：《中唐元和诗歌传播接受史的文化学考察》（上、下），武汉大学出版社 2010 年版。

沈松勤、胡可先、陶然：《唐诗研究》，浙江大学出版社 2006 年版。

施蛰存：《唐诗百话》，上海古籍出版社 1987 年版。

思果：《翻译研究》，中国对外翻译出版公司 2001 年版。

苏缨、毛晓雯：《多情却被无情恼——李商隐诗传》，湖南文艺出版社 2013 年版。

孙昌武：《禅思与诗情》（增订本），中华书局 2006 年版。

孙昌武：《韩愈诗文选评》，上海古籍出版社 2002 年版。

孙昌武：《隋唐五代文化史》，东方出版中心 2002 年版。

孙昌武：《文坛佛影》（续集），中华书局 2018 年版。

孙昌武：《文坛佛影》，中华书局 2001 年版。

孙琴安：《唐诗与政治》，上海人民出版社 2003 年版。

陶乃侃：《庞德与中国文化》，首都师范大学出版社 2006 年版。

汪榕培、李正栓主编：《典籍英译研究》（第一辑），河北大学出版社 2005 年版。

王洪、田军主编：《唐诗百科大辞典》，光明日报出版社 1990 年版。

王克让：《河岳英灵集注》，巴蜀书社 2006 年版。

王宁：《翻译研究的文化转向》，清华大学出版社 2009 年版。

王秀林：《晚唐五代诗僧群体研究》，中华书局 2008 年版。

闻一多：《唐诗杂论》，中华书局2009年版。

吴光兴：《八世纪诗风：探索唐诗史上的"沈宋的世纪"》（705—805）》，社会科学文献出版社2013年版。

吴鸥译注：《杜牧诗文选译》，凤凰出版社2011年版。

萧涤非选注：《杜甫诗选注》，人民文学出版社1998年版。

萧涤非主编：《唐诗鉴赏辞典》，上海辞书出版社1983年版。

谢思炜：《白居易集综论》，中国社会科学出版社1997年版。

谢思炜：《白居易诗选》，中华书局2005年版。

谢思炜：《唐宋诗学论集》，商务印书馆2003年版。

谢天振：《比较文学与翻译研究》，复旦大学出版社2011年版。

谢天振：《译介学》，外语教育出版社2003年版。

谢天振：《译介学导论》，北京大学出版社2007年版。

徐承：《高友工与中国抒情传统》，中国社会科学出版社2009年版。

徐复观：《中国文学精神》，上海书店出版社2006年版。

徐复观：《中国学术精神》，华东师范大学出版社2004年版。

许光华：《法国汉学史》，学苑出版社2009年版。

许国璋：《许国璋论语言》，外语教学与研究出版社1991年版。

许渊冲：《李白诗选》（汉英对照），湖南人民出版社2007年版。

许渊冲：《文学与翻译》，北京大学出版社2003年版。

许渊冲：《许译中国经典诗词·杜甫诗选》（汉英对照），河北人民出版社2006年版。

许渊冲：《中诗英韵探胜》（第二版），北京大学出版社2010年版。

许总：《唐诗史》（上、下册），江苏教育出版社1994年版。

许总：《唐宋诗体派论》，江西人民出版社2008年版。

杨世明：《唐诗史》，重庆出版社1996年版。

杨周翰：《攻玉集》，北京大学出版社1983年版。

余虹：《艺术与精神》，社会科学文献出版社2000年版。

余虹：《中国文论与西方诗学》，生活·读书·新知三联书店1999年版。

余恕诚：《唐诗风貌》，安徽大学出版社2000年版。

俞陛云：《诗境浅说》，北京出版社2011年版。

袁行霈：《中国诗歌艺术研究》（第3版），北京大学出版社2009年版。

詹福瑞、刘崇德、葛景春等：《李白诗全译》，河北人民出版社1997

年版。

詹杭伦、刘若愚:《融合中西诗学之路》,文津出版社2005年版。
张伯伟:《中国古代文学批评方法研究》,中华书局2002年版。
张伯伟:《中国古代文学批评方法研究》,中华书局2002年版。
张伯伟:《作为方法的汉文化圈》,中华书局2011年版。
张红:《元代唐诗学研究》,岳麓书社2006年版。
张晶:《禅与唐宋诗学》,新星出版社2010年版。
张隆溪:《一毂集》,复旦大学出版社2011年版。
张隆溪:《走出文化的封闭圈》,生活·读书·新知三联书店2004年版。
张隆溪选编:《比较文学译文集》,北京大学出版社1982年版。
张巍:《杜诗及中晚唐诗研究》,齐鲁书社2011年版。
张锡厚:《王梵志诗校辑》,中华书局1983年版。
张哲俊:《吉川幸次郎研究》,中华书局2004年版。
张智中:《许渊冲与翻译艺术》,湖北教育出版社2005年版。
张忠纲、吴怀东、赵睿才、綦维:《中国新时期唐诗研究述评》,安徽大学出版社2000年版。
赵昌平:《李白诗选评》,上海古籍出版社2002年版。
赵荣蔚:《晚唐士风与诗风》,上海古籍出版社2004年版。
赵睿才:《唐诗与民俗关系研究》,上海古籍出版社2008年版。
赵毅衡:《诗神远游:中国如何改变了美国现代诗》,上海译文出版社2003年版。
郑晓霞:《唐代科举诗研究》,复旦大学出版社2006年版。
中国社会科学院访美代表团:《访美观感》,中国社会科学出版社1979年版。
钟玲:《大地春雨》,龙门书局2011年版。
钟玲:《美国诗与中国梦》,广西师范大学出版社2003年版。
钟玲:《文学评论集·寒山诗的流传》,时报文化出版事业有限公司1985年版。
周发祥:《西方文论与中国文学》,江苏教育出版社1997年版。
周发祥:《中外比较文学译文集》,中国文联出版公司1988年版。
周振甫:《诗词例话》,中国青年出版社2007年版。
周振甫注:《李商隐选集》,江苏教育出版社2006年版。
朱东润:《杜甫叙论》,人民文学出版社2006年版。

朱刚：《二十世纪西方文论》，北京大学出版社 2006 年版。

朱徽：《中国诗歌在英语世界——英美译家汉诗翻译研究》，上海外语出版社 2009 年版。

朱徽：《中英诗艺比较研究》，四川大学出版社 2010 年版。

朱耀伟：《当代西方批评论述的中国图像》，中国人民大学出版社 2006 年版。

朱自清：《朱自清说诗》，东方出版社 2007 年版。

五　国外文献

［英］艾·阿·瑞恰慈：《文学批评原理》，杨自伍译，百花洲文艺出版社 1997 年版。

［英］崔瑞德：《剑桥中国隋唐史》，中国科学院历史研究所、西方汉学研究课题组译，中国社会科学出版社 1990 年版。

［法］程抱一：《中国诗画语言研究》，涂卫群译，江苏人民出版社 2006 年版。

［法］郁白：《悲秋：古诗论情》，叶潇、全志刚译，广西师范大学出版社 2004 年版。

［德］卜松山：《与中国作跨文化对话》，刘慧儒、张国刚等译，中华书局 2000 年版。

［德］莫芝宜佳：《管锥编与杜甫新解》，河北教育出版社 2001 年版。

［美］包弼德·斯文：《唐宋思想的转型》，江苏人民出版社 2001 年版。

［美］厄尔·迈纳：《比较诗学》，王宇根、宋伟杰等译，中央编译出版社 2004 年版。

［美］傅汉思：《梅花与宫闱佳丽》，生活·读书·新知三联书店 2010 年版。

［美］高友工：《美典：中国文学研究论集》，生活·读书·新知三联书店 2008 年版。

［美］高友工、梅祖麟：《唐诗的魅力》，李世耀译，上海古籍出版社 1989 年版。

［美］哈罗德·布罗姆：《读诗的艺术》，王敖译，南京大学出版社 2010 年版。

［美］雷纳·韦勒克：《近代文学批评史》（第六卷），杨自伍译，上海译文出版社 2005 年版。

[美]刘若愚:《中国文学理论》,江苏教育出版社 2006 年版。

[美]倪豪士:《传记与小说:唐代文学比较论集》,中华书局 2007 年版。

[美]史华兹:《古代中国的思想世界》,江苏人民出版社 2004 年版。

[美]史景迁:《文化类同与文化利用》,北京大学出版社 1990 年版。

[美]孙康宜、宇文所安:《剑桥中国文学史》,刘倩等译,生活·读书·新知三联书店 2013 年版。

[美]谢弗:《唐代的外来文明》,中国社会科学出版社 1995 年版。

[美]杨晓山:《私人领域的变形:唐宋诗歌中的园林与玩好》,江苏人民出版社 2009 年版。

[美]叶维廉:《中国诗学》,人民文学出版社 2006 年版。

[美]约埃尔·魏因斯海默:《哲学诠释学与文学理论》,郑鹏译,中国人民大学出版社 2011 年版。

[加] 马里奥·瓦尔德斯:《诗意的诠释学:文学、电影与文化史研究》,中国人民大学出版社 2011 年版。

[加]叶嘉莹:《迦陵论诗丛稿》,中华书局 1983 年版。

[加]叶嘉莹:《叶嘉莹说初盛唐诗》,中华书局 2008 年版。

[加]叶嘉莹:《叶嘉莹说中晚唐诗》,中华书局 2008 年版。

[加]叶嘉莹:《叶嘉莹说杜甫诗》,中华书局 2008 年版。

[新西兰] 路易·艾黎:《杜甫诗选》(英译),外文出版社 2003 年版。

[日]川合康三:《终南山的变容:中唐文学论集》,上海古籍出版社 2007 年版。

[日]冈村繁:《唐代文艺论》(《冈村繁全集》第 5 卷),张寅彭译,上海古籍出版社 2002 年版。

[日]吉川幸次郎:《中国诗史》,复旦大学出版社 2001 年版。

[日]筧文生、筧久美子:《唐宋诗文的艺术世界》,卢盛江译,中华书局 2007 年版。

[日]静永健:《白居易写讽喻诗的前前后后》,刘伟治译,中华书局 2005 年版。

[日]青木正儿:《吉川幸次郎等对中国文化的乡愁》,戴燕、贺圣遂选译,复旦大学出版社 2005 年版。

[日]清水茂:《清水茂汉学论集》,蔡毅译,中华书局 2003 年版。

[日]入谷仙介:《王维研究》,卢艳平译,中华书局 2005 年版。

［日］石田干之助：《欧人之汉学研究》，朱滋翠译，北平中华大学出版社 1932 年版。

［日］小川环树：《风与云：中国诗文论集》，周先民译，中华书局 2005 年版。

［日］兴膳宏：《中国古典文化景致》，李寅生译，中华书局 2005 年版。

［韩］柳晟俊：《唐诗论考》，人民文学出版社 1994 年版。

A. M. Birrell, Reviewed work（s）：*The Great Age of Chinese Poetry：the High T'ang* by Stephen Owen, Bulletin of the School of Oriental and African Studies, University of London, Vol. 44, No. 3（1981）.

Cf. Susan Bassnett and André Lefevere, *Constructing Culture：Essays on Literary Translation*, Clevedon & London：Multilingual Matters Ltd. 1998.

James J. Y. Liu, Reviewed work（s）：*The Great Age of Chinese Poetry：the High T'ang* by Stephen Owen, Chinese Literature：Essays, Articles, Reviews（CLEAR）, Vol. 4, No. 1（Jan., 1982）.

James J. Y. Liu, Reviewed work（s）：*The Poetry of Meng Chiao and Han Yü* by Stephen Owen, Harvard Journal of Asiatic Studies, Vol. 36（1976）.

James J. Y. Liu, Reviewed work（s）：*Traditional Chinese Poetry and Poetics：an Omen of the World.* by Stephen Owen, The Journal of Asian Studies, Vol. 45, No. 3（May, 1986）.

Michael S. Duke, Reviewed work（s）：*The Poetry of Meng Chiao and Han Yü* by Stephen Owen, Chinese Literature：Essays, Articles, Reviews（CLEAR）, Vol. 1, No. 2（Jan., 1979）.

W. A. P. Martin：*Chinese Legends And Lyrics*, Shanghai：Kelly & walsh, Limited, 1912.

六 研究论文

蔡慧清、刘璐：《论宇文所安唐诗史的书写方式》，《学海》2014 年第 5 期。

陈小亮：《理想的诗歌：中国非虚构诗学对西方文学传统的反动》，《浙江学刊》2012 年第 6 期。

陈小亮：《论海外中国非虚构诗学传统命题研究的源与流》，《暨南学报》（哲学社会科学版）2016 年第 2 期。

陈友兵：《英国汉学的阶段性特征及成因探析——以中国古典文学研

究为中心》,《汉学研究通讯》2008 年总第 107 期。

程章灿:《东方古典与西方经典——魏理英译汉诗在欧美的传播及其经典化》,《中国比较文学》2007 年第 1 期。

［德］狄泽林克:《比较文学形象学》,方维规译,《中国比较文学》2007 年第 3 期。

范存忠:《我与翻译工作》,《中国翻译》1983 年第 7 期。

华锺彦、李珍华:《唐诗吟咏的研究》,《中州学刊》1985 年第 5 期。

金程宇:《追寻消逝的唐诗选本——顾陶〈唐诗类选〉的复原与研究》,《古典文献研究》2015 年第 2 期。

乐黛云:《展望九十年代——以特色和独创进入世界文化对话》,《文艺争鸣》1990 年第 3 期。

李庆本:《宇文所安:汉学语境下的跨文化中国文学阐释》,《上海交通大学学报》(哲学社会科学版)2012 年第 4 期。

［美］李珍华、［中］傅璇琮:《〈河岳英灵集〉版本考》,《文献》1991 年第 4 期。

李珍华:《美国唐代文学研究》,《中国典籍与文化》1993 年第 1 期。

李珍华、傅璇琮:《盛唐诗风和殷璠诗论》,《清华大学学报》(哲学社会科学版)1988 年第 3 期。

李珍华、傅璇琮:《唐人选唐诗与〈河岳英灵集〉》,《中国韵文学刊》1988 年第 2、3 期。

李宗陶:《宇文所安:中国古诗里有人与人的交流》,《南方人物周刊》2007 年第 30 期。

廖可斌:《古代文学研究的国际化》,《文学遗产》2011 年第 6 期。

林庚:《盛唐气象》,《北京大学学报》1958 年第 2 期。

林晓光:《启示与问题——评宇文所安〈中国早期古典诗歌的生成〉》,《文艺研究》2013 年第 1 期。

刘洪涛:《比较文学形象学的几点思考》,《北京师范大学学报》1999 年第 3 期。

刘健明:《评〈中国"中世纪"的终结:中唐文学文化论集〉》,《唐研究》(第三卷),北京大学出版社 1997 年版。

刘毅青:《"为诗辩护":宇文所安汉学的诗学建构》,《文学评论》2014 年第 5 期。

刘毅青:《从文学史发现文学的意义———以宇文所安为例》,《杭州师范大学学报》(社会科学版)2013 年第 6 期。

刘毅青:《古典追忆诗学的审美超越品格——宇文所安对中国诗学的重构》,《中国文学研究》2019年第1期。

陆建德:《自我的风景》,《外国文学评论》2011年第4期。

孟华:《形象学研究要注重总体性与综合性》,《中国比较文学》2000年第4期。

莫砺锋:《评〈初唐诗〉与〈盛唐诗〉》,《唐研究》(第二卷),北京大学出版社1996年版。

莫砺锋:《新旧方法之我见》,《文学遗产》2011年第6期。

钱锡生、季进:《探寻中国文学的"迷楼"——宇文所安教授访谈录》,《文艺研究》2010年第6期。

[法]让-马克·莫哈:《试论文学形象学的研究史及方法论》,孟华译,《中国比较文学》1995年第1期。

沈一帆:《宇宙与诗学:宇文所安"非虚构传统"的形上解读》,《暨南学报》(哲学社会科学版)2012年第9期。

史冬冬:《在传统中破执——论宇文所安的中国古代文学史观》,《湖南师范大学社会科学学报》2012年第3期。

孙康宜:《谈谈美国汉学的新方向》,《书屋》2007年第12期。

陶慧:《〈过去与现在:对杜甫诗歌的个人解读〉质疑》,《古典文学知识》2016年第3期。

童庆炳:《中华古代文论研究的现代视野》,《东方丛刊》2002年第1期。

王丽娜:《唐诗在世界各国的出版及影响》(上),《中国出版》1991年第3期。

王丽娜:《唐诗在世界各国的出版及影响》(下),《中国出版》1991年第4期。

王运熙:《说盛唐气象》,《上海社会科学院学术季刊》1986年第3期。

魏家海:《宇文所安的文学翻译思想》,《北京理工大学学报》(社会科学版)2010年第6期。

魏家海:《宇文所安唐诗翻译的文化选择》,《中国翻译》2016年第6期。

文军、葛玉芳:《宇文所安英译〈杜甫诗〉注释研究》,《民族翻译》2018年第2期。

文军、岳祥云:《宇文所安〈杜甫诗〉英译本述评》,《杜甫研究学刊》2016 年第 4 期。

吴伏生：《来自异域的知音：宇文所安对杜甫〈旅夜书怀〉一诗的解读》，《国际汉学》2017 年第 3 期。

[法] 谢和耐（Jacques Gernet）：《法兰西学院院士戴密微的生平、成就简介》，吴旻译，《法国汉学》（第七辑），中华书局 2002 年版。

谢云开：《论宇文所安对杜甫诗的译介与研究》，《中国比较文学》2020 年第 3 期。

许渊冲：《中国人、外国人，谁能翻译好诗经李白》，《中华读书报》2016 年 3 月 9 日第 018 版。

裔传萍：《宇文所安唐诗翻译的诗学建构语境与考据型翻译模式》，《外语研究》2015 年第 1 期。

殷晓燕：《经典变异：文化过滤下的文本细读———以宇文所安对经典诗人杜甫的解读为例》，《当代文坛》2014 年第 6 期。

殷晓燕：《文化语境与"文学经典"的释义——宇文所安对中国文学经典的解构与建构》，《社会科学辑刊》2012 年第 3 期。

曾祥波：《宇文所安杜诗英文全译本"The Poetry of Du Fu"书后》，《杜甫研究学刊》2016 年第 3 期。

张宏生：《对传统加以再创造，同时又不让它失真——访哈佛大学东亚语言与文明系斯蒂芬·欧文教授》，《文学遗产》1998 年第 1 期。

周发祥：《国外唐诗英译及其出版概况》，《唐代文学研究年鉴（1983）》，陕西人民出版社 1984 年版。

朱徽：《唐诗在美国的翻译与接受》，《四川大学学报》（哲学社会科学版）2004 年第 4 期。

附录 宇文所安英译唐诗目录

一 《韩愈与孟郊的诗歌》

——from *The Poetry of Meng Chiao and Han Yü*. New Haven：Yale，1975.

1. 陈子昂《感遇诗三十八首·其二》
2. 陈子昂《酬晖上人秋夜山亭有赠》
3. 李白《古风·其一》片段
4. 李白《玉阶怨》
5. 元结《补乐歌十首·云门》
6. 元结《引东泉作》片段
7. 元结《贼退示官吏》片段
8. 孟浩然《南归阻雪》
9. 孟郊《路病》
10. 王维《观猎》
11. 韩愈《雉带箭（此愈佐张仆射于徐，从猎而作也）》
12. 韦应物《秋夜寄丘二十二员外》
13. 孟郊《往河阳宿峡陵，寄李侍御》
14. 孟郊《上河阳李大夫》
15. 孟郊《杀气不在边》
16. 孟郊《山中送从叔简赴举》
17. 孟郊《湖州取解述情》
18. 孟郊《舟中喜遇从叔简别后寄上时从叔初擢第归江南郊不从行》
19. 韩愈《北极赠李观》
20. 孟郊《古意赠梁肃补阙》
21. 韩愈《长安交游者赠孟郊》
22. 韩愈《孟生诗（孟郊下第，送之谒徐州张建封也）》片段

23. 韩愈《谢自然诗》
24. 韩愈《重云李观疾赠之》
25. 韩愈《天星送杨凝郎中贺正》
26. 韩愈《汴州乱二首》
27. 韩愈《病中赠张十八》
28. 孟郊《夜感自遣（一作失志夜坐思归楚江，又作苦学吟）》
29. 孟郊《长安羁旅行》
30. 孟郊《感兴》
31. 孟郊《赠李观（观初登第）》
32. 孟郊《落第》
33. 孟郊《赠别崔纯亮》
34. 孟郊《大梁送柳淳先入关》
35. 孟郊《汴州留别韩愈》
36. 孟郊《乱离》
37. 孟郊《汴州离乱后忆韩愈、李翱》
38. 韩愈《此日足可惜赠张籍（愈时在徐籍往谒之辞去作是诗以送）》
39. 韩愈《归彭城》
40. 韩愈《赠侯喜》
41. 韩愈《落齿》
42. 韩愈《汴泗交流赠张仆射（建封）》
43. 韩愈《送惠师（愈在连州与释景常、元惠游。惠师即元惠也）》
44. 韩愈《谒衡岳庙遂宿岳寺题门楼》
45. 韩愈《陪杜侍御游湘西两寺独宿有题一首，因献杨常侍》诗片段
46. 韩愈《洞庭湖阻风赠张十一署（时自阳山徙掾江陵）》
47. 韩愈《岳阳楼别窦司直》
48. 韩愈《同冠峡（贞元十九年贬阳山后作）》
49. 韩愈《贞女峡（在连州桂阳县，秦时有女子化石在东岸穴中）》
50. 韩愈《宿龙宫滩》
51. 韩愈《叉鱼招张功曹（署）》
52. 韩愈、孟郊《莎栅联句》片段
53. 韩愈、孟郊《会合联句》片段
54. 韩愈、孟郊《城南联句》片段
55. 韩愈、孟郊《纳凉联句》

56. 韩愈、孟郊《征蜀联句》
57. 孟郊《上昭成阁不得，于从侄僧悟空院叹嗟》
58. 孟郊《送淡公十二首·其十二》
59. 孟郊《登华岩寺楼望终南山赠林校书兄弟》片段
60. 孟郊《寒溪九首·其一》
61. 孟郊《寒溪九首·其二》
62. 孟郊《寒溪九首·其三》
63. 孟郊《寒溪九首·其四》
64. 孟郊《寒溪九首·其五》
65. 孟郊《寒溪九首·其六》
66. 孟郊《寒溪九首·其七》
67. 孟郊《寒溪九首·其八》
68. 孟郊《寒溪九首·其九》
69. 孟郊《济源寒食·其一》
70. 孟郊《戏赠无本》
71. 孟郊《出东门》
72. 孟郊《冬日》
73. 孟郊《秋怀十五首·其一》
74. 孟郊《秋怀十五首·其二》
75. 孟郊《秋怀十五首·其三》
76. 孟郊《秋怀十五首·其四》
77. 孟郊《秋怀十五首·其五》
78. 孟郊《秋怀十五首·其六》
79. 孟郊《秋怀十五首·其七》
80. 孟郊《秋怀十五首·其八》
81. 孟郊《秋怀十五首·其九》
82. 孟郊《秋怀十五首·其十》
83. 孟郊《秋怀十五首·其十一》
84. 孟郊《秋怀十五首·其十二》
85. 孟郊《秋怀十五首·其十三》
86. 孟郊《秋怀十五首·其十四》
87. 孟郊《秋怀十五首·其十五》
88. 韩愈《荐士（荐孟郊于郑馀庆也）》片段
89. 韩愈《醉赠张秘书》

90. 韩愈《答张彻（愈为四门博士时作张彻愈门下士又愈之从子婿）》

91. 韩愈《南山诗》

92. 韩愈《苦寒》

93. 韩愈《陆浑山火和皇甫湜用其韵（湜时为陆浑尉）》

94. 韩愈《嘲鼾睡·其一》

95. 韩愈《嘲鼾睡·其二》

96. 韩愈《送无本师归范阳（贾岛初为浮屠，名无本）》

97. 卢仝《与马异结交诗》片段

98. 李贺《崇义里滞雨》

99. 李贺《赠陈商》片段

100. 韩愈《和虞部卢四酬翰林钱七赤藤杖歌（元和四年作）》

101. 李贺《春坊正字剑子歌》

102. 孟郊《听琴》

103. 韩愈《听颖师弹琴》

104. 李贺《听颖师弹琴》

105. 李贺《李凭箜篌引》

106. 贾岛《携新文诣张籍韩愈途中成》

107. 贾岛《客喜》

108. 贾岛《寄孟协律》片段

109. 贾岛《哭柏岩和尚》

110. 韩愈《石鼓歌》

111. 韩愈《秋怀诗十一首·其一》

112. 韩愈《秋怀诗十一首·其二》

113. 韩愈《秋怀诗十一首·其三》

114. 韩愈《秋怀诗十一首·其四》

115. 韩愈《秋怀诗十一首·其五》

116. 韩愈《秋怀诗十一首·其六》

117. 韩愈《秋怀诗十一首·其七》

118. 韩愈《秋怀诗十一首·其八》

119. 韩愈《秋怀诗十一首·其九》

120. 韩愈《秋怀诗十一首·其十》

121. 韩愈《秋怀诗十一首·其十一》

122. 韩愈《符读书城南（符，愈之子。城南，愈别墅）》

123. 韩愈《感春三首·其一》
124. 韩愈《感春三首·其二》
125. 韩愈《独钓四首·其一》
126. 韩愈《独钓四首·其二》
127. 韩愈《独钓四首·其三》
128. 韩愈《独钓四首·其四》
129. 韩愈《盆池五首·其一》
130. 韩愈《盆池五首·其二》
131. 韩愈《盆池五首·其三》
132. 韩愈《盆池五首·其四》
133. 韩愈《盆池五首·其五》
134. 韩愈《同李二十八员外从裴相公野宿西界》
135. 韩愈《宿神龟招李二十八冯十七》
136. 韩愈《桃林夜贺晋公》
137. 韩愈《左迁至蓝关示侄孙湘（湘，愈侄十二郎之子）》
138. 韩愈《题楚昭王庙》
139. 韩愈《去岁自刑部侍郎以罪贬潮州刺史乘驿赴任其后家亦遣逐小女道死殡之层峰驿旁山下蒙恩还朝过其墓留题驿梁》
140. 韩愈《南溪始泛三首·其一》
141. 韩愈《南溪始泛三首·其二》
142. 韩愈《南溪始泛三首·其三》

二 《初唐诗》

——from *The Poetry of the Early T'ang*. New Haven：Yale，1977.

1. 魏徵《述怀》
2. 李百药《途中述怀》
3. 李百药《奉和初春出游应令》
4. 李百药《秋晚登古城》
5. 虞世南《赋得临池竹》
6. 虞世南《赋得临池竹应制》
7. 虞世南《蝉》
8. 虞世南《春夜》
9. 唐太宗《过旧宅》
10. 唐太宗《咏烛》

11. 唐太宗《帝京篇十首·其一》
12. 唐太宗《帝京篇十首·其四》
13. 王绩《过汉故城》片段
14. 王绩《过酒家五首·其一》
15. 王绩《过酒家五首·其二》
16. 王绩《过酒家五首·其五》
17. 王绩《醉后》
18. 王绩《初春》
19. 王绩《田家三首·其一》
20. 王绩《题酒店壁》
21. 王绩《独酌》
22. 王绩《古意六首·其五》
23. 王绩《野望》
24. 上官仪《早春桂林殿应诏》
25. 上官仪《入朝洛堤步月》
26. 杜甫《戏为六绝句·其二》
27. 卢照邻《三月曲水宴得尊字》片段
28. 卢照邻《和夏日山庄》
29. 卢照邻《早度分水岭》
30. 卢照邻《相如琴台》
31. 卢照邻《琴台》
32. 卢照邻《释疾文三歌·其三》
33. 卢照邻《紫骝马》
34. 王维《从军行》
35. 卢照邻《结客少年场行》
36. 卢照邻《梅花落》
37. 卢照邻《雨雪曲》
38. 卢照邻《行路难》
39. 卢照邻《长安古意》
40. 骆宾王《帝京篇》片段
41. 王勃《临高台》
42. 李峤《汾阴行》
43. 王勃《杜少府之任蜀州》
44. 王勃《别薛华》

45. 王勃《江亭夜月送别二首·其二》
46. 王勃《山中》
47. 王勃《秋江送别二首·其一》
48. 王勃《秋江送别二首·其二》
49. 王勃《易阳早发》
50. 王勃《泥溪》
51. 王勃《滕王阁》
52. 骆宾王《晚泊江镇》
53. 骆宾王《早发诸暨》片段
54. 骆宾王《浮槎》
55. 骆宾王《在狱咏蝉》
56. 骆宾王《幽系书情通简知己》片段
57. 杜甫《陈拾遗故宅》片段
58. 陈子昂《白帝城怀古》
59. 陈子昂《度荆门望楚》
60. 陈子昂《岘山怀古》
61. 陈子昂《晚次乐乡县》
62. 陈子昂《落第西还别魏四懔》
63. 陈子昂《与东方左史虬修竹篇》
64. 陈子昂《入鞞峡安居溪伐木溪源幽邃林岭相映有奇致焉》
65. 陈子昂《度峡口山赠乔补阙知之王二无竞》
66. 陈子昂《万州晓发放舟乘涨还寄蜀中亲友》
67. 陈子昂《登幽州台歌》
68. 陈子昂《轩辕台》
69. 陈子昂《燕昭王》
70. 陈子昂《登蓟丘楼送贾兵曹入都》
71. 陈子昂《登泽州城北楼宴》
72. 陈子昂《西还至散关答乔补阙知之》片段
73. 陈子昂《卧疾家园》
74. 陈子昂《感遇诗三十八首·其二》
75. 陈子昂《感遇诗三十八首·其三》
76. 陈子昂《感遇诗三十八首·其四》
77. 陈子昂《感遇诗三十八首·其五》
78. 陈子昂《感遇诗三十八首·其六》

79. 陈子昂《感遇诗三十八首·其七》
80. 陈子昂《感遇诗三十八首·其八》
81. 陈子昂《感遇诗三十八首·其十》
82. 陈子昂《感遇诗三十八首·其十一》
83. 陈子昂《感遇诗三十八首·其十三》
84. 陈子昂《感遇诗三十八首·其十四》
85. 陈子昂《感遇诗三十八首·其十七》
86. 陈子昂《感遇诗三十八首·其十八》
87. 陈子昂《感遇诗三十八首·其十九》
88. 陈子昂《感遇诗三十八首·其二十一》
89. 陈子昂《感遇诗三十八首·其二十二》
90. 陈子昂《感遇诗三十八首·其二十三》
91. 陈子昂《感遇诗三十八首·其二十四》
92. 陈子昂《感遇诗三十八首·其二十六》
93. 陈子昂《感遇诗三十八首·其二十七》
94. 陈子昂《感遇诗三十八首·其二十八》
95. 陈子昂《感遇诗三十八首·其二十九》
96. 陈子昂《感遇诗三十八首·其三十二》
97. 陈子昂《感遇诗三十八首·其三十四》
98. 陈子昂《感遇诗三十八首·其三十五》
99. 陈子昂《感遇诗三十八首·其三十七》
100. 陈子昂《感遇诗三十八首·其三十八》
101. 李商隐《漫成·其一》
102. 上官仪《安德山池宴集》
103. 宋之问《陆浑山庄》
104. 沈佺期《兴庆池侍宴应制》
105. 李峤《奉和初春幸太平公主南庄应制》
106. 沈佺期《奉和初春幸太平公主南庄应制》
107. 苏颋《奉和初春幸太平公主南庄应制》
108. 宋之问《奉和初春幸太平公主南庄应制》
109. 李乂《奉和初春幸太平公主南庄应制》
110. 李邕《奉和初春幸太平公主南庄应制》
111. 邵升《奉和初春幸太平公主南庄应制》
112. 李峤《幸长安未央宫》

113. 赵彦昭《幸长安未央宫》
114. 刘宪《幸长安未央宫》
115. 宋之问《幸长安未央宫》
116. 高正臣《晦日高氏林亭》
117. 陈子昂《晦日高氏林亭》
118. 崔知贤《晦日高氏林亭》
119. 韩仲宣《晦日高氏林亭》
120. 王维《题友人云母障子》
121. 李峤《风》
122. 骆宾王《雪》
123. 骆宾王《秋晨同淄川毛司马秋九咏·秋露》
124. 董思恭《秋晨同淄川毛司马秋九咏·秋露》
125. 李峤《秋晨同淄川毛司马秋九咏·秋露》
126. 宋之问《题张老松树》
127. 郭震《萤》
128. 郭震《蛩》
129. 郭震《野井》
130. 郭震《云》
131. 郭震《寄刘校书》
132. 刘允济《见道边死人》
133. 杜甫《观薛稷少保书画壁》片段
134. 薛稷《秋日还京陕西十里作》
135. 宋之问《龙门应制》
136. 宋之问《明河篇》
137. 沈佺期《七夕曝衣篇》
138. 富嘉谟《明冰篇》
139. 李峤《宝剑篇》
140. 郭震《古剑篇》
141. 宋之问《王子乔》
142. 沈佺期《入少密溪》
143. 沈佺期《霹雳引》
144. 乔知之《绿珠篇》
145. 乔知之《倡女行》
146. 杜审言《和韦承庆过义阳公主山池五首·其二》

147. 杜审言《和韦承庆过义阳公主山池五首·其四》
148. 杜审言《和晋陵路丞早春游望》
149. 杜审言《春日京中有怀》
150. 杜审言《夏日过郑七山斋》
151. 杜审言《秋夜宴临津郑明府宅》
152. 杜审言《代张侍御伤美人》
153. 杜审言《度石门山》
154. 杜审言《南海乱石山作》
155. 杜审言《旅寓安南》
156. 杜审言《春日怀归》
157. 杜审言《渡湘江》
158. 沈佺期《古意呈补阙乔知之》
159. 沈佺期《奉和春日幸望春宫应制》
160. 沈佺期《龙池篇》
161. 沈佺期《过蜀龙门》
162. 沈佺期《游少林寺》
163. 沈佺期《夜宿七盘岭》片段
164. 沈佺期《乐城白鹤寺》
165. 沈佺期《钓竿篇》
166. 沈佺期《枉系二首·其一》
167. 沈佺期《寒食》
168. 沈佺期《邙山》
169. 沈佺期《陇头水》
170. 沈佺期《关山月》
171. 沈佺期《杂诗三首·其三》
172. 沈佺期《出塞》
173. 沈佺期《自昌乐郡泝流至白石岭下行入郴州》
174. 沈佺期《夜泊越州逢北使》
175. 沈佺期《遥同杜员外审言过岭》
176. 沈佺期《早发昌平岛》
177. 沈佺期《入鬼门关》
178. 沈佺期《初达驩州》
179. 沈佺期《驩州南亭夜望》
180. 沈佺期《从驩州廨宅移住山间水亭赠苏使君》片段

181. 沈佺期《赦到不得归题江上石》片段

182. 沈佺期《答魑魅代书寄家人》

183. 沈佺期《三日独坐驩州思忆旧游》

184. 沈佺期《喜赦》

185. 沈佺期《绍隆寺》

186. 宋之问《下山歌》

187. 宋之问《冬宵引赠司马承祯》

188. 司马承祯《答宋之问》

189. 宋之问《送司马道士游天台》

190. 宋之问《渡汉江》

191. 宋之问《回乡偶书·其一》

192. 宋之问《逢入京使》

193. 宋之问《扈从登封途中作》

194. 宋之问《温泉庄卧病寄杨七炯》

195. 宋之问《初到陆浑山庄》

196. 宋之问《初至崖口》

197. 宋之问《彭蠡湖中望庐山》

198. 宋之问《洞庭湖》

199. 宋之问《岳阳楼别窦司直》

200. 宋之问《度大庾岭》

201. 宋之问《至端州驿见杜五审言、沈三佺期、阎五朝隐、王二无竞题壁，慨然成咏》

202. 宋之问《景龙四年春祠海》

203. 王维《送别》

204. 张说《端州别高六戬》

205. 张说《还至端州驿前与高六别处》

206. 张说《幽州夜饮》

207. 张说《南中别蒋五岑向青州》

208. 张说《代书寄吉十一》片段

209. 张说《代书寄薛四》片段

210. 张说《相州前池别许、郑二判官景先、神力》

211. 张说《湘州北亭》

212. 张说《噁湖山寺》

213. 张说《蜀道后期》

214. 张说《和尹从事懋泛洞庭》
215. 张说《清夜酌》
216. 张说《醉中作》
217. 张说《钦州守岁》
218. 张说《岳州守岁二首·其一》
219. 张说《岳州守岁二首·其二》
220. 张说《元朝》
221. 张说《咏瓢》
222. 张说《邺都引》
223. 张说《山夜闻钟》
224. 张说《题破山寺后禅院》
225. 张说《高岳闻笙》
226. 张说《闻雨》
227. 张说《闻雨》
228. 张说《杂诗四首·其四》
229. 张说《杂诗四首·其一》
230. 张九龄《感遇·其四》
231. 张九龄《咏燕》
232. 张旭《桃花溪》
233. 王翰《凉州词》
234. 孟浩然《夜归鹿门山歌》
235. 王维《登河北城楼作》

三 《盛唐诗》

——from *The Great Age of Chinese Poetry*: *the High T'ang*. New Haven: Yale, 1980.

1. 王翰《凉州词·其二》
2. 王湾《次北固山下》
3. 宋之问《白头吟》
4. 王维《献始兴公（时拜右拾遗）》片段
5. 王维《秋晚登楼望南江入始兴郡路》
6. 王维《酬张少府》
7. 王维《九月九忆山东兄弟》
8. 王维《敕借岐王九成宫避暑应教》

9. 王维《渡河到清河作》
10. 王维《南垞》
11. 岑参《使至塞上》
12. 王维《终南别业》
13. 王维《鱼山神女祠歌二首：送神曲》
14. 王维《赠徐中书望终南山歌》
15. 王维《栾家濑》
16. 王维《临高台送黎拾遗》
17. 王维《偶然作六首·其三》
18. 王维《归嵩山作》
19. 王维《登辨觉寺》
20. 王维《新晴晚望》
21. 王维《辋川闲居赠裴秀才迪》
22. 王维《积雨辋川庄作》
23. 王维《登河北城楼作》片段
24. 王维《冬日游览》
25. 李商隐《寄令狐郎中》
26. 王维《赠裴十迪》
27. 卢象《同王维过崔处士林亭》
28. 王维《苏氏别业》
29. 綦毋潜《春泛若耶溪》
30. 王维《文杏馆》
31. 王维《川上女》
32. 崔颢《黄鹤楼》
33. 储光羲《田家杂兴八首·其八》
34. 储光羲《田家即事》
35. 储光羲《渔父词》
36. 高适《渔父歌》
37. 储光羲《泛茅山东溪》
38. 储光羲《长安道》
39. 储光羲《明妃曲四首·其三》
40. 李白《赠孟浩然》
41. 孟浩然《书怀贻京邑同好》片段
42. 孟浩然《寻香山湛上人》

43. 王维《李氏园（林）卧疾》片段

44. 王维《送孟浩然归襄阳》

45. 李白《采樵作》

46. 孟浩然《早发渔浦潭》

47. 孟浩然《与颜钱塘登樟亭望潮作》

48. 孟浩然《舟中晚望》

49. 孟浩然《寻天台山作》

50. 孟浩然《与诸子登岘山》

51. 孟浩然《岁暮归南山》

52. 孟浩然《宿建德江》

53. 孟浩然《春晓》

54. 孟浩然《联溪泛舟》

55. 孟浩然《留别王维》

56. 常建《题破山寺后禅院》

57. 常建《白龙窟泛舟寄天台学道者》片段

58. 常建《古兴》片段

59. 王昌龄《江中闻笛》

60. 王昌龄《太湖秋夕》

61. 王昌龄《代扶风主人答》

62. 王昌龄《城傍曲》

63. 王昌龄《从军行》

64. 王昌龄《朝来曲》

65. 王昌龄《长信秋词五首·其一》

66. 李颀《宿香山寺石楼》

67. 杜甫《大云寺赞公房四首·其三》

68. 李颀《听董大叹胡笳声兼语与弄寄房给事》

69. 李颀《赠张旭》

70. 杜甫《饮中八仙歌》

71. 李白《访戴天山道士不遇》

72. 李白《清平调·其一》

73. 李白《乌栖曲》

74. 王维《西施咏》片段

75. 李白《日出入行》

76. 李白《将进酒》

77. 李白《长相思》
78. 李白《襄阳曲四首·其一》
79. 李白《襄阳曲四首·其四》
80. 李白《少年行二首·其二》
81. 李白《越女词五首·其三》
82. 李白《横江词·其一》
83. 李白《横江词·其五》
84. 李白《横江词·其六》
85. 李白《古风·四十八》
86. 李白《古风·十九》
87. 李白《山中问答》
88. 王维《送别》
89. 李白《夏日山中》
90. 李白《自遣》
91. 李白《月下独酌·其一》
92. 李白《独坐敬亭山》
93. 李白《秋浦歌·其九》
94. 李白《越中览古》
95. 李白《元丹丘歌》
96. 李白《行路难·其一》
97. 吴筠《游仙》
98. 高适《蓟门·其五》
99. 高适《蓟中作》
100. 高适《燕歌行》
101. 高适《宋中十首·其一》
102. 陈子昂《燕昭王》
103. 高适《金城北楼》
104. 高适《人日寄杜二拾遗》
105. 高适《李云南征蛮诗》片段
106. 高适《同李员外贺哥舒大夫破九曲之作》片段
107. 高适《东平路作三首·其一》
108. 岑参《自潘陵尖还少室居止秋夕凭眺》片段
109. 岑参《邯郸客舍歌》片段
110. 岑参《白雪歌送武判官归京》

111. 岑参《火山云送别》
112. 储光羲《同诸公登慈恩寺塔》片段
113. 岑参《与高适薛据同登慈恩寺浮图》
114. 岑参《赵将军歌》
115. 岑参《逢入京使》
116. 岑参《题虢州西楼》
117. 岑参《寻杨七郎中宅即事》
118. 岑参《江行夜宿龙吼滩临眺思峨眉隐者兼寄幕中诸公》
119. 杜甫《望岳》
120. 杜甫《赠李白》
121. 杜甫《渼陂行》
122. 杜甫《秋雨叹三首·其二》
123. 杜甫《自京赴奉先县咏怀五百字》
124. 杜甫《彭衙行》
125. 杜甫《早秋苦热堆案相仍》
126. 杜甫《对雪》
127. 杜甫《秦州杂诗二十首·其十》
128. 杜甫《秦州杂诗二十首·其十七》
129. 杜甫《野望》
130. 杜甫《万丈潭》
131. 杜甫《江畔独步寻花七绝句》
132. 杜甫《茅屋为秋风所破歌》
133. 杜甫《戏为六绝句·其一》
134. 杜甫《病柏》
135. 杜甫《客至》
136. 杜甫《宿江边阁》
137. 杜甫《阁夜》
138. 杜甫《秋兴八首·其七》
139. 杜甫《江汉》
140. 杜甫《戏为六绝句·其五》
141. 杜甫《观公孙大娘弟子舞剑器行》片段
142. 杜甫《通泉县署屋壁后薛少保画鹤》
143. 杜甫《玉华宫》
144. 杜甫《旅夜书怀》

145. 元结《闵荒》
146. 元结《思太古》
147. 元结《与瀼溪邻里》
148. 元结《喻瀼溪旧游》
149. 元结《舂陵行》
150. 元结《贼退示官吏》
151. 元结《宿樽诗》
152. 元结《欸乃曲·其一》
153. 王季友《寄韦子春》
154. 王季友《观于舍人壁画山水》
155. 孟云卿《伤时二首·其二》
156. 孟云卿《悲哉行》
157. 孟云卿《汴河阻风》
158. 王之涣《登鹳雀楼》
159. 王之涣《送别》
160. 崔国辅《湖南曲》
161. 崔国辅《中流曲》
162. 薛剧《怀哉行》
163. 贾至《白马》
164. 贾至《出塞曲》
165. 贾至《初至巴陵与李十二裴九同泛洞庭湖三首·其一》
166. 王维《鹿柴》
167. 皇甫冉《山馆》
168. 刘长卿《江中对月》
169. 刘长卿《送灵澈上人》
170. 柳宗元《江雪》
171. 刘长卿《清明后登城眺望》
172. 钱起《送元评事归山居》
173. 钱起《题玉山村叟壁》
174. 钱起《晚归鹭》
175. 钱起《衔鱼翠鸟》
176. 钱起《竹屿》
177. 李嘉祐《自常州还江阴途中作》
178. 李嘉祐《句容县东清阳馆作》

179. 皇甫冉《巫山高》
180. 韩翃《寒食》
181. 戴叔伦《女耕田行》
182. 戴叔伦《暮春感怀二首·其二》
183. 戴叔伦《赴抚州对酬崔法曹夜雨滴空阶五首·其一》
184. 戴叔伦《松鹤》
185. 戴叔伦《苏溪亭》
186. 司空曙《过胡居士赌王右丞遗文》
187. 李端《雨后游辋川》
188. 卢纶《送李端》
189. 耿湋《宋中》
190. 卢纶《逢病军人》
191. 司空曙《病中遣妓》
192. 卢纶《和张浦射塞下曲·其一》
193. 卢纶《和张浦射塞下曲·其三》
194. 耿湋《秋日》
195. 吉中孚《纶与吉侍郎中孚司空郎中曙苗员外发崔补阙峒…侯仓曹钊》片段
196. 孟郊《送陆畅归湖州因凭题故人皎然塔陆羽坟》片段
197. 灵一《宜丰新泉》
198. 灵一《将出宜丰寺留题山房》
199. 灵澈《东林寺酬韦丹刺史》
200. 灵澈《宿东林寺》
201. 清江《早发陕州途中赠严秘书》
202. 清江《早春书情寄河南崔少府》
203. 皎然《赋得石梁泉送崔逵》
204. 皎然《赤松》
205. 皎然《翔隼歌送王端公》
206. 皎然《寒山》
207. 皎然《戏题》
208. 皎然《偶然五首·其一》
209. 皎然《偶然五首·其三》
210. 皎然《偶然五首·其四》
211. 皎然、颜真卿、李萼、张荐《七言大言联句》

212. 皎然、颜真卿、李萼、张荐《七言乐语联句》
213. 皎然、颜真卿、李萼、张荐《七言馋语联句》
214. 皎然、潘述、汤衡《项王古祠联句》
215. 顾况《公子行》
216. 顾况《君不见》
217. 韦应物《赠苏州韦郎中使君》
218. 韦应物《任洛阳丞请告一首》
219. 韦应物《酒肆行》
220. 韦应物《善福精舍示诸生》
221. 韦应物《宿永阳寄璨律师》
222. 韦应物《秋夜寄丘二十二员外》
223. 韦应物《郡斋雨中与诸文士燕集》
224. 韦应物《拟古诗·其六》
225. 韦应物《汉武帝杂歌·其三》
226. 韦应物《登宝意寺上方旧游》
227. 韦应物《种瓜》
228. 韦应物《登楼》
229. 韦应物《休暇日访王侍御不遇》
230. 韦应物《观田家》
231. 韦应物《寄全椒山中道士》
232. 韦应物《滁州西涧》

四 《中国"中世纪"的终结：中唐文学文化论集》

——from *The End of the Chinese "Middle Ages"*: *Essays in Mid-Tang Literary Culture*. Stanford：Stanford University Press，1996.

1. 孟郊《懊恼》
2. 孟郊《吊元鲁山·其三》
3. 白居易《立碑》
4. 李商隐《韩碑》
5. 白居易《自饮拙什因有所怀》
6. 李贺《长歌续短歌》
7. 王维《孟城坳》
8. 韩愈《游太平公主山庄》
9. 白居易《游云居寺赠穆三十六地主》

10. 韩愈《南山诗》片段
11. 李贺《昌谷诗》
12. 韩愈《孟东野失子》
13. 孟郊《杏殇·其一》
14. 孟郊《杏殇·其二》
15. 孟郊《杏殇·其三》
16. 孟郊《杏殇·其四》
17. 孟郊《杏殇·其五》
18. 孟郊《杏殇·其六》
19. 孟郊《杏殇·其七》
20. 孟郊《杏殇·其八》
21. 孟郊《杏殇·其九》
22. 白居易《念金銮子·其一》
23. 白居易《念金銮子·其二》
24. 白居易《食笋》
25. 杜甫《水槛》
26. 白居易《馆舍内新凿小池》
27. 韩愈《盆池·其一》
28. 韩愈《盆池·其二》
29. 韩愈《盆池·其三》
30. 韩愈《盆池·其四》
31. 韩愈《盆池·其五》
32. 白居易《新栽竹》
33. 白居易《洛下卜居》
34. 白居易《山中独吟》
35. 薛能《自讽》
36. 王翰《凉州词》
37. 姚合《喜览泾州卢侍御诗歌卷》
38. 贾岛《戏赠友人》
39. 元稹《会真诗》
40. 赵翼《后园居诗九首·其三》

五 《晚唐诗》

——from *The Late Tang：Chinese Poetry of the Mid-Ninth Century*（827-

860). Cambridge：Harvard Asia Center, 2006.

1. 杜牧《齐安郡晚秋》
2. 柳宗元《江雪》
3. 温庭筠《昆明治水战词》
4. 子兰《长安早秋》
5. 子兰《长安伤春》
6. 白居易《中隐》
7. 白居易《别毡帐火炉》
8. 白居易《初授秘监并赐金紫闲饮小酌偶写抒怀》
9. 白居易《题文集柜》
10. 白居易《答崔宾客晦叔十二月四日见寄（来篇云，共相呼唤醉归来）》
11. 白居易《偶眠》
12. 白居易《偶饮》
13. 白居易《自题写真》（时为翰林学士）
14. 白居易《感旧写真》
15. 白居易《东城晚归》
16. 白居易《自咏》
17. 白居易《感苏州旧舫》
18. 白居易《斋居春久感事遣怀》
19. 白居易《送令狐相公赴太原》
20. 刘禹锡《寓兴》
21. 白居易《南园试小乐》
22. 刘禹锡《和乐天南园试小乐》
23. 白居易《闲卧寄刘同州》
24. 刘禹锡《酬乐天闲卧见寄》
25. 刘禹锡《月夜忆乐天兼寄微之》
26. 杜甫《月夜》
27. 刘禹锡《与歌者米嘉荣》
28. 刘禹锡《与歌者何戡》
29. 刘禹锡《听旧宫中乐人穆氏唱歌》
30. 刘禹锡《再游玄都观》
31. 李绅《悲善才》
32. 李绅《真娘墓》

33. 李绅《忆题惠山寺书堂》

34. 白居易《山中独吟》

35. 贾岛《赠友人》

36. 刘得仁《夏日即事》

37. 贾岛《戏赠友人》

38. 张籍《蓟北旅思》

39. 贾岛《旅游》

40. 王维《观猎》

41. 张祜《观魏博相公猎》

42. 韩愈《雉带箭》

43. 贾岛《哭柏岩和尚》

44. 周贺《苦闲霄上人》

45. 贾岛《寄白阁默公》

46. 张籍《夜到渔家》

47. 姚合《寄李干》

48. 姚合《闲居晚夏》

49. 姚合《武功县作三十首·其一》

50. 姚合《送无可上人游越》

51. 贯休《读孟郊集》

52. 贾岛《哭卢仝》

53. 贾岛《冬夜》

54. 贾岛《泥阳馆》

55. 贾岛《送朱可久归越中》

56. 朱庆余《闺意》

57. 朱庆余《上张水部》

58. 朱庆余《与贾岛顾非熊无可上人宿万年姚少府宅》

59. 朱庆余《泛溪》

60. 项斯《泛溪》

61. 顾非熊《落第后赠同居友人》

62. 顾非熊《下第后送友人不及》

63. 无可《秋寄从兄贾岛》

64. 马戴《江行留别》

65. 马戴《寄终南真空禅师》

66. 雍陶《寒食夜池上对月怀友》

67. 雍陶《塞上宿野寺》
68. 雍陶《秋居病中》
69. 雍陶《宿大彻禅师故院》
70. 周贺《题何氏池亭》
71. 周贺《入静隐寺途中作》
72. 周贺《送忍禅师归庐狱》
73. 项斯《中秋夜怀》
74. 喻凫《浴马》
75. 喻凫《晚次临泾》
76. 杜荀鹤《投李大夫》
77. 李贺《雁门太守行》
78. 张祜《雁门太守行》
79. 庄南杰《雁门太守行》
80. 李贺《苏小小墓》
81. 张祜《题苏小小墓》
82. 李白《古风·其三》片段
83. 李贺《秦王饮酒》
84. 韦楚老《祖龙行》
85. 杜牧《过骊山作》
86. 李商隐《效长吉》
87. 李商隐《燕台诗四首·秋》
88. 刘禹锡《荆州道怀古》
89. 刘禹锡《汉寿城春望》
90. 刘禹锡《西塞山怀古》
91. 王勃《滕王阁》
92. 崔颢《黄鹤楼》
93. 李白《登金陵凤凰台》
94. 王昌龄《万岁楼》
95. 张继《秋日道中》
96. 韩翃《同题仙游观》
97. 许浑《咸阳城西楼晚眺》
98. 韦庄《咸阳怀古》
99. 刘沧《题秦女楼》
100. 李群玉《江楼闲望怀关中亲故》

附录　宇文所安英译唐诗目录　275

101. 李商隐《安定城楼》
102. 周贺《送康绍归建业》
103. 许浑《金陵怀古》
104. 张祜《上元怀古》
105. 杜牧《题宣州开元寺水阁阁下宛溪夹溪居人》
106. 李群玉《秣陵怀古》
107. 韦庄《上元县》
108. 李山甫《上元怀古》
109. 崔涂《金陵怀古》
110. 许浑《凌歊台》
111. 温庭筠《鸡鸣埭歌》片段
112. 许浑《骊山》
113. 章孝标《古行宫》
114. 杜甫《玉华宫》
115. 杜牧《题武关》
116. 许浑《早发中岩寺别契直上人》
117. 许浑《自洛东兰若夜归》
118. 许浑《留别裴秀才》
119. 许浑《题苏州虎丘寺僧院》
120. 许浑《沧浪峡》
121. 许浑《夜归驿楼》
122. 张祜《题润州金山寺》
123. 张祜《寿州裴中丞出柘枝》
124. 张祜《金吾李将军柘枝》
125. 张祜《周员外出双舞柘枝妓》
126. 赵嘏《长安秋望》
127. 赵嘏《宿楚国寺有怀》
128. 赵嘏《西江晚泊》
129. 杜牧《送李群玉赴举》
130. 李群玉《雨夜呈长官》
131. 李群玉《金堂路中》
132. 李群玉《寄张祜》
133. 李群玉《同郑相并歌姬小饮戏赠》
134. 李群玉《自遣》

135. 杜牧《赠沈学士张歌人》
136. 杜牧《扬州三首·其一》
137. 杜牧《扬州三首·其二》
138. 杜牧《扬州三首·其三》
139. 杜牧《泊秦淮》
140. 杜牧《赠别·其一》
141. 杜牧《赠别·其二》
142. 杜牧《张好好诗》
143. 白居易《琵琶行》片段
144. 杜牧《故洛阳城有感》
145. 许浑《登故洛阳城》
146. 杜牧《题扬州禅智寺》
147. 杜牧《将赴宣州留题扬州禅智寺》
148. 杜牧《题宣州开元寺》
149. 杜牧《宣州开元寺南楼》
150. 杜牧《独酌》
151. 杜牧《自宣城赴官上京》
152. 杜牧《遣怀》
153. 杜牧《李甘诗》
154. 杜牧《郡斋独酌》片段
155. 杜牧《雪中抒怀》
156. 杜牧《赤壁》
157. 李贺《长平箭头歌》
158. 张祜《到广陵》
159. 张祜《登池州九峰楼寄张祜》
160. 张祜《和池州杜员外题九峰楼》
161. 杜牧《酬张祜处士见寄长句四韵》
162. 杜牧《池州废林泉寺》
163. 杜牧《还俗老僧》
164. 杜牧《朱坡绝句三首·其一》
165. 杜牧《朱坡绝句三首·其二》
166. 杜牧《朱坡绝句三首·其三》
167. 李贺《昌谷》
168. 杜牧《题池州弄水亭》片段

169. 杜牧《朱坡》
170. 李商隐《杜司勋》
171. 杜牧《将赴吴兴登乐游原一绝》
172. 杜牧《湖南正初招李郢秀才》
173. 杜牧《商山麻涧》
174. 王维《渭川田家》
175. 杜牧《村行》
176. 杜牧《自选周副官入境路奉陪谈判官鬼宣州，因题赠》
177. 杜牧《念昔游·其一》
178. 杜牧《念昔游·其三》
179. 李白《游水西简郑明府》
180. 杜牧《春晚题韦家亭子》
181. 李商隐《和韩录事送宫人入道》
182. 曹唐《小游仙诗·其九十八》
183. 曹唐《小游仙诗·其五十六》
184. 曹唐《小游仙诗·其五十九》
185. 曹唐《小游仙诗·其二十六》
186. 曹唐《小游仙诗·其八十九》
187. 曹唐《小游仙诗·其十五》
188. 曹唐《刘晨阮肇游天台》
189. 曹唐《刘阮洞中遇仙子》
190. 曹唐《仙子送刘阮出洞》
191. 曹唐《仙子洞中有怀刘阮》
192. 曹唐《刘阮再到天台不复见仙子》
193. 曹唐《萼绿华将归九留别许真人》
194. 李商隐《重过圣女祠》
195. 许浑《题圣女祠》
196. 李商隐《药转》
197. 李商隐《夜雨寄北》
198. 李商隐《可叹》
199. 李贺《秦宫》
200. 李商隐《席上作》
201. 李商隐《闺情》
202. 李商隐《河阳》

203. 李贺《河阳歌》
204. 李贺《河阳诗》
205. 李商隐《碧城·其一》
206. 李商隐《碧城·其二》
207. 李商隐《碧城·其三》
208. 李商隐《一片》
209. 李商隐《无题》
210. 李商隐《锦瑟》
211. 李商隐《昨日》
212. 李商隐《圣女祠》片段
213. 李商隐《无题》
214. 李商隐《洞中》
215. 李商隐《饮席戏赠同舍》
216. 李商隐《中元作》
217. 李商隐《无题四首·其二》
218. 李商隐《正月崇让宅》
219. 李商隐《夜半》
220. 李商隐《咏史》
221. 李商隐《咸阳》
222. 李商隐《齐宫词》
223. 李商隐《南朝》
224. 温庭筠《鸡鸣埭歌》片段
225. 李商隐《陈后宫·其一》
226. 李商隐《陈后宫·其二》
227. 李商隐《北齐二首·其一》
228. 李商隐《北齐二首·其二》
229. 李商隐《过楚宫》
230. 李商隐《隋宫·其一》
231. 李商隐《隋宫·其二》
232. 李商隐《楚宫》
233. 李商隐《汉宫》
234. 李商隐《马嵬·其一》
235. 李商隐《马嵬·其二》
236. 李商隐《七夕》

237. 李商隐《曲江》
238. 李商隐《龙池》
239. 李商隐《贾生》
240. 李商隐《王昭君》
241. 李商隐《筹笔驿》
242. 李商隐《梁父吟》
243. 李商隐《杜工部蜀中离席》
244. 李商隐《韩碑》
245. 李商隐《蝉》
246. 李商隐《牡丹》
247. 韩愈《戏题牡丹》
248. 李商隐《牡丹》
249. 李商隐《回中牡丹为雨所败二首·其一》
250. 李商隐《回中牡丹为雨所败二首·其二》
251. 李商隐《日射》
252. 杜牧《齐安郡后池绝句》
253. 韩翃《寄柳氏》
254. 李绅《柳二首·其一》
255. 李绅《柳二首·其二》
256. 杜牧《柳长句》
257. 温庭筠《题柳》
258. 李商隐《柳》
259. 李商隐《赠柳》
260. 李商隐《离亭赋得折杨柳二首·其一》
261. 李商隐《离亭赋得折杨柳二首·其二》
262. 李商隐《柳》
263. 李商隐《柳》
264. 李商隐《灯》
265. 李商隐《泪》
266. 李商隐《霜月》
267. 李商隐《赋得鸡》
268. 李商隐《石榴》
269. 李商隐《槿花》
270. 李商隐《槿花二首·其一》

271. 李商隐《槿花二首·其二》

272. 李商隐《蜂》

273. 李商隐《乐游原》

274. 李商隐《杨本胜说于长安见小男阿衮》

275. 李商隐《漫成五章》

276. 李商隐《江亭散席循柳路吟归官舍》

277. 李商隐《谢先辈防记年着实甚多异日偶有此寄》

278. 李商隐《天平公座中呈令狐令公》

279. 李商隐《柳枝五首·其一》

280. 李商隐《柳枝五首·其二》

281. 李商隐《柳枝五首·其三》

282. 李商隐《柳枝五首·其四》

283. 李商隐《柳枝五首·其五》

284. 李商隐《夕阳楼》

285. 李商隐《有感二首·其一》

286. 李商隐《行次西郊作一百韵》片段

287. 李商隐《寿安公主出降》

288. 李商隐《永乐县所居一草一木无非自栽今春悉已芳茂因书即事一章》

289. 李商隐《寄令狐郎中》

290. 李商隐《桂林》

291. 李商隐《桂林路中作》

292. 李商隐《赠刘司户蕡》

293. 李商隐《哭刘司户二首·其一》

294. 李商隐《哭刘蕡》

295. 李商隐《潭州》

296. 李商隐《赠司勋杜十三员外》

297. 李商隐《辛未七夕》

298. 李商隐《房中曲》

299. 李商隐《赴职梓潼留别畏之员外同年》

300. 李商隐《悼伤后赴东蜀辟至散关遇雪》

301. 李商隐《井络》

302. 李商隐《梓州罢吟寄同舍》

303. 韦蟾《句》

304. 韦蟾《寄温飞卿笺纸》
305. 段成式《嘲飞卿七首·其一》
306. 段成式《嘲飞卿七首·其二》
307. 段成式《嘲飞卿七首·其三》
308. 段成式《嘲飞卿七首·其四》
309. 温庭筠《答段柯古见嘲》
310. 温庭筠《鸡鸣埭歌》
311. 温庭筠《陈宫词》
312. 温庭筠《和友人溪居别业》
313. 李贺《将进酒》
314. 温庭筠《夜宴谣》
315. 温庭筠《侠客行》
316. 温庭筠《蒋侯神歌》片段
317. 李贺《春坊正字剑子歌》
318. 温庭筠《题萧山庙》
319. 温庭筠《利州南渡》
320. 杜牧《西江怀古》
321. 温庭筠《题卢处士居》
322. 温庭筠《偶游》
323. 温庭筠《怀真珠亭》

六 《追忆：中国古典文学中的往事再现》

——from The End of the Chinese "Middle Ages": Essays in Mid-Tang Literary Culture. Stanford：Stanford University Press，1996.

1. 杜甫《江南逢李龟年》
2. 孟郊《秋怀·其十四》
3. 孟浩然《与诸子登岘山》
4. 杜牧《赤壁》
5. 李贺《长平箭头歌》
6. 白居易《舟中读元九诗》
7. 李商隐《花下醉》
8. 李白《自遣》
9. 杜牧《遣怀》

七 《中国传统诗歌与诗学：世界的征象》

——from *Traditional Chinese Poetry and Poetics：Omen of the World*. University of Wisconsin Press，1985.

1. 杜甫《旅夜书怀》
2. 杜甫《对雪》
3. 李商隐《正月崇让宅》
4. 韩愈《南山诗》一部分
5. 王维《渡河到清河作》
6. 李贺《四月》
7. 许浑《早秋》
8. 杜甫《客亭》
9. 杜甫《江阁对雨有怀行营裴二端公（裴虬与讨臧玠故有行营）》中对句
10. 钱起《送元评事归山居》中对句
11. 杜荀鹤《春宫怨》中对句
12. 顾非熊《天河阁到啼猿阁即是》中对句
13. 李白《送张舍人之江东》中对句
14. 杜甫《望岳》
15. 杜甫《独立》
16. 白居易《读张籍古乐府》部分
17. 杜甫《破船》
18. 王维《秋夜独坐》
19. 李白《宣州谢朓楼饯别校书叔云》
20. 王维《桃源行》
21. 杜牧《泊秦淮》
22. 白居易《咏慵》
23. 李白《古风》其三
24. 李贺《秦王饮酒》
25. 李白《梦游天姥吟留别》部分
26. 杜甫《春日忆李白》
27. 王维《过香积寺》中对句
28. 杜甫《画鹰》
29. 白居易《南侍御以石相赠助成水声因以绝句谢之》

30. 杜甫《客至》

31. 李贺《公无出门》

32. 孟郊《懊恼》

33. 杜甫《孤雁》

34. 白居易《冬夜》

35. 孟郊《老恨》

36. 韩愈《琴操·拘幽操》

37. 杜甫《返照》

38. 孟郊《峡哀》

39. 杜甫《宿白沙驿》

八 《诺顿中国文学选集：从初始至 1911 年》（约计有二百余首，略）

——from An Anthology of Chinese Literature：Earliest Times to 1911. New York：W. W. Norton，1996

九 《杜甫诗》（六卷，1457 首，略）